To my Korean readers, who supported me in such a wonderful way, thanks from the bottom of my heart
Paulo Coelho

"변함없는 애정으로 크나큰 성원을 보내주신
한국의 독자들에게 마음 깊은 곳에서 우러난 감사를 전합니다."

파울로 코엘료

오 자히르
O Zahir

파울로 코엘료 장편소설 최정수 옮김

문학동네

오, 죄 없이 잉태하신 동정녀 마리아여,
당신께 의지하는 우리를 위해 기도하소서.
아멘.

"너희 가운데 누가 양 백 마리를 가졌는데
그중 한 마리를 잃었다면 어찌하겠느냐?
아흔아홉 마리는 들판에 버려두고
잃은 양 한 마리를 찾아 헤매지 않겠느냐?"
―누가복음 15장 4절

차례

헌사　11

나는 자유다　13
한스의 질문　75
아리아드네의 실　239
이타카로 돌아가는 길　397

작가의 말　445

이타카

네가 이타카로 가는 길을 나설 때,
기도하라, 그 길이 모험과 배움으로 가득한
오랜 여정이 되기를.
라이스트리곤*과 키클롭스**,
포세이돈의 진노를 두려워 마라.
네 생각이 고결하고
네 육신과 정신에 숭엄한 감동이 깃들면
그들은 네 길을 가로막지 못하리니.
네가 그들을 영혼에 들이지 않고
네 영혼이 그들을 앞세우지 않으면
라이스트리곤과 키클롭스와 사나운 포세이돈
그 무엇과도 마주치지 않으리.

기도하라, 네 길이 오랜 여정이 되기를.
크나큰 즐거움과 크나큰 기쁨을 안고
미지의 항구로 들어설 때까지,

---

* 호메로스의 『오디세이아』에 등장하는 식인 거인족.
** 그리스 신화에 등장하는 외눈박이 거인.

네가 맞이할 여름날의 아침은 수없이 많으니.
페니키아 시장에서 잠시 길을 멈춰
어여쁜 물건들을 사거라,
자개와 산호와 호박과 흑단
온갖 관능적인 향수들을.
무엇보다도 향수를, 주머니 사정이 허락하는 최대한.
이집트의 여러 도시들을 찾아가
현자들에게 배우고 또 배우라.

언제나 이타카를 마음에 두라.
네 목표는 그곳에 이르는 것이니.
그러나 서두르지는 마라.
비록 네 갈 길이 오래더라도
늙어져서 그 섬에 이르는 것이 더 나으니.
길 위에서 너는 이미 풍요로워졌으니
이타카가 너를 풍요롭게 해주길 기대하지 마라.

이타카는 너에게 아름다운 여행을 선사했고
이타카가 없었다면 네 여정은 시작되지도 않았으니
이제 이타카는 너에게 줄 것이 하나도 없구나.

설령 그 땅이 불모지라 해도, 이타카는
너를 속인 적이 없고, 길 위에서 너는 현자가 되었으니
마침내 이타카의 가르침을 이해하리라.

콘스탄티노스 카바피*

---

* 1863~1933. 알렉산드리아 출신의 그리스 시인.

헌사

자동차 안에서, 나는 내 원고에 마지막 마침표를 찍었다고 얘기했다. 그리고 우리가 늘 성스럽게 여겼고 예사롭지 않은 순간들을 함께 보냈던 피레네 산맥의 어느 봉우리를 오르면서, 그녀에게 책의 제목이나 중심 주제를 알고 싶은지 물었다. 그녀는 몹시 궁금했다고, 하지만 내 작업을 존중하기 때문에 아무것도 묻지 않았다고, 자신은 그저 기쁠 뿐이라고 했다. 너무나 기쁘다고.

나는 그녀에게 책의 제목과 주제를 말해주었다. 우리는 침묵 속에서 걸었다. 돌아오는 길에 바람 소리를 들었다. 바람이 일어 헐벗은 나무들의 우듬지를 지나 우리를 향해 휘몰아쳤다. 산은 다시 한번 마력을, 자신의 권능을 보여주고 있었다.

홀연 눈이 내렸다. 나는 걸음을 멈추고 그 풍경을 사색했다. 떨어져내리는 눈송이들, 잿빛 하늘, 숲, 내 곁의 여자. 언제나, 내내, 내 곁을 지켜온 그녀.

순간, 그녀에게 말하고 싶은 충동이 일었다. 그러나 잠자코 있기로 했다. 그녀가 맨 처음 이 페이지를 펼쳤을 때 스스로 알게 되도록. 크리스티나, 나의 아내, 당신에게 이 책을 바치오.

"호르헤 루이스 보르헤스에 따르면 '자히르'는 이슬람 전통에서
유래한 개념으로, 18세기경에 처음 등장한 것으로 추정된다.
아랍어로 자히르는, 눈에 보이며, 실제로 존재하고,
느낄 수 있는 어떤 것으로,
일단 그것과 접하게 되면 서서히 우리의 사고를 점령해나가
결국 다른 무엇에도 집중할 수 없게 만들어버리는
어떤 사물 혹은 사람을 말한다.
그것은 신성神聖일 수도, 광기일 수도 있다."

―포부르 생 페르, 『환상백과사전』, 1953년

나는 자유다

그녀: 에스테르. 종군기자. 이라크 침공이 임박해오자 최근 귀환. 서른 살. 기혼으로 아이는 없음.

그: 신원 미상. 스물셋에서 스물다섯 살로 추정. 갈색 피부에 몽골계.

포부르 생 토노레 가의 한 카페에서 두 사람의 모습이 마지막으로 목격되었다.

경찰은 전에도 그들이 함께 있는 것을 보았다는 증언들을 입수했다. 하지만 그게 정확히 몇 번이었는지는 아무도 기억하지 못했다. 에스테르는 늘 그 남자(미하일이라는 이름밖에는 알려진 것이 없는 인물이다)가 아주 중요한 사람이라고 했다. 그러나 그가 자신의 기자 경력에 중요하다는 건지, 아니면 여자인 자신에게 중요하다는 뜻인지는 설명하지 않았다.

경찰은 정식으로 수사에 착수했다. 그들은 몇 가지 가설을 세웠다. 납치, 협박, 살해 후 사체 은닉. 정보를 수집해야 하는 기자라는 직업의 성격상, 그녀는 테러조직 관련자들과 빈번히 접촉해왔으므로 그리 놀랄 만한 가설은 아니었다. 경찰은 그녀가 사라지기 직전 몇 주 동안 그녀의 은행 계좌에서 규칙적으로 돈이 인출되었다는 사실을 알아냈다. 경찰은 그 돈이 정보에 대한 대가였을 수도 있다고 보았다. 그녀의 옷가지는 모두 그대로 남아 있었다. 그런데 이상하게도 여권은 발견되지 않았다.

그: 아주 젊고, 전과 기록이 없으며, 신원을 파악할 단서가 전혀 없는 미지의 존재.

그녀: 에스테르. 국제 언론인상 2회 수상. 서른 살. 기혼.

내 아내.

나는 즉각 혐의를 받고 구금되었다. 그녀가 사라진 날 내 행적에 대해 진술하길 거부한 게 이유였다. 하지만 방금 전에 당직 경찰관은 유치장 문을 열어주며, 이제 선생은 자유입니다, 라고 했다.

그런데 어째서 내가 자유로운가? 요즘 세상엔 누구나 타인에 대해 무엇이든 알 수 있으며, 원하기만 하면 얼마든지 손쉽게 정보를 얻을 수 있는데 말이다. 신용카드를 사용한 곳이나 자주 드나드는 장소는 물론 잠자리 상대까지도. 내 경우는 그 덕분에 일이 쉽게 풀렸다. 한 여자가 내가 구금되었다는 소식을 전해 듣고는 곧바로 경찰에 출두해 증언을 해준 것이다(아내의 친구이자 동료 기자인 그녀는 나와 잤다고 진술해도 거리낄 것이 없는 이혼녀였다). 그녀는 에스테르가 사라진 날 하루 종일 나와 함께 있었다는 구체적인 증거까지 제시했다.

나는 형사반장과 얘기하게 되었다. 그는 내 물건들을 돌려주고 사과를 한 뒤, 정당한 법적 절차에 따른 일시적인 구류였으므로 나에게는 정부를 상대로 이의를 제기하거나 소송을 걸 권리가 없다고 못박았다. 나는 그럴 생각은 전혀 없다고, 설령 죄가 없더라도 우리는 누구나 의심을 받을 수 있으며, 24시간 내내 감시당하고 있음을 안다고 말했다.

"이제 선생은 자유입니다."

그는 당직 경찰관이 했던 말을 되풀이했다.

내가 묻는다. 아내에게 정말로 심각한 일이 일어난 건 아닐까요? 언젠가, 그녀는 자신이 지하 테러조직과 연계되어 있기 때문에 종종 미행당하는 것 같다고 말했습니다.

반장은 말을 돌린다. 내가 고집스럽게 물고늘어져보지만, 그는 끝내 입을 다물어버린다.

나는 그녀가 여권을 가지고 여행하는 것이 가능한지 묻는다. 그는 그럴 수 있다고, 그녀가 범죄 행위를 저지르지 않았으므로 얼마든지 가능하다고 대답한다. 부인께서 자유롭게 나라 밖으로 나가거나 들어오지 못할 이유가 뭐 있겠습니까?

"그렇다면 아내가 현재 프랑스에 없을 수도 있겠군요?"

"선생이 그 여자분과 잤기 때문에 부인께서 선생을 떠났다고 생각하십니까?"

당신이 상관할 바가 아닙니다, 라고 나는 대꾸한다. 반장은 잠시 말을 멈추더니 이내 심각한 표정이 되어 말한다. 내가 구금된 건 절차상 그래야 했기 때문이었고, 아내가 실종된 것에 대해선 유감스럽게 생각한다고. 자신은 비록 내 책들을 좋아하지는 않지만(그는 내가 누군지 알고 있었다! 그렇다면 겉보기와는 달리 교양이 아주 없지는 않은 모양이다), 내 입장을 이해한다고, 그리고 앞으로 내가 겪어야 할 일들을 충분히 짐작할 수 있다고 얘기한다.

그럼 이제 나는 어떻게 해야 하느냐고 물어본다. 그는 나에게 명함을 건네며 새로운 사실을 알게 되면 곧바로 연락하라고 한다. 이건 영화 속에서 수없이 본 장면 그대로다. 하지만 그의 말을 곧이곧대로 믿을 수는 없다. 형사들은 언제나 그들이 말하는 것보다 더 많이 알고 있는 법이니까.

그는 에스테르가 마지막으로 목격되었을 때 함께 있었던 남자를 만난 적이 있는지 묻는다. 나는 그의 이름만 알고 있을 뿐 개인적으로 만난 적은 한 번도 없었다고 대답한다.

그는 우리 부부 사이에 무슨 문제는 없었는지 묻는다. 나는 우리가 십 년 넘게 같이 살았고, 여느 부부들이 겪는 지극히 일상적인 갈등 외에 다른 문제는 전혀 없었다고 대꾸한다.

그가 은근슬쩍 묻는다. 최근 우리 부부가 이혼에 대해 상의한 적이 있는지, 혹은 아내가 나를 떠날 마음을 품고 있었던 건 아닌지. 나는 앞서도 말했듯이 '다른 모든 부부들처럼' 우리도 더러 말다툼을 했지만 그런 일은 결코 없었다고 대답한다.

"자주입니까, 가끔입니까?"

"가끔이오."

나는 힘주어 말한다.

그러자 그는 좀더 은근하게, 혹시 내가 아내의 친구와 바람피운 걸 아내가 눈치 채진 않았냐고 묻는다. 우리가 잔 것은 그게 처음이자 마지막이었고, 바람이라고 할 만한 것도 아니었다고 나는 대답한다. 그건 정말로 아무것도 아니었다. 꽤나 따분한 하루였고, 점심식사 후로 마땅히 할 일도 없었다. 유혹은 그런 일상에 활력을 주는 일종의 게임이고, 그래서 우리는 침대로 갔다.

"선생은 그냥 따분해서 여자와 침대로 갑니까?"

나는 그런 질문은 조사의 영역을 벗어나는 거라고 말할까 고민한다. 그러나 우선은 그를 내 편으로 만들어야 한다. 나중에 혹 그가 도움이 될 수도 있지 않은가. 눈에 보이지는 않지만 언제나 내게 유용했던 '호의은행'이라는 기관은 지금도 여전히 존재하니까.

"이따금 그런 때가 있지요. 흥미진진한 사건은 하나도 없고, 여자들은 감동을 원하고, 나는 짜릿한 모험을 추구한다, 뭐 그런 얘깁니다. 그러니까 이튿날이 되면 두 사람은 아무 일도 없었던 것처럼 행동하고, 삶은 늘 그렇듯 계속되는 거지요."

그는 내게 악수를 청하며 고맙다고 한다. 그러고는 자기네 세계에선 좀 다르다고 덧붙인다. 따분하고 지겹고 누군가와 잠자리를 하고 싶은 충동을 느끼는 건 마찬가지지만, 다들 자신을 억제하려 애쓰고, 하고 싶거나 생각한 대로 전부 다 실행에 옮기지는 않는다는 것이다.

"어쩌면 예술가들은 좀더 자유롭겠지요."

그가 중얼거린다.

나는 그가 속한 세계에 대해서라면 잘 알고 있다고, 하지만 지금 이 자리에서 사회와 인간 존재에 대한 우리 둘의 서로 다른 견해를 비교하고 싶지는 않다고 응수한다. 그러고는 입을 다문 채 그가 말을 이을 때까지 기다린다.

"선생의 자유에 관한 문제라면, 이제 가셔도 됩니다."

반장이 말한다. 작가가 경찰과 토론하기를 거부했다는 사실에 그는 다소 실망한 듯하다.

"이제 선생을 개인적으로 알게 되었으니 선생의 책들도 읽어보도록 하지요. 아까 선생의 책을 좋아하지 않는다고 했지만, 실은 아직까지 읽어보지 못했습니다."

이런 말을 듣는 게 이번이 처음은 아니고 짐작건대 마지막도 아닐 것이다. 어쨌든 이번 일로 내 독자가 한 명 더 늘어난 셈이긴 하다. 나는 그에게 인사를 하고 그곳을 빠져나왔다.

나는 자유다. 나는 구금에서 풀려났고, 아내는 자초지종을 알 수 없는 상황에서 증발해버렸다. 나는 매일 정해진 시간에 출근해서 일해야 하는 사람도 아니고, 대인관계에도 문제가 없다. 부자인데다, 유명하기까지 하다. 만일 에스테르가 나를 떠난 거라면, 그녀의 자리를 대신할 누군가를 만나는 건 금방일 것이다. 나는 자유롭고 얽매인 데라곤 없다.

하지만 자유가 뭔가?

오랫동안 나는 무언가의 노예로 살아왔다. 그러므로 먼저 자유라는 단어의 뜻을 이해해야만 한다. 어린 시절부터 나는 자유를 위해 싸워왔다. 나는 작가보다는 엔지니어가 되라고 잔소리하는 부모와 싸웠다. 또 입학하자마자 짓궂은 장난을 치며 날 따돌리려는 중학교 친구들에 맞서 싸웠다. 나나 그 녀석들이나 허구한 날 코피를 흘렸고, 집에 가면 어머니가 내 몸에 난 상처를 보지 못하게 감추어야 했다. 왜냐하면 그건 내 문제니까. 내 문제는 어머니가 아니라 나 스스로 풀어야만 하니까. 그리고 기어이 나는 눈물 한 방울 흘리지 않고 몰매를 견디어낼 수 있다는 걸 녀석들에게 보여주었다. 나는 혼자서도 살아갈 힘을 기르기 위해 싸웠다. 연장가게 배달원으로 일했던 것도 가족이라는 미명하에 가해지는 압박에서 벗어나고 싶어서였다. "우리가 너를 먹여살리잖니, 그러니까 이런저런 일도 해야지."

청년 시절, 나는 사랑하는 소녀를 위해 싸웠다. 그녀도 나를 사랑했지만 결말은 좋지 않았다. 그녀의 부모님은 내가 장래성 없는 녀석이라고 그녀를 설득했다. 결국 그녀는 나를 절망의 구렁텅이에 빠뜨렸다.

그후로 나는 내가 몸담게 된 언론계의 적대적인 분위기에 맞서 싸웠다. 내 첫번째 고용주는 면접 보러 온 나를 세 시간이나 기다리게 했다. 그리고 내게 털끝만큼도 관심을 보이지 않다가, 자신이 읽고 있던 책을 내가 갈가리 찢어버리자 비로소 놀란 표정으로 나를 쳐다보았다. 그리고 그는 자기 앞에 있는 청년에게서 좋은 기자가 되기 위한 필수 덕목, 즉 적을 집요하게 물고늘어지며 모욕할 수 있는 근성을 발견했다. 나는 사회주의의 이상을 위해 싸웠다. 그러다가 감옥까지 갔고, 감옥을 나와서도 계속 싸웠다. 나는 스스로를 노동자 계급의 영웅으로 여겼다. 비틀스를 듣기 전까지는. 그러나 비틀스의 음악을 듣고 난 뒤로 나는 마르크스보다는 록 음악이 훨씬 더 신난다는 걸 알게 되었다. 나는 내 첫번째, 두번째, 세번째 아내의 사랑을 얻기 위해 싸웠다. 그리고 내 첫번째, 두번째, 세번째 아내와 헤어질 용기를 내기 위해 싸웠다. 왜냐하면 사랑은 지속되지 않았고, 나는 떨쳐버리고 앞으로 나아가야 했으니까. 오직 나를 만나기 위해 이 세상에 태어난 그녀를 만나기 전까지는 줄곧 그랬다. 물론 그녀는 그 셋 중에는 없었다.

나는 자리를 잡아가고 있던 언론계를 떠나 책을 쓰는 모험을 감행하기 위해 싸웠다. 물론 내 고향나라에선 문학으로 먹고살기 힘들다는 사실을 익히 알고 있었다. 그리고 일 년 후, 나는 글쓰기를 걷어치웠다. 천 페이지가 넘게 쓰고 난 뒤였다. 단언컨대 그건 천재적인 작품이었다. 내가 써놓고도 무슨 말인지 전혀 이해할 수 없을 정도였으니까.

투쟁을 하면서 나는 사람들이 자유의 이름으로 하는 말을 들었다. 그런데 그 별난 권리를 옹호하면 할수록, 그들은 점점 무언가의 노예가 되어갔다. 부모의 욕망의 노예, 타인과 '여생을' 함께 하기로 약속한 결혼생활의 노예, 체중계의 노예, 정치체제의 노예, 금방 포기하게 될 무수한 결심들의 노예였다. 그들은 '아니'라고도 '지나간 일'이라고도 말할 수 없는 사랑의 노예였으며, 만나고 싶지 않은 사람들과 함께 식사를 해야 하는 주말의 노예였다. 풍요로움의 노예, 풍요로움의 겉치레의 노예, 풍요로움의 겉치레의 겉치레의 노예. 자신의 의지에 따라서가 아니라 다른 누군가가 그게 더 가치 있는 삶이라고 말했기 때문에 그렇게 살기로 결심한 삶의 노예. 그들의 낮과 밤은 그렇게 이어지고, 서로 닮아갔다. 모험은 책에서나 볼 수 있는 단어였고 밤낮 켜놓는 텔레비전에 등장하는 이미지일 뿐이었다. 새로운 문 하나가 열리면 그들은 매번 이렇게 말했다.

"그런 덴 별 관심 없어. 내가 원하는 게 아냐."

안으로 들어가보지도 않고 그게 원하는 것인지 아닌지 어떻게 안단 말인가? 하지만 이런 질문은 아무 소용이 없다. 사실 사람들은 사소한 습관들로 이루어진 자신들의 우주가 그 변화로 인해

뒤흔들릴까봐 두려운 것이다.

반장은 내가 자유롭다고 했다. 자유. 그렇다. 나는 지금 자유롭다. 구금되어 있는 동안에도 나는 자유로웠다. 나에게 자유는 여전히 이 세상에서 가장 소중한 것이기 때문이다. 자유에 대한 이런 갈망 때문에 나는 즐기지도 않는 포도주를 마셔야 할 때도 있었고, 다시는 하지 않을 일을 해야 했던 적도 있다. 그것들은 내 몸과 마음에 많은 상처를 남겼다. 나중에 그들에게 용서를 구하긴 했지만, 몇몇 사람들에게 상처를 입히기도 했다. 나의 광기와 삶에 대한 내 갈망을 따르라고 강요하는 것만 아니라면 타인에게 무슨 짓이든 할 수 있다고 생각했던 시절의 일이다. 고통스러웠던 그 순간들을 후회하지는 않는다. 나는 마치 훈장처럼 상처들을 몸에 지니고 있다. 자유는 구속만큼이나 큰 대가를 요구한다. 다른 점이 있다면 기꺼이, 웃으면서 그 값을 치른다는 점이다. 비록 눈물 젖은 웃음일지라도.

경찰서를 나왔다. 날씨는 화창했다. 내 심정하고는 전혀 상관없이 햇볕 따스한 일요일이었다. 밖에서는 내 변호사가 몇 마디 위로의 말과 함께 건넬 꽃다발을 들고 기다리고 있었다. 그는 병원이며 시체 공시소마다 전부 전화를 걸어보았다고 했다(누군가가 집을 나가 오랫동안 돌아오지 않을 때 사람들이 늘 하는 일이다). 그러나 에스테르의 자취를 찾지는 못했다. 그는 내가 어느 경찰서에 붙잡혀 있는지 기자들이 알지 못하도록 미리 손을 써두었다고 했다. 그리고 나중에 내가 기소될 경우 자기방어를 위한 법률적 전략을 마련하기 위해 의논을 좀 해야겠다고 말했다. 나는 그의 배려에 감사의 뜻을 표했다. 사실 그는 법률적 전략을 세우고 싶은 것이 아니었다. 그저 나를 혼자 내버려두기가 걱정되었을 뿐이다. 내가 어떻게 반응할지 알 수 없었으니까(진탕 술을 퍼마시고 다시 체포될지 아니면 자살을 기도할지). 나는 매듭지어야 할 중요한 일들이 있다고 말했다. 우리, 그러니까 그와 나는 내가 법적으로 아무 문제가 없다는 걸 알고 있었다. 그는 선뜻 물러서지 않았지만 난 그에게 선택권을 주지 않았다. 끝끝내 나는 자유인이다.

자유. 비참하게 홀로 있을 자유.

나는 택시를 잡아타고 파리 중심가로 향했다. 운전사에게 개선문 근처에서 내려달라고 했다. 나는 브리스톨 호텔을 향해 샹젤리제 대로를 걸어 내려가기 시작했다. 에스테르와 나, 둘 중 하나가 해외 출장에서 돌아오면 함께 핫초콜릿을 마시곤 했던 호텔이다. 일종의 귀향 의식 같은 것으로, 우리 둘을 이어주는 사랑에 푹 잠기는 시간이었다. 실은 그때도 벌써 삶은 우리를 서로 다른 방향으로 서서히 밀어내고 있었지만.

나는 쉬지 않고 걸었다. 거리의 사람들은 쾌활하게 웃고 있었고, 아이들은 한겨울에 찾아온 봄날 같은 몇 시간을 신나게 즐기고 있었다. 차들은 시원하게 달렸고, 모든 게 정상적으로 보였다. 그들 중 누구도 내 아내가 사라졌다는 걸 모르고 있다는 사실만 제외하면. 어쩌면 이 사람들은 그런 것엔 관심조차 없을 것이다. 그런데 지금 내가 얼마나 고통스러운지 이들은 정녕 모른단 말인가? 마음속으로 사랑의 피눈물을 흘리고 있는 한 남자에 대해 모두 슬퍼하고 동정심과 연대감을 느껴야 마땅하다. 그런데 평범하고 하잘것없는 주말 오후의 일상에 매몰되어 웃으며 즐거워하고 있다니.

이 얼마나 우스꽝스러운 생각인가! 나 또한 마음에 상처를 입고 고통스러워하는 사람들과 수없이 마주치지만, 그들이 무슨 이유로 얼마나 고통받고 있는지 알지 못하지 않는가.

담배를 사려고 근처의 바로 들어갔다. 사람들은 내게 영어로 대답했다. 즐겨 먹는 박하사탕을 사려고 약국에도 들렀다. 그곳 점원 역시 영어로 대답했다(내가 두 번 다 프랑스어로 물건을 달라고 했는데도). 호텔에 도착하기 전, 막 툴루즈에서 왔다는 소년 둘이 다가와 어느 가게의 위치를 물었다. 이미 여러 사람에게 물어보았지만 아무도 그들이 하는 말을 알아듣지 못했다고 한다. 무슨 일이 일어난 거지? 내가 경찰서에 붙잡혀 있던 스물네 시간 동안 샹젤리제에서 통용되는 언어가 바뀌기라도 한 건가?

관광과 돈이 일으킨 기적이었다! 어째서 그 사실을 좀더 일찍 알아차리지 못했을까? 이유인즉, 요즘 들어 에스테르와 나는 여러 차례 외국에 다녀왔으면서도 핫초콜릿을 마시러 나오지 않은 탓이다. 언제나 그보다 더 중요한 다른 일이 있었다. 미룰 수 없는 약속이 항상 잡혀 있었다. 그래, 여보. 핫초콜릿은 다음에 마시지 뭐. 빨리 돌아오기나 해. 오늘 내가 정말 중요한 인터뷰를 해야 한다는 거 알잖아. 그래서 공항으로 당신을 마중 나갈 수 없겠어. 택시를 타도록 해. 휴대전화를 켜두었으니 급한 일이 생기면 연락하고. 그럼 오늘 저녁에 봐.

휴대전화! 나는 곧바로 주머니에서 휴대전화를 꺼내 전원을 켰다. 몇 번 벨이 울렸고, 그때마다 가슴이 철렁 내려앉았다. 작은 액정화면에 나를 찾는 사람들의 이름이 떴다. 하지만 나는 누구의 전화도 받지 않았다. '발신자표시제한'이라는 문구가 떴다면 그녀의 전화였을 것이다. 내 휴대전화 번호를 알고 있는 사람은 다 합쳐봐야 스무 명 정도밖에 안 되고, 그들은 내 번호를 다른 사람에게 알려주지 않기로 약속했다. 하지만 그런 전화는 오지 않았다. 화면에 뜬 전화번호는 모두 친구나 일로 가까이 지내는 사람들의 번호였다. 그들은 대체 무슨 일이 일어난 건지 궁금했을 것이다. 나를 돕고 싶었을 것이고(대관절 어떻게?), 뭐 필요한 것은 없는지 묻고 싶었을 것이다.

전화벨이 계속 울렸다. 받아야 할까? 이 사람들 중 몇 명이라도 만나봐야 하는 걸까?

하지만 지금 일어나고 있는 일이 정확히 이해되기 전까지는 그냥 혼자 있기로 마음먹었다.

어느덧 브리스톨 호텔에 도착했다. 에스테르는 이곳을 파리에서 보기 드문 호텔 중 하나라고 했었다. 손님을 하룻밤 몸 누일 곳이나 찾는 노숙자가 아니라 '주인'으로 대접한다는 것이었다. 호텔 직원들은 가족처럼 친근하게 나를 맞아들였다. 나는 근사한 벽시계 앞의 자리를 골랐다. 거기 앉아 피아노 소리를 들으며 야외정원을 바라보았다.

현실적인 해결책을 찾아야 했다. 삶은 계속될 테니까. 아내에게 버림받은 사람이 세상에 나 혼자는 아니잖은가. 하지만 날씨는 꼭 이렇게 화창했어야 하나? 행인들은 유쾌하게 웃으며 지나가고, 아이들이 노래를 부르고, 봄의 시작을 알리는 징조들이 보이며 햇살이 반짝이고, 운전자가 보행자에게 너그러워지는 오늘 같은 날 이런 고민을 해야 하는 걸까?

냅킨을 집어들었다. 머릿속을 가득 메운 생각들을 끄집어내 적어보기로 했다. 감정적인 문제일랑은 한쪽으로 치워두고 우선 해야 할 일부터 생각하자.

가설 1: 그녀는 정말로 납치되었고, 현재 생명에 위협을 느끼는 상황에 처해 있다. 나는 그녀의 남자이고, 언제나 그랬듯 그녀의 동반자다. 그녀를 찾기 위해 모든 수단과 방법을 동원해야 한다.

반증: 그녀는 여권을 챙겨 갔다. 경찰은 모르고 있지만, 개인적인 물건도 몇 가지 가져갔다. 외국에 나갈 때면 늘 지니고 다니는,

수호성인들의 초상이 들어 있는 지갑도 가지고 갔다. 은행에서 돈도 인출해 갔다.

결론: 그녀는 진작부터 떠날 준비를 한 것이다.

가설 2: 그녀는 누군가와 약속이 있어서 나갔는데 그것이 실은 함정이었다.

반증: 그녀는 전에도 여러 번 이런 위험 상황에 처한 적이 있다. 직업의 성격상 불가피한 일이다. 하지만 언제나 내게 미리 알려주었다. 그녀가 전적으로 신뢰하는 유일한 사람은 바로 나이다. 그녀는 자기가 어디에 있게 될 건지, 누구와 접촉할 건지(나까지 위험에 처하지 않도록 대부분 그들의 이름을 가명으로 알려주긴 했지만), 그리고 자신이 예정한 시각에 돌아오지 않을 경우 대처 방법까지 일러주었다.

결론: 정보원과 만날 약속 같은 건 없었다.

가설 3: 그녀는 다른 남자를 만났다.

반증: 반증으로 내세울 만한 게 없다. 가설들 중에 유일하게 말이 되는 가설이다. 그러나 나는 인정할 수 없다. 그녀가 이런 식으로, 아무 이유도 밝히지 않은 채 나를 떠난다는 것을 받아들일 수 없다. 에스테르와 나, 우리 두 사람은 살면서 어려운 일이 있을 때마다 함께해왔고, 그것을 늘 자랑스러워했다. 또 쉽지는 않았지만, 서로에게 거짓말한 적이 한 번도 없었다. 비록 혼외정사에 관해선 언급하지 않는다는 것이 게임의 규칙 중 하나였지만 말이

다. 그랬다. 그녀는 미하일이라는 남자를 만난 후로 많이 변했다. 그렇다 해도 그것만으로 십 년이나 지속되어온 결혼생활을 끝낸다는 게 말이 되는가?

그 남자와 잤다 해도, 사랑에 빠졌다 해도, 돌아올 기약 없는 모험을 떠나기 전에 그녀는 우리가 함께한 모든 순간들을, 우리가 쌓아온 모든 것을 저울질해보지 않았을까? 그녀는 얼마든지 자유롭게 여행할 수 있었다. 또 남자들, 아주 오랫동안 여자 구경이라고는 해보지 못한 군인들에 둘러싸여 살았다. 나는 그녀에게 아무것도 묻지 않았고, 그녀 또한 나에게 아무 말도 하지 않았다. 우리 두 사람은 그렇게 자유로웠고, 그걸 자랑스러워했다.

그런데 에스테르가 사라진 것이다. 오직 내 눈에만 보이는 비밀 메시지 같은 흔적들을 남겨둔 채. "나, 떠날게."

왜?

이 질문에 힘들여 대답할 가치나 있나?

없다. 사랑하는 여자를 곁에 붙잡아둘 능력조차 없을 만큼 내가 무능하니까. 그녀를 찾아내 내 곁으로 돌아오라고 애써 설득할 가치가 있을까? 우리의 결혼생활을 유지하기 위해 한 번 더 기회를 달라고 애원하고 빌어볼까?

우스꽝스러워 보이겠지. 차라리 사랑했던 여자들이 떠나갔을 때처럼, 그저 고통을 감내하는 편이 나으리라. 전에도 그랬듯 아픈 상처나 핥고 있는 편이 낫다. 한동안은 하염없이 그녀에 대해 생각하겠지. 쓰라린 아픔을 느끼고, 아내가 떠나버렸다며 신세타령만 늘어놔 친구들을 짜증나게 만들겠지. 대관절 무슨 일이 일어난 건지 스스로에게 설명하려 애쓰고, 그녀와 함께했던 순간들을 밤낮으로 곱씹겠지. 그리고 결국에는 그녀가 나와 지내기 힘들었던 거라고, 하지만 나는 언제나 최선을 다했노라고 결론을 내릴 것이다. 그러고는 다른 여자를 찾아나서겠지만, 길을 걸을 때마다 에스테르일지도 모르는 여자와 수없이 마주칠 것이다. 밤낮으로 고통스러워하겠지. 몇 주, 몇 달, 아니 어쩌면 일 년 넘게 그런 날들이 계속될 것이다.

그리고 어느 날 아침, 퍼뜩 정신을 차리겠지. 어느새 다른 일을 생각하고 있는 나 자신을 발견하고는, 최악의 상황은 지나갔음을 깨닫게 될 것이다. 나는 마음의 상처를 입었지만 그 상처는 치유될 테고, 다시 한번 삶의 아름다움을 어렴풋이 보게 되리라. 나는 확신한다. 예전에도 이런 일은 있었고, 앞으로도 일어날 것이다. 누군가가 떠나면 다른 누군가가 오는 법이다. 나는 새로운 사랑을 만나게 될 것이다.

나는 잠시 이 새로운 상황을 즐기려고 해본다. 백만장자 독신남. 원하는 사람과 거리낄 것 없이 데이트를 할 수도 있고, 파티에서 지난 몇 년간 하지 못했던 행동들을 할 수도 있다. 소문은 순식간에 퍼질 테고, 금세 우리 집 대문 앞에 여자들이 줄을 설 것이다. 그중엔 젊은 여자도 있을 테고, 더이상 젊다곤 할 수 없는 여자도 있을 것이다. 부자도 있고, 본인이 내세우는 만큼 부자는 아닐 수도 있고, 똑똑한 건 기본이고, 최소한 내가 듣고 싶어하는 얘기들을 할 수 있을 정도로는 고상한 여자들일 것이다.

자유로운 것이 근사한 일이라고 믿고 싶다. 나는 다시금 자유로워진 것이다. 지금이야말로 내 인생에 하나뿐인 진정한 사랑을 만날 준비를 할 때다. 그리고 나를 위해 마련된 삶은 내게 이처럼 모욕적인 상황을 다시 겪게 하지는 않으리라.

핫초콜릿을 다 마시고 벽시계를 쳐다본다. 물론 이런 느긋한 기분을 즐기고 다시 인간사회의 일원이 되기엔 아직 많이 이르다는 걸 안다. 나는 잠시 상상에 빠져든다. 저기 보이는 문으로 에스테르가 걸어들어온다. 그녀는 아름다운 페르시아 양탄자를 가로질러서는 아무 말 없이 내 옆에 앉는다. 담배 한 대를 피우고 안마당을 내다보다가 내 손을 잡는 그녀. 어느새 반시간이 흘렀다. 그 반시간 동안 나는 내가 지어낸 이야기를 믿었지만, 이내 그것이 또다른 망상에 지나지 않음을 깨닫는다.

나는 집으로 돌아가지 않기로 마음먹는다. 호텔 프런트로 가서 방 하나와 칫솔 한 개, 그리고 탈취제를 달라고 한다. 객실은 예약이 다 끝났지만, 지배인이 요령 있게 처리해준다. 나는 테라스가 딸리고, 에펠 탑과 파리의 지붕들이 내다보이는 아름다운 스위트룸에 든다. 하나둘씩 불빛들이 들어오기 시작하면서 일요일 만찬을 즐기기 위해 나선 가족들의 모습이 창 밖으로 내다보인다. 샹젤리제 거리에서 느꼈던 감정이 되살아난다. 나를 둘러싼 것들이 아름다울수록, 나는 더 비참해진다.

텔레비전을 보지도 않고, 저녁식사도 거른다. 나는 테라스에 앉아 내 삶을, 유명작가가 되기를 꿈꾸었던 한 젊은이의 삶을 되돌아본다. 그러다가 문득 깨닫는다. 실상은 완전히 달랐던 것이다. 그는 자기 나라 밖에서는 거의 읽히지 않는 언어로 글을 썼고, 그의 나라에는 책 읽는 사람이 없었다. 식구들은 그에게 대학에 진학하라고 종용했다(어떤 대학이라도 좋다, 아들아. 학위만 따면 돼. 그러지 않으면 평생 아무 쓸모 없는 사람이 될 거다). 그는 반항했다. 그리고 히피가 되어 세상 곳곳을 유랑했다. 그러다 어떤 가수를 알게 되어 노래가사를 몇 개 써주었는데, 그때부터 갑자기 돈을 벌기 시작했다. 부모님의 뜻에 따라 화학기술자가 된 누나보다 훨씬 많이 벌었다.

나는 노래가사를 더 많이 썼다. 내 노래를 부른 가수는 점점 더 유명해졌다. 그렇게 해서 나는 몇 년 동안 놀고먹어도 될 만큼 충분한 돈을 모았다. 나는 연상의 여인과 첫번째 결혼을 했고, 그 결혼생활을 통해 많은 것을 배웠다. 섹스하는 법, 운전하는 법, 영어로 말하는 법, 밤늦게 잠자리에 드는 법 등등. 그러나 우리는 결국 헤어졌다. 그녀의 말에 따르면 내가 "가슴이 큰 미녀라면 가리지 않고 꽁무니를 따라다니느라 시간을 낭비하는 정서적 미숙아"이기 때문이었다. 나는 두번째 결혼을 했고, 그 다음 세번째 결혼을 했다. 둘 다 나에게 정서적 안정을 줄 수 있을 것 같은 여자들이었다. 그리고 바라던 대로 정서적 안정을 얻었다. 하지만 그토록 바랐던 안정감에는 지독한 권태가 뒤따른다는 사실을 깨달았다.

두 번 더 이혼을 했고, 그때마다 나는 자유로워졌다. 하지만 그건 단지 기분에 불과했다. 자유는 책임의 부재가 아니라, 나에게 최선인 것을 선택하고 책임지는 능력이기 때문이다.

나는 거듭 사랑을 좇았고, 계속 가사를 썼다. 사람들이 직업을 물으면 작가라고 대답했다. 내가 쓴 것이라고는 노래가사밖에 알지 못한다는 말이 돌아오면, 그건 내 작업의 일부일 뿐이라고 답했다. 죄송하게도 아직 내 책을 읽어보지 못했노라고 하면, 현재 집필중이라고 했다. 거짓말이었다. 사실 내겐 돈도 있고, 인맥도 있었다. 없는 것이 있다면, 책을 쓸 용기였다. 나는 내 꿈을 추구할 가능성을 충분히 갖추었다. 하지만 시도했다가 실패한다면 그후의 삶이 어떻게 될지 알 수 없었다. 그래서 잘못될지도 모를 위험을 무릅쓰기보다는 그저 가슴속에 꿈으로 간직하는 쪽을 택했다.

어느 날, 여기자 하나가 나를 인터뷰하러 왔다. 그녀는 내 노래가사는 전 국민이 다 알지만, 미디어에 등장하는 쪽은 가수뿐이고, 가사를 쓴 내가 누군지는 아무도 모를 때 어떤 기분인지 궁금해했다. 예쁘고 지적이고 수다스럽지 않은 여자였다. 우리는 공적인 일이 주는 부담감 없이 어느 파티 석상에서 다시 만났고, 그날 밤 그녀를 침대로 데려가는 데 성공했다. 나는 사랑에 빠졌지만, 그녀는 내게 별 관심이 없었다. 내가 전화를 걸면 그녀는 늘 바쁘다고 말했다. 그녀가 나를 거부하면 할수록 그녀에 대한 내 관심은 늘어갔고, 결국 나는 내 시골 별장에 가서 함께 주말을 보내자고 설득하는 데까지 이르렀다(집안에서는 내놓은 자식이었지만, 당시 나는 내 친구들 중 시골에 별장을 살 수 있는 유일한 사람이었다. 반항아가 성공하는 경우도 있기 마련이다).

사흘 동안 우리는 바다를 바라보며 호젓한 시간을 보냈다. 나는 그녀를 위해 요리를 했고, 그녀는 자기 일에 대해 이야기했다. 그리고 마침내 그녀는 나를 사랑하게 되었다. 우리는 도시로 돌아왔고, 그녀는 꼬박꼬박 내 아파트에 와서 밤을 보내기 시작했다. 어느 날 아침 그녀는 평소보다 일찍 나가더니 타자기를 들고 다시 돌아왔다. 다른 말은 필요 없었다. 그날부터 내 집이 그녀의 집이 되었다.

그러고 나서 전처들과의 관계에서 익히 겪었던 갈등이 되풀이되었다. 늘 안정을 추구하는 그녀들과, 미지의 세계와 모험을 추구하는 나 사이에 생기기 마련인 문제들. 하지만 이번에는 관계가 훨씬 오랫동안 지속됐다. 그러나 이 년이 흐르자, 에스테르가 타자기와 함께 가져온 물건들을 도로 가져갈 때가 되었다는 생각이 들었다.

"뭔가 잘 안 돌아가는 것 같아."

"하지만 난 당신을 사랑하고, 당신도 나를 사랑해. 그렇지 않아?"

"잘 모르겠어. 당신과 함께 있는 게 좋으냐고 묻는다면, 대답은 예스야. 하지만 당신 없이도 살 수 있냐고 묻는다면, 그 대답 역시 예스지."

"만약 내가 남자로 태어났다면 나는 자신에게 만족할 수 없었을 거야. 난 내가 여자인 게 좋아. 사실 남자들이 우리 여자들에게 기대하는 거라곤 요리를 잘하는 것뿐이잖아. 그런데 남자들은 모든 걸 원해. 절대적으로 모든 걸. 당신들은 가족을 부양하고 섹스를 하고 자식들을 지키고 경쟁하고 성공을 거머쥐길 원해."

"그런 문제가 아냐. 나는 지금의 내 모습에 아주 만족해. 당신과 함께 있는 것도 좋고. 하지만 뭔가 잘 안 돌아간다는 생각이 든단 말이지."

"그래, 당신은 나와 함께 있는 걸 좋아해. 하지만 자기 자신과 홀로 마주하는 건 싫어하지. 당신은 중요한 걸 잊기 위해 늘 모험을 찾아 헤매. 당신은 혈관 가득 아드레날린이 고동쳐야 하는 사람이야. 그래야만 혈관 속에 진짜로 흘러야 하는 게 피라는 사실을 잊을 수 있으니까."

"난 중요한 것들을 회피하지 않아. 당신이 말하는 중요하다는 게 대체 뭔데? 예를 들어봐."

"책을 쓰는 것."

"책이라면 언제든 쓸 수 있어."

"그렇다면 써. 책을 쓰라고! 그런 다음에도 뭔가 잘 안 돌아간다는 생각이 들면, 그때 헤어져."

나는 그녀가 억지를 쓰고 있다고 생각했다. 난 내가 원하기만 하면 언제든 책을 쓸 수 있고, 나를 위해 편의를 봐줄 출판 편집인과 기자들도 많이 알고 있다. 에스테르는 나를 잃는 게 두려워서 이야기를 꾸며내고 있는 거다. 나는 그녀에게 이쯤 해두자고, 우리 관계는 막바지에 이른 것 같다고, 그녀의 생각과는 달리 지금 문제가 되는 건 사랑이지 나를 행복하게 해주는 게 뭐냐가 아니라고 설명했다.

"사랑이 뭔데?"

그녀가 물었다. 나는 한 시간이 넘도록 그녀에게 설명했다. 그러다 문득, 내가 사랑에 대해 제대로 정의 내리지 못하고 있다는 걸 깨달았다.

그녀가 말했다, 사랑을 정의 내리지도 못하면서 책을 쓰려 하냐고.

나는 그 둘은 아무 상관도 없다고 대꾸했다. 그리고 오늘중으로 아파트를 떠날 생각이라고 말했다. 그녀가 지낼 곳을 다시 구할 때까지 내가 호텔에 묵을 테니, 원한다면 그녀는 당분간 아파트에 머물러도 좋다고 했다. 그녀는 알았다고, 자기로선 문제될 게 전혀 없다고 대답했다. 그러고는 한 달 내에 집을 비워주겠다고, 당장 내일부터 지낼 곳을 찾아보겠노라고 했다. 나는 가방을 꾸리기 시작했고, 그녀는 책을 펴들었다. 나는 지금은 시간이 너무 늦었으니 내일 떠나겠다고 말했다. 그러나 그녀는 내일이 되면 내 마음이 약해지고 결단력이 없어질 테니 당장 떠나야 한다고 잘라 말했다. 나는 그녀에게 그렇게 나를 쫓아내고 싶으냐고 물었다. 그녀는 웃으면서, 끝내자고 한 것은 바로 나라고 대답했다. 그런 다음 우리는 잠자리에 들었다. 다음날이 되자, 떠나고 싶은 마음이 수그러들었다. 나는 좀더 생각해보기로 했다. 그러나 에스테르가 보기에 문제는 여전히 그대로 있었다. 내가 내 삶의 진정한 의미를 찾기 위해 위험을 무릅쓰지 않는 한, 어제 같은 상황은 또다시 되풀이될 것이고, 그렇게 되면 그녀는 불행해질 테고, 결국엔 그녀 쪽에서 나를 떠나게 될 거라고 했다. 그랬을 때 그녀가 할 수 있는 일이라곤 자신의 생각을 즉시 행동으로 옮기는 것뿐이고, 나에게로 돌아올 수 있는 다리들을 남김없이 끊어버릴 거라고 했다. 나는 그게 대체 뭐냐고 물었다. 난 다른 남자를 찾아 사랑에 빠질 거야. 그녀의 대답이었다.

그녀는 일을 하러 신문사에 갔고, 나는 하루 휴가를 내기로 마음먹었다(당시 나는 가사만 쓰는 게 아니라 음반사에서 일도 하고 있었다). 나는 타자기 앞에 앉았다. 다시 일어섰다. 신문을 읽었다. 중요한 편지들에 답장을 썼다. 그런 다음 중요하지 않은 편지들에도 답장을 썼다. 해야 할 일들을 메모하고, 음악을 듣고, 동네를 한 바퀴 돌다가 빵집 주인을 만나 수다를 떨고, 다시 집으로 돌아왔다. 낮 시간이 다 지나가버렸다. 그때까지 글은 단 한 줄도 쓰지 않았다. 나는 내가 에스테르를 싫어하는 게 틀림없다는 결론에 이르렀다. 그녀는 내가 원치 않는 일을 하도록 강요하고 있었다.

신문사에서 돌아온 그녀는 내게 아무것도 묻지 않았다. 그녀는 내가 글을 쓰지 못했다는 걸 다 알고 있었다. 내가 오늘도 어제와 똑같은 눈으로 세상을 바라보고 있다고 그녀가 말했다.

그 다음날은 일하러 갈 생각이었지만, 나는 그날 저녁 다시 타자기가 놓인 테이블 앞에 앉았다. 책을 읽고, 텔레비전을 보았다. 음악도 들었다. 그리고 다시 타자기 앞으로 돌아왔다. 그렇게 두 달이라는 시간이 흘렀다. '첫 문장'을 쓴 페이지들이 쌓여갔다. 하지만 나는 아직 한 문단도 완성하지 못하고 있었다.

나는 할 수 있는 모든 변명을 나 자신에게 늘어놓았다. 이 나라에서는 아무도 책을 읽지 않아. 줄거리 구상도 끝내지 못했는걸. 근사한 줄거리를 이미 구상해놓았지만 그것을 발전시키기에 적당한 방법을 찾지 못하고 있어. 게다가 써야 할 기사와 노래가사까지 밀려 있어서 무척 바쁘기도 하고…… 또다시 두 달하고 하루가 더 지난 어느 날, 그녀는 비행기 표 한 장을 들고 집으로 돌아왔다.

"지금까지 한 걸로 충분해."

그녀가 말했다.

"분주한 척, 자기 책임을 인식하고 있는 척, 세상이 당신을 필요로 하고 있는 척은 이제 그만 하고, 잠시 여행이라도 떠나."

나는 언제고 내 르포기사를 싣는 신문사의 국장이 될 수 있을 것이고, 내 노래가사를 전속으로 사용하는 음반사 사장도 될 수 있을 것이다. 그들은 내가 경쟁 음반사를 위해 작사하길 원치 않는다. 그러니까 내가 지금 하고 있는 일들은 언제고 다시 할 수 있다. 그러나 내 꿈은 그리 오랫동안 나를 기다려주지 않을 것이다.

내가 받아들이건 잊어버리건 간에.

"어디 가는 표인데?"

"스페인."

화가 치밀어올라 유리잔 몇 개를 박살내버렸다. 비행기 표 값은 비싸지만, 지금 당장은 자리를 비울 수 없었다. 내게는 그 동안 쌓아온 경력이라는 것이 있고, 나는 그것에 몰두해야 했다. 그러지 않으면 음악계에서 많은 것을 잃게 될 터였다. 문제는 내가 아니었다. 우리의 결혼생활이 문제였다. 만약 내가 책을 쓰고자 한다면, 그 누구도 나를 막을 수는 없을 터였다.

"당신은 할 수 있어. 간절히 원하기도 하고. 하지만 하지 않고 있잖아." 그녀가 말했다. "당신 문제는 나와는 아무 상관이 없어. 그건 당신 자신과의 문제라고. 그러니까 잠시 혼자 지내보면 좋을 거야."

그녀는 내게 지도를 보여주었다. 나는 비행기로 마드리드까지 가게 되어 있었다. 거기서 버스를 타고 프랑스 국경 가까이에 있는 피레네 산맥으로 향할 것이다. 중세 때부터 있어온 순례길인 산티아고*의 길이 그곳에서 시작된다. 나는 그 길을 걸어야 한다. 그리고 그 길 끝에서 그녀가 나를 기다릴 것이다. 내가 그곳에 이르면 그녀는 내가 하는 모든 말을 받아들이겠다고 했다. 내가 그

---

* 성 야고보.

녀를 더이상 사랑하지 않는다는 말, 아직 문학작품을 창작할 만큼 충분히 인생을 겪지 못했다는 말, 작가가 되겠다는 생각은 그만 하고 싶다는 말, 그건 그저 어릴 적의 꿈이었을 뿐 그 이상도 이하도 아니라는 말을 받아들일 거라고.

현기증이 일었다. 이 년이라는 시간을 함께 살아온 여자, 내 진정한 사랑이라고 믿었던 여자가 자기 마음대로 내 인생을 결정하고, 내가 하고 있는 일을 그만두게 하고, 한 나라를 도보로 여행하길 바라다니! 그녀를 진지하게 내 인생 속에 받아들였다니, 미친 짓이었다. 나는 술에 만취해 며칠 밤을 보냈고, 내 곁에 있던 그녀 역시 그랬다(실은 술을 싫어하는데도). 나는 공격적으로 변했다. 그녀가 내 자유로운 기질을 질투한다고, 이 미치광이 같은 생각은 모두 내가 그녀를 떠나고 싶다고 했기 때문에 나온 게 아니냐고 따졌다. 그러자 그녀는 이 모든 것은 내가 중학생이었을 때부터, 작가가 되기를 꿈꾸었을 때부터 시작된 것이라고 응수했다. 지금까지 충분히 미루어왔으니, 이제는 나 스스로 당당히 맞서야 한다는 것이었다. 그러지 않으면 남은 생애 동안 또다시 결혼과 이혼을 반복하고, 아름답게 꾸며낸 과거 이야기나 늘어놓으면서 서서히 추락해갈 거라고 했다.

나는 인정할 수 없었다. 그러나 그녀의 말은 진실이었고, 나 또한 그걸 알고 있었다. 그녀에게 설득당할수록 나는 점점 공격적이 되었다. 그녀는 불평하지 않고 나의 공격들을 받아들였다. 다만 출발 날짜가 다가오고 있음을 조용히 상기시킬 뿐이었다.

정해진 날짜가 며칠 남지 않은 어느 날 밤, 그녀는 나와의 잠자리를 거부했다. 나는 해시시 한 갑을 다 피우고, 포도주 두 병을 비웠다. 그리고 거실 한가운데서 정신을 놓아버렸다. 깨어났을 때, 나는 내가 바닥을 쳤으며 이젠 수면 위로 올라갈 일밖에 남지 않았음을 깨달았다. 내가 가진 용기에 그토록 자만했던 나. 그런 내가 이제 어느 정도로 무력할 수 있는지, 어느 정도로 체념할 수 있는지, 어느 정도로 내 생에 인색했는지 알게 된 것이다. 다음날 아침, 나는 입맞춤으로 그녀를 깨웠다. 그리고 그녀의 제안에 따르겠다고 말했다.

나는 여행을 떠났다. 그리고 삼십팔 일 동안 걸어서 산티아고의 길을 순례했다. 콤포스텔라에 도착하자, 나는 내 진정한 여행이 시작되는 곳은 바로 그곳임을 알게 되었다. 나는 마드리드에서 노래가사 저작권료를 받으며 살기로, 나와 에스테르 사이에 대양을 가로놓기로 결정했다(그래도 공식적으로 우리는 여전히 부부였다). 우리는 전화로 자주 대화를 나눴다. 언제든 그녀의 품으로 돌아갈 수 있으면서도 완전한 독립을 누릴 수 있는 상태에서 결혼생활을 유지하는 것이 나에겐 안성맞춤인 일이었다.

나는 카탈루냐 출신의 여자 과학자, 아르헨티나 출신 보석 세공사, 지하철역에서 노래를 부르는 아가씨와 차례로 사랑에 빠졌다. 작사한 노래에 대한 저작권료는 계속 들어왔다. 일하지 않고도 안락하게 살 수 있을 정도로 돈은 충분해서, 나는 무슨 일이든 자유롭게 할 수 있었다. 거기에는…… 책을 쓰는 일도 포함되어 있었다.

그러나 책을 쓰는 일은 매번 다음날로 연기되었다. 마드리드 시장市長이 도시 전체를 축제의 장소로 만들기로 결정했기 때문이다. 그는 "마드리드는 나를 미치게 한다"는 슬로건을 내걸고, 술집들에 심야영업을 권장했다. 그리고 이 모든 것은 '움직이는 마드리드'라는 뜻의 '모비다 마드릴레냐'*라는 낭만적인 축제명으로 자리잡았다. 축제를 만끽하는 일을 다음날로 미룰 수는 없었다. 나는 실컷 즐겼다. 낮은 짧아졌고, 밤은 길어졌다.

어느 화창한 날, 에스테르가 전화를 걸어와 나를 만나러 오겠다고 했다. 우리의 상황을 최종적으로 정리해야 한다는 것이었다. 그녀는 다음주에 출발하는 비행기 표를 예약해둔 상태였다. 내가 주변을 정리할 수 있는 시간은 일 주일 정도였다(나는 지하철역에서 노래하는 금발 아가씨에게 한 달 동안 포르투갈에 다녀올 거라고 말했다. 그녀는 내 호텔식 아파트에 머물면서 매일 밤 나와 함께 축제 분위기의 마드리드 시내를 싸돌아다니고 있었다). 나는 집 안 구석구석을 청소하고, 여자를 들인 흔적을 모두

---

* movida madrileña, 'movida'는 1980년대 초반에 마드리드에서 일어난 자유주의적 흐름을 뜻한다.

지워버렸다. 이웃친구들에게는 입을 다물어달라고 부탁했다. 에스테르는 한 달 동안 이곳에 머물 예정이었다.

나는 비행기에서 내린 그녀를 거의 못 알아볼 뻔했다. 너무나 괴상한 머리 모양을 하고 있었던 것이다. 우리는 스페인 곳곳을 여행하며 작은 마을들을 구경했다. 그곳에서 우리는 의미 있는 하룻밤들을 보낼 수 있었다(이제 와서 그곳들을 다시 찾아가라면 아마 못 하겠지만). 우리는 투우와 플라멩코 공연을 보러 갔다. 나는 세상에서 가장 훌륭한 남편처럼 행동하고 있었다. 나는 에스테르가, 내가 여전히 그녀를 사랑하고 있다고 느끼며 돌아가주길 바랐다. 그러나 왜 그런 느낌을 주고 싶은 건지는 알 수 없었다. 아마도 마음속 깊은 곳에서 마드리드에서의 꿈이 언젠가는 끝나리라는 걸 알았기 때문일 것이다.

머리 모양이 마음에 들지 않는다고 내가 불평하자, 그녀는 미용실에 다녀왔고, 다시 아름다워졌다. 그녀의 휴가가 끝나기까지는 이제 열흘밖에 남지 않았다. 나는 그녀가 흡족한 마음으로 떠나기를 원했다. 나를 이곳 마드리드에 혼자 남겨두고. 나를 미치게 하는 마드리드, 아침 열시에 디스코텍이 문을 열고, 투우 경기가 열리고, 같은 주제에 대해 끝도 없는 대화가 이어지는 이곳에. 술, 여자, 투우 그리고 다시 술, 여자 말고는 정해진 일과가 아무것도 없는 그 도시에.

어느 일요일, 밤새도록 문을 여는 작은 바를 향해 걸어가고 있는데 그녀가 그 동안 피하고 있던 주제에 대해 물어왔다. 내가 쓰고 있는 중이라고 주장하는 책에 대한 질문이었다. 나는 헤레스 산 셰리주 한 병을 모두 마시고는, 돌아오는 길에 아무 철문에나 발길질을 해대고 행인들에게 거친 욕설을 퍼부었다. 그리고 그녀에게 물었다. 당신의 유일한 목적이 내 삶을 지옥으로 만들고 내 기쁨을 망쳐버리는 것이라면, 이 긴 여행을 계획한 이유가 뭐냐고. 그녀는 아무 대답도 하지 않았다. 우리 두 사람은 우리 관계가 막바지에 이르렀음을 알았다. 그날 밤 나는 꿈도 없는 잠을 잤다. 그리고 다음날 아파트 관리인에게 전화가 제대로 연결되지 않는다고 불평하고, 가정부에게 침대 시트를 간 지 일 주일이나 되었다고 화를 내고, 지난밤의 숙취를 다스리기 위해 오랫동안 목욕을 했다. 그런 다음 타자기 앞에 앉았다. 그저 에스테르에게 내가 글을 쓰려고 노력하고 있음을 보여주기 위해서였다.

그런데 갑자기 기적이 일어났다. 내 앞에 앉아 있는 그녀가 시야에 들어왔다. 갓 끓인 커피를 마시며 신문을 읽고 있는 그녀. 그녀의 눈동자에 드리워진 피로와 절망. 지금은 이토록 차분하지만 언제나 온화한 태도를 견지하지는 않는 그녀. 내가 "노"라고 말하고 싶을 때 "예스"라고 말하게 한 여자. 그리고 나로 하여금 그녀가 생각하는 것을 위해 투쟁하도록 강요한 여자. 물론 까닭은 있었다. 내 삶의 의미를 찾기 위해서였다. 그녀는 그녀 자신보다 나를 더 사랑했기에 나와 함께하는 삶을 포기했다. 그리고 내가 꿈을 좇도록 떠나보냈다. 나는 그녀를 바라보았다. 어린아이 같고, 고요하고, 입보다는 눈빛으로 말하고, 종종 마음속으로는 두려움을 느끼지만 행동은 언제나 용감하며, 비굴하지 않게 사랑할 줄 알고, 자기 남자를 위해 싸우는 것이라면 미안하다고 말하지 않는 한 여인을. 그러자 갑자기 손가락들이 타자기 자판을 두드리기 시작했다.

첫 문장이 나왔다. 그리고 둘째 문장도.

그때부터 이틀 동안, 나는 거의 먹지도, 자지도 않았다. 어딘지 알 수 없는 곳에서부터 문장들이 뿜어져나오는 것만 같았다. 마치 노래가사를 쓰던 그 시절처럼. 그때 나는 작곡가와 수없이 논쟁하고 말도 안 되는 대화를 나눈 끝에 어느 순간 '그것'이 왔음을, 모든 준비가 끝났음을 깨달았다. 그러고 나면 남은 일이라곤 종이 위에 그것을 적고 멜로디를 붙이는 것뿐이었다. 이번에는 '그것'이 에스테르의 마음으로부터 나왔음을 알 수 있었다. 그리하여 내 사랑은 다시 태어났다. 그녀가 존재하기에 나는 책을 쓸 수 있었다. 그녀는 불평하지도, 자신이 희생했다고 여기지도 않으면서 힘겨운 순간을 넘어선 것이다. 나는 지난 몇 년간 내 마음을 깊이 뒤흔들어놓은 유일한 체험을 적어나갔다. 바로 산티아고의 길 이야기였다.

글을 써내려가면서, 나는 세상을 바라보는 내 방식이 뚜렷하게 변화하고 있음을 느꼈다. 여러 해 동안 나는 마법과 연금술과 신비술을 공부하고 실행했었다. 그 시간 동안 나는 극소수의 인간 집단이 나머지 인류 전체와는 절대로 공유할 수 없는 엄청난 힘을 소유하고 있다는 생각에 매혹되어 있었다. 그 거대한 잠재력은 경험이 없는 사람들의 손에 들어갈 경우 대단히 위험해질 수도 있었다. 나는 비밀 집회에 참석했고, 특이한 종파에 가입해 활동했다. 일반 서점에서는 구할 수 없는 희귀서들을 사들였고, 거기 나와 있는 의식과 기도에 빠져 세월을 보냈다. 집회와 종단宗團에 참여하기 위해 많은 시간을 보냈고, 역시 많은 시간을 들여 거기서 빠져나왔다. 나는 누군가 눈에 보이지 않는 세계의 신비를 내게 드러내 보여주기를 눈이 빠지도록 기다렸지만 번번이 똑같은 실망감을 맛보아야 했다. 그런 사람들 대부분이 일정한 지향점을 가지고 거기 도달하기 위해 노력하긴 하지만, 실상은 눈이 먼 채로 다른 사람들이 옳다고 주장하는 어떤 교리를 맹종할 뿐이었다. 그들은 십중팔구 광신도가 되었다. 인간의 마음이란 끊임없이 의심으로 흔들리기 마련이므로, 광신 말고는 다른 출구가 없는 것이다.

그중 많은 의식들이 실제로 효력을 발휘했다. 그러나 영적靈的 마스터를 자처하는 자들, 생의 비밀을 쥐고 있다는 자들이 원하는 모든 것을 얻을 수 있는 능력을 부여해주는 기술을 터득했다고 호언하지만, 실은 그들이 고대의 가르침의 단서들로부터 아주 멀어져버렸다는 것도 알게 되었다. 산티아고의 길을 순례하면서 평범한 사람들과 만나 시간을 보내고, 우주가 자신만의 언어인 '표지標識'를 통해 우리에게 전하는 메시지를 이해하기 위해선, 주변에서 일어나고 있는 일들을 향해 눈과 정신을 활짝 열어놓기만 하면 된다는 사실을 깨달으면서, 나는 신비주의가 과연 이 신비로운 세계를 향해 열려 있는 유일한 문인지를 의심하게 되었다. 산티아고의 길에 관한 내 책을 통해서 나는 발전의 다른 가능성들을 숙고하기 시작했다. 그리고 다음과 같은 결론을 내렸다. "깨어서 준비하는 것으로 충분하다. 준비가 되어 있기만 하면 가르침은 언제든 온다. 만일 내가 그 표지들에 주의를 기울인다면, 그 다음 발걸음을 내딛기 위해 필요한 모든 것을 알게 될 것이다."

무엇보다도 인간은 두 가지 중요한 문제를 안고 있다. 하나는 언제 시작할지를 아는 것이고, 다른 하나는 언제 멈출지를 아는 것이다.

일 주일 후, 나는 초고를 탈고했다. 그리고 두 번, 세 번 원고를 수정했다. 이제 마드리드는 나를 미치게 하지 않았다. 돌아가야 할 시간이었다. 나는 순환의 고리 하나가 닫혔음을, 새로운 걸음을 내디뎌야 할 때가 임박했음을 느꼈다. 살아오면서 늘 무언가에 작별을 고하듯 나는 그 도시에 작별을 고했다. 마음이 바뀌면 언제든 다시 돌아올 수 있다고 생각하면서.

에스테르와 함께 고향나라로 돌아오자, 이제 다른 일자리를 알아봐야 하지 않을까 하는 생각이 들었다. 그러나 나는 그러지 않았다(그럴 필요가 없었다). 대신 계속해서 원고를 수정했다. 분명 낭만적이긴 하지만 힘겹기도 한 길을 걸어서 스페인을 순례한 사람의 이야기가 평범한 사람들의 관심을 끌 거라는 생각은 들지 않았다.

넉 달 뒤, 열번째로 원고 수정을 시작하기로 마음먹은 어느 날, 원고가 사라져버렸다. 에스테르도 집에 없었다. 그녀가 우체국 영수증을 가지고 돌아왔을 때, 나는 미치기 일보 직전이었다. 현재 작은 출판사를 운영하고 있는 그녀의 옛 애인에게 내 원고를 보냈다는 것이다.

에스테르의 옛 애인은 그 원고를 출판했다. 신문에는 한 줄도 소개되지 않았지만, 몇몇 사람들이 그 책을 사서 읽고 다른 사람들에게 추천했다. 그들은 책을 샀고 또 다른 사람들에게 추천했다. 육 개월 뒤 초판이 다 팔렸고, 일 년 뒤에는 3쇄까지 찍게 되었다. 나는 문학으로 돈을 벌기 시작했다. 전에는 감히 꿈도 꾸지 못했던 일이다.

그 꿈같은 일이 얼마나 오래갈지는 알 수 없었다. 하지만 나는 매 순간을 마치 마지막인 것처럼 살기로 했다. 나는 이번 성공이 그토록 오랫동안 열리기를 고대했던 문을 열어주었다는 걸 알았다. 다른 출판사들이 내 다음 작품을 출판하고 싶어했던 것이다.

그러나 매년 산티아고의 길을 순례할 수는 없었다. 그렇다면 이젠 무엇에 대해 써야 할까? 또 어떤 새로운 드라마가 시작되어 나를 다시 타자기 앞에 앉히고, 내가 문장과 문단을 받아적는 동안에 처음부터 끝까지 완전히 다른 이야기가 만들어지도록 이끌 것인가? 나는 여러 날 동안 밤낮으로 고투했다. 그리고 도저히 불가능하다는 결론을 내렸다. 그러던 어느 오후, 나는 우연히(정말로 우연이었을까?) 『천일야화』에 실린 흥미로운 이야기 한 편을 읽었다. 그리고 그 안에서 내가 가야 할 길에 대한 상징과, 내가 누구이며 오래 전에 내렸어야 할 결정을 왜 그토록 미루어왔는지 이해하도록 도와주는 단서를 발견했다. 나는 그 이야기에서 영감을 받아, 자신의 꿈을 좇아 이집트 피라미드에 숨겨져 있는 보물을 찾아 길을 떠나는 한 양치기 소년에 대한 이야기를 썼다. 내가 먼 길을 돌아오는 동안 나를 기다려준 에스테르처럼 양치기 소년을 기다려준 사랑에 대한 이야기였다.

이제 나는 '무엇'이 되려고 꿈꾸는 사람이 아니었다. 나는 '무엇'이었다. 사막을 건너는 양치기였다. 그러나 내가 앞으로 나아갈 수 있도록 도와주는 연금술사는 어디에 있는가? 새 소설의 집필을 끝마쳤을 때에야 나는 그 소설이 담고 있는 내용을 가까스로 이해할 수 있었다. 그것은 어른을 위한 동화 같았다. 물론 어른들은 그런 유의 이야기보다는 전쟁이나 섹스, 권력과 관련된 이야기에 더 관심이 많은 법이다. 그러나 출판사는 그 원고를 선택했고, 책은 출판되었으며, 독자들은 다시 한번 내 책을 베스트셀러 목록에 올려주었다.

삼 년 후, 내 결혼생활은 견고하게 자리잡았다. 나는 뭐든 원하는 대로 했다. 내 책의 번역본이 처음으로 출간되었고, 곧이어 두 번째 번역본도 나왔다. 느리지만 착실한 성공이었다. 그리고 마침내 내 작품은 전 세계 곳곳으로 퍼져나갔다.

나는 카페들과 문인들, 그리고 풍부한 문화생활을 향유할 수 있는 파리에 정착하기로 결심했다. 그러나 곧 거기에 그것 말고는 아무것도 없다는 걸 깨달았다. 카페는 그곳을 명소로 만들어준 인물들의 사진으로 치장한 관광지였다. 대부분의 작가들은 내용보다는 스타일에 골몰했다. 그들은 독창적인 작품을 쓰려고 애썼지만, 결국 지루하기만 할 뿐이었다. 그들은 그들만의 폐쇄적인 세계 속에 갇혀 있었다. 나는 그곳에서 재미있는 프랑스어 관용구를 배웠다. 랑부아 라상쇠르, '타고 온 엘리베이터를 다시 보내주기'라는 뜻이다. 즉 '내가 당신의 책에 대해 좋은 말을 해주면 당신도 내 책에 대해 좋은 말을 해주어야 한다. 우리는 새로운 문화생활과 혁명과 새로운 철학적 사고를 창조하고 있지만, 아무에게도 이해받지 못해 고통스럽다. 하지만 따지고 보면 이런 일은 과거의 천재들에게도 있었다. 자기 시대에 제대로 이해받지 못하는 것이야말로 위대한 예술가의 운명이다.'

작가들은 자기가 타고 올라온 엘리베이터를 돌려보내주었고,

처음에는 상당한 성과를 올렸다. 대중들은 자신들이 이해하지 못한 것에 대해 드러내놓고 말하는 모험을 하려 들지 않았다. 그러나 오래지 않아 자신들이 속았음을 깨닫고, 평론가들이 말하는 것을 믿지 않게 되었다.

그즈음 파리에 수평적인 세계가 형성되었다. 당대의 대중에게 자신들의 언어와 정신을 이해시키기 위해 노력하는 일군의 작가들이 새롭게 등장한 것이다. 그들은 인터넷에서 통하는 단순한 단어들을 써서 말했고, 그 단순한 언어로 세상을 바꿔놓기 시작했다. 나는 이 새로운 작가들의 모임에 참석했다. 모임은 아무도 모르는 카페에서 열렸는데, 그도 그럴 것이 그들도, 그 카페도 유명하지 않았던 것이다. 나는 혼자서 나만의 고유한 스타일을 발전시켜나갔고, 내 담당 편집인과 이야기를 나누다가 사람들 사이에 '호의은행'이라는 시스템이 존재한다는 걸 알게 되었다.

"호의은행이 뭡니까?"
"선생께선 이미 알고 계세요. 인간이라면 누구나 아는 겁니다."
"글쎄요, 난 그게 무슨 뜻인지 여전히 모르겠는데요."
"어느 미국 작가의 책에 나오는 단어입니다. 그것은 세상에서 가장 강력한 은행으로, 모든 영역에서 작동하지요."
"나는 문학적 전통이 없는 나라에서 왔습니다. 누군가에게 호의를 베풀 입장이 못 돼요."

"그건 중요하지 않습니다. 한 가지 예를 들죠. 나는 선생께서 중요한 인물이 되리란 걸 압니다. 언젠가 선생께서는 영향력 있는 사람이 되실 겁니다. 이렇게 말할 수 있는 까닭은, 전에 내가 선생 같았기 때문이에요. 나 역시 야망이 있고, 독립적이고, 정직했지요. 지금은 그때만 한 에너지가 없지만요. 하지만 선생을 돕고 싶습니다. 나도 아직은 멈출 수 없고, 멈추고 싶지도 않기 때문이에요. 나는 아직 은퇴를 생각하지 않습니다. 삶인 동시에 힘이고 영광인, 매혹적인 투쟁을 꿈꾸고 있죠.

나는 선생의 계좌에 입금하기 시작할 겁니다. 하지만 돈이 아니라 인맥을 예금합니다. 선생을 이런저런 사람들에게 소개하고, 선생을 위해 필요한 섭외를 돕기도 할 겁니다. 물론 모두 합법적인 일들입니다. 그 대가로 내가 선생께 무언가를 요구하지 않더라도 선생께서는 내게 빚지고 있다는 걸 아시겠지요."

"하지만 언젠가는……"

"바로 그거예요. 언젠가 나는 선생께 뭔가를 요구할 겁니다. 물론 선생께선 거절할 수도 있어요. 그러나 선생은 나에게 채무가 있다는 것은 알지요. 선생께선 내가 해달라는 일을 하게 될 것이고, 나는 계속해서 선생을 도울 겁니다. 다른 사람들도 선생이 경우 바른 분이라는 것을 알고, 선생의 계좌에 예금을 하겠지요. 물론 그 예금 또한 인맥입니다. 선생께선 그들로부터 무언가를 요구받게 될 겁니다. 그리고 자신을 도와준 사람들을 존중하고 지지하겠지요. 그렇게 시간이 가면서 선생께선 거미줄 같은 인맥을 펼쳐놓고, 알아야 할 모든 것을 알게 될 겁니다. 동시에 선생의 영향력도 점점 커지겠지요."

"당신의 요구를 내가 거부한다면?"

"다른 모든 은행과 마찬가지로 호의은행 역시 위험이 따르는 투자입니다. 물론 선생께선 그럴 만한 장점이 있어서 현재 위치에 도달했고, 내가 선생의 재능을 인정할 수밖에 없어서 도와준 거라고 믿으며 내 요구를 거절할 수도 있습니다. 그렇다 해도 나는 선생께 감사드리고, 내가 역시 예금을 맡긴 다른 사람의 계좌로 찾아갈 겁니다. 하지만 그 순간부터 사람들은 내가 굳이 말하지 않더라도, 선생이 신뢰할 만한 인물이 아니라는 것을 알게 됩니다.

선생께선 중요한 인물이 될 수 있습니다. 하지만 본인이 바라는 것만큼은 아니에요. 어느 순간 내리막길을 타기 시작할 테고, 길 끝에 도착하지 못한 채 중간쯤에서 멈추게 될 겁니다. 반은 만족스럽고 반은 슬픈, 그런 상태지요. 선생께선 완전히 낙담하지도, 그렇다고 충만감을 느끼지도 못할 겁니다. 차갑지도 뜨겁지도 않은, 미지근한 존재로 머물 겁니다. 그리고 복음서에 적혀 있듯이, 미지근한 자는 천국에 들어갈 수 없지요."

편집인은 호의은행의 내 계좌에 수많은 인맥이라는 예금을 맡겼다. 나는 많은 것을 배우고, 고통스런 일들을 경험하기도 했다. 내 책들은 프랑스어로 번역되었으며, 외국 작가에게 관대한 프랑스의 전통에 따라 환대를 받았다. 그리고 거기서 그치지 않았다. 내 책들이 성공을 거두기까지 한 것이다! 십 년이 지나자 나는 센 강이 내려다보이는 커다란 아파트를 소유하게 되었다. 나는 독자들에게 사랑받았고, 평론가들에게서는 미움을 받았다(평론가들은 첫 십만 부가 팔릴 때까지는 나를 좋아했다. 그러나 판매 부수가 더 올라가자 나는 더이상 '이해받지 못한 천재'가 아니었다). 나는 실효성 있는 예치금을 시의적절하게 선별해냈고, 즉각 인맥들을 활용했다. 나의 영향력은 커져만 갔다. 나는 요구하는 법을 배웠고, 다른 사람들이 내게 요구한 것을 수행하는 법을 배웠다.

에스테르는 신문기자로 계속 일할 수 있었다. 모든 결혼생활에 존재하기 마련인 평범한 갈등을 제쳐둔다면, 나는 행복했다. 나는 예전에 연애나 결혼생활에서 겪었던 좌절이 상대 여자들과는 아무런 상관이 없으며, 오직 나 자신의 번민에서 비롯된 것이었음을 처음으로 깨달았다. 에스테르는 아주 단순한 사실을, 그녀에게 가 닿기 위해서는 우선 나 자신을 만나야 한다는 사실을 이해한 유일한 여자였다. 우리는 벌써 팔 년째 함께 살고 있었다. 때때로(사실은 꽤 자주) 살아가면서 마주친 다른 여자들에게 마음을 빼앗긴 적도 있었지만, 나는 에스테르가 내 평생의 여인이라고 생각했고, 단 한 순간도 이혼을 고려해보지 않았다. 그녀가 나 이외의 사람과 성관계를 맺고 있진 않을까? 스스로에게 이렇게 자문해본 적조차 없다. 그녀 또한 이 주제에 대해서는 언급하지 않았다.

그랬기에 그날 함께 영화를 보고 극장에서 나오는 길에 그녀가 아프리카 내전에 대한 르포기사를 쓰겠다고 잡지사에 제안했다는 말을 꺼냈을 때, 내 놀라움은 이루 말할 수 없을 정도였다.

"지금 뭐라고 했어?"

"종군기자가 되고 싶다고."

"미쳤군. 당신이 왜 그런 일을 자청해야 하지? 당신은 원하는 일을 하고 있잖아. 충분히 쓰고 남을 정도로 돈도 많고. 당신은 호의은행에 필요한 모든 인맥을 갖고 있어. 재능도 있고, 동료들에게 존경도 받고 있고."

"그래. 그럼 그냥 나에게 혼자 있을 시간이 필요하다고 해두자."

"나 때문에?"

"우리는 함께 우리의 삶을 일궈왔어. 물론 내 남자가 세상 남편들 중에서 가장 정조 있는 사람은 아니지만, 그래도 난 내 남자를 사랑하고 그도 나를 사랑해."

"당신이 그런 말을 하는 건 처음이군."

"나에게는 전혀 중요하지 않은 문제였으니까. 정조란 게 뭔데? 내게 속하지 않은 한 사람의 육체와 영혼을 소유한다고 느끼는 것? 당신은 우리가 함께 지내온 수년 동안 내가 다른 남자와 잔 적이 한 번도 없었다고 생각하는 거야?"

"그런 것엔 관심없어. 알고 싶지도 않고."

"그래! 나 역시 마찬가지야."

"그런데 버림받은 나라에서 벌어지는 그 전쟁 이야기는 대관절 뭐야?"

"내겐 그게 필요해. 방금 말했잖아."

"하지만 당신은 모든 것을 가졌잖아?"

"여자가 바랄 수 있는 모든 것을 가졌지."

"그런데도 당신 삶에 뭔가 문제가 있다는 말이야?"

"바로 그거야. 나는 모든 것을 가졌지만 불행해. 그리고 그런 사람이 나 혼자는 아니야. 최근 몇 년 동안 나는 많은 사람들을 만나고 인터뷰했어. 부자, 가난한 사람, 권력자, 비참한 사람, 내 눈과 마주치는 그 모든 눈들 속에서 내가 읽은 것은 무한한 번민이었어. 언제나 감내할 수는 없는 슬픔…… 사람들이 입 밖에 내어 얘기하진 않지만 분명히 그런 게 존재한다고. 내 말 듣고 있는 거야?"

"듣고 있어. 지금 생각해보고 있는 중이야. 당신 말대로라면,

이 세상에 행복한 사람은 아무도 없겠군."

"더러는 행복해 보이지. 하지만 그건 그들이 아무 문제도 제기하지 않기 때문이야. 그렇지 않은 사람들은 계획을 세워. 결혼을 해야지, 집을 사야지, 아이는 둘을 낳고, 시골에 별장을 사야지. 그 계획들에 몰두해 있는 동안, 그들은 마치 투우사를 노리는 황소 같아. 본능적으로 반응하고, 과녁이 어딘지도 모른 채 달려들지. 자동차를 사고, 잘하면 페라리를 사게 되기도 해. 그들은 삶의 의미가 그런 것에 있다고 믿고, 결코 의심하지 않아. 하지만 결국 자신도 모르는 마음속의 슬픔이 그들 눈동자에 드러나고 말지. 당신은 행복해?"

"모르겠어."

"모든 사람이 불행한지 어떤지는 나도 몰라. 다만 사람들이 늘 바쁘다는 건 알고 있지. 야근을 하고, 자식들과 배우자를 돌보고, 경력을 관리해. 자기 학력의 한계에 대해 생각하고, 내일 할 일에 대해, 사야 할 물건들에 대해 생각해. 남들과 비교해서 열등감을 느끼지 않기 위해 가져야 할 것들에 대해서도 생각하지. 물론 내가 인터뷰한 사람들 중에 '난 불행한 사람이에요'라고 말한 사람은 거의 없었어. 대부분은 이렇게 말했지. '나는 아주 잘 지내요. 원하던 모든 것을 가졌어요.' 그러면 나는 이렇게 물어. '무엇이 당신을 행복하게 하죠?' 대답은 이래. '난 사람이 꿈꿀 수 있는 모든 것을 가졌어요. 가족, 집, 직업, 건강······' 나는 또 물어. '잠시 멈춰 서서 인생이 단지 이것뿐일까라고 스스로에게 질문해본 적은 없나요?' 대답은, '그래요, 인생이 뭐 별것 있나요.' 나는 재차 물어. '그렇다면 인생의 의미가 일, 가족, 다 자란 뒤에는 당신을 떠나게 될 아이들, 진정으로 사랑하기보다는 친구나 다름없게 될 아내나 남편에게 있단 말인가요? 언젠가 당신은 일도 그만둘 거예요. 그때가 되면 무얼 할 건가요?'

그 질문에 그들은 대답하지 않아. 말을 돌려버리지.

아니, 실제로는 이렇게 대답해. '아이들이 다 자라고 남편 혹은 아내가 열정적인 연인이기보다는 친구처럼 되고, 내가 은퇴하게 되면, 난 그 동안 늘 꿈꿔왔던 일을 하며 여생을 보낼 거예요. 바로 여행을 떠나는 거죠.'

난 또 질문을 하지. '당신은 지금이 행복하다고 하지 않았나요? 그런데 방금 한 말에 따르면 현재 당신은 꿈꾸는 일을 하고 있는 게 아니잖아요?' 바로 이 대목에서 그들은 무척 바쁘다고 말하며 말을 돌리는 거야.

그래도 내가 대화를 고집스럽게 이어나가면, 결국 그들은 자신의 인생에서 결핍되어 있는 것들을 떠올리게 돼. 기업체 사장은 아직 자신이 갈망하던 문제들을 매듭짓지 못했다는 것을, 주부는 자신이 더 많은 독립성과 돈을 갖고 싶어한다는 것을. 사랑에 빠진 소년은 여자친구를 잃을까 두려워하고, 학교를 막 졸업한 젊은이들은 자신이 직업을 선택하는 건지 직업이 자신을 선택하는 건지 알고 싶어해. 치과의사는 가수가 되고 싶었고, 가수는 정치가가 되고 싶었어. 정치가는 작가가 되고 싶었고, 작가는 농부가 되기를 원했었지. 물론 자신이 선택한 일을 하는 사람을 딱 한 명 만난 적이 있긴 해. 그러나 그의 영혼은 번민하고 있었어. 아직 평화를 찾지 못했거든. 그래서 당신에게 묻고 싶어. 행복해?"

"아니. 내겐 사랑하는 여자도 있고, 늘 꿈꿔왔던 경력도 갖게 되었어. 친구들이 모두 부러워하는 자유에, 마음대로 여행도 하고, 명예와 찬사도 얻었어. 하지만 뭔가가……"

"그게 뭔데?"

"만약 내가 여기서 멈춘다면 내 삶은 더는 의미가 없을 것 같아."

"쉴 수 없다는 거야? 파리를 바라보며, 내 손을 잡고 이렇게 말해봐. 나는 원하던 것을 가졌어, 그러니 이제 우리에게 남은 시간을 즐기자, 라고."

"파리를 바라볼 순 있어. 당신 손도 잡을 수 있고. 하지만 그 말은 할 수 없어."

"난 우리가 걷는 이 길에 있는 모든 사람이 똑같은 고민을 하고 있다는 데 내기를 걸 수도 있어. 방금 지나간 저 우아한 여자는 몸매를 유지하고 흘러가는 시간을 붙잡아두기 위해 애쓰며 하루하루를 보내고 있어. 사랑이 그런 것들에 달려 있다고 생각하니까. 길 건너편을 봐. 아이 둘을 데리고 가는 부부 한 쌍이 보이지? 아이들과 함께 산책할 때 그들은 강렬한 행복을 느껴. 그러나 동시에, 잠재의식이 그들을 끊임없이 공포에 떨게 하지. 일자리를 잃으면 어쩌나, 뜻하지 않은 질병에 걸리면, 연금정책이 제대로 실행되지 않으면, 아이들 중 하나가 넘어지기라도 하면 어쩌나 걱정하지. 기분전환을 하려고 애쓰는 동안에도 그들은 비극으로부터 벗어나고 이 세상으로부터 스스로를 보호할 방법을 찾고 있는 거야."

"그럼 구석에 웅크리고 있는 저 거지는?"

"저 사람은 모르겠어. 거지들하고는 얘기해본 적이 없거든. 거지는 불행의 표상이지. 하지만 저 사람의 눈 역시 다른 거지들의 눈처럼 뭔가를 감추고 있는 것 같아. 그 눈 속의 슬픔이 너무도 뚜렷해서 믿고 싶지 않을 정도야."

"도대체 뭐가 부족한 거야?"

"정말이지 모르겠어. 나는 언론의 주목을 받는 명사들을 관찰해. 그들은 모두 웃고 만족해하는 모습들이지. 하지만 나 역시 유명인사와 결혼생활을 하고 있기에, 그게 전부가 아니라는 걸 알아. 이 잡지 사진을 봐. 사진을 찍는 순간에는 다들 웃고 즐거워하지. 하지만 저녁이나 다음날 아침이 되면 얘기는 달라져. '잡지에 계속 나오려면 어떻게 해야 하지?' '내가 호화로운 생활을 유지할 만큼 돈이 없다는 걸 어떻게 숨기지?' '이 화려한 생활을 어떻게 관리하지? 어떻게 해야 좀더 화려하게, 좀더 과시하며 살 수 있을까?' '이 사진 속에서 나와 함께 활짝 웃고 있는, 한껏 즐기고 있는 이 여배우가 내일이면 내 배역을 훔쳐갈지도 몰라!' '내가 저 여자보다 옷을 더 잘 입었나? 우린 서로 싫어하는데 왜 웃고 있는 거지?' '명성의 노예인 우리가 이토록 불행하게 사는데, 어떻게 잡지 독자들에게 행복을 팔 수 있는 거지?' 등등."

"우리는 명성의 노예가 아니야."

"나는 지금 우리 둘에 대해 말하고 있는 게 아냐."

"그럼 도대체 무슨 얘길 하고 싶은 건데?"

"몇 년 전, 흥미로운 이야기를 담고 있는 책 한 권을 읽었어. 히틀러가 전쟁에서 이기고, 세상의 유대인들을 모조리 학살하고, 그 국민들이 정말 지구상에서 가장 우월한 종족으로 군림하게 되었다고 가정해보자는 내용이었지. 그렇게 된다면, 사람들은 역사책을 갈아치우겠지. 백 년 후 그 후손들은 인디언들을 멸종시킬 거고, 삼백 년 후에는 흑인들을 쓸어내버리고, 그렇게 오백 년이 흘러. 강력한 전쟁기계는 결국 지구상에서 아시아인들까지 말살하기에 이르지. 역사책은 열등한 종족들을 쓸어내려고 싸웠던 옛 전투들에 대해 이야기하겠지. 그러나 아무도 그런 이야기 따윈 주의 깊게 읽지 않아. 왜냐하면 조금도 중요하지 않으니까.

그렇게 나치즘이 탄생한 지 이천 년이 된 시점에, 오백 년 전부터 체구가 크고 눈이 파란 사람들만 살아온 도쿄의 한 바에서 한스와 프리츠가 맥주를 마시고 있어. 한스가 프리츠를 바라보며 묻지.

'프리츠, 넌 모든 게 늘 지금 같았다고 생각해?'

'뭐가?'

프리츠가 반문해.

'이 세상 말이야.'

'당연히 늘 지금 같았지. 우린 그렇게 배웠잖아?'

'그렇지? 그런데 내가 왜 이런 바보 같은 질문을 하는 걸까.'

그들은 맥주잔을 마저 비우고, 아까의 화제는 잊어버린 채 다른 이야기를 하지."

"그렇게 먼 미래까지 갈 필요도 없어. 이천 년 전으로 돌아가는 걸로 충분해. 당신은 단두대, 교수대, 전기의자를 숭배할 수 있어?"

"무슨 말을 하려는지 알아. 인간이 고안해낸 모든 형벌 중 최악의 것이 십자가라는 얘길 하려는 거지? 키케로가 십자가에 대해 묘사한 글을 읽은 기억이 나. 죽음에 이르기까지 끔찍한 고통을 겪게 하는 '소름끼치는 형벌'이라고 했지. 하지만 오늘날 사람들은 그 형상을 목에 걸고 다니고, 방 벽에도 걸어놓지. 고문도구였다는 사실을 잊고, 그것을 하나의 종교적 상징으로 승화시킨 거야."

"이런 이야기도 있어. 기독교가 동짓날에 열리던 이교도들의 축제인 '나탈리스 인빅트 솔리스'*를 폐지시키기까지는 두 세기 반이라는 시간이 필요했어. 그 동안 사도들과 그 후예들은 예수의 메시지를 전하고 다니느라 너무 바빠서 12월 25일, 그러니까 태양의 탄생을 기리는 미트라이즘** 축일에는 전혀 신경쓰지 않았지. 한 주교가 그 축제가 기독교 신앙에 위협이 된다고 선언하기 전까지는 말이야. 그래서 어떻게 되었는 줄 알아? 오늘날 우리는 나무 구유 안에 플라스틱 아기를 넣어놓고 미사를 드리고, 예물을 바치고, 강론을 해. 그리스도가 그날 태어났다는 절대적이고 전적인 확신을 갖고서 말이야!"

"그리고 크리스마스트리도 만들고. 당신, 크리스마스트리의 유래를 알아?"

"아니, 전혀 몰라."

"크리스마스트리는 성聖 보니파키우스가 오딘***을 기리는 의식을 '기독교화'하기로 결정하면서 생겨났어. 게르만 민족들은 일 년에 한 번씩 어린이들이 발견하도록 떡갈나무 주위에 선물들을 늘어놓았어. 그렇게 하면 이교도 신을 기쁘게 할 수 있다고 생각한 거야."

"한스와 프리츠 얘기로 돌아가보자. 당신은 인류가 이룩한 문

---

* natalis invict Solis, '정복당하지 않는 태양의 탄생일'이라는 뜻. 고대 로마의 동지는 12월 25일이었다. 일 년 중 낮이 가장 짧고 밤이 가장 긴 이날을 '태양의 탄생일'로 보아 축제를 벌이고 농업을 주관하는 신에게 제사를 지냈다.
** 페르시아의 태양신 미트라를 섬기는 종교.
*** 고대에 거의 모든 게르만 종족 사이에서 숭배되던 신. 바람의 신, 죽음의 신, 군신(軍神), 시와 마법의 신 등으로 여겨졌다.

명, 인간관계, 우리의 욕망, 우리가 이룩한 정복, 이 모든 것이 한스와 프리츠의 대화처럼 어떤 왜곡된 이야기들의 결과물이라고 생각해?"

"산티아고의 길이라는 주제로 책을 썼을 때, 당신 역시 같은 결론에 도달했어. 그렇잖아? 전에 당신은 마법의 상징들이 의미하는 바를 이해하는 건 오직 선택받은 소수의 집단뿐이라고 생각했어. 하지만 이제는 모든 사람들이 그 의미를 이해한다는 것을 알고 있어. 다만 사람들이 잊고 있을 뿐이라는 걸 말야."

"사람들이 그 의미를 안다 해도 달라지는 건 아무것도 없어. 그들은 그것을 생각하지 않으려고, 자신 안에 있는 마법과도 같은 거대한 잠재력을 받아들이지 않으려고 갖은 애를 쓰고 있거든. 그러지 않으면 아담하게 잘 짜인 그들 우주의 균형이 깨질지도 모르니까."

"하지만 모든 사람이 그 능력을 갖고 있잖아?"

"물론이지. 그러나 그들에겐 꿈과 표지를 따라나설 용기가 없어. 그래서 슬픈 것 아닐까?"

"글쎄. 나는 내가 늘 불행하다고 생각지는 않아. 나는 즐거워. 당신을 사랑하고, 내 일을 좋아해. 하지만 때때로 깊은 슬픔을 느껴. 때때로 그 슬픔에 죄책감이나 두려움이 섞여들기도 해. 그 느낌은 스쳐 지나가지만, 곧 다시 돌아오곤 해. 그리고 또다시 지나가버리지. 나는 한스처럼 질문을 던져. 하지만 그 질문에 대답할 수가 없기 때문에 금세 잊어버려. 너무나 쉽게 잊어버리지. 나는 굶주리는 아이들을 도우러 갈 수 있을 거야. 돌고래를 보호하는 단체를 설립할 수도 있고, 예수의 이름으로 사람들을 구원하는 일을 할 수도 있고, 나 자신이 쓸모 있는 존재라고 느끼게 해줄 어떤 일이든 할 수 있을 거야. 하지만 지금은 그러고 싶지 않아."

"그런데 전쟁터로 가겠다는 생각은 대체 왜 나온 거야?"

"전쟁에서 인간은 자신의 한계에 도달하니까. 난 그렇게 믿어. 그곳에선 당장 내일이라도 죽을 수 있으니까. 그리고 자기 한계에 도달하면, 사람은 다르게 행동하지."

"그러니까 당신, 한스의 질문에 대답하고 싶은 거야?"

"그래, 그러고 싶어."

지금 나는 브리스톨 호텔의 아름다운 스위트룸에 있다. 시계가 정각을 알릴 때마다 에펠 탑이 오 분 동안 반짝거린다. 내 곁의 포도주 병은 비어 있고, 재떨이에는 담배꽁초가 수북하고, 사람들은 심각한 일은 전혀 없는 듯 내게 인사를 건넨다. 나는 나 자신에게 묻는다. 이 모든 것은 그날, 영화관 앞에서 시작된 걸까? 그녀가 그 왜곡된 이야기를 좇아 떠나도록 내버려두었어야 했나? 아니면 좀더 단호한 태도를 취해, 그녀는 내 아내이고 난 그녀의 존재와 지지가 절대적으로 필요하니 그런 일 따윈 잊으라고 말했어야 했나?

부질없는 소리다. 지금 그렇듯 그때도 나는 그녀가 원하는 대로 내버려두는 것 말고는 아무 일도 할 수 없었음을 안다. 내가

"종군기자가 되겠다는 생각과 나 중에서 하나만 선택해"라고 말했다면, 에스테르가 나를 위해 헌신한 모든 것을 배반하는 셈이 되었으리라. 나는 '왜곡된 이야기'를 찾아간다는 그녀의 목적을 납득할 순 없었지만, 마음속 깊은 곳에서는 그녀에게 자유가 필요하다고, 그녀는 잠시 이곳을 떠나 강렬한 감정을 경험할 필요가 있다고 결론지었던 것이다. 그런데 대체 뭐가 잘못된 거지?

당시 나는 상황을 받아들였다. 그러나 그녀에게, 그녀가 내 호의은행에서 많은 예금을 인출해 갔다는 것도 분명히 해두었다(지금 생각해보니 그때 내 행동은 얼마나 좀스러웠는지!). 지난 이년간, 에스테르는 신발을 바꾸어 신는 것보다 더 자주 대륙을 옮겨가며 수많은 분쟁들을 밀착 취재했다. 그녀가 돌아올 때마다 나는 이번엔 포기하겠지, 하고 생각했다. 괜찮은 먹거리도, 샤워 시설도, 영화관이나 공연장도 없는 곳에서 오랫동안 지낼 수는 없을 테니까. 내가 한스의 질문에 대한 답을 얻었냐고 물으면, 그녀는 잘되어가고 있노라고 대답했다. 나는 체념해야 했다. 그녀는 몇 달씩 집을 떠나 있기도 했다. '결혼의 공식적인 역사(나는 그녀가 사용하는 이 표현을 쓰기 시작했다)'가 말하는 것과는 반대로 그 물리적 거리는 우리의 사랑을 더욱 깊게 했고, 우리가 어느 정도까지 서로를 배려할 수 있는지 보여주었다. 파리에 정착했을 무렵 나는 우리의 관계가 이상적인 경지에 이르렀다고 생각했고, 이후로도 우리의 관계는 더할 나위 없이 좋았다.

내가 아는 한, 그녀는 중앙아시아의 모처로 함께 가줄 통역사를 찾던 중 미하일을 만났다. 처음에 그녀는 매우 흥분해서 내게 그의 이야기를 했다. 감수성이 예민하며, 사람들이 그래야 한다고 말하는 대로가 아니라 있는 그대로의 세상을 보는 사람이라고 했다. 그는 그녀보다 다섯 살 연하였지만, 에스테르는 그가 '마법 같은' 자질을 갖고 있다고 했다. 나는 그 청년과 그의 사유에 대단한 흥미라도 있는 양 인내심을 가지고 예의 바르게 그녀의 말을 경청했다. 그러나 사실 내 생각은 다른 곳에 가 있었다. 내 머릿속은 해야 할 일과 글감이 될 만한 단상, 기자들과 편집인의 질문에 대한 답변, 내게 관심을 보이는 여자를 유혹할 방법, 책의 홍보를 위한 여행 계획 등으로 꽉 차 있었다.

그녀가 그걸 눈치 채고 있었는지는 모르겠다. 그러나 나는 우리의 대화에 미하일이 점점 드물게 등장하다가, 나중엔 완전히 자취를 감추어버렸음을 깨닫지 못했다. 그녀는 점점 더 과감해졌다. 파리에 돌아와 있을 때조차 부랑자들에 대한 르포기사를 쓴다며 일 주일에 몇 차례씩 밤에 나가곤 했다.

그녀에게 사랑하는 사람이 생긴 거라는 생각이 들었다. 나는 일 주일 동안 괴로워하며, 내 의심을 표현해야 할지 아니면 아무렇지도 않은 듯이 행동해야 할지 고민했다. 그리고 마침내 "눈에 보이지 않으면 마음도 느끼지 못한다"는 명제에 따라 모른 척하기로 했다. 나는 그녀가 나를 떠나는 일은 있을 수 없다고 절대적으로 확신했다. 그녀는 내가 나 자신이 되도록 돕기 위해 모든 노력을 기울였다. 그런 그녀가 덧없는 열정을 위해 지금껏 쌓아온 전부를 포기한다는 것은 말이 되지 않았기 때문이다.

만약 에스테르의 우주에 진심으로 관심을 가졌다면, 나는 그녀의 통역사가 어떤 사람이고 그의 '마법 같은' 감수성이 어떤 것인지 적어도 한 번쯤은 진지하게 물었어야 했다. 그녀의 침묵과 정보의 단절을 이상하게 여겼어야 마땅하다. 적어도 그녀가 부랑자들에 대한 '르포기사'를 쓰러 갈 때 한 번쯤은 동행하겠다고 제안했어야 했다.

당시 그녀는 종종 내게 자신의 일에 관심이 있냐고 물었다. 그러면 나는 이렇게만 대답했다. "관심 있지. 하지만 당신 일에 간섭하고 싶진 않아. 난 당신이 스스로 선택한 방법으로 당신의 꿈을 자유롭게 추구하기를 원하니까. 내가 그렇게 하도록 당신이 도왔던 것처럼."

사실 내 태도는 전적인 무관심에 가까웠다. 그러나 에스테르가 내 대답에 만족했다고 느꼈다. 사람은 자기가 믿고 싶어하는 대로 믿는 존재니까.

조사를 마치고 풀려났을 때 형사가 내게 한 말이 다시 한번 떠오른다. '선생은 자유입니다.' 자유가 뭔가? 당신의 남편이 당신이 하는 일에 거의 아무런 관심도 갖지 않는 것? 당신의 배우자가 자기 일, 중요하고 멋지고 어려운 그 자기 일에 집중하기 때문에 당신은 자신의 가장 내밀한 느낌을 공유할 사람 하나 없이 혼자라고 느끼는 것?

나는 에펠 탑을 바라본다. 어느덧 또 한 시간이 지났다. 에펠 탑이 마치 다이아몬드로 된 것처럼 다시 반짝이기 시작한다. 내가 창가에 앉아 있은 뒤로 그것이 몇 번이나 반짝였는지 모르겠다.

내가 아는 것이라고는, 자유로운 결혼생활이라는 미명 아래, 아내와의 대화에서 미하일이라는 남자가 자취를 감추었음을 알아차리지 못했다는 점이다.

그리고 그 미하일이라는 남자는 한 카페에 모습을 드러냈다가, 다시 사라졌는데, 이번에는 내 아내와 함께였다. 유명한 베스트셀러 작가를 용의자로 만들어두고.

아니, 좀더 심하게 말하면 버림받은 남자로 남겨두고.

한스의 질문

부에노스아이레스에서 자히르는 20센타보짜리 동전이다. 알파벳 N과 T, 그리고 숫자 2는 면도칼이나 주머니칼 같은 걸로 긁혀 있다. 동전 앞면에 새겨진 주조 연도는 1929년이다. 18세기 말 구자라트*에서는 호랑이가 자히르였다. 자바에서는 신도들의 돌에 맞아 죽은 수라카르타** 회교 사원의 한 장님이었다. 페르시아에서는 나디르 샤가 바닷속에 던져버린 천문관측의였다. 1892년경 마흐디***의 감옥에서는 루돌프 카를 폰

* 인도 서부 나르마다 강 북쪽에 있는 주(州). 서쪽으로는 아라비아 해, 북쪽으로는 파키스탄에 접해 있다. 18세기에 이곳에는 소왕국(小王國)들이 분립했다.
** 인도네시아 자바 섬 중부에 있는 도시. 자바 전통문화의 중심지이기도 하다.
*** 19세기 수단의 왕국.

슬라틴이 건드린, 터번의 주름 속에 숨겨놓은 작은 나침반이었다……

일 년 뒤 어느 날, 나는 호르헤 루이스 보르헤스의 이야기를 떠올리며 잠에서 깨어났다. 한 번 만지거나 보고 나면 결코 잊을 수 없고, 우리의 머릿속을 완전히 장악해 광기로 몰아가는 무엇. 자히르. 나에게 그것은 장님이나 나침반, 호랑이, 혹은 동전 같은 낭만적 상징물이 아니었다.
나의 자히르. 그것은 이름을 갖고 있었다, 에스테르라는.
경찰 조사를 받고 얼마 지나지 않아 나는 몇몇 스캔들 잡지의 표지를 장식했다. 그들은 일단 내게 혐의 가능성이 있다는 식으로 기사를 시작했지만, 법적 소송을 피하기 위해 끝에 가서는 언제나 내가 무죄라는(무죄? 나는 기소되지도 않았는데!) 결론을 내렸다. 그렇게 일 주일이 지나갔고, 그 잡지들의 판매실적이 올라갔다(그도 그럴 것이, 평소의 나는 그런 유의 의혹과는 거리가 먼 작품세계를 가진 작가였다. 사람들은 인간의 영성에 대해 글을 쓰는 사람이 지닐 수 있는 어두운 면에 대해 호기심을 보였던 것이다). 그러자 그들은 다시 공격을 퍼부었다. 내가 원래 여자관계가 복잡하기로 유명하고, 아내가 도망간 것은 그래서라는 내용이었다. 독일의 한 잡지는 이번 사건이 나보다 스무 살이나 어린 어느 여가수와 관계가 있다는 식으로 보도했다. 그 여가수는 노르웨이의 오슬로에서 나를 만난 적이 있다고 말했다(그녀를 만난 건 사실이었다. 그러나 그건 호의은행 때문에 마련된 자리였다. 내 친구 하나가 나에게 그녀를 만나달라고 부탁해서 단 한 차례 함께 저녁식사를 한 것뿐이고, 그 자리에는 물론 내 친구도 동석했다). 그 여가수는 우리 사이엔 아무 일도 없었다고 말했다(그런데 왜 우리가 함께 찍은 사진이 잡지 표지에 실린 걸까?). 그리고 그녀는 그 사건을 자신의 새 앨범 출시 홍보에 이용했다. 나뿐만 아니라 그 잡지까지 이용한 셈이었다. 결과적으로 그녀의 홍보전략은 실패였다. 실패의 원인이 값싼 홍보전략 때문인지는 지금도 잘 모르겠다(말이 나왔으니 하는 말이지만 그녀의 앨범은 나쁘지 않았다. 모든 걸 망가뜨린 것은 언론 기사였다).

유명작가를 둘러싼 추문은 오래가지 않았다. 유럽, 특히 프랑스에서는 혼외정사가 묵인될 뿐 아니라, 심지어는 암암리에 부러움을 사기도 한다. 그러므로 사람들은 자신에게도 일어날 수 있는 불상사를 신문이나 잡지에서 굳이 보고 싶어하지 않았다.

그 일은 점차로 잡지 표지에서 사라졌다. 하지만 추측들은 여전히 남아 떠돌았다. 납치되었으리라는 추측, 학대받으며 사는 게 싫어서 가정을 버렸으리라는 추측(우리가 자주 싸웠다고 증언한 카페 웨이터의 사진이 실리기도 했다. 그러고 보니 실제로 언젠가 카페에서 에스테르와 심하게 싸웠던 기억이 난다. 어느 라틴아메리카 작가에 대해 그녀가 한 말이 내 의견과 완전히 달라서 벌어진 말다툼이었다). 영국의 한 타블로이드 신문은 내 아내가 이슬람 테러조직을 지지하는 비밀 단체에 들어갔다고 보도하기도 했다. 다행히도 이 보도는 별다른 반응이 없었다.

한 달이 지나자 그 사건은 배신과 이혼, 암살, 범죄가 난무하는 이 세상에서 대중의 기억 저편으로 사라져버렸다. 수년간의 경험을 통해 나는 이런 유의 보도가 내 독자들에게는 아무런 영향도 미치지 못한다는 걸 잘 알고 있었다(전에 아르헨티나 텔레비전에 어떤 기자가 나와서, 내가 장차 칠레의 영부인이 될 여자를 극비리에 만난 '증거'를 갖고 있다고 주장한 적이 있었다. 하지만 그때도 내 책들은 베스트셀러 순위에 올라 있었다). 미국의 한 예술가가 말했듯이, 센세이셔널리즘은 십오 분간 지속되기 위해 만들어지는 것이다. 내 걱정은 다른 데 있었다. 어떻게 하면 내 삶을 새로 설계하고, 새로운 사랑을 만나고, 다시 작품을 쓰고, 그리고 사랑과 증오 사이의 어디쯤엔가 있는 작은 서랍 속에 아내에 대한 추억을 간직할 수 있느냐였다. 아니, 이제 전처(나는 이 단어에 빨리 익숙해져야만 한다)라고 말하는 것이 맞겠다.

내가 그 호텔 방 안에서 예상했던 상황 중 몇몇은 실제로 일어났다. 한동안 나는 외출도 하지 않고 집 안에서 시간을 보냈다. 친구들을 만나서 어떻게 행동해야 할지, 그저 그들의 눈을 바라보며 "아내가 한 젊은 남자 때문에 나를 떠났어"라고 말할 수 있을지 자신이 없었다. 드디어 집 밖으로 나왔을 때, 사람들은 내게 아무엇도 묻지 않았다. 그러나 포도주를 몇 잔 마시고 나면, 나는 그 얘기를 꺼내야만 할 것 같은 기분이 되었다. 마치 내가 다른 사람들의 생각을 읽을 수 있고, 그들에겐 내게 일어난 일 말고는 다른 관심사가 없을 것만 같았다. 다만 그들이 예의를 차리는 사람들이라 아무 말도 하지 않고 있을 뿐이라는 생각이 들기도 했다. 그날그날의 내 기분에 따라, 에스테르는 좀더 나은 운명에 걸맞은 성녀가 되거나 아니면 범죄자로 의심받을 만큼 복잡한 상황 속으로 나를 끌고 들어간 부정한 여자이자 배반자가 되었다.

내가 참석해야 했던 수많은 만찬 석상에서 나와 같은 테이블에 앉은 친구나 지인이나 출판 편집인들은 처음엔 어느 정도 호기심을 갖고 내 말에 귀를 기울였다. 하지만 시간이 흐를수록 그들은 화제를 바꾸고 싶어했다. 내게 일어난 사건은 한때 그들의 흥미를 끌었지만, 이젠 일상적인 호기심의 대상이 아니었던 것이다. 가수에게 살해당한 여배우 이야기나, 최근에 유명 정치인들과의 애정 행각을 고백한 책을 낸 십대 여자애 이야기에 더 큰 흥미를 보였다. 마드리드에 머물던 어느 날, 나는 전에 비해 각종 행사며 저녁식사에 초대되는 일이 크게 줄었음을 문득 깨달았다. 내 감정을 털어놓고 에스테르를 비난하거나 축복하는 것이 내 정신건강에는 유익했으나, 그러는 동안 나는 아내에게 배신당한 남편보다 못한 존재가 되어버린 것이다. 나는 아무도 옆자리에 앉고 싶어하지 않는 따분한 부류의 인간이 되었다.

그때부터 나는 고통을 말없이 견디자고 결심했다. 우편함은 다시 초대장들로 넘쳐났다.

그러나 자히르는 내 마음속에서 점점 더 커져갔다. 처음엔 자히르를 애정 어린 마음으로 바라보기도 하고 화를 내기도 했다. 만나는 모든 여자들에게서 에스테르의 모습을 찾았다. 모든 술집과 영화관과 버스 정류장에서 그녀를 보곤 했다. 택시 운전사에게 길 한가운데에서 차를 세워달라고 하거나, 내가 찾고 있는 여자가 아니란 걸 확인할 때까지 누군가를 따라가달라고 부탁한 게 한두 번이 아니었다.

자히르가 서서히 내 마음과 정신을 장악해 들어왔다. 내겐 해독제, 나를 절망으로부터 건져줄 무언가가 필요했다.

답은 하나밖에 없었다. 새로운 연인을 만드는 것.

나는 마음이 끌리는 여자 서너 명을 만났다. 그리고 마침내 서른다섯 살의 프랑스 여배우 마리에게로 관심을 좁혔다. "나는 모두가 호기심을 갖고 궁금해하는 유명인사를 사랑하는 게 아니라, 당신 속에 있는 한 남자를 사랑해요" 혹은 "당신이 유명하지 않았더라면 더 좋았을 텐데" 혹은 최악의 경우로 "난 돈엔 관심없어요" 따위의 바보 같은 말을 하지 않은 것은 그녀뿐이었다. 오직 그녀만이 내 성공을 순수하게 기뻐해주었다. 그녀 또한 유명인사였기에 명성의 가치를 잘 알고 있었다. 명성은 최음제와도 같다. 유명한 남자가 곁에 있으며, 또 그가 다른 많은 여자들을 선택할 수 있었음에도 자기를 선택했음을 안다는 것은 여자의 자존심에 좋은 일인 것이다.

나와 마리는 파티며 연회에 함께 참석하기 시작했다. 사람들은 우리 관계를 놓고 내기를 걸었지만, 그녀도 나도 어떤 사실을 확인해주거나 단언하지 않았다. 우리 관계는 세간의 화젯거리로 떠올랐고, 잡지들은 세기의 입맞춤을 목이 빠져라 기다렸지만, 그런 날은 오지 않았다. 우리 둘 다 그렇게 공개적으로 과시하는 행태를 천박하게 여겼기 때문이다. 그녀는 밀라노에서의 촬영을 잘 해나갔고, 나는 내 일을 했다. 사정이 허락하면 나는 밀라노로 가서 그녀를 만났고, 그녀도 시간이 나면 파리로 날아와 나를 만났다. 우리는 서로 가깝게 느꼈다. 그러나 서로에게 의지하지는 않았다.

마리는 내 마음속에서 일어나는 일을 모른 척했고, 나도 그녀의 마음속에서 일어나는 일을 모른 척했다(그녀는 이웃의 한 유부남을 향한 이루어질 수 없는 사랑을 하고 있었다. 원하기만 하면 어떤 남자든 가질 수 있는 그녀 같은 여자가). 우리는 친구이자 동료였고, 같은 텔레비전 프로그램을 즐겨 보았다. 나는 감히 단언했다. 이 세상엔 내가 에스테르에 대해 느끼는 사랑이나, 마리가 이웃 남자에 대해 느끼는 사랑과는 종류가 다른 사랑을 위한 자리도 존재한다고.

나는 다시 사인회를 열기 시작했고, 강연, 칼럼 청탁, 자선 만찬, 텔레비전 방송, 젊은 예술가들과의 프로젝트를 위한 초대에도 응했다. 내가 마땅히 하고 있어야 할 단 한 가지, 책을 쓰는 일만 빼고는 모든 일을 했다.

하지만 상관없었다. 작가로서의 이력을 시작하도록 나를 이끌었던 존재가 곁에 없는 이상, 그 이력도 끝났다는 생각이 마음속 깊은 곳에 자리잡고 있었다. 그 존재가 나와 함께 있는 동안 나는 내 꿈을 맹렬히 살아냈고, 극소수의 사람만이 도달할 수 있는 지점에 이르렀다. 그러니 이제는 여생을 즐기며 살아도 된다.

매일 아침 나는 스스로에게 그렇게 되뇌었다. 하지만 오후가 되면 내가 정말 하고 싶은 유일한 일은 여전히 글쓰기라는 걸 또렷이 느꼈다. 그러다가 밤이 되면 다시, 하나의 꿈은 이미 실현했으니 이제 새로운 꿈을 만들어가야 한다고 스스로를 납득시키려 애썼다.

그 이듬해는 산티아고 데 콤포스텔라의 성년聖年이었다. 매년 7월 25일인 성 야고보 축일이 일요일과 겹치면 그 해는 성년으로 쳤다. 성년이 돌아오면, 산티아고 대성당의 어떤 문 하나를 365일 내내 열어둔다. 전하는 말에 따르면, 그 문으로 들어가는 사람은 특별한 축복을 받는다고 한다.

스페인에서는 다양한 기념행사가 열렸다. 산티아고 성지순례를 통해 깊은 영적 체험을 얻었던 나는 적어도 행사 하나쯤엔 참석하기로 마음먹고, 1월에 바스크 지방에서 열리는 간담회에 참가하기로 했다. 책을 쓰려고 전전긍긍하며, 파티에 참석하고, 공항에 가고, 마리를 만나러 밀라노에 가고, 저녁 약속, 호텔, 공항, 인터넷, 공항, 인터뷰, 다시 공항으로 향하는 쳇바퀴 같은 일상에서 벗어나기 위해, 나는 자동차를 몰고 혼자서 1,400킬로미터를 달리기로 작정한 것이다.

 차를 몰고 가며 지나치는 곳은 어디나, 심지어 내가 한 번도 가보지 않은 장소조차 나만의 특별한 자히르를 떠올리게 했다. 나는 에스테르가 이곳들을 보고 싶어했을 테고, 이 식당에서 식사를 하고 저 강가를 산책하며 크게 기뻐했을 텐데…… 하고 생각했다. 하룻밤 묵어가기 위해 바욘에서 차를 세웠다. 잠자리에 들기 전 텔레비전을 켜니, 프랑스와 스페인의 국경 근처에 약 5,000대의 트럭이 예기치 않은 폭설로 발이 묶여 있다는 뉴스가 나왔다.

 다음날 자리에서 일어난 나는 그냥 파리로 돌아갈지 고민했다. 행사 참석을 취소할 변명거리야 충분했고, 행사를 조직한 사람들도 군말없이 이해해줄 터였다. 교통 사정은 엉망인데다 아스팔트는 빙판이었고, 프랑스와 스페인 당국은 사고 위험이 높으니 주말에 집 밖으로 나가지 말라는 지침까지 내린 터였다. 상황은 어젯밤보다 더 심각했다. 조간신문을 보니, 또다른 도로에서 17,000명에 이르는 사람들이 고립되어, 프랑스 주민안전대책본부가 나서서 양식과 임시 대피소를 마련하고 있다는 기사가 실려 있었다. 길에서 발이 묶인 차량들의 연료가 바닥나서 난방장치마저 꺼져버린 탓이었다.

 호텔 직원들은 내가 '정말로' 여행을 해야 한다면, 그게 생사가 걸려 있는 문제라면, 두 시간 정도 더 걸리는 우회도로를 이용하라고 권했다. 그러나 그 도로의 상태 역시 아무도 보장할 수 없다고 했다. 하지만 나는 본능에 이끌려, 원래 가려던 길로 곧장 가기로 결심했다. 알 수 없는 무언가가 미끄러운 아스팔트 위, 꽉 막힌 차량들 가운데서 인내의 시간을 보내도록 내 등을 떠밀고 있었다.

어쩌면 그 도시의 이름이 '비토리아(승리)'여서 그랬는지도 모른다. 어쩌면 안락한 생활에 너무 익숙해진 나머지, 위기 상황에 현명하게 대처할 능력을 잃어버린 탓이었을 수도 있다. 혹은 몇 세기 전에 건설한 성당을 복구하려 애쓰고, 그런 자신들의 노력을 세인들이 주목해주길 바라며 작가들 몇 명을 간담회에 초청한 주최측의 열성이 작용했을지도 모르고. 혹은 옛 남미 대륙의 콘키스타도르*들의 표현대로라면, "중요한 것은 목숨이 아니라 항해"이기 때문인지도 몰랐다.

아무튼 나는 그렇게 길을 나섰다. 오랜 시간이 흐르고 오랜 긴장 끝에, 마침내 비토리아에 도착했다. 주최측 사람들은 나보다 더 긴장해서 기다리고 있었다. 그들은 이런 눈보라는 삼십 년 만이라며 내 노고에 고마워했다. 곧바로 공식 프로그램을 시작해야 했다. 그중에는 산타마리아 성당 방문도 있었다.

눈동자가 독특하게 반짝이는 한 젊은 아가씨가 내게 성당의 내력을 설명하기 시작했다. 처음에 그것은 도시의 성벽이었다. 이

---

*16세기에 멕시코와 페루를 정복한 스페인 사람들을 일컫는 호칭.

성벽의 일부가 작은 예배당의 한쪽 벽이 되었다. 십 년쯤 흐르고 작은 예배당은 성당이 되었다. 그리고 한 세기가 지나자, 성당은 고딕식 대성당이 되었다. 그 대성당은 영광의 세월들을 보냈다. 그러던 중에 몇 가지 구조상의 결함이 발견되었고, 성당은 한동안 방치되었다. 사람들은 성당의 구조를 해체하고 다시 고치는 복구 작업을 시작했다. 그러나 세대마다 자신들이 문제를 해결한다고 믿으며, 이전 세대가 이루어놓은 것을 제 나름대로 뜯어고쳤다. 그렇게 몇 세기가 지났다. 사람들은 이쪽 벽 하나를 높였고, 저쪽 들보를 부수었다. 이쪽 구석에 보강재를 덧댔고, 스테인드글라스를 끼운 창을 냈다가 막아버렸다.

성당은 그 모든 것을 참고 견뎠다.

나는 현재 행해지고 있는 개축 작업을 살펴보며 성당의 골조 안으로 걸어들어갔다. 이번에 일을 맡은 건축가들은 최상의 해결책을 찾았다고 확신하고 있었다. 여기저기에 비계와 금속 보강재들이 보였다. 앞으로 행해질 작업에 대한 그럴듯한 이론과, 과거에 행해진 변형에 대한 비판도 눈에 띄었다.

성당 중앙 홀에서, 불현듯 나는 중요한 사실 하나를 깨달았다. 성당, 그것은 나였다. 우리들 각자였다. 우리는 성장하면서 모습도 변화한다. 고쳐야 할 단점들을 발견하기도 한다. 물론 늘 최상의 해결책을 찾는 것은 아니다. 하지만 그럼에도 불구하고 우리는 바르게 서려고 노력하며 계속 전진한다. 정확히 말하자면, 벽이나 문 또는 창문들이 아닌, 그 안에 존재하는 빈 공간을 위해서다. 내부의 빈 공간, 그곳에서 우리는 가장 소중하고 의미 있는 것들을 숭배하고 경의를 표하는 것이다.

그렇다. 우리는 하나의 성당이다. 의심의 여지가 없는 사실이다. 그러나 내 성당 안의 빈 공간에는 무엇이 있는가?

에스테르, 자히르.

그녀가 그 빈 공간을 꽉 채우고 있다. 그녀는 내가 살아가는 유일한 이유이다. 나는 주변을 둘러보고는, 다음 순서인 간담회를 준비하기 시작했다. 그리고 문득 깨달았다. 삼십 년 만에 몰아친 눈보라와 끔찍한 교통체증, 꽁꽁 얼어붙은 도로에도 포기하지 않고 내가 여기까지 헤쳐온 이유를. 그건 날마다 스스로를 다시 만들어나가야 한다는 걸 나 자신에게 상기시키기 위해서, 그리고 생애 처음으로 한 인간을 나 자신보다 더 사랑하고 있음을 받아들이기 위해서였다.

한결 호전된 기상조건에서 파리로 돌아오는 내내, 나는 일종의 최면 상태에 빠져 있었다. 나는 다른 생각을 하지 않고 오로지 교통 상황에만 정신을 집중했다. 집에 도착한 나는 가정부에게 집 안에 아무도 들이지 말고, 앞으로 며칠 동안은 출퇴근하지 말고 여기서 지내며 세 끼 식사를 모두 만들어달라고 부탁했다. 나는 인터넷 접속에 필요한 조그만 장치를 발로 밟아 망가뜨리고, 전화선도 뽑아버렸다. 그리고 휴대전화를 상자에 넣어 내가 찾으러 갈 때까지 맡아달라는 부탁과 함께 내 담당 편집인에게 보냈다.

일 주일 동안, 나는 아침이면 센 강변을 산책하고, 집에 돌아와서는 서재에 틀어박혔다. 나는 천사의 목소리를 듣고 받아쓰는 것처럼 책을 써내려갔다. 책이라기보다는 차라리 편지인지도 몰랐다. 내 꿈속의 여인, 내가 사랑하고 있고 또 영원히 사랑할 여인에게 보내는 편지. 언젠가 이 책은 그녀에게 다다르리라. 설사 그렇게 되지 않는다 하더라도, 지금 나는 내 영혼과 화해한 사람이었다. 이제 나는 상처받은 내 자존심과 다투지 않았다. 이제는 길모퉁이에서, 선술집에서, 영화관에서, 저녁식사 모임에서, 마리의 모습에서, 신문 기사 속에서 에스테르를 찾아 헤매지 않았다.

오히려 나는 자히르가 존재한다는 것에 기쁨을 느꼈다. 자히르는 나 자신도 몰랐던 능력, 사랑할 수 있는 능력이 내게 있음을 알려주었다. 그것은 은총이었다.

나는 자히르를 받아들였다. 그리고 그것이 나를 성스러움으로 혹은 광기로 이끌어가도록 내버려두었다.

"찢어버릴 시간이 있고 꿰맬 시간이 있다." 전도서에 나오는 이 구절에서 제목을 따온 내 새 책이 4월 말에 출판되었다. 그리고 5월 둘째주에 벌써 베스트셀러 1위에 올랐다.

문학잡지들은 그 동안에도 내게 우호적이지 않았지만, 이번엔 훨씬 더 강하게 나왔다. 문예지에 실린 서평들 중 몇몇 대목을 오려서, 지난 몇 년간 발표한 내 작품들에 대한 평을 스크랩해둔 노트에 함께 정리했다. 그들은 언급하는 책의 제목만 바꿨을 뿐, 실상은 늘 같은 이야기를 하고 있었다.

"다시 한번 작가는 우리가 살고 있는 이 소란스러운 시대에, 우리로 하여금 사랑 이야기를 통해 현실을 회피하도록 유도한다."(그럼, 사람이 사랑 없이 살 수 있단 말인가?)

"짧은 문장, 평이한 문체……"(문장이 길면 문체가 저절로 심오해지나?)

"작가는 성공의 비밀을 알고 있다. 바로 마케팅이다."(내가 위대한 문학 전통을 가진 나라에서 태어나기라도 했단 말인가? 그리고 내가 내 첫 책에 한밑천 투자한 것도 아니잖은가.)

"어쨌거나 그의 책은 지금까지 그랬듯이 잘 팔릴 것이다. 그것은 인간 존재가 우리를 둘러싼 비극과 대면할 준비가 되어 있지 않다는 증거다."(그들은 '준비가 되다'라는 말의 뜻을 알고나 있는 걸까?)

다른 평들도 있었다. 그들은 위에 인용한 글들에 덧붙여, 내가 더 부자가 되기 위해 작년에 일어난 추문을 이용한다고 했다. 늘 그렇듯, 부정적인 서평들은 오히려 내 책을 널리 홍보하는 데 기여했다. 내 충실한 독자들은 어찌 됐든 책을 샀고, 그 서평이 상기시키는 사건에 대해 잊고 있던 사람들도 내 책을 샀다. 에스테르의 실종 사건에 대한 내 입장을 듣고 싶었던 것이다(그러나 내 책은 그 사건에 관한 것이 아니라, 오히려 사랑의 찬가였다. 그들은 실망했을 테고, 평론가들이 옳았다고 인정했으리라). 어쨌든 그 책의 저작권은 내 책이 출판된 적이 있는 모든 나라에 즉시 팔렸다.

나는 원고를 출판사에 보내기 전에 마리에게 보여주었었다. 그녀는 역시 내가 그랬으면 하고 바라던 여인이었다. 그녀는 내가 그런 식으로 속내를 드러내지 말았어야 했다고 하거나 질투하는 대신, 내가 더 멀리 나아갈 수 있도록 격려해주었다. 그리고 책이 출간되고 성공을 거두자 무척 기뻐했다. 그 무렵 그녀는 사람들에게 거의 알려지지 않은 어느 신비신학의 가르침을 읽고 있었고, 대화를 나눌 때마다 그것들을 인용하곤 했다.

"사람들이 찬사를 보내올 때, 우린 스스로의 행동을 다시 돌아보아야 해요."

"평론가들은 내게 아무런 찬사도 보내지 않아."

"난 지금 독자들에 대해 얘기하는 거예요. 당신은 그 어느 때보다 독자들에게서 많은 편지를 받고 있잖아요. 결국 당신은 당신 자신이 생각한 것보다 더 훌륭한 사람이라고 믿게 될 거예요. 그리고 당신이 안전하다는 거짓 감정에 빠져들도록 내버려둘 거고요. 그건 아주 위험할 수도 있어요."

"비토리아 성당에 다녀온 후로 나는 내가 생각했던 것보다 더 훌륭한 인물이라고 생각하고 있어. 하지만 그건 독자들이 보내오는 편지와는 아무 상관 없어. 믿기 힘든 말이겠지만, 놀랍게도 나는 거기서 사랑을 발견했어."

"멋져요. 당신 새 책에서 가장 내 맘에 드는 게 뭔지 알아요? 당신이 단 한 순간도 전처를 원망하지 않았다는 거예요. 스스로에게 죄의식을 느끼지도 않고요."

"그런 걸로 시간을 낭비해선 안 된다는 걸 배웠거든."

"아주 좋아요. 우주가 우리의 실수를 교정해줄 거예요."

"당신은 에스테르가 사라진 게 일종의 '교정'이라고 말하고 싶은 건가?"

"난 고통과 비극이 치유 능력을 갖고 있다고 믿지 않아요. 고통과 비극은 언제든 찾아오죠. 삶의 일부니까요. 그걸 형벌이라고 생각할 필요는 없어요. 하지만 일반적으로 우리에게 가장 소중한 것, 가령 친구를 잃어버렸을 때 우주는 우리가 잘못된 길을 가고 있었음을 보여주죠. 그리고 당신에게 일어난 일이 바로 그런 거고요. 내가 잘못 생각한 게 아니라면요."

"최근에 깨달은 게 하나 있어. 진정한 친구는 좋은 일이 생겼을 때 우리 곁에 있어주는 사람들이라는 사실이지. 그들은 우리를 지지해주고 우리의 승리를 함께 기뻐해줘. 반면 가짜 친구들은 우리가 어려운 일을 겪고 있을 때 굳은 얼굴로 나타나 안타까움과 연대감을 느끼는 듯 행동하지. 하지만 실은 자신들의 불행한 삶에 대한 마음의 위로를 얻으려고 우리의 고통을 이용하는 거야. 작년에 내가 위기를 겪고 있을 때, 오랫동안 만나지도 못했던 사람들이 불쑥불쑥 나타나 나를 '위로'하려 들었어. 나는 그런 게 싫어."

"나도 겪어본 일이에요."

"마리, 내 삶에 나타나줘서 고마워."

"너무 쉽게 고마워하지 말아요. 우리 관계는 아직 충분히 견고하지 못하니까. 하지만 나 요즘 파리에 정착해볼까 생각하기 시작했어요. 아니면 당신에게 밀라노에 와서 살자고 하든가. 나도 그렇고 당신도 그렇고, 일하는 덴 전혀 문제 없잖아요. 당신은 늘 집에서 일하고, 나는 늘 밖에서 일하니까. 화제를 바꾸고 싶어요? 아니면 이 문제에 대해 좀더 의논해볼까요?"

"화제를 바꾸는 게 낫겠어."

"그럼 다른 얘길 해요. 당신은 큰 용기를 가지고 이번 신작을 썼어요. 그리고 나를 놀라게 한 건, 당신이 단 한 번도 그 청년에 대해 언급하지 않았다는 점이에요."

"그에겐 관심없어."

"아니에요, 당신은 그에게 관심이 있어요. 분명 때때로 당신 자신에게 이렇게 묻겠죠. '그녀는 왜 그를 선택한 걸까?'"

"나는 그런 질문은 하지 않아."

"거짓말하고 있군요. 내 얘기 좀 해볼까요? 난 내 이웃집 남자가 왜 아무 재미도 없는, 늘 방글거리며 식사를 준비하고, 아이들과 지불해야 할 고지서를 챙기고 집안 일에만 신경쓰는 아내와 이혼하지 않는지 알고 싶어요. 내가 나 자신에게 그런 질문을 한다면, 당신 역시 그럴 거예요."

"그가 내게서 아내를 훔쳐갔기 때문에 내가 그를 증오한다고 말하길 바라는 거야?"

"아니, 나는 당신이 그를 용서한다고 말하는 걸 듣고 싶어요."

"내겐 그럴 능력이 없어."

"하긴, 매우 어려운 일이죠. 하지만 당신에겐 선택의 여지가 없어요. 만약 당신이 그를 용서하지 않는다면, 당신은 그로 인해 생겨난 번민에 늘 사로잡혀 지낼 거고, 그 고통은 영영 끝나지 않을 거예요. 당신이 그를 '사랑'해야 한다고 말하는 게 아니에요. 당신이 그를 찾으러 가야 한다고 말하는 것도 아니고요. 그 사람의 내면에서 천사를 보라고 충고하고 있는 게 아니라고요. 그런데 그 사람, 이름이 뭐였죠? 러시아식 이름이었던 것 같은데. 내가 잘못 기억하고 있는 게 아니라면."

"그의 이름 따위엔 관심도 없어."

"그래요? 그 사람 이름을 입에 올리기조차 싫은 거로군요. 일종의 미신인가요?"

"미하일. 그래, 그 이름이야."

"증오의 에너지는 당신을 어디로도 데려가지 못해요. 하지만 사랑을 통해 나타나는 용서의 에너지는 삶을 긍정적인 방식으로 변화시키죠."

"이런, 당신은 이제 티베트의 여사제처럼 말하는군. 이론적으로는 그럴듯하지만 실제로는 불가능한 얘기잖아. 내가 수없이 상처받은 사람이라는 걸 잊지 마."

"바로 그거예요. 당신 속에는 아직도 부모님 앞에서조차 눈물을 감춰야 했던, 학교에서 제일 약한 어린아이가 있는 거예요. 당신은 여자친구도 없고, 운동에도 소질이 없는 감수성 예민한 소년의 흔적을 아직도 지니고 있어요. 당신은 지금껏 살아오면서 사람들한테 받은 부당한 상처들을 지울 수 없었어요. 하지만 그것들이 당신을 성장하게 했나요?"

"누군가 당신에게 그런 얘길 해준 적이 있단 말이야?"

"아니, 그냥 알아요. 당신 눈 속에 다 보이거든요. 그리고 그것들은 당신의 성장에 전혀 도움이 되지 못해요. 강한 사람들에게 희생당했다는, 스스로에 대한 끝없는 연민의 욕구를 채워줄 뿐이죠. 혹은 정반대로, 당신에게 상처 준 사람들을 공격할 준비를 끝낸 보복자로 위장하게 만들든가요. 시간을 허비하고 있다고 생각하지 않나요?"

"그게 인간적인 거지."

"사실이에요. 인간적이죠. 하지만 지적이지도 합리적이지도 않아요. 지상에서 보낼 당신의 시간을 소중히 여기세요. 신께서 늘 당신을 용서하셨다는 것을 기억하고요. 그리고 당신 또한 사람들을 용서하세요."

샹젤리제의 한 대형 서점에서 열린 사인회에 몰려온 인파를 바라보면서 나는 생각했다. 저들 중 몇이나 내가 쓴 이야기와 같은 경험을 해봤을까? 거의 없을 것이다. 기껏해야 한 명이나 두 명 정도? 그럼에도 대부분의 독자들은 내 책의 내용에 공감을 느끼고 일체감을 가질 것이다.

글쓰기는 세상에서 가장 고독한 작업 중 하나다. 나는 이 년마다 한 번씩 컴퓨터 앞에 앉아 내 영혼 안에 자리잡은 미지의 바다를 바라본다. 그 바다에는 섬들이 있다. 그 섬들은 발전되고 탐구될 가능성이 있는 생각들이다. 나는 '말들'이라는 이름의 배를 타고 가장 가까운 섬으로 항해를 떠나기로 한다. 가는 도중에 파도와 바람과 폭풍우를 만나지만, 나는 계속 노를 저어 나아간다. 지쳐서 힘이 다 빠져버린 뒤에야 내가 항로에서 벗어났음을, 배를 대려 했던 섬이 수평선에서 사라져버렸음을 깨닫는다.

그러나 되돌아갈 수는 없다. 어떠한 희생을 치르더라도 계속 나아가야 한다. 그러지 않으면 망망대해에서 방향을 잃고 말 것이다. 그 순간, 무서운 장면들이 머릿속을 스치고 지나간다. 내가 일궈낸 지난 성공들이나 되풀이해 떠벌리면서, 혹은 신작을 출판할 용기가 없어서 신진 작가들을 신랄하게 비판하면서 여생을 보내는 내 모습이 보인다. 내 꿈은 작가가 되는 게 아니었던가? 그렇다면 성공에, 실패에, 함정에 매몰되지 말고 계속해서 문장과 문단과 장章을 창조해내며 죽는 날까지 글을 써야 한다. 다르게 말해보자. 그렇지 못할 때 내 삶의 의미는 무엇인가? 남프랑스에 풍차를 하나 사고 정원을 가꾸는 것? 강연이나 다니는 것(글을 쓰는 것보다는 말하는 게 더 쉬우니까)? 철저히 계산된 신비화 전략으로 세상에서 벗어나 은둔하면서 많은 즐거움을 포기하고 나 자신을 전설로 만드는 것?

이 소름끼치는 생각들에 동요된 나는 나도 몰랐던 힘과 용기를 발견한다. 그것들은 내 영혼 속 가장 구석진 미지의 세계로 모험을 떠나도록 도와주고, 나는 파도가 나를 쓸어가도록 그대로 내버려둔다. 그리고 마침내 내가 향하던 섬에 닻을 내린다. 나는 내가 본 것을 묘사하느라 며칠 낮밤을 보낸다. 그러면서 왜 이런 행동을 하는지 스스로에게 물어본다. 그리고는 내 노력이 일고의 가치도 없다고, 나는 아무에게도 증명해야 할 것이 없으며, 내가 바라던 모든 것을, 아니, 내가 꿈꾸었던 것보다 훨씬 더 많은 것을 이미 얻었노라고 중얼거린다.

나는 첫 책을 썼을 때와 똑같은 과정이 매번 반복되고 있음을 깨달았다. 아침 아홉시에 일어나서 커피 한 잔을 마신 뒤, 준비를 하고 컴퓨터 앞에 앉는다. 신문을 읽는다. 산책을 하기 위해 밖으로 나갔다가, 가장 가까운 바에 들러 잠시 수다를 떤다. 그리고 집으로 돌아온다. 나는 컴퓨터를 바라본다. 그러면서 전화를 몇 통 걸어야 한다는 사실을 떠올린다. 다시 컴퓨터를 바라본다. 벌써 점심시간이다. 오전 열한시부터는 글을 쓰기 시작했어야 하는데…… 생각하면서 점심을 먹는다. 하지만 잠시 눈 좀 붙이고 싶다. 오후 다섯시에 잠에서 깨어난다. 그리고 드디어 컴퓨터를 켠다. 이메일을 확인하고 싶다. 그러나 인터넷 연결을 끊어버렸음을 깨닫는다. 이젠 외출하는 수밖에 없다. 밖에 나가 인터넷에 접속할 수 있는 아무 데나 가서 십 분을 보내는 수밖에 없다. 하지만 그 어떤 구실로도, 하다못해 반시간이라도 글을 쓸 순 없었을까 하는 가책에서 벗어날 순 없다.

나는 의무감에서 글을 쓰기 시작한다. 어느 순간 '그것'이 나를 지배한다. 이제 나는 멈출 수가 없다. 가정부가 저녁식사를 하라고 부른다. 나는 그녀에게 방해하지 말아달라고 부탁한다. 한 시간 후에 그녀가 다시 부른다. 배가 고프다. 그러나 아직 한 줄, 한 문장, 한 페이지가 더 남아 있다. 마침내 식탁에 앉았을 때, 음식은 벌써 차갑게 식어 있다. 나는 재빨리 저녁식사를 마치고 컴퓨터 앞으로 돌아온다. 이제는 속도를 조절할 수가 없다. 섬이 가지고 있는 것은 더이상 비밀이 아니다. 그 전까지는 생각할 수도, 상상할 수도 없었던 것들을 만나면서 나는 길을 개척해간다. 커피 한 잔을 마신다. 또다시 한 잔. 그리고 새벽 두시, 눈이 뻑뻑해져서 글쓰기를 멈춘다.

침대에 몸을 누인다. 다음 단락에 쓸 사항들을 메모하는 사이 한 시간이 흘러간다. 그러나 그것들은 잠들 때까지 머릿속을 비우는 데나 소용될 뿐, 나중에 보면 늘 쓸모없는 것들이다. 내일은 반드시 오전 열한시부터 글을 쓰기 시작하겠다고 다짐한다. 그리고 다음날이 되면 전날과 똑같은 일과가 반복된다. 산책, 대화, 점심식사, 낮잠, 자책감, 인터넷 연결을 끊어버린 것 때문에 치미는 화. 첫 페이지는 늘 그렇게 저항한다.

갑자기 이 주, 삼 주, 사 주, 열한 주가 정신없이 흘러간다. 나는 내가 결말을 향해 다가가고 있음을 안다. 스스로를 위해 가슴속에 간직했어야 하는 말들을 입 밖에 내어 말해버린 사람처럼 공허감에 사로잡힌다. 그러나 마지막 문장까지 밀고 나아가야만 한다. 그리고 결국 나는 거기에 다다른다.

예전에 작가들의 전기에서 "책은 저절로 씌어진다. 작가는 받아쓰는 사람일 뿐이다"이라는 구절을 읽었을 때, 나는 그게 자신들의 작업을 그럴싸하게 보이기 위한 작가들의 수사에 불과하다고 생각했다. 그러나 이제 나는 그 말이 절대적으로 진실이라는 것을 안다. 파도가 왜 그를 그가 다다르고자 꿈꾸었던 저 섬이 아닌 이 섬으로 데려왔는지는 아무도 모른다. 강박적인 수정 작업이 시작된다. 때론 삭제하기도 한다. 똑같은 단어를 반복해서 읽는 것을 더는 견딜 수 없게 되었을 때, 원고를 출판사로 보낸다. 편집인은 그 원고를 한 번 더 고친 뒤 출판한다.

계속해서 나를 놀라게 하는 것은 다른 사람들도 그 섬을 찾고 있었다는 사실이다. 그들은 책 속에서 그 섬을 발견한다. 사람들이 서로 이야기를 전하고, 신비로운 연결고리가 이어진다. 이윽고, 작가의 고독한 작업은 하나의 다리, 한 척의 배, 영혼이 순환하고 소통하는 하나의 통로가 된다.

그때부터, 나는 더이상 폭풍우 속에서 길을 잃은 사람이 아니다. 나는 내 독자들을 통해 자신을 발견하고, 다른 사람들이 이해하는 것을 보고 내가 쓴 것을 다시 이해하게 된다. 드문 순간이지만, 그들의 눈 속에서 누군가의 모습을 보기도 한다. 그리고 나는 내 영혼이 혼자가 아님을 이해하는 것이다.

정해진 시간이 되자, 나는 책들에 사인하기 시작했다. 눈길과 눈길이 빠르게 마주쳤다. 그것은 공감과 기쁨과 상호 존경을 담고 있다. 꼭 잡은 손들, 편지, 선물, 논평들. 한 시간 반이 지난 뒤

나는 주최측에 십 분간의 휴식을 요청했다. 불평하는 사람은 아무도 없다. 담당 편집인은 내 사인회의 관례에 따라 줄서 있는 모든 사람들에게 샴페인 한 잔씩을 대접했다(나는 다른 나라들에서도 이 관례를 시행해보려 시도했다. 하지만 그때마다 프랑스 샴페인은 비싸다며 대신 생수를 대접했다. 그것 역시 기다리는 사람들에 대한 존경의 표시이긴 하다).

나는 다시 테이블로 돌아왔다. 두 시간이 지났다. 행사를 주관하는 사람들이 생각하는 것과 반대로, 나는 피곤하지 않았고 오히려 활력이 넘쳤다. 밤늦게까지라도 사인할 수 있을 것 같았다. 그러는 사이에 폐점 시간이 되어 서점 문이 닫혔다. 서점 안에는 이제 마흔 명만 남아 있었다. 독자들의 수가 서른 명, 스무 명, 열한 명, 다섯 명, 네 명, 세 명, 두 명으로 줄어든다…… 그리고 내 눈이 그의 눈과 마주쳤다.

"뒤에서 기다렸습니다. 선생에게 전해드릴 메시지가 있어서 마지막에 만나고 싶었어요."

아무 말도 할 수 없었다. 나는 고개를 돌려 주위를 둘러보았다. 편집인, 홍보 담당자, 그리고 서점 관계자들이 열띤 대화를 나누고 있었다. 우리는 곧 저녁식사를 하러 갈 참이었다. 거기서 술도 마시고, 오늘 하루에 대한 느낌을 나누고, 내가 책에 사인하는 동안 일어난 재미난 에피소드들에 대해 얘기할 터였다.

나는 그를 본 적이 없었다. 그러나 대번에 그라는 것을 알 수 있었다. 나는 그의 손에서 책을 건네받아 이렇게 적었다.

'미하일에게, 우정을 담아.'

나는 아무 말도 하지 않았다. 그를 놓칠 수는 없었다. 부주의한 말 한마디, 급작스러운 동작 하나에도 그가 자리를 떠버려 다시는 돌아오지 않을 수 있었다. 그 찰나의 순간, 나는 오직 그만이 나를 자히르의 축복 혹은 저주로부터 구원해주리라는 것을 알아차렸다. 그는 그녀의 행방을 알고 있는 유일한 사람이며, 내가 그토록 오랫동안 스스로에게 되풀이해온 질문을 던질 수 있는 사람이기 때문이었다.

"그녀가 잘 지내고 있다는 소식을 전합니다. 아마 선생의 책을 읽었을 거예요."

편집인과 홍보 담당자와 서점 직원들이 다가왔다. 그들은 나를 얼싸안으면서 오늘 행사가 대성공이었다고 말했다. 이제 우리는 뭘 좀 마시고 쉬면서 오늘 행사에 대해 얘기하게 될 터였다.

"저녁식사 자리에 이 독자도 초대하고 싶습니다."

내가 말했다.

"사인을 받은 마지막 독자였으니, 오늘 우리와 함께한 모든 독자들의 대표라고 생각하면 되겠군요."

"전 함께 갈 수 없습니다. 다른 볼일이 있어요."

그가 내 쪽으로 몸을 돌리며 조금 불안한 표정으로 말했다.

"저는 그냥 메시지를 전하러 온 겁니다."

"무슨 메시지요?"

서점 직원 한 명이 물었다.

"이분이 독자를 식사에 초대하는 건 정말 드문 일이에요! 같이 가세요. 가서 함께 저녁식사 해요!"

내 편집인이 말했다.

"감사합니다. 하지만 목요일마다 참석하는 모임이 있어요."

"모임이 몇 시인가요?"

"두 시간 후에 시작합니다."

"어디서요?"

"아르메니아 식당입니다."

아르메니아 출신인 내 운전기사가 그에게 그곳이 우리가 가려는 식당에서 정확히 십오 분 거리에 있다고 말해주었다. 주위 사람들 모두가 나를 기쁘게 해주려고 노력했다. 그들은 내가 예정에 없던 누군가를 초대한다면 그 사람이 당연히 그 영광을 누려야 한다고, 다른 일은 뭐든지 미룰 수 있다고 생각하는 이들이었다.

"이름이 뭐죠?"

마리가 물었다.

"미하일입니다."

"미하일."

나는 마리가 모든 정황을 눈치 챘음을 알았다.

"가서 우리와 함께 한 시간만 있어요. 식당은 여기서 아주 가까워요. 시간이 되면 운전기사가 당신을 약속 장소까지 데려다줄 수도 있어요. 당신만 괜찮다면 우리 예약을 취소하고 다 같이 아르메니아 식당으로 가서 저녁을 먹어도 좋아요. 그렇게 하면 당신도 더 편하겠죠."

나는 그를 똑바로 쳐다볼 수 없었다. 그는 특별히 잘생기지도, 그렇다고 특별히 못생기지도 않았다. 키가 크지도, 작지도 않았다. 단순하고 우아한 검은 옷차림이었다. 옷을 보고 디자이너의 이름이나 상표명을 짐작할 수 없는 종류의 우아함이었다.

마리는 미하일의 팔을 붙잡고 출구 쪽으로 향했다. 서점 안에는 예약해놓고 오지 못한 독자들의 책이 아직도 한 무더기 쌓여 있었다. 그 책들에도 사인해야 했지만 다음날 하기로 약속했다. 다리가 후들거리고 심장이 두방망이질쳤다. 하지만 모든 것이 잘되어가고 있는 것처럼, 행사가 성공적으로 끝나서 들뜬 사람처럼, 이런저런 논평들에 흥미가 있는 것처럼 행동해야 했다. 우리는 샹젤리제 대로를 건넜다. 개선문 뒤로 노을이 지고 있었다. 왜인지 설명할 수는 없었지만, 그것이 표지라는, 좋은 표지라는 생각이 들었다.

적어도 내가 이 상황을 통제할 수 있는 동안에는 말이다.

나는 왜 저 남자와 얘기하고 싶은 걸까? 출판사 직원들이 계속 내게 말을 걸어왔다. 나는 기계적으로 대답했다. 내가 증오해야 마땅한 누군가를 식사에 초대한 까닭을 스스로에게 설명하려고 애쓰는 동안에도, 다른 사람들은 내 정신이 다른 데 팔려 있다는 걸 눈치 채지 못했다. 나는 에스테르가 어디 있는지 알고 싶은 걸까? 저토록 불안해하고 어쩔 줄 몰라하는, 그러나 사랑하는 사람을 내게서 떼어놓는 데 성공한 저 청년에게 복수를 하고 싶은 걸까? 내가 저 청년보다 더 낫다는 걸, 훨씬 더 낫다는 걸 스스로에게 증명해 보이고 싶은 걸까? 그를 매수하고 유혹해서 내 아내가 돌아오도록 그가 설득해주길 바라는 걸까?

나는 이 질문들 중 그 무엇에도 적당한 대답을 찾지 못하고 있었다. 그리고 그것은 전혀 중요하지 않았다. 그때까지 내가 그에게 건넨 유일한 말은 "저녁식사 자리에 초대하고 싶소"가 전부였다. 나는 이미 이런 장면을 수없이 상상했었다. 우리 세 사람이 다 함께 만난다. 나는 그의 멱살을 잡고 주먹을 한 방 날리고, 에스테르 앞에서 그를 모욕한다(혹은 그에게 연타를 날리고는, 그녀를 위해 내가 얼마나 분투하고 있으며 고통받고 있는지 보여준다). 나는 그를 공격하거나, 무관심한 척하거나, 사람들 앞에서 추문을 일으키는 장면을 그려보았다. 그러나 머릿속에 떠오르는 말은 "저녁식사 자리에 초대하고 싶소"뿐이었다.

나는 앞으로 어떻게 행동할지 고민하지 않았다. 일단은 나보다 몇 발짝 앞에서, 마치 그의 여자친구인 양 팔짱을 끼고 미하일과 걸어가는 마리를 지켜봐야 했다. 그녀는 그가 그냥 가도록 내버려두지 않았다. 내가 그 청년과 만나면 아내의 소재를 파악하게 될 가능성이 높아진다는 것을 알 텐데, 그녀는 왜 나를 돕는 걸까?

우리는 식당에 도착했다. 미하일은 내게서 최대한 멀찍이 떨어진 자리를 고집했다. 껄끄러운 대화는 피하고 싶은 모양이다. 흥겨운 분위기, 샴페인, 보드카 그리고 캐비아. 메뉴를 훑어본 나는 서점 사장이 앙트레*에만 천 달러가량 지불했음을 알고 기겁했다. 별다를 것 없는 대화가 이어졌다. 누군가가 미하일에게 오늘 행사에 대해 어떻게 생각하느냐고 물었고, 그는 아주 좋았다고 대답했다. 책에 대해서 말하자면, 그는 내 신작이 무척 마음에 든다고 했다. 이후 그는 좌중으로부터 빠르게 잊혀졌고, 사람들의 관심은 내게로 향했다. 그들은 내가 행사 전반에 만족했는지, 줄을 세운 방식이 내가 원한 대로였는지, 진행요원들이 임무를 잘 수행했다고 생각하는지 알고 싶어했다. 심장이 계속 두방망이질쳤지만, 나는 적어도 겉으로는 평상심을 유지할 수 있었다. 나는 모든 것에 대해, 행사가 완벽하게 계획되고 운영된 것에 대해 깊은 감사의 뜻을 표했다.

반시간가량 대화가 이어지는 동안, 우리는 상당량의 보드카를 마셨다. 미하일은 눈에 띄게 긴장이 풀려 있었다. 이제 그는 주목의 대상이 아니었고, 굳이 말을 할 필요도 없었다. 그저 좀더 자리를 지키고 있으면 됐고, 곧 자리를 떠도 그만이었다. 나는 그가 애

---

* 프랑스 요리에서 수프나 전채와 고기 요리 사이에 나오는 음식.

기한 아르메니아 식당이 꾸며낸 말이 아니란 걸 알았다. 이제 나에게는 단서 하나가 생겼다. 아내는 아직 파리에 있는 것이다! 나는 이 청년의 신뢰를 얻기 위해 노력하고 상냥하게 굴어야 한다. 처음에 느꼈던 긴장감은 사라졌다.

한 시간이 지났다. 손목시계를 들여다보는 미하일을 보고 나는 그가 자리를 뜨려 한다는 것을 알아차렸다. 당장 뭔가 해야 한다. 그를 보고 있자니 이 상황이 너무 시시하게 느껴졌고, 어떻게 에스테르가 저토록 현실과는 동떨어진 사람을 나와 맞바꿀 수 있었는지 도무지 이해되지 않았다(그녀는 그가 '마법 같은' 힘을 가졌다고 말하지 않았던가). 적수와 얘기를 나누면서 편안한 척하긴 쉽지 않지만, 어쨌거나 뭔가 해야 한다.

"자, 이제 우리의 독자에 대해 좀더 알아야 할 때가 된 것 같은데요?"

내가 테이블에 둘러앉은 사람들을 향해 말하자 그들은 즉시 입을 다물었다.

"그분은 지금 여기 있지만, 곧 다른 모임에 가봐야 합니다. 그런데 자신에 대해 거의 한마디도 하지 않으시더군요. 그래, 무슨 일을 하십니까?"

보드카를 꽤 마셨는데도, 미하일은 절도 있는 태도를 유지하고 있었다.

"아르메니아 식당에서 '만남'을 주선하고 있습니다."

"그게 정확히 어떤 겁니까?"

"전 무대 위에서 이야기를 합니다. 또 청중들이 자신의 이야기를 하도록 이끌기도 하고요."

"나도 내 작품을 통해 그런 일을 하죠."

"압니다. 그래서 제가……"

그는 자기가 누군지 말하려 하고 있다!

"이 나라에서 태어났나요?"

마리가 그의 말을 자르며 끼어들었다. 그러지 않았더라면 그는 "그래서 제가 선생의 아내에게 접근했죠"라고 말했을지도 모른다.

"저는 카자흐스탄의 스텝에서 태어났습니다."

카자흐스탄. 누가 카자흐스탄이 어디냐고 물을 용기를 갖고 있을 것인가?

"카자흐스탄이 어디요?"

홍보 담당자 한 사람이 물었다.

자신의 무지를 드러내기를 두려워하지 않는 자는 행복할지어다.

"물어봐주시길 기대했습니다."

미하일의 눈이 생기로 빛났다.

"제가 그곳에서 태어났다고 말하고 십 분쯤 지나면 사람들 중에 제 고향이 파키스탄이라거나 아프가니스탄이라고 말씀하시는 분이 꼭 있더군요. 제 고향은 중앙아시아에 있습니다. 인구가 육

천만인 프랑스보다 훨씬 거대한 면적에 천사백만밖에 안 되는 국민이 살고 있죠."

"거기엔 좁다고 불평하는 사람은 아무도 없겠군요."

내 편집인이 웃으며 응수했다.

"이십세기에 그곳에선 아무도, 무엇에 대해서든, 원하든 원치 않든 불평 같은 건 애당초 할 수 없었습니다. 공산주의 체제가 사유재산 제도를 없애버리자, 먼저 가축들이 스텝에 유기되었어요. 그리고 주민의 48.6퍼센트가 굶어죽었지요. 이해하시겠습니까? 1932년과 1933년 사이에 제 조국 인구의 거의 절반이 굶주림으로 죽음을 맞은 겁니다."

침묵이 감돌았다. 급기야 그 비극이 파티 분위기를 흐리자, 참석자 중 한 사람이 화제를 바꾸려 했다. 그러나 나는 '독자'가 그의 조국에 대한 이야기를 계속하게 하자고 고집을 부렸다.

"스텝이란 어떤 곳이오?"

내가 물었다.

"대부분의 식물이 자라지 못할 만큼 척박하고 거대한 평원입니다. 선생께서도 아실 텐데요."

물론 알고 있었다. 하지만 나는 대화가 끊어지지 않도록 무슨 질문이든 던져야 했다.

"카자흐스탄이라면, 얼마 전에 거기 산다는 한 작가가 스텝에서 이루어진 원폭실험에 대해 쓴 글을 보내온 게 기억나는군요."

내 편집인이 말했다.

"우리 조국의 땅에는 피가 흐릅니다. 우리 마음속에도요. 사람들은 바뀔 수 없는 것을 바꿨어요. 그러니 우린 여러 세대를 거쳐 그 대가를 치르겠지요. 바다 하나를 통째로 사라지게 하는 데 성공했으니까요."

이번에 끼어든 사람은 마리였다.

"바다를 사라지게 하는 건 불가능해요."

"저는 겨우 스물다섯 살입니다. 하지만 천 년도 전부터 거기 있어온 물을 먼지로 만들어버리는 데는 한 세대만으로도 충분했습니다. 공산주의 지도자들은 대규모 목화 농장 몇 군데에 물을 대기 위해 강 두 개의 흐름을 바꾸기로 결정했어요. 아무다리야 강과 시르다리야 강이었죠. 그들의 목표는 달성되지 않았지만, 돌이킬 수도 없었어요. 바다는 사라졌고, 경작지는 사막으로 바뀌어버렸으니까요.

물이 부족해지자 기후에도 큰 혼란이 왔습니다. 거대한 모래폭풍이 불어 해마다 자그마치 십오만 톤의 소금과 먼지를 뿌려댔어요. 다섯 개 나라, 오천만 명의 사람들이 소련 관료들의 이 무책임한, 그러나 돌이킬 수 없는 결정에 큰 타격을 입었습니다. 그나마 남아 있던 물까지 오염되어 갖가지 질병의 온상이 되었고요."

나는 그가 하는 말을 머릿속에 새겨두었다. 간담회 같은 곳에서 유용하게 써먹을 수도 있는 이야기였던 것이다. 미하일은 말을 이어갔다. 그러나 그는 과격한 환경론자처럼 말하지 않았다. 그의 어조는 차라리 비극적이었다.

"제 할아버지는 아랄 해가 예전에는 물빛 때문에 '청해青海'라고 불렸다고 이야기해주셨습니다. 오늘날 그 바다는 거기 존재하지 않죠. 그러나 사람들은 집을 떠나 다른 곳으로 이주할 수 없었습니다. 그들은 지금도 여전히 파도와 물고기를 꿈꾸고 있습니다. 아직도 낚시통을 간직하고 있고, 배와 낚싯밥에 대해 이야기합니다."

"원폭실험 이야기는요? 정말로 그런 일이 있었습니까?"

내 편집인이 물었다.

"저는 우리나라에서 태어난 사람들이라면 조국의 땅이 무엇을 느끼는지 안다고 생각합니다. 카자흐 사람들은 자기 핏속에 조국의 땅을 간직하고 있으니까요. 스텝은 사십 년 동안 핵폭탄과 핵무기에 시달렸습니다. 1989년까지 총 456번의 폭발이 있었지요. 그 폭발들 중 106번은 지하도 아닌 지상에서 일어났습니다. 그 양으로 치면, 폭발력이 2차 세계대전 동안 히로시마에 투하된 폭탄보다 이천오백 배 더 강력했죠. 그 결과 수천 명이 방사능을 쐬었습니다. 폐암에 걸리는 사람들이 부지기수였고, 수천 명의 어린이들이 선천적 기형으로 태어났지요. 육체적인 문제가 있는 아이도 있었고, 정신적으로 문제가 있는 아이도 있었습니다."

미하일이 또다시 손목시계를 들여다보았다.

"허락하신다면 그만 가봐야겠습니다."

참석자의 절반가량은 아쉬워했다. 이야기가 점점 흥미로워지고 있었던 것이다. 나머지 절반은 내심 좋아했다. 오늘처럼 흥겨운 자리에 비극적인 이야기는 어울리지 않는다고 생각한 것이다.

미하일은 참석자들 모두에게 일일이 고개를 숙여 인사한 뒤 나를 끌어안았다. 내게 특별한 애정을 표하기 위해서가 아니라, 이렇게 귀엣말을 하기 위해서였다.

"말씀드렸다시피 그녀는 잘 있습니다. 걱정하지 마십시오."

"그가 내게 뭐라고 했는지 알아? '걱정하지 마십시오'라고 했어! 내가 왜 걱정을 해? 날 버린 여자 때문에? 경찰 조사를 받은 일로 나는 신문과 잡지의 1면을 장식했어. 밤낮으로 너무 힘들었고, 친구들도 잃었어. 그리고 또……"

"……그리고 『찢어버릴 시간, 꿰맬 시간』을 썼죠. 부탁이에요, 우린 모두 성인이고 경험도 할 만큼 했어요. 우리 실수하지 말아요. 물론 당신은 그녀가 잘 있는지 알고 싶겠죠. 그리고, 좀더 멀리 나가볼까요? 당신은 그녀를 만나고 싶어해요."

"알면서 왜 그를 붙잡도록 도와준 거지? 이제 내겐 실마리가 생겼어. 그는 매주 목요일마다 그 아르메니아 식당에 나타날 거야."

"아주 좋아요, 계속하세요."

"날 사랑하지 않는 건가?"

"어제보다는 더 사랑하고 내일보다는 덜 사랑하죠. 문방구에서 파는 그림엽서에 적혀 있는 것처럼. 그래요, 난 당신을 사랑해요. 사실 난 미친 듯이 사랑에 빠졌어요. 나는 여기, 이 커다랗고 외롭기만 한 아파트에 와서 살려고까지 생각하고 있다고요. 하지만 그럴 때마다 당신은 말을 돌리죠. 그럼에도 불구하고 난 자존심 따윈 잊고 우리가 함께 살면 얼마나 좋을지 얘기하려고 해요. 그러나 언제나 당신은 아직 때가 이르다는 대답뿐이죠. 당신은 아마도 에스테르를 잃었듯 나 역시 잃을 수 있다고 느낄지도 몰라요. 혹은 아직도 그녀가 돌아오기를 기다리고 있는지도 모르겠네요. 아니면 자유를 빼앗길 거라고 느끼는 건지도. 당신은 홀로 있는 걸 두려워하고, 누군가와 함께 있는 것도 두려워하죠. 보세요, 그렇다면 우리 관계는 완전히 미친 거나 다름없어요. 하지만 당신이 질문을 했으니 대답해줄게요. 난 당신을 무척 사랑해요."

"그런데 왜 그 상황에서 날 도우려 한 거야?"

"말 한마디 없이 떠나버린 여자의 환영과 언제까지고 함께 살 수는 없으니까요. 나는 당신 책을 읽었어요. 당신이 그녀를 다시 만나지 못하는 한, 이 문제를 해결하지 못하는 한, 당신의 마음이 진실로 내게 속할 수는 없으리라 생각해요.

내가 좋아한 이웃 남자와도 그랬어요. 나는 그와 충분히 가까운 관계였죠. 그가 우리 관계에 대해서만큼은 얼마나 겁쟁이인지 눈치 챌 수 있을 만큼, 진심으로 바라지만 너무 위험하다고 생각되는 일은 절대 저지르지 못할 위인이라는 걸 눈치 챌 수 있을 만큼요. 당신은 절대적인 자유란 존재하지 않는다고 여러 번 말했죠. 아뇨, 그건 존재해요. 그건 선택하는 자유, 자신의 결정에 책임을 지는 자유예요. 그에게 가까이 다가갈수록, 나는 당신에 대해 더 감탄하게 됐어요. 자기를 버린, 자기에 대해 이젠 아무것도 알고 싶어하지 않는 여자를 계속해서 사랑하기로 결심한 남자. 결심만 한 게 아니라 공공연히 공표하기까지 했죠. 당신 신작에 나오는 구절 중 내가 외워둔 부분이 있어요.

'더이상 잃을 것이 없을 때, 나는 전부를 얻었다. 나 자신으로 존재하기를 포기했을 때, 나는 나 자신을 찾았다. 모욕당했지만 꿋꿋이 내 길을 계속 나아갔을 때, 나는 내 운명을 자유롭게 선택할 수 있음을 깨달았다. 내게 문제가 있었는지도 모른다. 내 결혼생활은 그것이 지속되는 동안에는 하나의 꿈이었는지도 모른다. 그녀 없이도 살 수 있다는 것을 알지만, 그녀를 다시 만나고 싶다. 만나서 우리가 함께한 동안 내가 그녀에게 결코 하지 않았던 말을 들려주고 싶다. "당신을 나 자신보다 더 사랑해." 이 말을 할 수 있다면 나는 앞으로 더 멀리, 평온한 마음으로 나아갈 수 있으리라. 왜냐하면, 그 사랑이 나를 되찾게 해주었으니까.'"

"에스테르가 그 책을 읽었을 거라고 미하일이 말했어. 그걸로 충분해."

"하지만 당신이 정말 내 사람이 되기 위해서도 그녀를 만나야 해요. 만나서 그녀 앞에서 그 말을 해야 해요. 어쩌면 그녀가 당신을 만나고 싶어하지 않아 그 말을 하지 못할 수도 있어요. 그래도 당신은 노력할 거예요. 나요? 나는 '이상적인 여자'라는 틀에서 해방될 거예요. 그리고 당신은 당신이 자히르라고 부르는 절대적인 존재로부터 놓여나게 될 거고요."

"당신은 용감한 여자야."

"아뇨, 나는 두려워요. 하지만 선택의 여지가 없는걸요."

다음날 아침, 나는 에스테르가 어디 있는지 알려고 노력하지 않기로 다짐했다. 지난 이 년 동안 나는 그녀가 어떤 강제에 의해 떠났다고, 테러조직에 납치되었거나 협박당했다고 무의식중에 믿고 싶어했다. 하지만 이제 그녀가 살아서 잘 지내고 있다는 걸 알게 되었다(그 청년이 내게 그렇게 말했다). 그런데 왜 여전히 그녀를 다시 만나고 싶어하는 걸까? 내 전처는 행복을 추구할 권리가 있고, 나는 그녀의 의사를 존중해야 한다.

나는 네 시간이 넘도록 이런 생각에 빠져 있었다. 오후가 끝나갈 무렵, 나는 한 성당 안으로 들어가 초 하나를 밝혔다. 그리고 다시 한 가지 다짐을 했다. 이번에는 성스러운 예배의 형식을 갖춘 다짐이었다. 그녀를 찾으러 가자. 마리가 옳았다. 더이상 상관하지 않는 척하며 스스로를 기만하기에는 내 나이가 너무 많았다. 떠나고자 한 그녀의 결정을 존중했지만, 내 삶을 건설하도록 도와준 그 사람이 나를 거의 파괴하다시피 했다. 그녀는 언제나 용기 있는 사람이었다. 그런데 왜 남편의 눈을 바라보며 설명하지 않고 도둑처럼 한밤중에 도망가버린 걸까? 우리는 어떤 행동을 하고 그 행동의 결과를 견뎌낼 수 있을 만큼 충분히 성인이다. 내 아내(수정하겠다. 내 과거의 아내)의 행동은 그녀답지 않았다. 그리고 나는 그녀가 그렇게 행동한 이유를 알아내야 했다.

아르메니아 식당에서 모임이 열리는 날까지는 아직 일 주일이 남아 있었다. 영원과도 같은 일 주일. 기다리는 며칠 동안 나는 보통 때 같으면 절대 수락하지 않았을 인터뷰 요청을 받아들였고, 신문에 실릴 칼럼을 몇 편 썼고, 요가와 명상을 했다. 러시아 미술에 대한 책 한 권과 네팔에서 일어난 범죄사건을 다룬 책 한 권을 읽었다. 서문 두 편을 써주었고, 편집인들에게 네 권의 책을 추천했다. 책을 추천해달라는 부탁을 끊임없이 받지만 매번 거절하던 터였다.

그런데도 시간은 여전히 많이 남아 있었다. 나는 호의은행의 몇 가지 빚을 처리하는 데 시간을 활용했다. 저녁식사 자리에 참석했고, 친구들의 아이들이 공부하는 학교에서 짧은 강연회를 가졌다. 골프클럽을 방문했고, 친구가 경영하는 쉬프랑 가의 작은 서점에서 즉석 사인회를 열었다(친구는 사흘 전에야 진열창에 안내문을 쓴 포스터를 붙여 광고했는데, 다 합해서 스무 명이 모였다). 내 비서가 내게 무척 기분이 좋아 보인다고 말했다. 오래전부터 보아왔지만 이렇게 활동적인 모습은 처음이라는 것이다. 나는 내 책이 베스트셀러 순위에 올라 있고, 그래서 더 활동적으로 일하게 되는 것 같다고 대답했다.

그러나 그 일 주일 동안 내가 하지 않은 일도 두 가지 있었다. 첫째로, 내게 투고한 원고들을 읽지 않았다. 내 변호사는 그런 원고들은 즉시 반송하라고 충고해왔다. 그러지 않으면 나중에 내가 자신의 글에서 소재를 훔쳐갔다고 주장하는 자가 나타날 위험이 있기 때문이었다(사람들이 왜 내게 원고들을 보내오는지 이해할 수 없다. 아무리 생각해도 내가 출판 편집인은 아니지 않은가).

둘째로, 아틀라스 지도책에서 카자흐스탄의 위치를 찾아보지 않았다. 미하일의 신뢰를 얻기 위해서는 그의 고향에 대해 많은 것을 알아야 한다는 사실을 잘 알면서도.

사람들은 식당 안쪽 깊숙이 자리잡은 살롱의 문이 열리기를 참을성 있게 기다리고 있었다. 생제르맹데프레에 있는 선술집들 같은 매력은 없는 곳이었다. 유리잔에 담긴 물과 함께 제공되는 커피도, 옷을 잘 차려입고 재미있게 대화를 나누는 사람들도 없었다. 극장 입구의 홀 같은 우아함도 없었고, 도시의 작은 술집에서 흔히 볼 수 있는 마술 공연도 없었다. 그런 곳에서 공연하는 예술가들은 늘 최고의 모습을 보여주려 애쓴다. 관객들 중에 유명한 연예 프로듀서 한 명이 앉아 있다가, 쇼가 끝나면 신분을 밝히며 정말 멋진 공연이었다고 평하고는, 그들을 발탁해서 커다란 문화센터에서 공연하게 해줄지도 모른다는 희망을 품고 있기 때문이다.

솔직히 말하자면, 나는 거의 알려지지도 않은 이 장소가 어떻게 이렇게 사람들로 붐비는지 이해할 수 없었다. 파리에서 열리는 각종 공연예술과 이벤트를 전문적으로 다루는 잡지들에서 이곳을 소개한 기사를 본 적은 한 번도 없었다.

기다리는 동안 식당 사장과 잡담을 나누며, 나는 그가 식당 공간 전체를 모임에 활용하는 방안을 고려하고 있음을 알게 되었다.
"참가자 수가 매주 늘어나고 있거든요."
그가 말했다.
"처음엔 어떤 여기자가 이곳에서 모임을 열게 해달라고 부탁했어요. 자신이 일하는 잡지에 제 식당에 대한 기사를 실어주겠다고 약속하면서요. 저는 그렇게 하라고 했지요. 어차피 목요일엔 살롱이 거의 비어 있었거든요. 지금은 손님들이 모임을 기다리는 시간을 이용해 저녁식사를 합니다. 정확히 계산해본 건 아니지만 목요일 매출이 일 주일 중 최고일 겁니다. 걱정스러운 게 한 가지 있다면, 이 모임이 하나의 종파가 돼버리면 어쩌나 하는 거예요. 선생께서도 아시다시피, 여긴 그런 것에 대한 거부감이 매우 강하잖아요."
그랬다, 나도 알고 있었다. 평론가들 중에는 심지어 내 책이 위험한 사상적 흐름, 일반적으로 허용되는 가치들과 부합하지 않는 종교의 포교와 결부되어 있다는 식으로 말하는 사람도 있었다. 프랑스는 거의 모든 것에 관대한 나라지만, 이 주제에 관해서라면 병적인 망상에 시달렸다. 최근엔 어떤 특정 단체가 순진한 사람들을 대상으로 실행한 '세뇌'에 관한 긴 보고서가 출판되기도 했다. 그 보고서에 따르면, 프랑스인들은 학교, 대학, 치약, 자동차, 영화, 남편, 아내, 연인 등 일상적인 부분에서는 아무 문제없이 판단하고 선택할 줄 아는데, 유독 종교문제에서만은 쉽사리 다른 사람에게 조종당했다.

"모임에 대한 홍보는 어떻게 이루어집니까?"

내가 물었다.

"제가 어떻게 알겠어요. 그걸 안다면, 식당 홍보도 같은 방법으로 하게요."

내가 누구인지 모르는 사장은 오해의 소지를 남기지 않기 위해 이렇게 덧붙였다.

"이 모임은 어떤 종파와도 관련이 없습니다. 제가 보증할 수 있어요. 이 사람들은 예술가입니다."

마침내 살롱 문이 열렸다. 사람들은 입구에 놓여 있는 작은 바구니에 5유로씩 던져넣고 안으로 들어갔다. 실내에 설치된 가설무대 위에 젊은 남녀가 각각 둘씩 무표정한 얼굴로 서 있었다. 그들은 폭이 넓고 여러 겹으로 된, 빳빳하게 풀을 먹인 흰 치마를 입고 있었다. 나머지 사람들보다 나이가 좀더 들어 보이고 손에 북을 든 남자와, 테두리에 조그맣고 반짝이는 장식들이 달린 커다란 청동쟁반을 든 여자가 눈에 들어왔다. 그녀가 손에 들고 있는 그 악기를 무심코 흔들기라도 하면, 그것은 금속성의 빗소리를 쏟아냈다.

청년들 중 한 명은 미하일이었다. 그는 사인회가 있던 날 저녁에 만난 청년과는 완전히 달라 보였다. 그의 시선은 허공 속의 한 지점에 고정되어 있었고, 특별한 광채를 발하고 있었다.

사람들이 실내 여기저기 놓여 있는 의자에 자리를 잡고 앉았다. 거리에서 마주쳤다면 마약중독자 무리라고 여겼을 법하게 옷을 입고 있는 젊은 남녀들이 눈에 띄었다. 배우자와 함께 온 중년의 간부사원과 공무원들도 보였다. 아홉 살 내지 열 살 정도 되어 보이는 아이들도 두어 명 있었다. 아마도 부모를 따라왔을 것이다. 노인도 몇 명 보였다. 가장 가까운 지하철역까지 거의 다섯 블록이나 되니까, 여기까지 오는 데 꽤나 고생이 많았을 것이다.

사람들은 술과 음료를 마시고, 담배를 피우고, 활기차게 대화를 나눴다. 무대 위의 젊은이들에 대해서는 별로 신경쓰지 않는 태도였다. 대화는 점점 더 떠들썩해졌다. 여기저기서 웃음이 터져나왔고, 마치 흥겨운 파티 같은 분위기가 무르익어갔다. 그들은 분명 무슨 종교단체의 회원은 아니었다. 흡연자들의 모임이라면 또 모를까.

나는 긴장해서 이쪽저쪽을 두리번거렸다. 이 사람들 중에 분명 내 아내 에스테르가 있는 것만 같았다. 하지만 정신을 차리고 자세히 보면 매번 다른 사람이었다. 심지어 에스테르라고 생각한 여자들 중 한 명은 아내와 닮은 구석이라곤 전혀 없었다. 문제는 다른 데 있었던 것이다(그런데 왜 난 아직도 '내 전처'라고 말하는 데 익숙해지지 못하는가?).

나는 잘 차려입은 어떤 여자에게 여기서 무슨 일이 벌어지고 있는 건지 물었다. 그녀는 내 질문에 대답하고 싶은 생각이 거의 없어 보였고, 삶의 신비를 배워야 할 초심자를 보듯 날 쳐다볼 뿐이었다.

"사랑 이야기." 그녀가 말했다. "이야기와 에너지."

이야기와 에너지. 여자는 겉으로 보기엔 매우 정상인 것 같았지만, 그래도 계속 얘기하지 않는 편이 좋을 듯했다. 다른 사람에게 물어볼까 하고 잠시 생각하다가, 이내 입 다물고 그냥 지켜보는 게 더 낫겠다고 결정을 봤다. 그때 내 옆에 있던 남자가 미소를 지으며 말을 걸어왔다.

"선생의 책들을 읽었습니다. 물론 선생께서 왜 여기 왔는지도 알고 있지요."

나는 두려움을 느꼈다. 이 사람은 미하일과 내 아내 사이의 관계를 알고 있는 걸까? 아, 다시 고쳐 말해야겠다. '무대 위에 있는 사람들 중 한 명과 내 전처 사이의 관계'라고 해야 맞지 않은가.

"선생 같은 작가라면 텡그리를 알고 있겠죠. 그들은 선생께서

'빛의 전사들'이라고 부르는 것과 직접적인 관련이 있어요."

"그렇겠죠."

나는 안도하며 대답했다. 그리고 속으로 그 텡그리란 것에 대해 한 번도 들어본 적이 없다는 생각을 했다.

이십 분 뒤, 자욱한 담배연기 때문에 실내 공기가 숨을 쉴 수 없을 지경으로 탁해졌을 때, 예의 그 청동쟁반 소리가 울려퍼졌다.

그러자 기적처럼 사람들의 대화가 뚝 끊어졌고, 완전히 뒤죽박죽이었던 분위기에 어떤 종교적 숭엄함이 감돌기 시작했다. 침묵이 무대와 관객을 지배했다. 들리는 소리라고는 이웃 식당에서 들려오는 소음뿐이었다.

미하일은 무아경에 빠져 있는 것처럼 보였다. 그는 자기 앞의 보이지 않는 한 지점을 뚫어져라 바라보며 말했다.

"몽골의 창세신화에 이런 이야기가 나옵니다.

'푸른색과 회색을 띤 들개 한 마리가 나타났다.

하늘이 그 개의 운명을 정해주었다.

그 개의 짝은 암사슴이었다.'"

그의 목소리도 예전과 달랐다. 좀더 여성스러우면서도 확신에 차 있었다.

"이렇게 새로운 사랑 이야기는 시작됩니다. 들개는 용감하고 강인합니다. 암사슴은 부드럽고 직관적이며 우아합니다. 이 사냥꾼과 사냥감이 만납니다. 그리고 서로 사랑하게 되죠. 자연의 법칙에 따르자면, 한쪽이 다른 한쪽을 파괴하게 됩니다. 그러나 사랑에는 선도 악도 존재하지 않죠. 건설도 파괴도 존재하지 않습니다. 오직 움직임만이 있을 뿐입니다. 그리고 사랑은 자연의 법칙을 바꿉니다."

그가 손짓을 했고, 무대 위의 네 사람은 제자리에서 한 바퀴를 돌았다.

"제 고향인 스텝에서 들개는 여성적인 동물입니다. 감수성이 예민하고, 본능을 잘 발달시켜 사냥을 할 수 있지만 동시에 겁 많은 동물이기도 합니다. 들개는 무턱대고 힘을 쓰지 않습니다. 그는 전략을 씁니다. 용감하고, 앞을 내다볼 줄 알며, 매우 날쌥니다. 느슨하게 있다가도 순식간에 바짝 긴장해서 민첩하게 목표물을 향해 돌진하지요."

그렇다면 암사슴은? 이야기를 쓰는 데 익숙해 있는 나는 속으로 이렇게 물었다. 미하일 또한 이야기를 하는 데 익숙한 사람이었으므로, 곧 그 질문에 대한 답을 말했다.

"암사슴은 속도와 대지에 대한 이해라는, 남성적인 속성을 가지고 있는 동물이죠. 들개와 암사슴, 이 둘은 그들의 상징세계를 함께 여행합니다. 그리고 그 두 가지 불가능성이 서로 만나 불가능성과 장벽들을 넘고, 세상을 가능한 무엇으로 만드는 것입니다. 몽골의 창세신화는 이렇습니다. 서로 다른 본성들이 만나 사랑을 탄생시킵니다. 그리고 그 사랑은 모순 속에서 더욱 강해집니다. 그리고 그것은 대결과 변형 속에서 보존됩니다.

우리에겐 우리의 삶이 있습니다. 이렇게 살기까지는 힘든 세월을 거쳐야 했습니다. 우리는 최선을 다해 우리의 삶을 꾸려가고 있습니다. 이상적인 모습은 아니지만, 어쨌든 함께 살고 있지요. 하지만 뭔가가 부족합니다. 늘 부족합니다. 우리가 오늘 저녁 여기에 모인 것은 그 때문입니다. 의미 없는 이야기들을 나눔으로써, 현실을 자각하는 일반적인 방식에서 벗어나는 사실들을 찾음으로써, 서로 도와 자신의 존재이유에 대해 좀더 숙고해보기 위해서지요. 그렇게 한 세대나 두 세대가 지나면 아마 다른 길을 발견할 수 있을 겁니다.

이탈리아의 시인 단테는 『신곡』에서 이렇게 말했다고 합니다. '인간이 진실한 사랑을 받아들이게 되는 날, 잘 짜여 있던 모든 것은 혼란에 빠지고 확고한 진실로 여겨졌던 것들은 모두 뒤흔들릴 것이다.' 인간이 사랑하는 법에 눈뜰 때, 비로소 참된 세상이 이루어집니다. 그때까지 우리는 사랑을 안다고 생각하면서 살겠지만, 사랑을 있는 그대로 대면할 용기는 갖지 못할 겁니다.

사랑은 길들여지지 않는 힘입니다. 우리가 사랑을 통제하려 할 때, 그것은 우리를 파괴합니다. 우리가 사랑을 가두려 할 때, 우리는 그것의 노예가 됩니다. 우리가 사랑을 이해하려 할 때, 사랑은 우리를 방황과 혼란에 빠지게 합니다.

사랑이라는 힘은 우리에게 기쁨을 주기 위해, 우리를 신께, 우리의 이웃에게 다가서도록 하기 위해 이 세상에 존재하는 것입니다. 그러나 오늘날 우리는 평화로운 일 분을 위해 한 시간씩이나 고뇌하면서 사랑하고 있습니다."

미하일은 잠시 말을 멈췄다. 청동쟁반의 기이한 소리가 다시 울려퍼졌다.

"목요일마다 매번 사랑 이야기만 하게 되지는 않을 겁니다. 우리는 사랑의 부재에 관한 이야기도 할 것이고, 그 표면 아래 무엇이 숨어 있는지도 볼 것입니다. 그곳은 우리의 관습과 가치들이 담겨 있는 지층이지요. 우리가 이 지층을 뚫고 나아갈 때, 우리는 우리 자신을 발견하게 될 겁니다. 자, 누가 먼저 시작하시겠습니까?"

몇 사람이 손을 들었다. 그는 아랍인으로 보이는 한 젊은 아가씨를 지목했다. 그녀는 건너편에 혼자 앉아 있는 남자에게 질문부터 했다.

"당신은 여자와의 잠자리에서 발기가 안 된 적이 있었나요?"

사람들이 모두 웃었다. 하지만 남자는 직접적인 대답을 회피했다.

"당신 애인이 발기불능이라서 그렇게 묻는 겁니까?"

다시 웃음. 미하일이 이야기하는 사이, 그들이 새로운 종파를 형성하고 있는 게 아닐까 하는 의심이 다시 솟아올랐다. 하지만 종파 모임에서 담배를 피우거나 술을 마시거나, 서로의 성생활에 대한 당황스러운 질문을 하다니, 상상할 수 없는 일이었다.

"아뇨." 젊은 여자가 단호한 목소리로 말했다. "하지만 그런 일이 있긴 했었죠. 만약 당신이 내 질문을 진지하게 받아들였다면 '내게도 그런 일이 있었습니다'라고 대답했을 거예요. 모든 문화권, 모든 나라의 모든 남자들이 사랑이나 성적 매력과는 상관없이 그들이 가장 욕망하는 여자와의 관계에서조차 불능을 간혹 경험하거든요. 정상적인 일이에요."

여자는 계속했다.

"그래요, 정상이죠. 내게 문제가 있는 게 아닌가 생각했을 때, 한 정신과의가 그렇게 말해줬어요.

하지만 대부분의 사람들은 남자들이 원하기만 하면 언제나 발기할 수 있다고 말하죠. 그래서 발기하지 못하게 되면 그들은 자신이 불능이라고 느껴요. 상대 여자들은 자신이 그 남자의 관심을 끌 만큼 충분히 매력적이지 못하기 때문이라고 생각하고요. 그리고 남자들은 친구들에게 그 일을 절대 얘기하지 않아요. 그 주제는 금기시되고 있거든요. 대신 상대 여자에게 이런 일은 처음이라고 주절대요. 그런 다음 자신을 부끄러워하고, 그 결과 두 번, 세 번, 네 번 기회가 있었다면 훌륭한 관계를 맺을 수도 있었던 여자에게서 멀어지죠. 만약 그들이 친구들의 사랑에 좀더 의지했다면, 진실을 말했다면, 그런 문제가 있는 사람이 자신만이 아니라는 것을 알게 되었을 거예요. 여자의 사랑을 좀더 믿었다면 모욕받는다고 느끼지 않았을 거고요."

박수가 터져나왔고, 사람들은 다시 담배에 불을 붙였다. 홀 안의 많은 여자와 남자들은 크게 안도하는 듯했다.

미하일이 다국적 기업의 간부처럼 보이는 한 남자를 지목했다.

"저는 변호사입니다. 조정이혼 전문가죠."

"조정이혼이라는 게 뭔가요?"

청중 속의 누군가가 질문했다.

"부부 두 사람 중 한 사람이 이혼에 동의하지 않을 때……"

변호사는 자기 말이 끊긴 것에 화가 난다는 표정으로 대답하다가 말을 멈췄다. 그런 간단한 단어를 모르는 게 말이 안 된다고 생각하는 듯했다.

"계속하세요."

미하일이 말했다. 사인회 날 저녁에 만났던 청년이라고는 결코 상상할 수 없을 만큼 권위 있는 모습이었다.

변호사는 그가 시키는 대로 했다.

"저는 오늘 런던에 본사를 둔 휴먼 앤드 리걸 리소스Human and Legal Resource라는 회사로부터 보고서 한 장을 받았습니다.

첫째, 기업체 직원의 3분의 2가 서로 정의적情意的인 관계를 형성하고 있다. 한번 상상해보십시오! 그렇다면 세 사람이 근무하는 사무실에서 두 사람이 친밀한 접촉을 갖고 있다는 말이 됩니다.

둘째, 이런 이유 때문에 10퍼센트는 일자리를 떠나게 된다. 40퍼센트는 석 달 이상 지속되는 관계를 형성하고 있다. 그리고 집을 떠나 오랫동안 밖에 머물러야 하는 직종의 경우엔 적어도 열 명 중 여덟 명이 그 속에서 관계를 형성하게 된다. 믿을 수 없는 사실 아닙니까?"

"통계가 문제라면, 그걸 존중해야죠!"

젊은이들 중 한 사람이 말했다. 옷차림 때문에 위험한 부랑자 무리의 일원처럼 보이는 자였다.

"우린 모두 통계를 믿습니다! 그 말인즉, 어머니가 아버지를 배신할 테지만, 그게 어머니 잘못은 아니라는 뜻이죠. 그게 바로 통계예요!"

또다시 웃음, 다시 불을 붙인 담배들, 새로운 안도감. 마치 언제나 듣기 두려워해오던 것들을 들음으로써 고뇌로부터 해방되는 것 같았다. 나는 에스테르와 미하일에 대해 생각했다. '집을 떠나 오랫동안 밖에 머물러야 하는 직종의 경우에는 열 명 중 여덟.'

나는 나 자신에 대해, 그리고 여러 차례 되풀이해 일어난 일들에 대해 생각했다. 생각해보니 그것 역시 통계였다. 우리는 혼자가 아닌 것이다.

사람들은 다른 이야기들을 했다. 질투, 버림받는 것, 우울함. 하지만 이제 나는 그 이야기들에 집중할 수 없었다. 다시, 나의 자히르가 거센 파도처럼 밀려왔다. 나는 내가 잠시 그룹치료를 받는 중이라고 생각하기로 했다. 하지만 나는 아내를 훔쳐간 남자와 같은 공간에 있었다. 나를 알아본 옆에 앉은 남자가 지금까지의 이야기가 좋았냐고 물었다. 덕분에 잠시 내 자히르에 관한 생각에서 벗어날 수 있어서, 나는 기꺼운 마음으로 그의 질문에 답했다.

"하지만 이 모임의 목적은 이해 못 하겠습니다. 내가 보기에는 심리적 안정을 위해 모이는 그룹 같습니다만. 이를테면 익명의 알코올 중독자 모임이나 부부문제 상담 그룹 같은 것 말이오."

"하지만 우리가 방금 들은 이야기는 꽤 실제적이지 않습니까?"

"그럴지도 모르죠. 다시 한번 물어보는데, 이 모임의 목적이 뭐죠?"

"지금까지 한 건 오늘 저녁 모임에서 가장 중요한 부분은 아니에요. 우리가 혼자가 아니라는 걸 느끼도록 하는 하나의 방법일 뿐이죠. 사람들 앞에서 일상적으로 겪는 일들에 대해 이야기하면서 우리 대부분이 같은 경험을 하고 있다는 것을 깨닫는 거죠."

"그래서 그 구체적인 결과는 무엇인가요?"

"우리가 혼자가 아니라는 사실은 어디서부터 잘못되었는지를 알고 방향을 바꿀 수 있도록 힘을 줍니다. 하지만 아까 말했듯, 이 과정은 저 청년이 모임을 시작할 때 했던 말과 에너지를 간구하는 순간 사이에 있는 막간일 뿐입니다."

"저 청년은 누구입니까?"

우리의 대화는 청동쟁반 소리에 중단되었다. 이번엔 북 앞에서 있는 좀더 나이가 들어 보이는 남자가 말할 차례였다.

"논리의 시간이 끝났습니다. 이제 의식儀式의 시간으로, 모든 것에 영광을 베풀고 변형시키는 감동의 시간으로 접어듭시다. 지금부터 출 춤은 오늘 처음 이 모임에 참가한 사람들과 우리가 사랑을 받아들일 수 있도록 도와줄 것입니다. 오직 사랑만이 지성과 창의력을 불러일으킬 수 있습니다. 사랑은 우리를 정화시키고 해방시킵니다."

사람들이 담뱃불을 껐다. 유리잔이 달그락거리는 소음도 멈췄다. 기묘한 침묵이 홀 위로 다시 내려앉았고, 젊은 여자들 중 한 명이 기도하기 시작했다.

"여주인이시여, 우리는 당신을 찬미하기 위해 춤을 추려 합니다. 이 춤이 우리를 높이 날아오르게 하소서."

그녀는 '여주인'이라고 말했다. 아니면 내가 잘못 들은 건가?

분명 그녀는 '여주인'이라고 말했다.

다른 젊은 여자가 네 개의 촛대 위에 꽂혀 있는 초들에 불을 밝혔다. 다른 조명은 모두 꺼졌다. 폭 넓은 흰 치마에 흰옷을 입은 네 사람이 무대에서 내려와 청중 속에 섞였다. 뒤이어 미하일이 아닌 다른 청년이 배에서부터 울려나오는 듯한 소리로, 단조로우면서도 반복적인 선율을 삼십 분가량 노래했다. 기이하게도 그 노래 속에서 나는 조금이나마 자히르를 잊고 긴장을 푼 채 일종의 반수半睡 상태를 경험할 수 있었다. 사람들이 '사랑을 이야기하는' 내내 홀 이쪽 끝에서 저쪽 끝까지 뛰어다니던 아이들조차 조용해지면서 무대 쪽을 뚫어져라 바라보았다. 어떤 이들은 눈을 감았고, 어떤 이들은 바닥을 응시했다. 미하일이 그랬던 것처럼 눈에 보이지 않는 고정된 지점을 응시하는 이도 있었다.

그가 노래를 멈추었을 때, 타악기들(금속조각들로 장식한 청동쟁반과 북)이 아프리카 종교의식에서 익히 들어온 것과 비슷한 리듬으로 연주되기 시작했다.

흰옷을 입은 사람들이 제자리에서 맴을 돌기 시작했다. 그러자 빽빽하게 자리를 메우고 있던 청중은 조금씩 물러나면서, 허공 속의 움직임을 뒤쫓는 넓은 치마들에 자리를 마련해주었다. 악기들의 리듬이 빨라지기 시작했고, 네 사람은 천사들이나 또는 아까 그 젊은 여자가 말한 '여주인'과 대화라도 나누듯 알아들을 수 없는 소리를 내면서 점점 빠르게 맴을 돌았다.

내 옆에 있는 남자가 자리에서 일어났다. 그러더니 그 역시 춤을 추면서 이해할 수 없는 말들을 중얼거리기 시작했다. 열한 명 정도의 사람들이 그렇게 행동하자, 사람들은 찬탄이 뒤섞인 숭배의 눈빛으로 그 모습을 바라보았다.

얼마 동안이나 그렇게 춤을 추었는지 모른다. 그러나 악기 소리가 내 심장박동을 따라 울리고 있었다. 나는 흘러가는 대로 나 자신을 내버려두고 싶은, 기묘한 무언가를 말하고 싶은, 몸을 움직이고 싶은 강렬한 욕망을 느꼈다. 바보처럼 제자리에서 빙빙 돌지 않기 위해서는 자제하려는 감정과 부조리하다는 감정이 뒤섞인 무언가가 필요했다. 그런데 에스테르, 내 자히르의 형상이 예전처럼 미소 띤 모습으로 내 앞에 나타나 '여주인'을 찬양하라고 하는 것이 아닌가.

나는 이 미지의 의식에 동참하지 않으려 분투하면서, 어서 이 모든 것이 끝나기를 바랐다. 오늘 저녁 내가 이곳에 온 목적, 미하일과 얘기하고 그가 나를 내 자히르에게 데려가도록 하는 데에만 집중하려고 안간힘을 썼다. 그러나 움직이지 않고 가만히 있기란 불가능했다. 나는 의자에서 일어났다. 그러나 내가 신중하고도 수줍은 첫발을 떼려는 순간, 갑자기 음악이 멈춰버렸다.

촛불만 빛나는 살롱 안에는 춤을 춘 사람들의 헐떡거리는 숨소리만 들렸다. 숨소리는 조금씩 잦아들었고, 사람들은 다시 조명을 켰다. 그리고 모든 것이 다시 정상으로 돌아온 듯싶었다. 사람들은 다시 유리잔에 맥주와 포도주와 물과 소다수를 채웠고, 아이들은 다시 뛰어다니며 시끄럽게 떠들어대기 시작했다. 그리고 사람들이 마치 아무 일도, 전혀 아무 일도 없었다는 듯이 이야기를 나누기 시작했다.

"이제 모임을 끝낼 시간입니다. 마지막으로 알마가 이야기를 할 거예요."

초에 불을 밝혔던 젊은 여자가 말했다.

알마는 청동쟁반을 연주하던 여자였다. 그녀는 동양에서 살다 온 사람의 억양으로 말했다.

"주인님께는 물소 한 마리가 있었습니다. 주인님께서는 그 물소들의 벌어져 있는 뿔들을 보면서, 만약 그 두 뿔 사이에 앉을 수만 있다면 왕좌처럼 거기 머무르리라고 생각했습니다. 물소가 다른 데 정신을 팔고 있던 어느 날, 주인님께서는 물소에게 다가가서 바라던 대로 행했습니다. 물소는 곧장 몸을 일으켰고, 몸부림을 쳐 주인님을 멀리 내팽개쳤습니다. 주인님의 아내는 그 광경을 보고 울기 시작했습니다.

'울지 마시오.' 주인님께서는 가까스로 일어서서 말했습니다. '나는 고통을 느꼈소. 그러나 나는 또한 하고 싶었던 것을 실현했소.'"

사람들이 홀 밖으로 나가기 시작했다. 나는 옆에 있는 남자에게 무엇을 느꼈냐고 물었다.

"선생도 아실 텐데요. 선생 책에 쓰셨잖습니까."

나는 그게 무엇인지 알 수 없었지만, 알고 있는 것처럼 행동해야 했다.

"내가 알고 있을 수도 있겠죠. 하지만 그것에 대한 확신을 갖고 싶은 겁니다."

그는 믿어지지 않는다는 표정으로 나를 쳐다보았다. 내가 정말 자신이 안다고 생각했던 그 작가가 맞는지 의심하는 듯했다.

"나는 우주의 에너지와 접촉했습니다."

그가 대답했다.

그는 자신이 던진 말에 더이상의 설명은 필요 없다는 듯 곧바로 홀을 나가버렸다.

사람들이 떠난 홀 안에는 배우 네 명과 음악가 두 명, 그리고 나만 남아 있었다. 여자들이 옷을 갈아입기 위해 화장실로 갔다. 남자들은 살롱에서 흰옷을 벗고 평상복으로 갈아입은 다음, 촛대와 악기들을 커다란 가방 두 개에 나누어 정리하기 시작했다.

그들 중 가장 나이가 많아 보이는 남자가 돈을 셈한 뒤 여섯 등분으로 나누었다. 의식이 진행되는 동안 북을 연주하던 자였다. 미하일이 나를 알아본 것은 바로 그때였다.

"여기서 뵐 줄 알았습니다."

"내가 온 이유는 당신이 알고 있을 거요."

"신적인 에너지가 제 몸을 통과한 후, 저는 모든 것의 이유를 알게 되었습니다. 왜 우리가 사랑을 하고, 왜 전쟁이 일어나는지, 한 남자가 왜 자기가 사랑하는 여자를 찾고 있는지도 압니다."

다시 면도날 위를 걷는 듯한 느낌. 내가 나의 자히르 때문에 여기 왔다는 것을 그가 알고 있다면, 이것이 그와 에스테르의 관계에 위협이 된다는 것도 알고 있을 터였다.

"우리, 가치 있는 것을 위해 투쟁하는 명예를 아는 남자 대 남자로 얘기 좀 나눌 수 있겠소?"

미하일은 조금 망설이는 듯했다. 나는 말을 이었다.

"나는 내가 상처받고 이곳을 떠나게 되리라는 것을 알고 있소. 물소의 뿔 사이에 앉고 싶어했던 주인처럼. 하지만 내게 그럴 만한 이유가 있다고 생각하오. 내가 자초한 고통이 바로 그것이지. 비록 무의식적으로 한 일이긴 하지만. 그녀의 사랑을 존중했더라면 에스테르는 떠나지 않았을 거요."

"선생은 아무것도 이해하지 못하시는군요."

미하일이 말했다.

그 말을 듣자 화가 났다. 어떻게 스물다섯밖에 안 먹은 청년이 산전수전 겪으며 고통을 알게 된 원숙한 남자에게 아무것도 이해 못 한다는 말을 할 수 있지? 그러나 나 자신을 제어하고, 필요하다면 모욕도 감수해야 했다. 계속 환영들과 함께 살 수는 없었다. 자히르가 내 온 우주를 지배해버리도록 그냥 둘 순 없었다.

"그래, 내가 이해 못 할 수도 있소. 그래서 내가 여기 와 있는 거요. 이해하고 싶어서, 그렇게 함으로써 이미 일어난 일들에서 해방되고 싶어서."

"예전만 해도 선생은 모든 것을 아주 잘 이해하셨습니다. 그런데 어느 날 갑자기 이해하기를 그만둬버렸어요. 에스테르가 제게 그렇게 얘기했습니다. 여느 모든 남편들처럼, 선생도 어느 순간 아내를 가구나 살림살이의 일부처럼 여기기 시작했다고."

나는 그의 말에 반박하려 했다.

'그렇다면 그녀가 왜 직접 내게 그런 말을 하지 않았지? 왜 내게 실수를 만회할 기회를 주지 않았지? 결국은 나처럼 행동할 게 뻔할 스물몇 살짜리 청년 때문에 나를 떠난 게 아니라면.'

하지만 좀더 사려 깊은 말 한마디가 내 입에서 새어나왔다.

"난 당신이 한 말 안 믿어. 당신은 내 책을 읽었고, 내가 느끼는 게 무엇인지 알고 있기 때문에 또 나를 안심시키고 싶기 때문에 내 사인회에 온 거야. 하지만 내 마음은 여전히 갈가리 찢어져 있어. 자히르에 대해 들어본 적 있소?"

"전 이슬람 전통에 따라 교육을 받았습니다. 자히르라는 개념은 잘 알지요."

"그래, 그렇다면 말하리다. 에스테르는 내 삶의 모든 부분을 채우고 있소. 난 내 가슴속의 말들을 풀어내 글로 쓰면 그녀라는 존재로부터 해방되리라 생각했지. 지금 나는 그 어느 때보다 고요한 방식으로 그녀를 사랑하고 있어. 하지만 다른 것은 아무것도 생각할 수가 없어요. 부탁이오, 당신이 내게 원하는 게 있으면 무엇이든 하겠소. 하지만 그녀가 왜 그런 식으로 사라졌는지 그녀가 내게 직접 설명해줘야 해. 아까 당신이 말했듯이, 나는 아무것도 이해하지 못하겠으니까."

나는 내게 일어난 일을 이해할 수 있게 도와달라고 아내의 연인에게 간청하면서 거기 그렇게 서 있었다. 쉽지 않은 일이었다. 만약 미하일이 사인회에 오지 않았다면, 아마도 나는 그녀를 향한 내 사랑을 받아들이고 『찢어버릴 시간, 꿰맬 시간』에 대한 영감을 떠올린 비토리아 성당 안에서의 그 순간으로 만족했을 것이다. 그러나 운명은 다른 계획을 가지고 있었고, 아내를 다시 한번 만날 수 있을지도 모른다는 가능성이 생기자 모든 게 균형을 잃고 흔들리고 말았다.

"내일 점심식사나 하시죠."

긴 침묵 끝에 미하일이 입을 열었다.

"선생은 정말 아무것도 이해하지 못하고 있어요. 하지만 오늘 제 몸을 통과한 그 신성한 에너지는 선생에게 넉넉히 마음 써줄 겁니다."

우리는 다음날 만나기로 했다. 집으로 돌아가는 길에 나는 그녀가 사라지기 석 달 전에 우리가 나눈 대화를 떠올렸.

사람의 몸을 통과하는 신성한 에너지에 관한 대화였다.

"정말 눈빛부터 달라. 물론 그 눈에는 죽음에 대한 공포가 보여. 하지만 그 공포를 넘어서는 희생이 있어. 그들은 의미 있는 삶을 사는 거야. 대의를 위해 자신을 내어줄 준비가 되어 있으니까."

"군인들 얘기야?"

"응. 그리고 받아들이기가 끔찍이 힘들지만 모르는 척할 수도 없는 것에 대한 이야기이기도 하지. 전쟁은 일종의 제의祭儀야. 피의 제의이자 사랑의 제의지."

"정신 나갔군."

"그럴지도 몰라. 알고 지내는 종군기자가 몇 있어. 죽음이 일상이 된 듯 이 나라에서 저 나라로 옮겨 다니는 사람들이야. 아무것도 두려워하지 않고 군인처럼 위험에 맞서. 그런데 그게 단지 뉴스 보도를 위해서라고? 난 그렇게 생각 안 해. 그들은 위험, 모험, 혈관 속에 고동치는 아드레날린 없이는 살 수가 없는 거야. 부인과 세 아이가 있는 한 종군기자는 전쟁터에 있을 때 가장 마음이 편하대. 그렇다고 그가 가족을 사랑하지 않는 것도 아냐. 그 사람은 늘 아내와 아이들에 대해서 얘기해."

"정말 이해할 수 없어. 에스테르, 당신 인생에 간섭하고 싶진 않지만 그런 경험은 결국 당신을 위험에 빠뜨리고 말 거야."

"날 위험에 빠뜨리는 건 의미 없는 삶이야. 전쟁터에서 사람들은 자신이 중요한 무언가를 경험하고 있다는 걸 알게 돼."

"아, 내가 역사적인 순간을 살고 있구나 생각하는 건가?"

"아니, 그것만 가지고 목숨을 걸진 않아. 내가 하고 싶은 말은, 그들이 인간의 진정한 본질에 다가가고 있다는 거야."

"전쟁에?"

"아니, 사랑에."

"뼛속까지 종군기자가 되셨군."

"내가 생각해도 그런 것 같아."

"이제 그만두겠다고 신문사에 말해."

"난 아직 목표점에 도달 못 했어. 그건 마약 같아. 전쟁지역에 있는 동안은 내 삶이 의미를 가지게 돼. 며칠 동안 목욕도 못 하고, 군용식량을 먹고, 하루에 세 시간밖에 못 자고, 아침엔 총소리를 들으며 깨어나. 언제라도 내가 있는 곳에 폭탄이 떨어질 수 있다는 걸 알아. 그게 날…… 살게 만들어. 당신 이해하겠어? 거기선 살고 사랑하는 거야. 매 분, 매 초. 슬픔이나 의심 따윈 들어설 자리가 없어. 그 외의 어떤 것도. 오직 삶에 대한 지극한 사랑만이 있어. 내 말 듣고 있어?"

"듣고 있어."

"그건 마치…… 신성한 빛처럼…… 거기 있어. 한창 전투가 벌어지는 곳에, 최악의 것이 존재하는 한가운데에. 공포는 탄환이 발사되는 동안이 아니라, 그 이전과 이후에 존재해. 총격전이 벌어지면 공포는 사라지지. 인간이 한계상황에 내몰리거든. 가장 영웅적으로 행동할 수도, 또 가장 비인간적으로 행동할 수도 있는 때야. 그들은 동료를 구하기 위해 빗발치는 총탄 속으로 뛰어들어가. 그리고 어린이든 부녀자든, 움직이는 모든 것을 향해 마구 방아쇠를 당기지. 사정권에 들어온 사람은 누구건 죽게 돼. 평온하다 못해 지루한 작은 마을에서 소박하게 살아가던 사람들이 박물관에 침입해서 수백 년 된 예술품들을 파괴하고, 필요하지도 않은 물건들을 훔치고, 자신들이 저지른 잔혹행위를 사진으로 찍기까지 하지. 자신들이 저지른 짓을 감추기는커녕 자랑스레 내보이는 거야. 미친 세상이 되는 거지. 반면 이전까지는 비열했던 사람들, 배신을 일삼던 자들은 동지애와 결속감을 갖게 되어 오히려 나쁜 짓을 할 수 없게 돼. 모든 게 거꾸로 돌아가는 거지."

"그래서 그게 당신이 전에 얘기한, 도쿄의 한 바에서 한스가 프리츠에게 던진 질문에 대한 대답을 찾는 데 도움이 돼?"

"응. 그 질문에 대한 답은 우리가 사는 세상이 사랑으로 감싸여 있다고 한 예수회 수도사 테야르 드 샤르댕의 말 속에 있어. '우리는 이미 바람과 조수潮水와 태양의 힘을 활용하고 있다. 그러나 인간이 사랑의 힘을 다스려 사용할 수 있게 된다면, 그것은 불의 발견만큼이나 중요한 일이 될 것이다.'"

"그리고 당신은 그걸 배우기 위해 전쟁터로 가야 하는 거고?"

"글쎄. 하지만 역설적이게도 난 전쟁터에서 행복해하는 사람들을 본걸. 그들에게 세상은 의미 있는 곳이야. 아까 당신에게 말했듯, 완전한 힘, 다시 말해 대의를 위해 자신을 희생하는 게 그들의 삶에 의미를 부여하니까. 그들의 사랑은 한계가 없어. 더이상 잃을 게 없으니까. 치명상을 입고 죽어가는 군인은 의사를 불러달라고, '제발 살려주세요!'라고 외치지 않아. 그들이 마지막으로 하는 말은 대개 '아들과 아내에게 내가 사랑한다고 전해주세요'야. 그 절망적인 순간에 사랑을 얘기한다고!"

"그렇다면 당신 생각에 인간 존재는 전쟁 때만 삶의 의미를 겨우 발견하겠군."

"우린 언제나 전쟁중인걸. 우리는 늘 죽음과 싸우고 있어. 종국엔 죽음이 이기리라는 걸 잘 알고 있고. 다만 전투가 벌어지는 곳에서 그 사실이 가장 뚜렷해지는 거지. 하지만 일상생활에서도 상황은 마찬가지 아닐까. 그러니까 언제까지고 불행해하면서 시간을 흘려보내는 사치를 누릴 수는 없다는 거야."

"당신은 내가 어떻게 하길 바래?"

"난 도움이 필요해. 사직서를 제출하라는 말이 아니라. 그건 날 더 혼란스럽게 만들 뿐이야. 우린 이 모든 것의 통로를 열어주고, 이 순수하고 절대적인 사랑의 힘이 우리의 몸을 통과해 주변에 널리 퍼지게 해야 해. 지금까지 날 이해해준 유일한 사람은 이 힘의 존재를 널리 알리고 있다는 한 통역사였어. 비록 그가 현실에서 좀 벗어난 사람처럼 보이긴 했지만."

"당신이 말하는 게 혹시 신의 사랑인가?"

"한 사람이 자신의 배우자의 모든 면을 조건 없이 사랑할 수 있다면, 그는 신의 사랑을 보여준 거야. 신의 사랑이 그 모습을 드러내면, 그는 이웃들을 사랑하게 돼. 그가 이웃들을 사랑한다면, 그건 곧 자기 자신을 사랑하는 거고. 그리고 자기 자신을 사랑한다면, 모든 것은 제자리를 되찾을 거야. 역사가 바뀌는 거지.

하지만 역사는 정치나 정복, 온갖 이론이나 전쟁으로는 결코 바뀌지 않을 거야. 역사는 태초 이래로 줄곧 되풀이되어왔어. 우리가 사랑의 힘을 바람이나 조수, 원자 에너지를 활용하듯 활용할 때에야 비로소 역사는 바뀔 거야."

"우리 둘이서 세상을 구원할 수 있다고 생각해?"

"세상에는 우리처럼 생각하는 사람들이 아주 많다고 믿어. 날 도와줄 거지?"

"그러지. 내가 할 일이 뭔지 당신이 알려줘."

"그런데 내가 모르는 게 바로 그거야!"

내가 파리를 처음 방문한 이래로 단골이 된 이 아담한 이탈리아 식당은 그사이 내 이야기의 일부가 되었다. 가장 최근에 들른 것은 문화부에서 수여하는 문예훈장을 받아 축하연회를 열었을 때다. 그렇게 중요한 행사를 열기엔 좀더 비싸고 우아한 레스토랑이 어울리지 않을까 고민하긴 했었다. 그러나 이 식당 주인인 로베르토는 내겐 행운의 부적 같은 존재였다. 이곳에 올 때마다 내게 뭔가 좋은 일이 일어났던 것이다.

　"나는 당신과 『찢어버릴 시간, 꿰맬 시간』이 불러일으킨 반향이나 간밤에 당신의 공연을 보면서 내가 느낀 상반된 감정들에 관해서 얘기해볼 수 있을 거요. 당신이 공연하는 내내 내가 느낀 모순된 감정에 대한 이야기부터 시작할 수도 있소."

"그건 공연이 아니라 '만남'입니다." 그가 말했다. "우리는 이야기를 나누고, 사랑의 힘을 느끼기 위해 춤을 춥니다."

"당신 마음이 편해진다면 무슨 얘기든 할 수는 있어. 하지만 우리가 왜 이 자리에 마주 앉아 있는지를 잘 알잖소."

"선생의 아내 때문이죠."

미하일이 말했다.

그의 표정은 또래 젊은이들답게 보란 듯이 도전적이었다. 사인회장의 수줍은 청년의 모습도, '만남'의 행사를 주도하는 정신적 지도자의 모습도 찾아볼 수 없었다.

"정확하게 말하면, 내 전처지요. 부탁이 있는데, 날 그녀에게 데려다주시오. 그녀는 내 눈을 마주 보면서 나를 떠난 이유를 설명해야 해. 그래야만 내가 자히르로부터 해방될 수 있어. 그러지 않으면 나는 밤낮으로 그녀를 생각하고 나에게 벌어진 일들을 골백번도 더 돌이키며 세월을 보낼 거요. 난 내가 잘못한 순간, 그리고 우리의 길이 갈라지기 시작한 그 순간을 찾아내고 싶소."

그가 웃었다.

"돌이켜본다는 건 아주 좋은 생각입니다. 바로 그런 식으로 사물이 변화하는 거죠."

"잘 아는군. 하지만 철학 토론 따윈 잠시 젖혀둡시다. 당신 역시 다른 젊은이들처럼 세상을 바꾸기 위한 정확한 공식을 가지고 있다고 믿겠지. 그리고 모든 젊은이들처럼 언젠가 당신도 내 나이가 될 거요. 그리고 그때가 되면 뭘 바꾸고 변화시킨다는 게 그리 쉽지만은 않다는 걸 알게 될 거고. 어쨌거나 지금은 그 얘길 할 때가 아니오…… 내 부탁을 들어주겠소?"

"우선 선생께 묻고 싶은 게 있습니다. 그녀가 작별 인사를 했나요?"

"아니."

"그녀가 떠난다는 말을 했나요?"

"안 했소. 당신도 알지 않나."

"선생은 에스테르 같은 여자가 아무런 설명도 하지 않고, 십 년 이상 함께 산 남자를 떠날 수 있다고 생각하십니까?"

"흠, 그게 바로 날 가장 괴롭힌 질문이오. 하고 싶은 말이 뭐요?"

그때 로베르토가 주문을 받으려고 다가오는 바람에 우리의 대화는 끊겼다. 미하일은 나폴리 피자를 주문했고, 난 내 것은 알아서 갖다달라고 로베르토에게 부탁했다. 그리고 포도주나 한 병 빨리 갖다달라고 했다. 어떤 포도주를 고르겠느냐고 묻는 로베르토에게 나는 건성으로 대답했다. 눈치 빠른 로베르토는 테이블에서 물러나 식사를 하는 동안 내게 다가와 뭘 권하거나 필요한 걸 묻지 않고, 내가 마주 앉아 있는 청년과의 대화에 집중하도록 해주었다.

삼십 초도 안 되어 포도주가 나왔다. 나는 잔들을 채웠다.

"그녀는 지금 뭘 하고 있소?"

"정말로 알고 싶습니까?"

질문을 하면 반문으로 답하는 식의 대화가 계속되자 짜증이 났다.

"그렇소."

나는 고집스레 대답했다.

"양탄자를 만듭니다. 그리고 프랑스어 교습도 하고 있지요."

양탄자! 내 처(내 전처. 제발 이 표현 좀 익숙해져라!), 금전적으로 부족함이 없고, 저널리즘을 전공하고 4개국어를 말하는 그녀가 지금 먹고살려고 양탄자를 만들고 외국인들을 대상으로 프랑스어 교습을 하고 있다고? 기가 막혔다. 하지만 참아야 했다. 그가 에스테르에 걸맞은 것들을 마련해주지 못한다는 사실에 나까지 부끄러웠지만, 이 청년의 남자로서의 자존심에 상처를 줄 수는 없었다.

"부탁인데, 내가 이 년여 동안 겪은 고통을 이해해주시오. 당신들의 관계를 위협할 생각은 추호도 없소. 그저 그녀와 두어 시간만 얘길 하고 싶을 뿐이오. 아니, 한 시간이라도 좋소."

미하일은 내 말을 곰곰 되씹는 듯했다.

"제 질문에 답하는 걸 잊으셨군요." 그가 웃으면서 말했다. "선생은 에스테르가, 그녀 같은 여자가 작별 인사도 하지 않고, 아무런 설명 없이 평생의 남자를 떠날 수 있다고 생각하십니까?"

"아니, 그럴 수 없다고 생각하오."

한스의 질문 151

"그런데 왜 '그녀가 나를 떠났다'고 말씀하시죠? 왜 제게 '당신들의 관계를 위협할 생각이 없다'고 하십니까?"

혼란스러웠다. 그런데 그 혼란스러운 와중에 사람들이 '희망'이라고 부르는 어떤 것이 느껴졌다. 나의 희망이 무언지, 그게 어디서 오는지는 나 자신도 알 수 없었지만.

"그러니까 지금 그 말은……?"

"예, 그렇습니다. 전 그녀가 날 떠나지 않았듯 선생을 떠나지도 않았다고 말하고 있습니다. 그녀는 그저 사라졌을 뿐입니다. 잠시 동안일 수도 있고, 어쩌면 영영일 수도 있겠죠. 어느 쪽이든 우린 그녀의 선택을 존중해야 합니다."

내게 늘 좋은 추억과 즐거운 이야기만 선사했던 이 이탈리아 식당 안에 마침내 한줄기 빛이 비치는 듯했다. 지금 이 청년이 한 말을 믿고 싶은 마음이 간절했다. 자히르가 온통 내 주위에서 진동하고 있었다.

"그녀가 어디 있는지 알고 있소?"

"압니다. 하지만 전 그녀의 침묵을 존중해야 합니다. 저 또한 그녀를 많이 그리워하고 있어요. 이 모든 게 당황스러우시겠죠. 어쩌면 에스테르는 모든 걸 휩쓸어가는 사랑에서 만족을 찾았을지도 몰라요. 우리 중 하나가 찾으러 오길 기다리고 있는지도 모르고요. 새로운 남자를 만났는지도 모르죠. 어쩌면 세상을 포기했는지도 모르고. 어떻게 되었건 간에, 선생이 그녀를 찾아가기로 결정한다면 말릴 수는 없습니다. 하지만 그 전에 한 가지는 아셔야 합니다. 그녀의 육체뿐 아니라 영혼까지 만나야 한다는 것을."

웃고 싶었다. 그를 힘껏 껴안아주고 싶었다. 아니, 그를 죽이고 싶었다. 감정이 엄청난 속도로 바뀌고 있었다.

"당신과 그녀는……"

"같이 잤냐고요? 그건 선생이 관여할 문제가 아닙니다. 다만 에스테르 안에서 제가 찾아 헤매던 파트너를, 사명을 수행하도록 날 도와줄 사람을, 여주인께서 원하신다면 우리가 이 세상으로 사랑의 힘을 가져올 수 있도록—만약 여주인께서 원하신다면 말이죠—도와주는 문과 길 그리고 오솔길들을 열어줄 천사를 발견했다는 것만 말해두죠.

이렇게 말하면 마음이 편하실지도 모르겠는데, 제겐 여자친구가 있습니다. 단상 위에 있던 금발 아가씨요. 이름은 루크레티아입니다. 이탈리아인이죠."

"지금 한 말…… 모두 사실이오?"

"신성한 힘의 이름으로 전 진실만을 말하고 있습니다."

그는 주머니에서 거무튀튀한 천 조각 하나를 꺼냈다.

"보이십니까? 이건 원래 녹색이었습니다. 그런데 지금은 거무스레하지요. 말라붙은 피 때문입니다. 세상 어딘가에 살았던 한 군인이 죽기 전 에스테르에게 자기 셔츠를 벗어주면서 여러 조각으로 잘라 자기 죽음의 메시지를 이해할 만한 사람들에게 나눠주라고 부탁했답니다. 혹시 선생도 한 조각 갖고 있습니까?"

"아니, 그녀에게 그런 얘길 들어본 적도 없소."

"메시지를 받아들일 만하다고 생각되는 사람을 만나면 그녀는 그 군인의 피를 조금 나눠주었습니다."

"그 메시지가 뭐요?"

"그녀가 선생께는 그걸 주지 않았다면 저 역시 그 질문에 답할 수 없습니다. 그녀가 비밀에 부치라고 한 건 아니지만."

"그 천 조각을 갖고 있는 다른 사람을 알고 있소?"

"단상 위에 있던 사람들은 전부 갖고 있습니다. 우리는 함께하거든요. 에스테르가 우리를 결합시켜주었으니까요."

신중하게 접근해서 그와 좋은 관계를 맺어야 한다. 호의은행에 예금을 해두어야 한다. 겁을 줘서도 안 되고, 불안해하는 모습을 보여서도 안 된다. 그가 하는 일과, 그가 그토록 자랑스럽게 이야기한 그의 조국에 대해 물어보자. 그가 내게 한 말이 진실인지, 뭔가 다른 꿍꿍이가 있는 건 아닌지 알아야 한다. 그가 에스테르와 지속적으로 접촉하고 있다는 확신을 가지자. 그마저 그녀의 흔적을 놓치지는 않았을 것이다. 그가 이곳과는 다른 가치관이 통용되는 아주 먼 나라에서 오긴 했지만, 호의은행은 도처에서 제 기능을 발휘한다. 국경이 없는 기관이니까.

한편으론 그가 한 말을 전부 믿고 싶었다. 그러나 다른 한편으로 내 마음은 에스테르가 열쇠로 현관문을 열고 들어와 아무 말도 하지 않고 내 옆에 몸을 누이기를 기다리면서 뜬눈으로 누워 지샜던 천일야화의 길고 긴 밤 동안 이미 너무 많은 고통을 받았고, 너무 많은 피를 흘렸다. 만약 그렇게 그녀가 돌아오더라도 절대 아무것도 묻지 말자고, 그저 그녀를 포옹하고는 "잘 자, 내 사랑"이라고 말하자고 다짐했었다. 그리고 다음날 아침 우리는 함께 눈을 뜰 것이다. 손에 손을 잡고, 이 모든 악몽 따윈 아예 없었던 것처럼.

로베르토가 피자를 내왔다. 육감이라도 가진 사람 같았다. 내가 생각할 시간을 필요로 할 때에 맞춰 정확히 온 것이다.

나는 다시 미하일을 관찰하기 시작했다. 평정을 찾고 마음을 제어하자. 그러지 않으면 결정적인 위기를 맞을 수 있다. 내가 포도주 한 잔을 단숨에 들이켜자, 미하일도 똑같이 했다.

그는 왜 이렇게 예민하게 반응하는 걸까?

"난 당신이 한 말을 믿소. 좀더 얘기할 수 있겠지요?"

"그녀에게 데려가달라고 요구하시는 겁니까?"

이런! 게임을 제안한 건 난데, 먼저 선수를 쳐버리다니. 그렇다면 다시 시작해야 한다.

"그래요, 당신에게 부탁할 생각이오. 당신을 설득하려는 거요. 그녀에게 갈 수만 있다면 뭐든 다 할 거요. 하지만 서두를 건 없겠지. 우리 앞엔 피자 한 판이 고스란히 남아 있잖소. 그리고 당신이 하는 일에 대해 더 알고 싶기도 하고."

그의 손이 떨리고 있었다. 그가 떨지 않으려고 안간힘을 쓰는 게 눈에 보였다.

"제겐 사명이 있습니다. 아직 그걸 완수하지 못했고요. 하지만 시간은 있다고 믿습니다."

"아마 내가 당신을 도울 수 있을 거요."

"그럼요, 선생은 절 도울 수 있습니다. 누구든 절 도울 수 있지요. 사랑의 힘이 세상에 퍼지도록 도와주기만 하면 됩니다."

"난 그 이상도 할 수 있소."

더 멀리 가고 싶진 않았다. 돈으로 그의 환심을 사려 한다는 느낌을 주고 싶지 않았다. 조심해야 한다. 무엇보다도 조심해야 할 때다. 그가 진실을 말했을 수도 있지만, 거짓말을 하며 내 고통을 이용하려 드는 것일 수도 있다.

"내가 아는 사랑의 힘은 하나뿐이오. 난 그걸 추구하오. 날 떠나버린…… 혹은 멀어져버린, 그리고 날 기다리는 여자에게 느끼는 사랑의 힘 말이오. 내가 그녀를 다시 만날 수 있다면 난 행복한 남자가 될 거요. 한 영혼이 행복해지면 세상은 더 좋아지는 거 아니겠소?"

그는 천장을 올려다보고, 테이블을 내려다보았다. 나는 이 침묵이 가능한 한 오래 지속되도록 가만히 있었다.

"목소리가 들립니다."

마침내 그가 말했다. 그러나 나를 똑바로 쳐다보지는 못했다.

내가 영성에 관한 글을 쓰면서 얻게 된 큰 이점 중 하나는 신이 내린 재능을 가진 사람들과 만나게 된 것이다. 그런 재능 중 어떤 것은 진짜고, 어떤 것들은 속임수이다. 그들 중에는 나를 이용하려는 사람도 있고, 시험하려는 사람도 있다. 나는 이미 여러 차례 그런 놀라운 일들을 겪어봤기 때문에 기적이 일어날 수 있다는 것, 모든 게 가능하다는 것, 인간이 오래 전에 잊었던 내재된 힘을 다시 일깨울 수 있다는 걸 한치도 의심하지 않는다.

하지만 불행히도 지금은 그 주제에 대해 논할 적절한 순간이 아니었다. 내 관심은 오로지 자히르에 쏠려 있었다. 자히르가 다시 에스테르가 되도록 최선을 다해야 했다.

"미하일······"

"제 이름은 미하일이 아닙니다. 올레크가 본명입니다."

"올레크······"

"미하일은 제가 지은 이름입니다. 다시 태어나기로 결심했을 때 그 이름을 택했어요. 불의 검을 들고 길을 열어주는 전투적인 대천사처럼 말이지요. 그래서 그······ 이름이 뭐더라······ 그래요, '빛의 전사들'이 서로 만날 수 있도록 해주는 것. 그게 제 사명입니다."

"그건 내 사명이기도 하오."

"에스테르에 대해 얘기하고 싶지 않으십니까?"

뭐라고? 지금 내 관심사로 대화를 다시 돌리려는 건가?

"기분이 좋지 않아요."

그의 시선이 갈 곳을 잃고 방황하기 시작했다. 마치 내가 그곳에 없는 것처럼.

"제 사명에 대해선 얘기하고 싶지 않아요. 목소리가……"

이상한, 뭔가 아주 이상한 일이 일어나고 있었다. 내게 깊은 인상을 남기기 위해 그는 어디까지 갈 셈인가? 다른 많은 사람들처럼 그 역시 자신의 삶과 재능에 관한 이야기를 써달라고 요구해올까?

명확한 목표를 설정할 때마다, 나는 그곳에 도달하기 위해 무슨 일이든 한다. 그건 내가 내 책 속에서 말한 것이기도 하다. 나 자신의 글을 배반할 순 없다. 지금 난 목표가 있다. 자히르를 다시 한번 눈으로 보는 것. 미하일은 내게 새로운 정보를 주었다. 그는 에스테르의 연인이 아니고, 그녀는 날 떠난 게 아니다. 모든 것은 시간문제였다. 그녀는 돌아올 것이다. 물론 이 이탈리아 식당에서의 만남이 코미디가 되는 것 또한 가능했다. 달리 능력이 없는 청년이 자신이 원하는 걸 얻기 위해 다른 사람의 고통을 이용하는 것일 수도 있었다.

나는 포도주를 한 잔 더 따라 단숨에 들이켰다. 미하일 역시 그렇게 했다.

신중해야 해. 본능이 내게 말했다.

"그래, 나는 에스테르에 대해 얘기하고 싶소. 하지만 당신의 사명이라는 것에 대해서도 더 알고 싶어요."

"그 말은 진실이 아닙니다. 선생은 절 유혹해서 제가 뭔가를, 제가 이미 할 준비가 된 뭔가를 하도록 설득하려 합니다. 하지만 선생은 고통스럽고, 그 때문에 선생의 영혼은 뒤죽박죽입니다. 선생은 제가 거짓말한 것일 수도 있다고, 이 상황을 제가 이용하려 들 수도 있다고 생각하고 있어요."

미하일은 내 생각을 정확히 읽고 있었고, 예의를 잃고 지나치게 큰 목소리로 말했다. 무슨 일인지 궁금해진 주변의 다른 손님들이 우리 쪽으로 고개를 돌렸다.

"선생은 제게 강한 인상을 심어주려고만 합니다. 선생의 책들이 제 삶에 흔적을 남겼고, 선생의 글이 제게 많은 가르침을 주었다는 것도 모르고 말입니다. 고통 때문에 선생은 눈이 멀고, 비루한 사람이 되었어요. 선생은 자히르라는 강박증을 앓고 있을 뿐입니다. 제가 이 점심 초대를 받아들인 건 그녀에 대한 선생의 사랑 때문이 아니에요. 그게 사랑인지도 모르겠어요. 그저 상처받은 자존심이 아닐까요. 제가 여기 와 있는 이유는……"

그의 목소리가 더욱 높아졌다. 자제력을 잃은 듯, 그는 사방을 둘러보기 시작했다.

"빛이……"

"왜 그래요?"

"제가 여기 와 있는 이유는 선생을 사랑하는 그녀의 마음 때문이에요!"

"괜찮소?"

뭔가 잘못되고 있음을 로베르토가 눈치 챘다. 그는 만면에 미소를 띤 채 테이블로 다가와 침착한 태도로 청년의 어깨에 한 손을 올려놓았다.

"이런! 제 피자가 마음에 들지 않으셨나보군요. 값은 받지 않을 테니 그만 가셔도 됩니다."

내가 기다리던 해법이었다. 이만 자리에서 일어나 나가는 것으로 이탈리아 식당에서 접신한 듯한 광경을 보이지 않을 수도 있었다. 미하일이 내게 깊은 인상을 심어주고 싶은 건지, 아니면 곤혹스럽게 만들고 싶은 건지는 알 수 없었다. 아무튼 상황은 단순한 연극 이상으로 심각해지고 있었다.

"바람이 부는 걸 느끼시나요?"

그 순간, 그가 연기를 하고 있는 게 아니라는 확신이 들었다. 오히려 그는 자신을 제어하려고 안간힘을 쓰고 있었고, 나보다도 더 놀라고 겁에 질려 있었다.

"빛이, 빛이 나타나고 있어요! 제발!"

그는 온몸을 부들부들 떨고 있었다. 이젠 더이상 감출 수 없었다. 다른 손님들이 일어서서 우리 쪽을 바라보았다.

"카자흐스탄에……"

그는 말을 맺지 못하고 테이블을 몸으로 밀쳐냈다. 피자, 컵,

테이블보가 날아올라 옆 테이블 사람의 발치로 떨어졌다. 미하일은 완전히 통제불능의 상태였다. 그의 몸이 마구 떨렸고 눈은 정신없이 희번덕거렸다. 갑자기 그의 고개가 심하게 뒤로 젖혀졌다. 우두둑 하는 뼈마디 소리가 들려왔다. 쓰러지려는 미하일을 로베르토가 붙잡았다. 다른 테이블의 한 남자가 일어나 다가왔다. 그는 바닥에서 숟가락을 집어 미하일의 입에 물렸다.

기껏해야 몇 초 사이의 일이었다. 그러나 내겐 영원처럼 느껴지는 시간이었다. 권위 있는 문학상 후보에 오른(평론가들의 악평에도 불구하고) 저명한 작가가 신간에 이목을 끌어보려고 한 이탈리아 식당에서 강신降神 장면을 연출했다는 스캔들 기사가 싸구려 잡지에 실리는 장면이 머릿속을 스치고 지나갔다. 병적인 망상은 걷잡을 수 없이 뻗어나갔다. 기자들은 문제의 영매靈媒가 내 아내와 함께 사라졌던 남자라는 사실을 금세 알아내겠지. 그러면 모든 게 다시 되풀이될 것이다. 그러나 내겐 먼젓번과 똑같은 일을 다시 겪을 용기도, 에너지도 남아 있지 않다.

식당 안에는 알고 지내는 사람들 몇이 앉아 있었다. 하지만 그들 중 누가 내 진정한 친구일까? 누가 자신이 본 것에 대해 입을 다물어줄 것인가?

미하일이 발작을 멈추고 축 늘어졌다. 로베르토가 그를 의자에 앉혔다. 남자는 미하일의 맥을 짚고 눈꺼풀을 벌려보더니 나를 쳐다보았다.

"처음 있는 일은 아닌 것 같은데요. 잘 아시는 분입니까?"

내가 완전히 넋을 놓고 있는 걸 보고 로베르토가 대신 나섰다.

"이분들은 여기 자주 오시는 손님입니다. 하지만 이런 일은 처음입니다. 다른 손님에게 비슷한 일이 일어난 적은 몇 번 있었지만요."

"알았습니다. 크게 걱정할 필요는 없을 것 같습니다."

백지장처럼 질려 있는 나를 향해 남자가 말했다. 그는 자기 테이블로 돌아갔다. 잠시 후 다시 다가온 로베르토가 내 긴장을 풀어주려고 애썼다.

"저분은 굉장히 유명한 여배우의 주치의예요. 그가 보살핌이 필요한 쪽은 선생님이 초대한 분이 아니라 오히려 선생님인 것 같다고 말씀하시네요."

미하일, 아니 올레크, 하여간 내 앞에 있는 한 인간이 깨어났다. 그는 주변을 둘러보더니 전혀 부끄러워하지 않고, 그저 조금 수줍은 듯한 미소를 지어 보였다.

"실례했습니다. 참아보려고 노력했는데……"

그가 말했다.

나는 침착하려고 노력했다. 로베르토가 다시 나를 구원해주기 위해 다가왔다.

"걱정하지 마세요. 깨진 접시 값은 여기 우리 작가 선생님께서 지불하실 겁니다."

로베르토가 내 쪽으로 몸을 굽히고 말했다.
"간질입니다. 간질 발작일 뿐이에요."
우리는 식당을 나왔다. 미하일은 곧바로 택시를 잡아탔다.
"아직 우리 얘기가 안 끝났소! 어딜 가는 거요?"
"저는 지금 그럴 상태가 아니에요. 그리고 선생은 저를 만날 수 있는 장소가 어딘지 알고 계시잖아요."

두 개의 세계가 있다. 우리가 꿈꾸는 세계와 실재하는 세계.

내가 꿈꾸는 세계에서, 미하일은 진실을 말했다. 이 모든 것은 내가 삶의 힘든 순간을 지나고 있기 때문이고, 사랑하는 모든 관계에서 일어나는 오해일 뿐이다. 에스테르는 우리 관계가 제대로 돌아가지 않은 이유를 내가 발견하고, 그걸 다시 잘 끼워맞추고 그녀를 찾아가 용서를 구하기를, 그리하여 우리 둘이 함께하는 삶을 다시 만들어가게 되길 기대하면서 인내심을 갖고 기다리는 중이다.

내가 꿈꾸는 세계에서 나는 미하일과 침착하게 대화하고, 이탈리아 식당을 나왔고, 택시를 탔고, 오전에는 양탄자를 짜고 오후에는 프랑스어를 가르치고 밤에는 혼자 잠을 자는 내 전처(아니,

여전히 내 아내? 이제는 정반대의 의구심이 생긴다)가 기다리고 있는 집의 초인종을 눌렀다. 그녀는 내가 꽃다발을 안고 들어와 핫초콜릿을 마시자며 샹젤리제에 있는 호텔로 데려가주길 나만큼이나 간절히 기다리고 있었다.

한편 실제 세계 속의 나는 앞으로 미하일을 만날 때마다 이탈리아 식당에서 일어난 일이 재현될까봐 신경이 곤두선다. 그가 말한 모든 것은 상상의 산물이다. 사실 에스테르가 어디 있는지는 그도 모른다. 실제 세계 속의 시간은 열한시 사십오분이다. 나는 유명배우 한 명과 내 책을 가지고 영화를 만들 생각에 잔뜩 흥분한 미국인 영화감독을 마중하기 위해 파리 동역에서 스트라스부르 발 열차를 기다리고 있다.

그 전까지 나는 내 책을 영화화하고 싶다는 제안에 늘 "관심없다"고 대답했다. 난 누구나 책을 읽으면서 스스로의 머릿속에 자신만의 고유한 영화 한 편을 만들어낸다고, 등장인물들에게 얼굴을 부여하고, 시나리오를 각색하고, 각 인물들의 목소리를 듣고 체취를 느낀다고 생각한다. 바로 이런 이유 때문에, 내가 좋아했던 소설을 원작으로 한 영화를 보고 나면 늘 뭔가 틀렸다는 느낌을 가지고 극장 문을 나섰고, 매번 영화보다 책이 더 낫다고 말하곤 했다.

그런데 이번에는 에이전트가 한번 해보자고 고집을 부렸다. 그녀는 이 배우와 제작자가 '우리 부류'라고, 특히 제작자는 그 동안 우리에게 제안해온 사람들과는 완전히 다른 작업 의도를 가진 사람이라고 단언했다. 약속은 두 달 전에 잡혀 있었다. 우리는 함께 저녁식사를 하면서 세부적인 이야기를 나누고, 정말 우리의 생각이 일치하는지 살펴보자고 했었다.

하지만 지난 두 주 사이에 내 스케줄은 완전히 바뀌고 말았다. 마침 그날은 목요일이라 아르메니아 식당에 가야 했다. 목소리를 들었다고 주장하는, 자히르가 어디 있는지 알고 있는 유일한 사람인 그 젊은 간질병 환자를 다시 만나야 했다. 나는 이 일이 영화 저작권을 팔지 말라는 표지라고 해석했다. 그러나 만남을 취소하려 하자, 그 배우는 그 다음날 점심으로 약속을 연기해도 상관없다며 만나기를 고집했다. "파리에서 하룻밤쯤 혼자 보내게 됐다고 해서 슬퍼할 사람은 없어요." 그는 내게 의견을 말할 기회도 주지 않고 결론을 내려버렸다.

내 상상 세계 속에서 에스테르는 여전히 내 반려자이고, 그녀의 사랑은 내가 앞으로 나아갈 수 있고, 내 모든 한계들을 시험할 수 있도록 힘을 준다.

실제 세계 속에서 에스테르는 내 강박증의 대상이다. 그녀는 내 에너지를 고갈시키고 내 온 존재를 점유해서, 내가 계속 살아가고 일하고 제작자들을 만나고 인터뷰에 응하기 위해서는 엄청난 노력을 쏟아붓지 않으면 안 되게 만든다.

이 년이라는 세월이 지났는데도 어떻게 아직 잊지 못한단 말인가? 이젠 에스테르와, 그녀에 관한 모든 가능성을 곱씹는 데 진절머리가 나서 도망치려고, 체념하려고, 책을 쓰고 요가를 하고 자선활동을 하고 친구들을 자주 만나고 여자들을 유혹하고 만찬을 위해 외출하고 영화(물론 소설을 각색한 영화 말고 스크린을 위해 만들어진 것만 골라서)나 연극을 보러 가고 무용공연과 축구 경기를 보러 가려고 부단히 노력했다. 하지만 언제나 승리하는 쪽은 자히르였다. 그건 언제나 거기 있었다. 그 모든 상황, 모든 장소에서 언제나 '그녀가 나와 함께 여기 있다면 얼마나 좋을까' 하고 생각하게 만들었다.

역에 걸려 있는 벽시계를 쳐다보았다. 기차 도착시간까지는 아직 십오 분이 남아 있었다. 내 상상 세계 속에서 미하일은 내 친구였다. 실제 세계에서 나는 그를 믿고 싶은 마음이 굴뚝같지만 구체적인 근거 하나 갖고 있지 못했다. 그는 위장하고 있는 적일 수도 있었다.

이젠 습관이 되어버린 질문들로 되돌아갔다. 그녀는 왜 아무 말도 하지 않았을까? 혹 한스의 질문에 대해 얘기했을 때 내게 말하려고 했던 걸까? 에스테르는 사랑과 전쟁에 관한 대화를 나누면서 세상을 구원해야 한다고 결심했다는 암시를 준 걸까? 그리고 자신의 사명에 동참하도록 날 준비시키고 있는 걸까?

내 눈은 철로를 응시하고 있었다. 에스테르와 나는 평행선 위를 나란히, 서로 닿지 않으면서 걸어간다. 나란히 나아가는 두 개의 운명……

나란히 달리는 두 개의 선로.

그 두 선로 사이의 거리는 얼마나 될까?

자히르를 잊기 위해, 나는 플랫폼 위에 서 있는 역무원에게 다가가 물었다.

"두 선로 사이의 거리는 143.5센티미터, 혹은 4피트 8과 2분의 1인치입니다."

그의 대답이었다.

삶을 평화롭게 영위하며, 자신의 직업에 자부심을 갖고 있는 것처럼 보이는 남자였다. 에스테르가 가지고 있는 고정관념, 우리 모두가 마음속에 커다란 슬픔을 숨기며 살고 있다는 생각과는 전혀 어울리지 않는 사람이었다.

143.5센티미터 혹은 4피트 8과 2분의 1인치?

한심스러운 일이다. 논리적으로 생각하면 150센티미터가 훨씬 편하다. 아니면 5피트든가. 그게 우수리 없고, 명확하고, 객차를 만드는 사람이나 철도 직원들에게도 훨씬 편한 숫자 아닌가.

"이유가 뭐죠?"

나는 역무원에게 재차 물었다.

"객차 바퀴 사이가 그만큼 떨어져 있으니까요."

"하지만 객차 바퀴는 선로 사이의 거리를 기준으로 만들어지는 게 아닌가요?"

"이봐요, 내가 기차역에서 일한다고 기차에 대해서라면 뭐든 알고 있어야 한다고 생각하슈? 세상일이란 그렇게 생겨먹었으니까 그렇게 돌아가는 거 아뇨."

이제 그는 자기 직업에 자부심을 가진 행복한 사람이 아니었다. 그는 질문에 제대로 대답할 줄 알아야 했다. 그러나 그는 그 이상 나아갈 수 없는 사람이었다. 나는 그에게 사과했다. 남은 시간 동안 계속 선로를 바라보며 기다렸다. 그것들이 내게 뭔가 말하고 싶어한다는 것을 직관으로 알았다.

겉으로 보이는 것만큼이나 이상했다. 선로는 마치 내 결혼에 대해, 그리고 모든 결혼에 대해 말하고 있는 듯했다.

배우가 도착했다. 대단히 유명한 사람이었지만 내가 생각했던 것보다 훨씬 가깝게 느껴지는 인물이었다. 내 단골 호텔에 그를 데려다준 뒤 집으로 돌아왔다. 놀랍게도 마리가 기다리고 있었다. 날씨 때문에 촬영이 일 주일 연기됐다는 것이었다.

"오늘 목요일인데…… 당신, 그 식당에 갈 거죠?"
"당신도 가려고?"
"네, 함께 갈래요. 혹시 혼자 가고 싶은 거예요?"
"실은 그러고 싶어."
"그래도 난 갈 거예요. 나더러 어딜 가라 마라할 남자는 아직 이 세상에 태어나지 않았거든요."
"당신, 기차 선로가 왜 143.5센티미터 떨어져 있는지 알아?"
"인터넷에서 찾아보면 알 수 있겠죠. 그런데 그게 중요한가요?"
"아주 많이."
"기차 선로 이야기는 잠깐 접어두고요, 일전에 당신 팬인 내 친구들과 얘기한 적이 있는데, 그들은 『찢어버릴 시간, 꿰맬 시간』이나, 양치기와 양에 대한 이야기, 산티아고 순례길에 대한 책을 쓴 사람은 모든 것에 대한 답을 갖고 있는 현자라고 생각하던걸요."

"그렇지 않다는 건 당신도 알잖소."

"그럼 맞는 게 뭔가요? 어떻게 당신 지식을 넘어서는 것을 독자들에게 전달할 수 있는 거죠?"

"내 지식을 넘어서는 것들은 아니지. 내 책에 씌어져 있는 것들은 내 영혼 안에 있는 것, 내가 살아오면서 배운 교훈, 스스로에게 적용하려고 시도했던 것들이야. 난 내 책들의 독자이기도 해. 그 책들은 내가 이미 알고 있었지만 인식하지 못했던 무엇을 보여주거든."

"그럼 독자들은요?"

"독자들도 마찬가지라고 생각해. 우린 모든 것에 대해서 얘기할 수 있어. 영화, 노래, 정원, 산에서 내려다보이는 풍경에 대해서. 하지만 책은 뭔가를 드러내지. 드러낸다는 것은 베일을 벗기는 것이기도 하고 무언가에 다시 씌우는 것이기도 해. 이미 존재하고 있는 무엇의 베일을 벗기는 것과 좀더 나은 삶의 비결을 가르치려 드는 것은 다르오.

당신도 알다시피, 지금 난 사랑 때문에 고통스러워. 이 고통은 지옥으로 떨어지는 고통일 수도 있지만, 새로운 무언가를 드러내는 일이기도 해. 『찢어버릴 시간, 꿰맬 시간』을 쓰면서 비로소 사랑할 수 있는 내 능력의 한계가 어디까지인지 드러났듯이. 컴퓨터 앞에 앉아 단어와 문장들을 두드리는 동안 난 많은 걸 배웠어."

"하지만 당신 책들의 페이지마다 깃들어 있는 그 영적인 측면은 뭐죠?"

"오늘 저녁 당신과 함께 아르메니아 식당에 가고 싶어졌어. 당신은 그곳에서 중요한 세 가지를 발견하거나 의식하게 될 거요. 첫째는, 어떤 문제에 맞서겠다고 결심한 그 순간 우린 생각했던 것보다 훨씬 많은 능력을 가지고 있다는 걸 깨닫게 된다는 것. 둘째는, 모든 에너지와 지혜는 알려지지 않은 동일한 근원으로부터 연유한다는 것. 보통 그걸 신神이라고 부르지. 이게 내 길이구나 생각한 걸 따라가기 시작한 이래, 난 그 에너지에 경의를 표하고, 그 에너지에 나 자신을 연결시키려고 매일같이 노력하며 살아왔어. 표지들이 이끄는 대로 따라가려고, 뭔가 하겠다고 생각하면서 배우는 게 아니라 실제로 그걸 실행에 옮기면서 배우려고 노력해온 거요.

그리고 셋째는, 고난을 당할 때 우린 결코 혼자가 아니라는 것. 좀더 깊이 생각하는 사람, 우리와 똑같이 기뻐하고 고통받는 누군가가 항상 존재한다는 거요. 그는 우리가 역경에 더 잘 맞설 수 있도록 힘을 주는 존재야."

"사랑의 고통도 거기에 포함되나요?"

"모든 게 포함되지. 고통이 있다면, 받아들이는 것이 최선이오. 존재하지 않는 척한다고 해서 고통이 사라지지는 않으니까. 기쁨이 있다면, 역시 받아들이는 게 최선이야. 언젠가 끝나버릴까봐 두렵더라도 말이야. 희생과 체념을 통해서만 삶을 만나는 사람들이 있지. 스스로 '행복하다'고 믿을 때만 살아 있다고 느끼는 사람들도 있고. 그런데 왜 그걸 묻는 거지?"

"나는 사랑에 빠졌고, 고통받을까봐 두려우니까요."

"두려워하지 말아요. 고통을 피하려면 사랑하기를 거부하는 수밖엔 없어."

"지금 이 순간에도 난 에스테르의 존재를 느껴요. 당신은 그 청년이 간질 발작을 일으킨 것 말고는 이탈리아 식당에서 있었던 일을 내게 전혀 얘기해주지 않았어요. 당신에겐 그게 좋은 표지일지 모르겠지만 내겐 나쁜 표지예요."

"내게도 나쁜 표지일 수 있어."

"당신에게 묻고 싶은 게 뭔지 알아요? 내가 당신을 사랑하는 만큼 당신이 날 사랑하는지 알고 싶어요. 하지만 그걸 물을 용기가 없어요. 나는 왜 이렇게 관계에서 자주 어긋나기만 할까요?

난 언제나 내가 누군가와 맺어져 있어야만 한다고 생각해요. 그렇기 때문에 늘 멋지고, 지적이고, 센스 있고, 특별한 여자여야 하죠. 남자를 유혹하기 위해 최선을 다하고, 어떤 면에선 그게 내게 도움이 되기도 해요. 요즘 들어 혼자 사는 게 힘들다는 걸 많이 느껴요. 하지만 내 선택이 최선인지는 모르겠어요."

"한 여자가 아무 설명 없이 날 떠나버렸는데도 아직도 그녀를 사랑할 수 있는지 알고 싶은 거요?"

"난 당신 책을 읽었어요. 그리고 당신이 그럴 수 있다는 걸 알죠."

"내가 에스테르를 사랑하면서도 당신을 사랑할 수 있는지 궁금하오?"

"그건 묻지 않을래요. 당신 대답이 내 인생을 파멸시킬지도 모르니까요."

"한 남자나 한 여자의 마음이 한 사람 이상을 동시에 사랑할 수 있는지 알고 싶소?"

"그 질문은 앞의 질문만큼 직접적이지 않네요. 그래요, 알고 싶어요."

"난 그렇다고 믿어. 단, 사랑하는 대상 중 한 명이 바뀌지 않는다면……"

"자히르로 말이죠. 어쨌든 난 당신을 위해 싸울 거예요. 그럴 만한 가치가 있다고 생각하니까. 당신이 에스테르를 사랑했던 것처럼 혹은 사랑하는 것처럼 한 여자를 사랑할 수 있는 남자는 나의 존경과 노력을 받을 만해요.

당신이 곁에 있어줬으면 하는 내 마음을 증명하기 위해, 당신이 내 삶에 얼마나 중요한 존재인지 보여주기 위해 나는 당신이 원하는 대로 할 거예요. 아무리 엉뚱한 소리로 들리더라도요. 나는 기차 선로가 왜 143.5센티미터 혹은 4피트 8과 2분의 1인치 떨어져 있는지를 알아내겠어요."

아르메니아 식당 주인은 지난주에 내게 얘기한 계획을 실행에 옮기고 있었다. 안쪽에 위치한 살롱만이 아니라 식당 전체가 만남을 위한 공간으로 사용되고 있었던 것이다. 마리는 호기심 어린 눈초리로 사람들을 둘러보고는, 그야말로 각양각색의 무리인 참석자들에 대해 연거푸 얘기했다.

"어떻게 이런 곳에 애들을 데리고 올 수 있죠? 말도 안 돼요!"

"맡길 사람이 없어서 그랬겠지."

아홉시 정각에 여섯 사람—동양풍 의상을 입은 음악가 두 명과 흰 블라우스와 폭이 넓은 치마를 입은 젊은이 네 명—이 무대 위로 올라왔다. 곧바로 종업원들의 서빙이 멈추었고 좌중엔 침묵만이 흘렀다.

"몽골 창세신화에서 암사슴과 들개가 만납니다."

미하일이 다시 자신의 목소리가 아닌 듯한 예의 목소리로 말하기 시작했다.

"두 존재는 다른 본성을 갖고 있습니다. 본성에 따르면, 들개는 먹기 위해 암사슴을 죽입니다. 그러나 몽골신화에서 그 둘은 적대적인 환경에서 살아남으려면 한쪽이 다른 쪽의 성질을 필요로 한다는 것을, 그리고 서로 맺어져야 한다는 것을 이해합니다.

그러기 위해 우선 그들은 사랑하는 법을 배워야 합니다. 사랑하기 위해서, 그들은 그들 자신이길 그만둬야 합니다. 그러지 않으면 결코 함께 살 수 없을 테니까요. 언제나 생존을 향한 투쟁에만 골몰하던 들개는 시간을 갖고 암사슴의 본성을 받아들이고, 다른 모든 목표들에 우선하는 한 가지 목표를 세우게 됩니다. 함께 세계를 재건할 누군가를 만나는 거죠."

그는 잠시 말을 멈추었다.

"우리가 춤출 때, 우리는 에너지의 주위를 돕니다. 그 에너지는 치솟아 여주인님에게 올라갔다가 온 힘을 다해 우리를 향해 다시 내려옵니다. 강에서 증발한 물이 눈으로 바뀌고 비가 되어 다시 내려오는 것처럼 말이죠. 오늘 제가 할 이야기는 사랑의 순환에 관한 겁니다.

어느 아침, 한 농부가 수도원 현관문을 요란하게 두드렸습니다. 문지기 수사가 문을 열어주러 나오자, 농부는 탐스러운 포도

한 송이를 내밀어 보였습니다.

'문지기 수사님, 제 밭에서 나온 가장 좋은 포도입니다. 이걸 수사님께 드리고 싶습니다.'

'고맙습니다! 얼른 수도원장님께 갖다드리지요. 원장님께서 보시면 기뻐하실 겁니다.'

'아니, 안 됩니다! 수사님께 드리려고 가져온 겁니다.'

'나에게요? 내겐 이처럼 아름다운 자연의 선물을 받을 자격이 없는걸요.'

'제가 이 수도원 문을 두드릴 때마다 수사님께서 문을 열어주셨습니다. 지난해 가뭄 때문에 수확이 엉망이 되어버려 도움이 필요했을 때도 수사님께서 매일 빵 한 조각과 포도주 한 잔씩을 주셨지요. 이 포도송이가 수사님께 태양의 사랑과 비의 아름다움 그리고 하느님의 기적을 조금이나마 가져다주기를 바랍니다.'

문지기 수사는 포도송이를 앞에 두고 오전 내내 감동의 눈길로 바라보았습니다. 포도는 정말 기가 막히게 탐스러웠습니다. 그는 아무래도 그 선물을 원장님께 갖다드려야겠다고 생각했습니다. 수도원장은 늘 지혜의 말로 그의 용기를 북돋워주었으니까요.

수도원장은 포도를 받고 매우 기뻐했습니다. 그러나 그는 수도원에 몸이 아픈 수사가 한 사람 있다는 걸 기억해냈습니다. '이 포도를 그에게 줘야겠어. 이걸 받으면 몸이 아픈 그에게 조금이나마 기쁨이 될 거야.'

그러나 포도는 몸이 아픈 수사의 방에 그리 오래 있지 못했습니다. 왜냐하면 수사가 이렇게 생각했기 때문입니다. '요리를 담당하는 주방 수사님께서 늘 나를 돌봐주시지. 날 위해 가장 좋은 음식을 챙겨주시고. 이걸 주방 수사님께 드리면 무척 기뻐하실 거야.' 점심시간이 되어 식사를 가져온 주방 수사에게 그는 포도를 주었습니다.

'수사님을 위한 겁니다. 수사님께선 자연이 우리에게 베풀어주는 산물들과 늘 접하시니 하느님의 이 아름다운 작품을 어찌해야 할지 잘 아실 거예요.'

주방 수사는 포도송이의 아름다움에 매혹되었습니다. 그는 자신의 보조수사에게 그 포도를 보여주었습니다. 너무나도 완벽한 포도였습니다. 아무래도 성찬을 담당하는 성물지기 수사만큼 그 가치를 제대로 평가할 사람은 없을 것 같았습니다. 수도원의 많은 사람들이 성물지기 수사에게서 성인의 모습을 보기도 하니까요.

포도를 받은 성물지기 수사는 하느님의 능력이 만물의 가장 작은 부분에도 미친다는 것을 이해하도록 가장 나이 어린 수련 수사에게 포도를 선물했습니다. 포도를 받아든 수련 수사의 마음은 주님의 영광으로 가득 찼습니다. 정말이지 그렇게 아름다운 포도송이는 한 번도 본 적이 없었습니다. 그는 자기가 처음 수도원에 온 날 문을 열어주었던 사람을 떠올렸습니다. 그가 기적의 가치를 높일 줄 아는 이 공동체에서 지낼 수 있었던 것도 그분이 문을 열어준 덕분이었습니다.

어둠이 내리기 직전, 그는 포도송이를 들고 문지기 수사에게 갔습니다.

'이 포도를 즐거이 드세요. 수사님께선 여기서 대부분의 시간을 홀로 보내시잖아요. 이 포도가 수사님께 도움이 될 거예요.'

그제야 문지기 수사는 이 선물이 정말로 자신을 위한 것임을 깨달았습니다. 그는 포도 한 알 한 알 맛을 음미하고, 행복한 마음으로 잠들었습니다. 그리하여 그 순환의 고리는 완전히 이루어졌습니다. 사랑의 힘과 접촉하는 사람들 주위를 늘 감싸고 도는 행복과 기쁨의 순환이 말이죠."

알마라는 여자가 청동쟁반에 매달린 장식들을 흔들어 소리를 냈다.

"우린 목요일마다 연주를 하고, 사랑 이야기를 듣고 사랑의 부재에 대해 이야기합니다. 우선 표면에 뭐가 있는지 살펴봅시다. 그러면 조금씩 그 밑에 있는 것, 우리의 관습과 가치들을 이해하게 될 겁니다. 그리고 그 층을 꿰뚫어 볼 수 있을 때 우리 자신을 발견할 겁니다. 누가 먼저 시작하시겠습니까?"

여러 사람의 손이 올라갔다. 거기에 내 손도 포함되어 있는 걸 보고 마리는 깜짝 놀란 표정이었다. 잠시 소란이 일었고, 앉아 있는 사람들이 웅성거렸다. 미하일은 키가 큰 파란 눈의 예쁜 여자를 지목했다.

"지난주에 저는 스페인 국경 가까이 있는 산에서 혼자 살고 있는 남자 친구를 만나러 갔어요. 그 친구는 삶의 기쁨을 찬미하며, 진정한 지혜는 매 순간을 즐기는 데 있다고 말하곤 해요.

하지만 남편은 제가 그 친구를 만나러 가는 걸 처음부터 좋아하지 않았어요. 그 친구가 어떤 사람인지 알고 있거든요. 친구가 가장 즐겨 하는 소일거리가 새 사냥과 여자들을 유혹하는 거라는 걸말이에요. 하지만 저는 친구를 만나 얘기해야 했어요. 저는 위기를 겪고 있었고, 오직 그 친구만이 절 도와줄 수 있었거든요. 남편은 차라리 심리분석을 받거나 여행을 하라고 했어요. 우리는 결국 말다툼을 했죠. 남편이 가지 말라고 했는데도 전 갔어요. 친구는 공항으로 절 마중 나왔어요. 우린 오후 내내 이야기를 나누고, 저녁을 먹고, 술을 마시고, 그러고 또 이야기를 나누었죠. 그런 다음 전 자러 갔고요. 다음날 아침 우린 근처를 산책했고, 그는 절 다시 공항까지 데려다주었어요.

집에 도착하자마자 남편의 질문 공세가 시작되었어요. 그가 혼자 있었어? 응. 함께 지내는 여자는 없었고? 없었어. 그럼 둘이서 술도 마셨어? 마셨어. 왜 거기서 있었던 일에 대해 얘기하고 싶어 하지 않는 거지? 지금 이야기하고 있잖아! 그래 단둘이서 산이 내다보이는 집에 있었단 말이지, 아주 낭만적으로? 그래. 그런데 얘기만 나누고 다른 일은 없었다고? 응, 아무 일도 없었어. 지금 나보고 그 말을 믿으라고? 왜 못 믿어? 왜냐하면 그건 인간 본성에 반하는 일이니까. 남자와 여자가 함께 있고, 함께 술을 마시고, 내밀한 얘길 나누었다, 그럼 반드시 침대로 가는 거라고!

 남편 말에 동의해요. 사실 저와 제 친구 사이에 있었던 일은 사람들이 말하는 것에 반하는 것이었어요. 남편이 제 이야기를 믿지 않아도 이상할 게 없죠. 제 말이 아무리 진실이라 해도 말이에요. 그때부터 우리의 일상은 지옥이 되어버렸어요. 물론 시간이 가면 잊히겠지요. 하지만 불필요한 고통이에요. 남자와 여자가 서로에 대해 호감을 갖고 있고 상황이 허락하면 같이 자게 된다는, 다른 사람들의 말에서 비롯된 고통이잖아요."

 사람들은 박수를 치고, 담배에 불을 붙였다. 술병과 잔들이 달그락거렸다.

 "이게 다 뭐 하는 거예요?"

 마리가 낮은 목소리로 물었다.

 "부부를 위한 집단 치료인가요?"

 "이건 '만남'의 일부요. 이 사람들은 누가 옳고 그른지 말하지 않아. 그저 이야기만 할 뿐이지."

 "그런데 왜 이렇게 공개적으로, 사람들이 술을 마시고 담배를 피워대는 앞에서 실례되는 방식으로 하는 거죠?"

 "아마도 분위기를 좀더 가볍게 하기 위해서겠지. 분위기가 가벼워지면 이야기하기도 쉬울 테니까. 쉬워서 나쁠 게 뭐 있겠어?"

 "쉽다고요? 당장 집에 돌아가면 남편한테 그 이야기를 전할지도 모를 생면부지들 한가운데서요?"

다른 사람이 말할 기회를 잡았다. 그 바람에 마리에게 그런 건 조금도 중요하지 않다고 대답할 수 없었다. 이곳에 모인 사람들은 사랑을 가장한 '사랑 아닌 것'에 대해 이야기하고 있는 것이라고.

"저는 방금 이야기한 여자의 남편입니다."

남자가 말했다. 그는 젊고 예쁜 금발 여자보다 적어도 스무 살은 더 나이 들어 보였다.

"아내가 한 이야기는 모두 사실입니다. 하지만 거기엔 아내가 알지 못하는, 그리고 제가 용기가 없어 아내에게 말하지 못한 게 있습니다. 전 지금 그걸 말하려 합니다.

아내가 산으로 떠난 후, 전 밤새 한숨도 자지 못했습니다. 그 순간 아내에게 일어나고 있을 모든 일들을 구체적으로 상상하고 있었죠. 아내가 친구의 집에 도착합니다. 벽난로엔 벌써 불이 지펴져 있고, 그녀는 외투를 벗습니다. 스웨터도 벗습니다. 얇은 티셔츠만 입고 브래지어를 하지 않아 그 남자의 눈에 아내의 가슴 윤곽이 또렷하게 보입니다.

아내는 그의 시선을 눈치 채지 못한 척합니다. 그러고는 주방에 가서 샴페인을 한 병 더 가지고 오겠다고 말합니다. 몸에 착 달라붙는 청바지를 입은 아내가 천천히 걸어갑니다. 아내는 그가 자신을 머리끝부터 발끝까지 훑어보고 있다는 걸 알고 있죠. 다시 아내가 돌아옵니다. 그들은 아주 내밀한 대화를 나누고, 서로에게 더욱 친밀감을 느낍니다.

그들은 그런 느낌을 주는 주제를 계속 떠올립니다. 아내의 휴대전화가 울립니다. 전화를 건 것은 접니다. 전 별일 없는지 알고 싶어합니다. 아내는 그에게 가까이 다가앉아 전화기를 친구의 귀에도 갖다댑니다. 그들은 함께 제 말을 귀기울여 듣습니다. 마지못해 하는 제 말을요. 전 제가 그들에게 어떤 영향을 미치기엔 너무 늦었다는 걸 알고 있습니다. 걱정하지 않는 척하는 편이, 산에서 즐거운 시간을 보내라고 말하는 편이 더 낫다는 것을요. 아내는 내일 파리로 돌아와 아이들을 돌보고 집안 일을 해야 하니까요.

저는 아내의 친구가 통화 내용을 들었다는 것을 아는 채로 전화를 끊습니다. 그들은 처음엔 소파에 마주 앉아 있었지만 이젠 서로 나란히, 매우 가까이 붙어 앉아 있습니다.

그 대목에서, 저는 산에서 일어나고 있는 일을 생각하길 그만둡니다. 그리고 자리에서 일어나 아이들 방으로 갑니다. 그런 다음, 창가로 가서 파리 시내를 내다봅니다. 그런데 그때 제가 무엇을 느꼈는지 아십니까? 그 생각이 절 무척 자극했다는 것도요? 저는 성적 흥분을 느꼈습니다. 엄청나게 자극받고 흥분되었어요. 아내가 그 시간에 다른 남자와 포옹하고, 사랑을 나누고 있을 수 있다는 생각에……

끔찍했습니다. 어떻게 그게 절 흥분시킬 수 있단 말입니까? 다음날 친구 두 명에게 그 얘길 했습니다. 물론 제 얘기라는 건 밝히지 않고요. 전 그들에게 지금껏 파티에서 성적인 신호를 눈치 챈 적이 있냐고, 다른 남자가 자기 아내의 어깨나 가슴을 바라보는 걸 알아챈 적이 있느냐고 물었습니다. 친구들은 대답을 회피했습니다. 그런 질문은 금기사항이니까요. 하지만 그들은 자기 아내가 다른 남자의 욕망의 대상이 되었다는 걸 안다면 짜릿한 기분이 들 것 같다고 했습니다. 그러나 그들은 이야기를 더이상 진전시키려 하지는 않았습니다. 이것은 모든 남자들의 마음속에 숨겨져 있는 비밀스러운 환각일까요? 모르겠습니다. 제가 제 느낌을 이해하지 못했기 때문에 우린 지옥 같은 일 주일을 보냈습니다. 그리고 이해할 수 없었기 때문에 전 그녀가 제 우주를 뒤흔들었다고 아내 탓을 하는 겁니다."

이번엔 좀더 많은 사람들이 담배에 불을 붙였다. 박수를 치는 사람은 없었다. 그 주제는 이곳에서조차 금기인 듯했다.

내가 계속해서 손을 들고 있자, 그 남자는 방금 자신이 한 이야기에 공감하는 거냐고 물었다.

"네, 공감합니다."

에스테르와 군인들 사이에 비슷한 상황이 일어나는 걸 상상해본 적이 있다. 그러나 나는 감히 나 자신에게조차 그 느낌을 얘기하지 못했다.

미하일이 내 쪽을 바라보더니 신호를 보냈다.

내가 어떻게 자리에서 일어나 청중을 바라보았는지 모르겠다. 그들은 자기 아내가 다른 남자와 섹스하는 상상으로 흥분되었다는 남자의 이야기에 충격을 받은 듯, 아무도 내게 주목하지 않았다. 덕분에 난 어렵지 않게 말문을 틀 수 있었다.

"우선 제 이야기가 앞의 두 분만큼 구체적이지 않다는 점에 대해 양해를 구하고 싶습니다. 그럼에도 하고 싶은 이야기가 좀 있습니다. 전 오늘 기차역에 갔다가 기차 선로가 143.5센티미터 혹은 4피트 8과 2분의 1인치 떨어져 있다는 사실을 알게 되었습니다. 왜 이렇게 불합리한 수치일까요? 전 제 여자친구에게 그 이유를 알아봐달라고 했습니다. 그리고 그녀가 알아온 답이 있습니다.

맨 처음 기차를 만들 때, 마차를 만들 때 사용한 것과 같은 도구와 연장을 사용했기 때문입니다. 그렇다면 마차 바퀴 사이의 거리는 왜 그만큼 떨어져 있었을까요? 고대에 도로를 그 정도 폭으로 만들었기 때문이지요. 그래서 마차 바퀴 사이의 거리를 도로 폭에 맞춰 만든 겁니다.

그렇다면 도로 폭이 그만큼이어야 한다고 결정한 사람은 누구일까요? 우린 지금 아주 먼 과거로 거슬러올라가는 겁니다. 최초의 위대한 도로 건설자였던 로마인들이 그렇게 정했습니다. 무슨 이유로 그렇게 정했을까요? 전차 때문입니다. 전차는 말 두 마리가 끕니다. 그리고 그 시대에 같은 품종의 말을 나란히 매어두면,

말들의 폭이 143.5센티미터를 차지했던 겁니다.

이런 과정을 거쳐 오늘날 우리가 이용하는 초현대식 고속열차가 달리는 선로 사이의 거리가 고대 로마인들에 의해 결정되었습니다. 이민자들이 미국에서 철도를 건설할 때, 그들은 선로 사이의 거리를 바꾸는 게 낫지 않을까라는 질문을 던질 생각도 않고 같은 모델을 적용했습니다. 그 수치는 우주왕복선을 만드는 데도 마찬가지로 영향을 미쳤습니다. 미국의 엔지니어들은 연료탱크가 더 커야 한다고 생각했습니다. 하지만 연료탱크는 유타 주에서 제작되어 철도를 통해 플로리다에 있는 나사NASA까지 운송되어야 했습니다. 가는 길엔 기차 터널들이 있었고, 폭이 넓은 것은 터널을 통과할 수 없었습니다. 결론은 이렇습니다. 우린 로마인들이 이상적이라고 결정한 폭을 수용할 수밖에 없었다는 거죠.

그런데 그게 결혼과 무슨 상관이 있을까요?"

나는 잠시 말을 멈췄다. 몇몇은 기차 선로 이야기엔 관심없다는 듯 자기들끼리 수다를 떨기 시작했다. 어떤 이들은 아주 흥미롭다는 듯 내 말에 귀기울였다. 그중에는 마리와 미하일도 있었다.

"이것은 결혼과, 또 우리가 방금 들은 두 분의 이야기와 매우 밀접한 관계가 있습니다. 언젠가, 누군가가 나타나 이렇게 말했습니다. '너희 두 사람이 결혼하면, 너희는 남은 평생 동안 그 상태를 그대로 유지해야 한다. 너희는 나란한 두 선로처럼 늘 같은 거리를 유지하며 나란히 나아갈 것이다. 서로 조금 더 멀어지거나 가까워지려 한다면, 그건 규칙에 반하는 일이다.' 규칙은 이렇습니다. '이성적이 되어라. 미래에 대해, 아이들에 대해 생각하라. 너희는 유지해야 한다. 기차 선로 같아야 한다. 너희들 사이엔 출발역에서부터 종착역에 이르기까지 내내 같은 거리가 존재한다. 사랑이 변하도록 내버려두지 마라. 처음에 그것이 커지도록 내버려두지도 말고, 도중에 약해지도록 하지도 마라. 그러는 건 극도로 위험한 짓이다.' 그러므로 최초 몇 년간의 열정은 흘려보내고, 같은 거리와 같은 견고함과 같은 기능을 유지하십시오. 여러분의 목적은 인간 종의 생존과 번식이라는 열차가 미래를 향해 나아가도록 하는 것입니다. 여러분의 자녀들은 여러분이 늘 그래왔던 것처럼 그대로, 서로 143.5센티미터의 거리를 두고 떨어져 있을 때에만 행복합니다. 변하지 말아야 한다는 규칙이 불만스러울 때는 여러분이 이 세상에 데려온 자녀들을 생각하십시오.

이웃들을 생각하십시오. 여러분이 행복하다는 것을 보여주십시오. 일요일엔 바비큐 파티를 하고, 텔레비전을 보십시오. 지역사회에 도움을 주십시오. 사회를 생각하십시오. 모든 사람이 당신들 사이에 아무런 갈등도 없다고 믿도록 행동하십시오. 고개를 돌리지 마십시오. 누군가가 당신들을 볼 수도 있습니다. 그리고 그게 유혹일 수 있습니다. 이혼을, 위기를, 우울증을 초래할 수 있습니다.

미소를 지으며 사진을 찍으십시오. 그 사진들을 모든 사람이

볼 수 있도록 거실에 붙여두십시오. 잔디를 깎고, 운동을 하세요. 세월을 견디고 유지하기에는 특히 운동이 좋습니다. 운동으로 충분하지 않을 땐 성형외과에 가십시오. 하지만 절대 잊지 마십시오. 이 규칙들은 언젠가 만들어졌고, 여러분은 그것을 존중해야 한다는 것을. 누가 만들었냐고요? 그건 중요하지 않습니다. 그런 건 절대 묻지 마십시오. 여러분이 동의하지 않더라도 그 규칙들은 언제나 적용될 테니까요."

나는 자리에 앉았다. 몇몇은 열광적으로 박수를 보냈고 어떤 이들은 무관심했다. 내가 너무 멀리 나아간 건 아닌가 싶었다. 마리가 놀라움과 찬탄이 뒤섞인 표정으로 나를 바라보았다.

무대 위에 있는 여자가 쟁반을 울려 소리를 냈다.

나는 마리에게 밖에 나가 담배 한 대 피우고 올 동안 거기 그대로 앉아 있어달라고 했다.

"이제 사람들은 사랑의 이름으로, '여주인'의 이름으로 춤을 출 거요."

"여기서 피워도 되잖아요."

"잠깐 혼자 있고 싶어."

초봄이었지만, 아직 꽤 쌀쌀했다. 하지만 신선한 공기를 마시고 싶었다. 내가 왜 그런 이야기를 한 걸까? 에스테르와의 결혼생활은 내가 방금 묘사한 것 같지 않았다. 두 개의 선로, 항상 나란히 달리고, 결코 떨어지지 않으며, 나란히 줄지어 앞으로 똑바로 달리는 선로가 아니었다. 우리는 최고의 순간도, 최악의 순간도 겪어보았다. 둘 중 한 사람이 영원히 떠나고 싶은 유혹을 받은 적도 여러 번 있었다. 하지만 우린 함께 있었다.

이 년 전까지는.

아니, 자신이 왜 불행한지 그 이유를 그녀가 알고 싶어하기 전까지는.

'나는 왜 불행한가?' 누구도 해서는 안 되는 질문이다. 그 질문은 파괴의 바이러스를 지니고 있기 때문이다. 우리가 그 질문을 하는 것은 행복해지고 싶어서이고, 우리를 행복하게 만드는 것이 무엇인지 알고 싶어서이다. 그런데 우리를 행복하게 만드는 그것이 우리가 지금 가지고 있는 것과 다르다면, 우린 행복해지기 위해 단호하게 변하거나, 아니면 그대로 주저앉아 더 커진 불행을 느껴야 한다.

그리고 지금 난 바로 그런 상황 속에 있다. 매력적인 여자친구도 있고, 일도 잘되어가고 있으며, 때가 되면 모든 일이 다 잘 마무리될 것이다. 그러니 그냥 상황에 순응하는 편이 나을 것이다. 에스테르의 전례를 따르지 말고, 삶이 내게 허락한 것을 받아들이고, 주위를 두리번거리지 말고, 마리의 말을 마음에 새겨두고 그녀 곁에서 새 삶을 시작하는 게 나을지도 모른다.

아니다. 그렇게 생각해선 안 된다. 사람들이 기대하는 방식으로 행동한다면 나는 그들의 노예가 될 것이다. 그러지 않기 위해서는 엄청난 통제력이 필요하다. 왜냐하면 인간의 성향이라는 것은 설혹 자기 자신이 기쁘다 해도 누군가를, 다른 사람을 기쁘게 하고자 하기 때문이다. 내가 그런 성향에 굴복한다면 에스테르를 잃게 될 뿐 아니라, 마리와 내 일과 내 미래를 잃게 될 것이다. 또한 나 자신에 대한, 내가 말하고 글로 쓴 모든 것에 대한 존중심도 잃게 될 것이다.

사람들이 밖으로 나오기 시작하자 나는 자리로 돌아갔다. 어느새 옷을 갈아입은 미하일이 내게 다가왔다.
"이탈리아 식당에서 있었던 일은······"
"아, 그건 신경쓰지 말아요. 잠깐 센 강가나 걸읍시다."
내가 대답했다.
내 말뜻을 눈치 챈 마리는 자긴 일찍 집에 돌아가서 자야겠다고 했다. 나는 미하일에게 에펠 탑 앞에 있는 다리까지 다 함께 택시를 타고 가자고 말했다. 그곳에서라면 마리는 걸어서 집으로 돌아갈 수 있을 터였다. 미하일에게 어디 사느냐고 물어볼까 생각했지만, 에스테르가 그와 함께 있지 않은지 확인하려는 의도로 읽힐 위험이 있었다.
택시를 타고 가는 동안 마리는 그 '만남'이 무엇인지 여러 번 미하일에게 물었지만, 미하일의 대답은 매번 같았다. "사랑을 되찾는 하나의 방법입니다." 그리고 그는 기차 선로에 대한 내 이야기가 마음에 들었노라고 말했다.

"그렇게 사랑은 떠나가버렸지요." 그가 말했다. "사랑을 표현하는 방식에 대해 우리가 확고한 원칙들을 세우기 시작하면서요."

"언제 그런 일이 일어난 거죠?"

마리가 물었다.

"모릅니다. 하지만 그 에너지를 다시 돌아오게 할 수 있다는 건 압니다. 제가 춤을 출 때나 목소리를 들을 때, 사랑이 그렇게 말하니까요."

마리는 '목소리를 듣는다'는 말이 무엇인지 이해하지 못했다. 택시가 다리에 도착했다. 우리는 택시에서 내렸고, 미하일과 나는 추운 파리의 밤길을 걷기 시작했다.

"제 모습을 보고 무척 놀라셨다는 거 압니다. 가장 큰 위험은 혀가 말려들어가 질식하는 거죠. 이탈리아 식당 주인은 어떻게 해야 하는지 알고 있었어요. 그건 그 식당에서 그런 일이 전에도 있었다는 뜻이죠. 그리 드문 일은 아닙니다. 하지만 선생이 들은 진단은 틀렸어요. 전 간질환자가 아니에요. 저는 그때 에너지와 접촉한 겁니다."

물론 그는 간질환자였다. 하지만 그 말에 토를 달았다간 이야기를 더 진전시키지 못할 터였다. 나는 아무렇지도 않은 듯 행동하려고 애썼다. 상황을 제어할 필요가 있었다. 나는 그가 나와의 동행을 선선히 수락한 것에 놀라고 있는 참이었다.

"저는 선생이 필요합니다. 사랑의 중요성에 대해 선생이 뭔가 썼으면 좋겠어요."

"사랑이 얼마나 중요한지는 모두 알고 있소. 거의 모든 책이 그 주제를 다루고 있고."

"그렇다면 정정하겠습니다. 전 선생이 새로운 르네상스에 관해 써주었으면 합니다."

"새로운 르네상스가 뭐요?"

"15세기와 16세기에 이탈리아에서 일어난 르네상스와 유사한 겁니다. 에라스무스, 레오나르도 다 빈치, 미켈란젤로 같은 천재들이 당대의 제한과 관습의 압제를 감내하길 거부하고 과거로 회귀했잖아요. 그때처럼 우린 마법의 언어, 연금술, 어머니 여신의 개념을 다시 발견해야 합니다. 교회나 정부가 요구하는 바에 따라서가 아니라 우리의 확신에 따라 행하는 자유를 다시 발견해야 해요. 1500년에 피렌체에서 그랬던 것처럼, 미래에 대한 답이 과거 속에 담겨 있음을 새로이 발견하는 겁니다.

선생이 한 기차 선로 이야기만 해도 그렇습니다. 우린 얼마나 많은 환경 속에서 이해하지 못한 형식들에 무조건 복종합니까? 사람들은 선생의 글을 읽습니다. 그 주제에 접근할 수 있겠습니까?"

"난 내가 쓰는 글을 가지고 거래 같은 것을 하진 않아요."

나는 스스로에 대한 존엄을 잃지 말아야 한다고 마음속으로 다짐하며 대답했다.

"만약 어떤 주제가 흥미롭다면, 그리고 그게 내 마음속에 와 닿는 거라면, 말글이라는 배가 날 그 섬으로 데려간다면, 그에 관해 글을 쓸 수도 있겠지. 하지만 그건 에스테르를 찾는 일과는 아무런 상관이 없소."

"저도 압니다. 어떤 조건을 붙이려는 게 아닙니다. 다만 제가 중요하다고 생각하는 것을 얘기할 뿐입니다."

"그녀가 호의은행에 대해 얘기한 적이 있소?"

"네, 하지만 문제는 호의은행이 아닙니다. 저 혼자서는 완수할 수 없는 사명이라는 게 문제지요."

"그 사명이라는 게 당신이 아르메니아 식당에서 하고 있는 그 일이오?"

"그건 사명의 일부분일 뿐입니다. 우린 같은 일을 금요일마다 걸인들과 함께 합니다. 수요일엔 새로운 유목민들과 함께 일하고요."

새로운 유목민? 궁금증이 일었다. 그러나 그의 말을 끊지 않는 편이 나았다. 지금 나와 얘기하고 있는 미하일은 이탈리아 식당에서의 거만함도, 아르메니아 식당에서의 카리스마도, 사인회 날 저녁의 불안함도 보이지 않았다. 지금 내 앞에 있는 그는 평범한 사람이었다. 마치 함께 세상사를 두런두런 이야기하며 하루를 마

한스의 질문 193

감하는 오랜 친구 같았다.

"나는 진실로 내 영혼을 감동시키는 것에 대해서만 쓰오."

내가 재차 강조했다.

"걸인들과 이야기하러 함께 가시겠습니까?"

나는 에스테르가 한 말을, 그리고 세상에서 가장 비참한 그들의 눈 속에 보인다는 근거 없는 슬픔을 떠올렸다.

"생각해보겠소."

루브르 박물관 쪽으로 다가가고 있는데, 그가 걸음을 멈추고는 강물과 경계를 이루고 있는 난간 아래를 내려다보았다. 우리는 눈부신 탐조등을 빛내며 지나가는 유람선들을 바라보았다.

"저 여행객들을 보시오."

내가 말을 꺼냈다. 그가 지루해져서 집으로 돌아가겠다고 할까 두려워 무슨 말이든 해야 했다.

"저들은 단지 조명으로 빛나는 기념물들을 바라보고 있소. 그리고 집에 돌아가서는 파리를 보았다고, 안다고 말하겠지. 내일은 모나리자를 볼 거요. 그러고 나서 루브르에 갔다고 할 거요. 하지만 저들은 파리를 알지 못하고 루브르에 가본 것도 아니오. 단지 배를 타고 단 한 점의 그림을 보았을 뿐이지. 포르노를 보는 것과 섹스를 하는 것의 차이점이 무엇이겠소? 도시 하나를 그냥 스쳐 지나가며 보는 것과 거기서 무슨 일이 일어나는지 알려고 하는 것의 차이점과 같을 거요. 바에 가고, 가이드 없이 이곳저곳을 기웃거리고, 그러다가 길을 잃기도 하고, 다시 길을 찾기도 하는 것 말이오."

"정말이지 자제력이 대단하시군요. 꼭 하고 싶은 질문을 하기에 적절한 순간을 줄곧 기다리면서 센 강의 유람선 이야기를 하시다니요. 이제 선생이 알고 싶은 것을 편하게 털어놓고 말해도 됩니다."

그의 목소리에 공격적인 기미는 느껴지지 않았다. 나는 더 멀리 나가보기로 했다.

"에스테르는 어디 있소?"

"물리적으로는 매우 멀리 있습니다. 중앙아시아에요. 그러나 정신적으로는 매우 가까이 있지요. 미소와 열정으로 가득 찼던 그녀의 말들은 밤낮으로 저와 함께 있습니다. 그녀는 저를, 미래 없는 스물한 살의 가여운 청년을 이곳으로 데려왔습니다. 우리 마을 사람들의 눈에는 환자거나 정신착란자, 또는 악마와 계약을 맺은 주술사이고, 도시 사람들 눈에는 일자리를 찾는 한낱 농부에 불과한 저를요.

제 이야기는 다음에 해드리겠습니다. 어쨌든 전 영어를 할 줄 알아서 그녀의 통역사로 일하게 되었습니다. 우리는 그녀가 입국하고자 하는 나라의 국경에 있었습니다. 미국인들이 아프가니스탄 전쟁을 준비하면서 수많은 군사기지를 건설하고 있었던 곳이지요. 비자를 받기가 아예 불가능했습니다. 전 그녀를 도와 불법으로 국경을 넘었습니다. 함께 산맥을 넘으며 보낸 일 주일 동안 그녀는 제가 혼자가 아니라는 것, 그녀가 저를 이해하고 있다는 걸 느끼게 해주었습니다.

저는 그녀에게 집에서 이렇게 멀리 떠나와 무얼 하느냐고 물었습니다. 몇 번 대답을 회피하던 그녀는 선생에게 했다는 이야기를 제게도 들려주었습니다. 행복이 숨겨진 장소를 찾고 있다고요. 저는 그녀에게 제 사명을 이야기했습니다. 사랑의 힘이 대지 위에 다시 퍼지게 하는 것 말입니다. 우리 두 사람은 같은 것을 찾고 있었습니다.

에스테르는 저를 프랑스 대사관에 데려가 카자흐어 통역사 자격으로 비자를 받게 해주었습니다. 사실 우리나라에서는 러시아어만 쓰는데 말입니다. 그렇게 해서 전 이곳에 와서 살게 되었습니다. 우린 그녀가 외국 출장에서 돌아올 때마다 만났습니다. 카자흐스탄에도 두 번 같이 갔죠. 그녀는 텡그리 전통과 자신이 만난 한 유목민에 관심이 많았습니다. 그가 모든 것에 대한 해답을 갖고 있다고 믿었지요."

텡그리가 뭔지 궁금했지만, 질문은 뒤로 미루어두었다. 계속 이야기를 하고 있는 미하일을 보고 있노라니, 그 역시 나만큼이나 에스테르를 그리워하고 있음을 알 수 있었다.

"우리는 이곳 파리에서 일을 시작했습니다. 일 주일에 한 번씩 사람들과 만남을 갖자는 건 그녀의 아이디어였어요. 그녀가 말했죠. '누군가와 관계를 맺을 때 가장 중요한 건 대화예요. 하지만 이젠 아무도 그런 것에 관심을 갖지 않아요. 마주 앉아 자기 이야기를 하고 다른 사람들의 이야기에 귀기울이는 것 말이에요. 사람들은 극장에 가고, 영화관에 가고, 텔레비전을 보고, 라디오를 듣고, 책을 읽죠. 하지만 대화는 거의 하지 않아요. 세상을 바꾸고 싶다면, 전사들이 모닥불 주위에 모여 앉아 이야기를 나누던 시대로 돌아가야 해요.'"

전에 에스테르가 우리 삶에 중요한 것들은 모두 술집 테이블에서, 또는 거리나 공원을 산책하는 동안 나누는 긴 대화에서 탄생한다고 했던 말이 떠올랐다.

"사람들과의 만남을 목요일에 갖자는 건 제 생각이었어요. 제가 자라온 전통은 그랬으니까요. 그러나 때때로 파리의 밤거리로 나간다는 아이디어를 낸 건 그녀였죠. 그녀는 말했어요. 행복한 척하지 않는 사람은 부랑자들밖에 없다고, 그들은 오히려 슬픔을 가장한다고요.

그녀는 선생의 책들을 제게 주며 한번 읽어보라고 했어요. 선생의 책을 읽고, 선생 역시 무의식적으로 우리 둘과 같은 세상을 꿈꾸고 있다는 걸 알 수 있었습니다. 전 제가 혼자가 아니라는 걸 깨달았습니다. 목소리를 듣는 것은 저뿐이지만요. 만남에 함께하는 사람들의 수가 늘어날수록 저는 사명을 완수할 수 있다고, 에너지가 다시 돌아오게 할 수 있다고 믿게 되었어요. 그러기 위해서는 과거로, 에너지가 멀어져갔거나 모습을 감춰버린 바로 그 지점, 그때로 돌아가야 하지만 말입니다."

"에스테르는 왜 날 떠난 거요?"

나는 이 주제를 도무지 잊어버릴 수 없는 걸까? 미하일은 내 질문에 조금 화가 난 듯했다.

"사랑해서지요. 오늘 선생은 기차 선로를 예로 들었어요. 그녀는 당신 옆을 나란히 달리는 선로가 아닙니다. 그녀는 규칙들을 따르지 않고, 선생 또한 그렇다고 생각합니다. 아시겠지만, 저도 그녀를 그리워하고 있습니다."

"그러니까……"

"그녀를 만나기를 원한다면, 그녀가 어디 있는지 알려드릴 수 있어요. 저도 그녀를 찾아나서고 싶은 충동을 느껴요. 하지만 목소리가 아직은 때가 아니라고, 사랑의 에너지와 만나는 그녀를 방해해선 안 된다고 말합니다. 전 그 목소리를 존중합니다. 목소리는 우리를 보호하거든요. 저를, 선생을, 그리고 에스테르를요."

"아직 때가 아니라면, 그때는 대체 언제요?"

"내일일 수도 있고, 일 년 뒤일 수도 있습니다. 영원히 오지 않을 수도 있지요. 하지만 그렇더라도 그 결정을 존중해야 합니다. 목소리는 에너지입니다. 그리고 그것은 양쪽 모두가 진정으로 준비되었을 때에야 비로소 만나도록 이끕니다. 그런데 우리는 자꾸 서두르려고 해요. 그래봐야 듣게 될 말은 '가버려!'라는, 원치 않는 말뿐일 텐데도요. 목소리를 따르지 않고 지나치게 일찍 도착하거나 늦게 도착하는 사람은 결코 원하는 걸 얻을 수 없습니다."

"나는 밤낮으로 내 머릿속을 떠나지 않는 자히르와 함께 있으니, 차라리 가버리라는 말을 듣고 싶소. 그러면 그녀는 내게 더이상 강박관념이 아닐 테고, 그후로는 다르게 살고 생각하는 한 여자가 되겠지."

"그렇게 되면 그녀는 더이상 자히르는 아니겠지요. 하지만 그건 커다란 손실입니다. 한 남자와 여자가 그 에너지를 드러낸다면, 그들은 세상의 모든 남자와 여자들을 돕는 셈입니다."

"날 겁주는군. 난 그녀를 사랑하오. 당신도 알고 있잖소. 또 당신은 그녀가 여전히 날 사랑한다고 말했소. 하지만 준비된다는 게 대체 뭔지 모르겠소. 난 다른 사람들의 기대에 맞춰 살 수는 없소. 설사 그게 에스테르의 기대라 할지라도 말이오."

"그녀와 대화하면서 이해한 바에 따르면, 선생은 어느 순간 선생 자신을 잃었습니다. 세상이 오로지 선생만을 위해 돌기 시작했지요."

"그건 진실이 아니오. 그녀는 자유롭게 자기 길을 갈 수 있었소. 그녀는 내가 반대했는데도 종군기자가 됐소. 그리고 내가 불가능한 일이라고 그렇게 말했는데도 인간이 불행한 이유를 찾아내야 한다고 생각했소. 그녀는 로마인들이 그렇게 결정했기 때문에 고정돼버린 그 바보 같은 거리를 유지하면서 내가 곁에 머물러 있기를, 내가 그녀의 선로 옆에서 달리는 또다른 선로가 되기를 바란단 말이오?"

"천만에요."

미하일이 다시 걸음을 옮기기 시작했고, 나는 그를 뒤따랐다.

"제가 목소리를 듣는다는 걸 믿으시나요?"

"솔직히 말하자면, 모르겠소. 하지만 그 문제에 대해서라면 보여주고 싶은 게 있소."

"다들 내가 간질 발작을 일으킨다고 하죠. 그리고 전 그들이 그렇게 믿든 말든 내버려둡니다. 그게 더 편하니까요. 하지만 그 목소리는 제가 처음 그 여자를 만났을 때, 제가 어린아이였을 때부터 제게 말하고 있습니다."

"어떤 여자?"

"나중에 얘기해드리지요."

"당신은 내가 뭘 물을 때마다 '나중에 이야기해드리지요'라고 대답하는군."

"목소리가 지금 제게 뭔가 말합니다. 선생이 제게 우려와 불안을 느끼고 있다는 걸 알아요. 그 이탈리아 식당에서 뜨거운 바람을 느끼고 빛을 보았을 때, 전 제가 권능과 연결되는 징후라는 걸, 그게 우리 두 사람을 돕기 위해 거기 와 있다는 걸 알았습니다.

제가 선생에게 말하는 모든 것들이 유명작가의 감정을 움직여 원하는 바를 얻으려는 간질환자의 헛소리에 불과할 뿐, 정작 선생이 바라는 것은 아무것도 말하지 않는다고 생각한다면, 내일 그녀가 있는 곳의 지도를 드리겠습니다. 선생은 그녀를 찾아갈 수 있을 겁니다. 하지만 목소리는 우리에게 뭔가를 말하고 있어요."

"지금 내가 뭘 알 수 있겠소. 나중에 다시 얘기할까요?"

"곧 이야기하겠습니다. 저도 아직 목소리가 전하는 메시지를 완전히 이해하지는 못하거든요."

"하지만 곧 그곳의 주소와 지도를 주겠다는 약속은 해주시오."

"약속합니다. 사랑이라는 성스러운 에너지의 이름으로 약속합니다. 그런데 제게 보여주고 싶었던 게 뭐죠?"

나는 황금빛 조상彫像을 손가락으로 가리켰다. 말을 탄 젊은 여자의 상이었다.

"이거요. 이 여자 역시 목소리를 들었소. 사람들이 그녀의 말을 존중하는 동안은 모든 일이 잘되어갔소. 그러나 사람들이 의심하기 시작하자, 승리의 바람은 방향을 바꾸었소.

오를레앙의 처녀 잔 다르크요. 백년전쟁의 영웅이지. 그녀는 열일곱 살에 프랑스군 지휘관으로 임명되었소. 왜냐하면…… 그녀가 목소리를 들었기 때문이오. 목소리는 그녀에게 영국 군대를 패주시킬 확실한 전략을 알려주었소. 이 년 뒤, 그녀는 마녀라는 죄목으로 화형당했소. 난 내 작품에, 1431년 2월 24일자로 되어 있는 그녀의 심문기록 중 일부를 인용한 적이 있소."

"의사인 장 보페르가 그녀에게 목소리를 들었냐고 물었다. 그녀는 대답했다.

'어제도 오늘도, 하루에 세 번씩 그 목소리를 들었습니다. 아침에, 만과晩課 시간에, 그리고 사람들이 아베마리아를 노래할 때……'

목소리가 방 안에서 들려왔냐고 의사가 질문하자, 그녀는 잘 모르겠지만 그 목소리에 잠을 깼노라고 대답했다.

그녀는 목소리에게 자신이 뭘 해야 하는지 물었고, 목소리는 침대에서 일어나 양손바닥을 맞대라고 대답했다.

잔 다르크는 심문을 담당한 주교에게 말했다.

'주교님께선 제 재판관이십니다. 그러니 당신께서 하시려는 일에 특별히 주의를 기울이십시오. 전 하느님의 사자使者입니다. 주교님께선 위험에 처해 계십니다. 목소리는 제게 당신이 아닌 국왕 앞에서 말하라 하십니다. 제가 (아주 오래 전부터) 듣고 있는 그 목소리는 하느님으로부터 온 것입니다. 저는 당신을 거역하는 것보다 그 목소리를 거역하게 되는 것이 훨씬 더 두렵습니다.'"

"혹시 선생이 말하려는 게……"
"당신이 잔 다르크의 화신化身이 아니냐고? 아니오, 그렇게 생각하지 않소. 그녀는 열아홉에 죽었지만, 당신은 스물다섯이오.

그녀는 프랑스 군대를 지휘했소. 그러나 당신 말대로라면 당신은 아직 자신의 삶조차 통제하지 못하고 있소."

우리는 길을 되짚어 돌아와 센 강가를 따라 뻗어 있는 담 위에 걸터앉았다.

"나는 표지를 믿소."

나는 확신에 찬 어조로 말했다.

"운명을 믿소. 사람들이 매일 하는 일들에서 가장 현명한 결정을 할 수 있는 기회가 주어진다고 믿소. 나는 내가 실패했다는 걸, 어느 시점에선가 내가 사랑하는 여자와의 관계가 끊어졌다는 걸 인정하오. 이제 내게 필요한 것은 그 관계에 종지부를 찍는 거요. 그래서 지도를 원하는 거요. 그녀에게 가고 싶소."

그가 나를 바라보았다. 순간, 그는 식당 무대 위에 서 있던 무아경의 청년과 닮아 보였다. 또다시 간질 발작이 일어날 것만 같았다. 한밤중에, 인적이 끊긴 이 후미진 곳에서.

"환영幻影이 제게 능력을 줘요. 그 능력은 눈에 보일 듯하고 손에 만져져요. 전 그걸 다룰 순 있지만 지배할 순 없습니다."

"그런 대화를 시작하기엔 시간이 너무 늦었소. 피곤하군. 당신도 피곤할 거요. 내게 지도를 줬으면 좋겠소."

"목소리…… 그래요, 내일 오후에 가져다드리지요. 집 주소를 알려주시겠습니까?"

나와 에스테르가 함께 산 곳이 어딘지를 그가 모른다는 사실에 놀라며, 나는 내 주소를 알려주었다.

"제가 선생의 아내와 잤다고 생각하십니까?"

"그런 건 묻지 않겠소. 내가 관여할 바가 아니오."

"하지만 이탈리아 식당에서 묻지 않으셨습니까."

까맣게 잊고 있었다. 물론 나와 상관이 있는 문제였다. 하지만 지금 이 순간은 그의 대답에 관심이 없었다.

미하일의 눈빛이 이상해졌다. 나는 그가 다시 발작을 일으킬 경우에 대비해 입에 물려줄 물건이 있는지 주머니를 뒤졌다. 그러나 그는 침착하게 통제하고 있는 것으로 보였다.

"지금도 목소리를 듣고 있습니다. 저는 내일 지도와 비행기 시간표를 선생 댁으로 가지고 갈 겁니다. 저는 그녀가 선생을 기다리고 있다고 믿어요. 만약 두 사람이, 두 사람만이라도 더 행복해진다면 세상은 좀더 행복해질 거예요. 그런데 목소리는 우리가 내일 만나지 못할 거라고 말하고 있습니다."

"내일 미국에서 온 영화배우와 점심 약속이 있소. 취소할 수 없는 약속이오. 하지만 그 시간 이후에는 집에서 당신을 기다릴 거요."

"하지만 목소리는 그렇지 않다고 하네요."

"내가 에스테르를 찾아가는 걸 도와주지 말라고 목소리가 말하는 거요?"

"아니, 그런 것 같진 않아요. 저로 하여금 선생의 사인회에 가도록 격려한 것은 목소리였습니다. 그때 전 이미 일이 어떻게 진행될지를 어느 정도는 알았습니다. 『찢어버릴 시간, 꿰맬 시간』을 읽은 후였으니까요."

"그럼 됐소."

말은 그렇게 했지만 나는 그가 마음을 바꿀까봐 두려워 죽을 지경이었다.

"약속을 지킵시다. 나는 내일 오후 두시부터는 집에서 기다릴 거요."

"그러나 목소리는 그때가 아니라고 말하는군요."

"약속했잖소."

"압니다."

그는 손을 내밀어 악수를 청하고는 내일 오후 늦게 우리 집에 오겠노라고 말했다. 그날 밤 헤어지기 전 그가 한 말은 이랬다.

"때가 되면 허락할 거라고 목소리가 말합니다."

걸어서 아파트로 돌아가는 동안, 내가 들을 수 있었던 목소리는 사랑에 대해 이야기하는 에스테르의 목소리뿐이었다. 그녀와 나누었던 대화들을 돌이키면서, 나는 그녀가 우리의 결혼생활에 관해 얘기하고 있었음을 깨달았다.

"열다섯 살 땐 섹스에 대해 알고 싶어 미칠 지경이었어. 하지만 그건 죄였지. 금지된 것이었어. 그게 왜 죄인지 이해할 수 없었어. 온 세계에서, 모든 종교가, 심지어 가장 원시적인 종교와 문화에서조차 섹스를 금기시하는 이유가 뭔지 알아?"

"이상한 고민을 하게 만드는군. 섹스를 왜 금기시했는데?"

"식량 때문에."

"식량?"

"수천 년 전의 부족들은 자유롭게 섹스하고 아이를 낳으며 살았어. 그런데 사람이 한 명 더 늘어날수록 생존의 위협은 더 커졌지. 인구가 늘어나자, 부족 내 사람들은 식량 때문에 서로 싸우기 시작했어. 아이들을 죽이고, 남자보다 약한 여자들을 죽였지. 살아남은 건 강자들뿐이었는데, 모두 남자였어. 그리고 그 남자들은 여자 없이는 종족을 번식시킬 수 없었고.

어느 날 한 사람이 이 부족을 유심히 관찰한 끝에 자기네 부족에서는 같은 일이 일어나지 않도록 막아야겠다고 결심했어. 그래서 이야기 하나를 꾸며냈지. 신들께서 남자가 여러 여자와 섹스하는 걸 금하신다는 이야기였어. 이렇게 되어 그 부족 남자들은 오직 한 여자 혹은 많아야 두 여자와만 섹스하게 됐어. 물론 선천적으로 불능인 남자들도 있었고, 불임인 여자들도 있었지. 그런 경우에는 아이를 가질 수 없었지만, 아무도 배우자를 바꿀 권리는 없었어.

부족원들은 섹스의 원칙에 대한 그 이야기를 의심하지 않았어. 신들께서 그렇게 정하셨다고 했으니까. 그렇게 말한 사람은 분명 남다른 면이 있었을 거야. 아마 기형이었거나 발작을 일으키는 병을 앓고 있었거나 특별한 재능이 있었거나, 아무튼 다른 사람들과는 다른 뭔가를 지니고 있었을 거야. 최초의 족장들이 나타나는 과정이 그렇잖아. 몇 년이 지나자, 그 부족은 강력해졌어. 남자들의 수는 모든 부족원을 먹여살리기에 충분했고, 여자들은 마음 편히 아이를 낳을 수 있게 되었지. 아이들 수도 천천히 늘어나 사냥꾼과 번식자로 자라났어. 당신, 여자들이 결혼생활에서 얻는 가장 큰 즐거움이 뭔지 알아?"

"섹스."

"틀렸어. 음식을 먹이는 거야. 자기 남자가 먹는 걸 바라보는 것. 여자는 그럴 때 큰 기쁨을 느껴. 그에게 먹일 저녁식사에 대해 생각하면서 온종일을 보내기도 하지. 그런데 그건 과거 속에 내재된 굶주림과 멸종의 위협과 생존수단에 관한 아까 그 이야기 때문이야."

"아이가 있었으면 하고 아쉬워하는 거야?"

"난 일부러 아이를 갖지 않았어. 일부러 갖지 않은 걸 어떻게 아쉬워할 수 있어?"

"아이가 있었더라면 우리 결혼생활이 바뀌었을 거라고 생각해?"

"그걸 어떻게 알겠어? 난 아이가 있는 내 친구들을 봐. 그들 중엔 남자도 있고 여자도 있지. 그들이 아이 때문에 더 행복할까? 누군 그렇겠지만 그렇지 않은 사람들도 있어. 설령 아이가 있어서 행복하다 할지라도 그건 두 사람 사이의 관계를 개선하지도 악화시키지도 않아. 그들은 자신에게 상대를 통제할 권리가 있다고 믿어. 일상의 불행을 감수하면서라도 '검은 머리가 파뿌리 될 때까지 행복하게 살겠다'는 약속이 지켜져야 한다고 생각하지."

"에스테르, 전쟁은 당신에게 해를 입히고 있어. 당신은 우리의 실제 삶과는 너무 다른 현실과 만나고 있어. 그래, 내가 언젠가는 죽을 거라는 거 나도 알아. 그러나 그 사실 때문에 사랑과 행복, 섹스와 음식과 결혼에 대해 강박적으로 생각하진 않아. 오히려 매일매일이 기적인 것처럼 살게 해주지."

"전쟁은 내게 생각할 시간을 주지 않아. 그저 마지막 순간까지 살아낼 뿐이지. 언제든 당장이라도 유탄이 내 몸을 관통할 수 있다는 걸 깨달을 때, 난 자신에게 말해. '얼마나 다행이야? 나에겐 어찌될지 걱정할 아이들이 없잖아.' 그러나 이렇게 중얼거리기도 하지. '참 슬픈 일이야! 난 죽을 거고, 내 뒤엔 아무것도 남지 않겠지. 난 생명을 소비만 할 뿐 세상에 생명을 내놓진 못했어.'"

"우리 사이에 문제가 있는 거야? 당신이 내게 무언가 말하고 싶어하면서도 말문을 닫고 있다는 느낌이 가끔 들어서 묻는 거야."

"그래, 문제가 있어. 우린 함께 행복해야 한다는 의무감을 가지고 있어. 당신은 당신이 자신으로 존재할 수 있는 게 모두 내 덕분이라고 생각해. 그리고 당신 같은 남자를 곁에 둔 나는 특권을 누리고 있다고 생각해야 하고."

"난 사랑하는 아내가 있어. 비록 그걸 항상 인식하는 건 아니지만. 당신이 그렇게 말하니 나 자신에게 묻지 않을 수 없군. '내 문제가 대체 뭐지?'"

"그렇게 생각하다니 훌륭해. 하지만 당신에겐 문제가 없어. 나역시 없고. 나도 나 자신에게 당신과 같이 물어. 그럼 잘 안 돌아가는 게 대체 뭘까? 사랑을 표현하는 방식이 문제인 거야. 그게 문제를 일으킨다는 걸 받아들인다면 우린 그 문제들을 안고 행복하게 살 수 있어. 끊임없이 싸워야겠지만, 적어도 정복해야 할 많은 영역이 있다는 것이 우릴 역동적이고 생기 있고 용감하게 살게 하겠지. 문제는 만사가 너무 익숙해지는 지점, 사랑이 적극적인 문제나 대결을 이끌어내지 못하고 그저 단순한 해결책이 되고 마는 지점을 향해 우리가 나아가고 있다는 거야."

"그게 왜 문제가 되지?"

"문제지. 난 사람들이 열정이라고 부르는 사랑의 에너지가 내 육체와 영혼 속에 흐르는 것을 느낄 수가 없어."

"그래도 아직 남은 게 있잖아."

"정말? 하지만 모든 결혼은 그렇게, 사람들이 '성숙한 관계'라고 부르는 것에 열정의 자리를 내어주며 끝나는 게 아닐까? 내겐 당신이 필요해. 당신이 그리워. 때로는 당신을 질투하는 것 같기도 해. 저녁식사로 당신에게 뭘 해줄지 고민하고 싶어. 설령 당신은 접시에 뭐가 담겨 나오든 전혀 관심이 없더라도 말이야. 어쨌든 기쁨이 부족해."

"그건 그렇지 않아. 당신이 멀리 있을 때, 난 당신이 가까이 있었으면 하고 생각해. 우리 중 한 사람이 여행에서 돌아오면 무슨 대화를 나눌까 상상해. 당신이 별일 없이 잘 지내고 있는지 궁금해서 전화도 하고. 난 매일 당신 목소리를 들어야 해. 내가 늘 당신을 사랑하고 있다는 걸 당신에게 확신시킬 수 있어."

"나 역시 그래. 하지만 우리가 가까이 있을 땐 어떻지? 우린 논쟁하고, 별것 아닌 일로 다투고, 상대방을 바꾸고 싶어하고, 세상을 보는 자기 방식을 상대방에게 강요해. 당신은 아무것도 아닌 걸 가지고 날 비난하고, 또 나도 그렇게 하고. 가끔 우린 마음 깊은 곳에서 자기 자신에게 비밀스레 말하지. '아무 구속 없이 자유로워진다면 얼마나 좋을까!'"

"당신 말이 맞아. 하지만 그 순간 난 내가 어디가 잘못된 인간이 아닌가 하고 느껴. 그토록 원하는 여자와 함께 사는데도 그런 생각을 한다는 게 이상한 거야."

"나 역시 늘 곁에 두고 싶었던 남자와 함께 있어."

"당신의 그 생각이 바뀔 수도 있다고 생각해?"

"나이가 들면서 날 바라보는 남자들의 눈길도 줄었어. 그리고 난 점점 이렇게 생각하게 되지. '그냥 있는 대로 살지 뭐.' 남은 삶 동안 그렇게 모르는 척, 나 자신을 속이며 살아갈 수도 있을 거야. 하지만 전쟁터로 갈 때마다 서로를 죽음으로 몰아가는 증오보다 더 큰, 훨씬 더 큰 사랑이 존재한다는 걸 목격하게 돼. 그리고 그 순간, 오로지 그 순간에는 내가 이 모든 상황을 바꿀 수 있다는 생각이 들어."

"언제까지고 전쟁터에서 보낼 수는 없잖아."

"그렇다고 언제까지고 당신 곁에서 이런 식으로 안주하며 살아갈 수도 없어. 그건 내게 유일하게 소중한 것, 당신과의 관계를 파괴하니까. 비록 내 사랑의 강도가 줄어들지 않는다 해도……"

"전 세계 수백만의 사람들이 우리와 똑같은 의문을 제기하고,

용감하게 저항하고, 절망의 순간들을 견뎌내지. 그들은 한 번, 두 번, 세 번 위기를 넘기고, 드디어는 평화를 되찾아."

"하지만 그게 실상과 다르다는 건 당신이 더 잘 알잖아. 그렇지 않다면 책을 쓰지도 않았을 거고."

미국 영화배우와의 점심은 로베르토의 식당에서 하기로 했다. 혹시 내가 남겼을지도 모르는 좋지 않은 인상을 만회하기 위해 가급적 빨리 그곳을 다시 찾아야 했다. 외출하기 전에 나는 가정부와 건물 관리인에게 당부했다. 혹시 내가 제시간에 돌아오지 않으면, 그리고 몽골인으로 보이는 청년이 와서 전달할 메시지가 있다고 하면, 매우 중요한 사람이니 그를 집 안으로 들이고, 거실에서 기다리게 하라고. 그리고 그가 원하는 대로 해주라고. 만약 그 청년이 기다릴 수 없다고 하면, 그가 가지고 온 물건을 둘 중 한 사람이 꼭 받아놓으라고.

 어떤 경우든 그가 내게 전할 물건을 맡기지 않고 떠나버리는 일은 없어야 했다.

나는 택시를 타고 생제르맹 가街와 생페르 로路가 만나는 모퉁이에 내려달라고 했다. 부슬비가 내리고 있었다. 그러나 식당까지는 삼십 미터만 걸어가면 됐다. 자상한 미소의 로베르토가 때때로 담배를 피우러 나와 서 있는 소박한 간판 앞까지는. 좁은 보도 위로 한 여자가 유모차를 밀며 내 쪽으로 걸어오고 있었다. 두 사람이 비껴가기엔 좁은 길이었으므로 나는 그녀가 지나가도록 차도 아래로 내려섰다.

그 순간, 세상이 천천히 기울며 돌아갔다. 땅은 하늘이 되고, 하늘은 땅이 되었다. 길모퉁이에 서 있는 건물 꼭대기의 세세한 부분이 보였다. 그렇게 자주 걸었던 길이지만 건물 꼭대기 부분이 내 눈에 들어온 적은 한 번도 없었다. 그 놀라운 느낌을 아직도 기억한다. 귓속에선 거친 바람이 불었고, 멀리서 개 짖는 소리가 들려왔고, 다음 순간 세상이 온통 캄캄해졌다.

나는 순식간에 검은 구멍 속에 팽개쳐졌다. 그 구멍 밑바닥에서 빛 한줄기가 보였다. 그곳으로 다가가려 했지만, 보이지 않는 손들이 억세게 나를 끌어당겨 올렸다. 그리고 내가 깨어났을 때, 주위에서 사람들의 목소리와 고함소리가 들려왔다. 이 모든 일은 기껏해야 몇 초 동안 일어났으리라. 입 안에서 피 맛이 났고, 젖은 아스팔트 냄새가 풍겨왔다. 사고를 당했다는 걸 깨달았다. 정신이 들었다 나갔다 했다. 몸을 움직이려 했지만 소용없었다. 내 옆에 한 사람이 더 누워 있었다. 그 사람의 체취를 맡을 수 있었다.

오, 하느님! 유모차를 밀고 오던 여자였다.

누군가가 나를 일으키려고 다가왔다. 나는 그가 내 몸에 손대지 못하도록 소리를 질렀다. 섣불리 몸을 움직였다가는 더 위험해질 수도 있었다. 일전에 어느 저녁모임에서 일상적인 대화를 나누다가 목뼈가 부러진 사람을 잘못 움직이면 영영 마비환자가 될 수도 있다는 걸 알게 되었다.

의식을 놓지 않으려고 안간힘을 썼다. 통증이 있을 거라고 예상했지만 아무 느낌이 없었다. 몸을 움직여보려다가 이내 그러지 않는 게 더 낫다고 판단했다. 몸이 굳어지고 감각이 사라졌다. 난 날 만지지 말아달라고 다시 부탁했다. 멀리서 사이렌 소리가 들려왔다. 이젠 잠들어도 될 것 같았다. 더이상 내 생명을 구하기 위해 싸울 필요가 없었다. 생명을 잃거나 얻는 것은 이제 내가 어찌할 수 있는 일이 아니었다. 그건 의사, 간호사, 운, '그 무엇', 그리고 신에게 달려 있었다.

어린 소녀의 목소리가 들렸다. 내게 자기 이름을 말했지만 잘 알아들을 수 없었다. 소녀는 내게 안심하라고, 죽지 않을 거라고 약속했다. 그 말을 믿고 싶었다. 더 오래 내 곁에 머물러달라고 소녀에게 간청했지만, 소녀는 곧 사라져버렸다. 누군가가 내 목 둘레에 플라스틱으로 만든 물체를 두르고, 얼굴에 마스크를 씌웠다. 그리고 난 잠이 들었다. 꿈도 없는 깊은 잠이었다.

의식을 되찾았을 때, 끔찍한 이명耳鳴이 들렸다. 그 밖엔 침묵과 암흑뿐이었다. 갑자기 몸이 위로 들리는 듯했다. 사람들이 내 관을 옮기고 있는 것 같았다. 나는 산 채로 매장당하고 있었다!

나는 주위의 벽을 두드리고 싶었지만 손끝 하나 움직일 수 없었다. 영원처럼 보이는 어딘가로 몸이 밀려가고 있었다. 하지만 아무것도 내 뜻대로 할 수 없었다. 나는 남은 힘을 그러모아 있는 힘껏 소리를 질렀다. 닫힌 공간 안에서 메아리가 되어 울려퍼지다 내게로 돌아온 소리에 귀가 멍멍해졌다. 하지만 그 외침에 의해 내가 구원받았음을 알 수 있었다. 발치에서 불빛이 보였다. 내가 죽지 않았다는 걸 사람들이 깨달은 것이다!

불빛, 나를 최악의 형벌과 가사假死 상태로부터 구원해준 그 축복의 불빛이 점차 내 온몸을 비추었다. 마침내 사람들이 관 뚜껑을 들어올렸다. 식은땀이 흐르고 너무나 고통스러웠다. 하지만 마음은 놓였다. 사람들이 드디어 그들의 실수를 깨달았으니까. 세상에 다시 기쁨이 돌아온 것이다!

마침내 불빛이 내 눈에까지 이르렀다. 부드러운 손 하나가 내 손을 만졌고, 천사가 내 이마의 땀을 닦아주었다.

"걱정하지 마세요."

금발에 하얀 옷을 입은 천사가 말했다.

"전 천사가 아니에요. 선생님은 죽지 않았고요. 이건 관이 아니에요. 보이지 않는 부상을 검사하기 위해 지금 엠알아이MRI 기계 속에 들어와 계신 거예요. 심하게 다친 데는 없어 보이지만 좀더 검사를 받으셔야 해요."

"뼈가 부러지거나 하진 않았나요?"

"전신에 찰과상을 입었어요. 지금 거울을 보면 좀 놀라실 거예요. 하지만 상처는 며칠 지나면 다 없어질 거예요."

몸을 일으키고 싶었지만 그녀가 부드럽게 나를 제지했다. 순간 머리에 극심한 통증이 느껴졌다. 나는 신음했다.

"선생님은 사고를 당하셨어요. 그러니까 아픈 게 당연해요."

"당신이 날 속이는 것 같소." 나는 힘겹게 말을 이어갔다. "난 성인이고 잘 살아왔소. 결과가 어떻든 겁내지 않고 받아들일 수 있어요. 지금 내 머릿속은 폭발하기 일보 직전이오."

간호사 두 명이 나타나 나를 들것에 옮겼다. 목 주위에 보호대가 씌워져 있음을 알 수 있었다.

"선생님 몸에 손대지 말라고 부탁했다면서요."

천사가 말했다.

"아주 잘하셨어요. 당분간 그 목 보호대를 착용하셔야 해요. 특기할 만한 나쁜 징후는 없군요. 가능한 예후를 미리 알 수는 없지만요. 상황이 아주 나빠질 수도 있고 반대로 무척 운이 좋다고 말하게 될 수도 있어요."

"여기 얼마나 더 있어야 하오? 오래 있을 상황이 아니오."

아무도 대답하지 않았다. 마리가 방사선실 밖에서 미소를 띤 채 나를 기다리고 있었다. 의사들이 원칙적으론 전혀 심각할 게 없다고 설명해준 듯했다. 내 모습이 너무 흉측해 놀랐을 테지만 그녀는 내 머리카락 속에 손을 넣어 쓰다듬으며 의연한 모습을 보였다.

마리, 들것을 밀고 있는 간호사 두 명, 그리고 흰옷 입은 천사, 이 작은 행렬이 병원 복도를 따라 나아갔다. 머리가 점점 더 아파왔다.

"간호사, 머리가……"

"전 간호사가 아니에요. 선생님의 주치의가 도착하기 전까지는 제가 담당의사입니다. 두통은 걱정하지 마시고요. 사고가 나자 인체의 방어기제가 혈액 일출溢出을 막기 위해 머릿속의 혈관을 순간적으로 모두 막아버렸다가 더이상 위험이 없다는 것을 인식하게 되자 다시 혈관을 연 거예요. 그래서 아픈 거고요. 그뿐이에요. 원하신다면 좀 잘 수 있도록 수면제를 드릴게요."

나는 거절했다. 전날 들은 문장 하나가 마음속 어두운 한구석에서 솟아올랐다.

'때가 되면 허락할 거라고 목소리가 말합니다.'

미하일이 이 일을 미리 알았을 리는 없다. 생제르맹 가와 생페르 로가 만나는 교차지점에서 일어난 이 모든 일이 우주적 음모의 결과라고는, 즉 파괴가 진행되고 있는 이 불안정한 행성을 지켜보는 것만으로도 무척 바쁘신 신들이 오직 내가 자히르를 만나러 가는 걸 방해하기 위해 하던 일들을 모두 젖혀두고 모의를 꾸몄다고는 생각할 수 없다. 어떻게 그 청년이 미래를 볼 수 있겠는가? 그가 정말로 목소리라는 것을 들었고, 이 사고가 운명적으로 일어날 수밖에 없는 일종의 계획과도 같은 것이며, 일이 내가 상상한 것보다 훨씬 더 심각하다면 모르지만 말이다.

모든 것이 버거웠다. 마리의 미소, 누군가가 정말 목소리를 들었을지도 모른다는 가능성. 점점 더 견디기 힘들어지는 두통.

"의사 선생, 생각이 바뀌었소. 잠을 좀 자고 싶습니다. 고통을 견딜 수가 없어요."

그녀가 들것을 밀고 있는 간호사들 중 한 명에게 뭐라고 말하자, 간호사는 잠시 어딜 갔다가 우리가 병실에 도착하기 전에 다시 돌아왔다. 팔이 따끔했고 나는 곧 잠에 빠져들었다.

잠에서 깨어나자, 정확히 무슨 일이 일어난 건지 알고 싶었다. 내 바로 옆에 쓰러져 있던 여자는 어떻게 됐는지, 그녀의 아기가 무사한지도 궁금했다. 마리는 그저 좀 쉬라고만 했다. 내 주치의이자 친구인 의사 루이는 특별히 언급할 만한 문제는 없다고 말했다. 나는 오토바이에 부딪혀 쓰러졌고, 내 옆에 쓰러져 있던 사람은 오토바이 운전자였다. 그 사람 역시 같은 병원으로 실려왔고 경미한 찰과상만 입었다니 나만큼이나 운이 좋은 셈이었다. 사고 직후 경찰 조사가 있었는데, 사고 순간 내가 차도에 내려서서 오토바이 운전자의 생명을 위태롭게 한 것으로 판명되었다.

과실은 내게 있었지만, 오토바이를 몰던 청년은 손해배상을 요구하지 않겠다고 했다고 한다. 마리가 그를 보러 가 잠시 얘기를 나눴는데, 그는 불법체류 노동자라 경찰에 출두하는 걸 무조건 피하려 하더라고 했다. 그래서 스물네 시간 입원해 있다가 퇴원했다고. 다행히 사고 당시 헬멧을 쓰고 있던 덕분에 머리를 다치지는 않았다고 했다.

"그가 스물네 시간 있다가 퇴원했다고? 그렇다면 내가 적어도 하루 이상 여기 있었단 말인가?"

"자넨 사흘 있었어. 자네가 엠알아이 기계에서 나왔을 때, 여기 여의사가 내게 전화를 걸어 진통제를 계속 투여해도 되겠는지 묻더군. 자네가 그 동안 무척 긴장하고 초조해하는데다가 쇠약해져 있는 것 같아서 그러라고 했네."

"그럼 앞으로 어떻게 되는 건가?"

"이틀 더 입원해 있어야 하고, 삼 주 동안 그 목 보호대를 착용해야 하네. 특별히 주의해야 할 마흔여덟 시간 내에 시행하는 검사는 모두 끝났어. 하지만 자네 몸의 어떤 부분이 뜻대로 움직이지 않을 수도 있어. 그렇게 되면 문제가 있다고 보아야겠지. 하지만 그건 그런 증상이 나타날 때 고민하자고. 미리 걱정하고 괴로워할 필요는 없으니까."

"내가 죽을 수도 있다는 뜻인가?"

"자네가 그 질문에 대한 답변을 원한다면, 우린 모두 그럴 수 있다고, 모두 죽게 되어 있다고 대답하겠네."

"그렇다면 이렇게 묻겠네. 내가 이번 사고 때문에 죽을 수도 있나?"

루이는 잠시 입을 다물더니 숨을 가다듬었다.

"그렇다네. 기계가 탐지하지 못한 응혈이 몸 안을 돌아다니다가 어느 순간 색전증塞栓症을 일으킬 수도 있으니까. 세포에 이상이 생기거나 암세포가 형성될 위험도 있고."

"그런 말까진 할 필요 없잖아요."

마리가 루이의 말을 잘랐다.

"우리는 오 년 전부터 친구로 지내고 있습니다. 친구의 질문에 대답한 겁니다. 마리, 당신에겐 미안합니다. 자, 이제 자네가 허락한다면 난 내 방으로 돌아가겠네. 의학이라는 게 사람들 생각과 꼭 같진 않아. 우리가 살고 있는 세상에선, 어떤 아이가 사과 다섯 개를 사오려고 밖에 나갔다가 두 개만 갖고 돌아오면, 사람들은 세 개를 아이가 먹었을 거라고 생각하겠지. 하지만 내 세계에선 다른 가능성도 있네. 물론 그 아이가 사과를 먹었을 수도 있지만, 사과를 빼앗겼거나 다섯 개를 사기엔 돈이 모자랐을 수도 있어. 집으로 돌아오는 도중에 사과를 잃어버렸을 수도 있고, 배고파하는 사람을 만나 나눠줬을 수도 있어. 그 외에도 많은 가능성이 있지. 내 세계에서는 모든 것이 가능하고 모든 것이 상대적이야."

"그런데 자네, 간질에 대해 좀 아나?"

내가 미하일 얘기를 하려는 걸 알아차린 마리는 조금 불쾌한 기색을 내비치더니 그만 가봐야겠다고 말했다. 촬영이 기다리고 있다는 것이었다.

루이는 병실을 나가려고 진료도구들을 챙기면서도, 내 질문에 대답하기 위해 걸음을 멈추었다.

"뇌의 특정 부분에 가해진 과도한 충격 때문에 발생하는 질병이지. 다소 심각한 경련을 유발해. 확실한 연구결과는 아직 나오지 않았지만 흔히 환자가 극심한 긴장상태에 놓일 때 발작이 일어난다는 게 정설이야. 하지만 걱정하진 말게. 간질은 연령에 관계없이 발생하긴 하지만 오토바이 사고로 발병할 것 같진 않으니까."

"그럼 어떤 원인으로 발병할 수 있나?"

"난 간질 전문가가 아니야. 하지만 자네가 원한다면 알아봐줄 순 있네."

"그렇게 좀 해주게. 질문이 하나 더 있어. 미리 부탁하네만, 사고로 내 뇌가 이상해졌다고 생각하진 말게. 간질환자가 존재하지 않는 목소리를 듣고 미래를 예측하는 능력을 가질 수도 있나?"

"누군가 자네에게 사고가 일어날 거라고 말해줬나?"

"꼭 그렇다고 할 순 없지만, 내가 이해하는 바로는 그런 것 같아."

"미안하지만 오늘은 여기 오래 있을 수가 없네. 마리는 내가 배웅해주지. 간질에 대해서는 알아보도록 하겠네."

마리와 떨어져 있던 그 이틀 사이에, 사고의 충격에도 불구하고 자히르는 제자리를 찾았다. 미하일이 정말 약속을 지켰다면, 지금쯤 집에는 에스테르의 소재지가 들어 있는 봉투가 나를 기다리고 있을 터였다. 하지만 이제 와서는 그게 두렵게 느껴졌다.

목소리에 대한 미하일의 말이 사실이라면?

나는 사고 당시 상황을 자세히 기억해내려고 애썼다. 나는 보도에서 차도로 내려서면서 무의식적으로 주변을 살폈다. 차 한 대가 오고 있는 게 보였지만, 거리는 안전할 만큼 충분히 떨어져 있었다. 그런데도 나는 곧 뭔가와 부딪쳤다. 아마도 그 차를 추월하려던, 내 시야 밖에 있던 오토바이와 부딪쳤던 모양이다.

한스의 질문 223

나는 표지를 믿는다. 산티아고의 길을 순례한 후 모든 것이 달라졌다. 알아야 할 것은 언제나 눈앞에 있다. 신이 우리를 어디로 데리고 가려는지, 그리고 그 순간 우리가 어느 발을 내디뎌야 할지를 알기 위해서는 경건한 마음으로 주의를 기울여 주변을 살펴보는 것으로 충분하다. 나는 신비로움에 경의를 표할 줄 안다. 아인슈타인이 말한 것처럼, 신은 우주를 상대로 주사위 놀이를 하지 않는다. 모든 것은 연결되어 있고 모든 것엔 의미가 있다. 그 의미가 거의 언제나 감춰져 있다 하더라도, 우리가 하는 일에 열정의 에너지를 가지고 접할 때 우리는 진정한 사명에 다가가고 있음을 알게 된다.

그렇게 된다면 모든 일은 잘될 것이다. 아니라면 즉시 방향을 바꾸는 편이 나을 것이고.

옳은 길을 가고 있다면, 우리는 표지를 따르고 있는 것이다. 때로 잘못된 길로 접어들면, 신은 우리를 도와주고 실수를 저지르지 않도록 막아선다. 내가 당한 사고는 표지였을까? 미하일은 혹 그날 내게 정해진 운명의 표지를 직관으로 알고 있었던 걸까?

이 질문에 나는 '그렇다'고 결론지었다.

내가 운명을 받아들이고, 나 자신보다 우월한 힘에 이끌려감에 따라 자히르는 그 힘을 잃어가고 있었다. 이제 내가 할 일은 봉투를 열고, 그녀가 있는 곳을 파악하고, 그곳에 가서 문을 두드리는 것뿐이었다.

그러나 표지는 아직 때가 아니라고 말하고 있었다. 내가 생각하는 바대로 에스테르가 내 삶에서 그토록 중요하다면, 그리고 그녀가 아직도 날 사랑한다면(미하일이 말한 것처럼), 과거의 실수를 되풀이할 위험을 무릅쓰고 지나치게 서두를 이유가 무엇이란 말인가?

어떻게 해야 실수를 되풀이하지 않을 수 있을까?

그러기 위해서는 나 자신을 좀더 들여다보고, 무엇이 변했는지, 그리고 기쁨으로 넘쳤던 삶에 갑자기 균열을 일으킨 것이 무엇인지 알아내야 할 것이다.

그것으로 충분한가?

아니다. 여기에 덧붙여 에스테르가 누구인지, 그녀가 그 동안 어떤 변화를 겪었는지 알아내야 한다.

이 두 가지로 충분한가?

세번째 질문이 남아 있다. 운명은 왜 우리를 맺어주었는가?

병실에서 한가로이 시간을 보내며 내 인생 전반을 되돌아보았다. 나는 늘 모험과 안전을 동시에 추구해왔다. 그 둘이 서로 융화되지 않는다는 걸 알면서도. 에스테르에 대한 내 사랑을 확신하면서도 다른 여자들과 쉽게 사랑에 빠졌다. 단지 유혹이라는 게임이 세상에서 가장 흥미로웠기 때문에.

아내에게 내 사랑을 보여준 적이 있나? 아마도 한동안은. 그러나 늘 그랬던 건 아니다. 왜? 굳이 그럴 필요가 없다고 생각했으니까. 내가 굳이 표현하지 않아도 그녀는 내가 사랑한다는 것을 알고 있어야 했다. 그녀가 내 감정에 의혹을 가질 수는 없는 일이니까.

몇 해 전, 누군가가 내게 물었다. 내 인생을 스쳐 지나간 모든 여자들의 공통점이 뭐냐고. 대답은 쉬웠다. 그건 '나'였다. 이 질문과 답을 떠올리며, 내가 이상적인 여자를 찾아 헤매는 데 많은 시간을 낭비했음을 깨달았다. 여자들은 변해갔지만, 나는 늘 변함없이 그대로였다. 그래서 그녀들과 함께했던 경험에서 나는 아무것도 얻지 못했다. 내겐 많은 애인들이 있었지만, 늘 이상적인 사람이 나타나길 기다렸다. 나는 통제했고, 통제받았다. 그런 관계는 크게 진전되지 못했다. 에스테르가 와서 그림을 완전히 바꿔버리기 전까지는.

나는 내 전처를 애틋하게 추억했다. 나는 더이상 그녀를 만나야겠다는, 만나서 한마디 설명도 없이 떠나버린 이유를 들어야겠다는 생각에 사로잡혀 있지 않았다. 『찢어버릴 시간, 꿰맬 시간』은 진실로 우리 결혼생활의 이야기였으며, 무엇보다도 내가 사랑을 하고 누군가를 필요로 하는 사람이라고 선언하는 나 자신의 증언이었다. 에스테르는 몇 마디 말로는 표현할 수 없는 장점을 지닌 여자였다. 그러나 우리가 함께 지내는 동안 나는 그 말조차, 그 하잘것없는 몇 마디 말조차 입 밖에 내어 표현한 적이 없었다.

언제 생의 한 시기가 끝에 이르렀는지를 아는 게 중요하다. 한 주기를 마감하고, 문을 닫고, 한 장章을 끝마치는 것. 그걸 뭐라 부르는지는 중요하지 않다. 중요한 건 완결된 삶의 순간들을 과거 속에 놓아두는 것이다. 뒷걸음질할 수 없다는 걸, 어떤 것도 과거의 모습으로 되돌릴 수 없다는 걸 나는 서서히 이해하고 있었다. 그때까지도 내게 끝없는 지옥과도 같았던 지난 이 년여 시간들의 진정한 의미를 마침내 나는 엿보기 시작했다.

그리고 그 의미는 내 결혼생활을 넘어서는 곳에 있었다. 모든 남자와 여자는 사랑이라는, 우주를 만든 최초의 질료인 그 에너지와 연결되어 있다. 이 에너지는 조작될 수 없고, 우리를 부드럽게 이끌어가고, 우리가 삶에서 배워야 할 모든 것을 담고 있다. 그 에너지의 방향을 우리가 원하는 쪽으로 바꾸려고 하면, 우리는 끝내 절망하고, 낙담하고, 환멸을 느끼게 된다. 그 에너지는 자유롭고 길들지 않는 야성이기 때문이다. 우리는 그렇고 그런 사람이나 사물을 사랑한다고 말하면서 여생을 보낼 수 있을 것이다. 실상은 사랑이라는 에너지를 받아들이는 대신, 우리가 그럴 거라고 상상하는 세상에 끼워 맞추려고 그 에너지를 소진해가며 고통스러운데도 말이다.

깊이 생각하면 할수록 자히르는 점점 힘을 잃어갔고, 나는 나 자신에게 더 가까워졌다. 이제 긴 여행을 떠나기 위한 준비가 되었다. 그 여행은 많은 침묵과 명상, 그리고 인내를 요구할 터였다. 교통사고를 통해 나는 '꿰맬 시간'을 앞당길 수는 없음을 깨달았다.

문득, 사고의 여파로 돌발적인 죽음을 맞을 수도 있다는 루이의 말이 떠올랐다. 그런 일이 내게 찾아온다면 어떻게 될까? 만약 십 분 뒤에 내 심장이 멈추면?

남자 간호사가 저녁식사를 가지고 병실 안으로 들어왔다.

나는 그에게 물었다.

"당신 장례식에 대해 생각해본 적이 있소?"

"걱정 마세요. 곧 다시 건강해지실 겁니다. 경과도 아주 좋으세요."

"걱정하는 게 아니오. 다시 건강해질 거라는 것도 알고 있소. 어떤 목소리가 내게 그렇게 말해줬으니까."

그의 반응을 보려고 나는 짐짓 '목소리'라는 단어를 썼다. 그는 의혹어린 시선으로 나를 바라보았다. 내 뇌에 이상이 있는지 알아보기 위한 다른 검사들이 필요한 것 같다고 생각하는 듯했다.

"내가 건강해지리라는 거 압니다." 나는 말을 이었다. "아마도 하루 더, 일 년 더, 삼십 년 혹은 사십 년 더 건강하게 지내겠지. 하지만 의학이 제아무리 발전한다 해도 어느 날 나는 세상을 떠나게 될 테고 장례식이 치러지겠지. 방금 그것에 대해 생각했소. 당신도 그런 생각을 해봤나 해서요."

"전혀요. 그러고 싶지도 않고요. 언젠가는 모든 게 끝난다고 생각하면 두렵거든요."

"그건 당신이 원하든 원치 않든, 동의하든 안 하든, 아무도 피할 수 없는 현실이오. 우리 그 얘기를 좀 해봅시다."

"죄송합니다, 다른 환자들을 보러 가야 해서요."

그는 내 침상 위에 식사를 놓아두고는 내가 꺼낸 화제에서 달아나려는 듯 서둘러 병실을 나갔다.

간호사가 그것에 관해 얘기하길 원치 않는다면, 혼자서 그 생각을 계속하지 못할 이유는 또 뭔가? 나는 어렸을 때 배운 시 한 구절을 떠올렸다.

> 불청객이 찾아오면 겁이 나겠지
> 하지만 웃으면서 말하리
> 즐거운 하루였다고, 이제 어둠이 내려도 좋다고.
> 객이 와보면 알겠지
> 밭은 갈아두었고, 식탁도 차려놨고,
> 청소도 끝냈다는 걸
> 모든 걸 정리해두었다는 걸.

내 상황이 이 시 같기를 바랐다. 모든 게 정리되어 있기를. 내가 죽으면 묘비에는 어떤 말이 새겨질까? 에스테르와 난 이미 유언장을 작성해두었다. 그 유언에는 다른 내용도 있지만 무엇보다 화장火葬해달라는 내용이 있었다. 내 유골은 산티아고의 길에 있는 세브레이로라는 곳에서 바람에 흩어질 것이고, 그녀의 유골은 바다에 뿌려질 것이다. 그러니 비문이 새겨진 묘석 따윈 없으리라.

그러나 만약 한 문장쯤 비문을 선택할 수 있다면? 그렇다면 이렇게 새기리라.

'그는 살아서 죽었다.'

말장난이나 모순으로 들릴 수도 있다. 그러나 나는 일하고, 먹고, 열심히 일상을 꾸려나가면서도 살아 있지 못한 사람들을 많이 알고 있다. 그들은 나날이 열어 보이는 마법의 순간을 이해하지 못한 채, 삶의 기적에 대해 생각하기 위해 잠시 멈춰보지도 않은 채, 다가오는 시간이 지상에서의 마지막 순간이 될 수도 있다는 걸 이해하지 못한 채 기계적으로 살고 있다.

간호사에게 이런 얘길 설명하고자 하는 건 부질없는 짓이었다. 빈 그릇을 거두러 온 건 다른 간호사였다. 이번 간호사는, 아마도 의사의 지시에 따른 거겠지만, 내게 적극적으로 질문을 퍼부었다. 내 이름이 무엇인지, 올해의 연도가 어떻게 되는지, 미국 대통령의 이름이 뭔지 등등, 그들이 환자의 정신건강 상태를 평가할 때 묻는 질문들이었다.

이게 내가 아까 던진, 인간이라면 당연히 던져봤어야 할 그 질문에서 비롯된 일이었다. '당신 장례식에 대해 생각해본 적 있소? 빠르든 늦든 결국 죽음이 당신을 찾아올 거라는 걸 알고 있소?'

그날 밤, 나는 만면에 미소를 띠고 잠들었다. 자히르는 사라져가고 있었고, 에스테르가 돌아오고 있었다. 오늘 내가 죽는다 해도, 내게 일어난 모든 일, 내 모든 실패, 사랑하는 아내의 실종, 내가 겪었거나 내가 다른 사람에게 겪게 한 불공평한 일들, 그 모든 것에도 불구하고, 나는 마지막 순간까지 살아 있었으며, 추호의 주저함도 없이 이렇게 말할 수 있었다.

즐거운 하루였다고, 이제 어둠이 내려도 좋다고.

이틀 후, 나는 집에 돌아왔다. 마리가 점심식사를 준비하러 왔고, 나는 쌓여 있는 우편물을 훑어보았다. 인터폰이 울렸다. 건물 관리인이었다. 지난주에 내가 말한 봉투를 받았다고, 내 테이블 위에 있을 거라고 했다.

나는 그에게 고맙다고 했다. 그러나 상상해오던 것과는 달리 서두르지는 않았다. 나는 먼저 마리와 함께 점심을 먹었다. 난 마리에게 영화 촬영이 어땠냐고 물었고, 그녀는 내 계획을 알고 싶어했다. 목에 보호대를 착용하고 있어서 쉽게 외출할 수 없었다. 그녀는 원한다면 당분간 나와 함께 지내겠다고 말했다.

"한국 텔레비전 방송국과 인터뷰 약속이 있긴 하지만, 미룰 수도 있고, 안 되면 취소할 수도 있어요. 물론 당신이 나와 함께 있고 싶다면요."

"물론 당신과 함께 있고 싶소. 당신이 내 곁에 있어주면 즐거울 거야."

그녀는 환하게 웃으며 득달같이 전화기를 들었다. 나는 그녀가 자기 에이전트에게 일정을 조정해달라며 하는 말을 듣고 있었다.

"내가 아프다고 하지는 마세요. 난 미신을 믿거든요. 아프다고 핑계댈 때마다 정말로 아파서 앓아눕게 되더라고요. 그냥 내가 사랑하는 사람을 돌봐야 한다고 말해주세요."

나 역시 신속히 처리해야 할 일이 몇 가지 있었다. 연기해야 할 인터뷰들, 참석 여부를 알려야 할 초대장들, 안부전화를 하고 꽃다발을 보내준 사람들에게 보내야 할 감사카드들, 짤막한 글과 서문, 추천사들…… 마리는 내 에이전트와 통화하며, 아무도 소홀히 하지 않도록 내 스케줄을 재조정하는 데 온종일을 보냈다. 매일 저녁 우리는 여느 커플처럼 집에서 식사하면서 때론 흥미로운 주제에 대해, 때론 평범한 이야기들을 나누었다. 어느 날, 그녀는 식사중에 포도주를 몇 잔 마시더니 요즘 내가 변했다며 말했다.

"가볍지만 죽음을 경험한 것이 당신에게 생명력을 준 것 같아요."

"누구에게나 일어나는 일인걸."

"나는 당신과 토론하고 싶지 않고 질투하는 것처럼 보이기도 싫지만…… 퇴원해서 집에 돌아오고 나서 당신은 에스테르에 대해 한마디도 하지 않았어요. 『찢어버릴 시간, 꿰맬 시간』을 탈고했을 때도 그랬어요. 당신에겐 일종의 심리치료와도 같은 책이죠. 안타깝게도 그 효과가 오래 가진 않았지만요."

"그 사고가 내 뇌에 어떤 영향을 미쳤다고 말하고 있는 거요?"

내 말투가 공격적이지 않았는데도 그녀는 화제를 바꾸기로 한 모양이었다. 그녀는 헬리콥터를 타고 모나코와 칸 사이를 오갔을 때 느낀 두려움에 대해 이야기했다. 그날 저녁식사를 마치고 우리는 침대에 들어 사랑을 나눴다. 목에 보호대를 차고 있어 여러모로 불편했지만, 사랑을 나누는 동안 우린 매우 친밀감을 느꼈다.

나흘 뒤, 테이블 위에 놓여 있던 엄청난 양의 종이 더미가 말끔히 치워졌다. 이제 거기 남아 있는 건 내 이름과 아파트 호수가 적힌 커다란 흰 봉투뿐이었다. 마리가 열어보라고 권했지만, 나중에 열어보겠다며 거절해온 터였다.

그녀는 아무것도 묻지 않았다. 내 은행계좌에 관련된 정보이거나, 은밀한 서신, 어쩌면 다른 여자에게서 온 편지일 거라고 생각하는 듯했다. 나 또한 아무 설명도 하지 않고 봉투를 테이블에서 집어 서가의 책 사이에 끼워두었다. 만약 내가 계속 그걸 바라본다면, 결국 자히르가 돌아올 것이다.

내가 에스테르에게 느끼는 사랑은 언제나 그대로였다. 병원에서 보낸 나날은 내게 흥미로운 기억 하나를 일깨워주었다. 신기하게도 그건 우리가 나눈 대화에 대한 기억이 아닌, 침묵 속에서 함께 보낸 시간들에 대한 기억, 그녀의 눈에 대한 기억이었다. 모험에 들뜬 열정적인 소녀의 눈, 남편의 성공을 자랑스러워하는 아내의 눈, 자신이 다루고 있는 모든 주제에 매혹당해 접근하는 기자의 눈, 그리고 어느 순간부터 내 삶 속에 자리하고 있지 않은 것처럼 보이는 여자의 눈, 그 눈. 슬픔이 깃든 그 눈빛은 그녀가 종군기자가 되고 싶다고 내게 말하기 전부터 보이기 시작했다. 그리고 전쟁터에서 돌아올 때마다 그 눈빛은 기쁨으로 빛났지만, 며칠이 지나면 다시 슬픈 눈빛이 돌아오곤 했다.

어느 날 오후, 전화벨이 울렸다.

"그 청년이에요."

마리가 수화기를 건네주면서 말했다.

수화기 저편에서 미하일의 목소리가 들렸다. 그는 우선 사고에 대해 유감을 표하고는, 봉투를 받았느냐고 물었다.

"그래요, 여기 가지고 있소."

"그녀를 찾아가실 겁니까?"

마리가 옆에서 내 말을 듣고 있었다. 화제를 바꾸는 편이 나을 것 같았다.

"그 얘기는 직접 만나서 합시다."

"저는 선생에게 아무것도 요구하지 않았는데, 선생은 절 돕겠다고 약속했습니다."

"나 또한 약속을 지키겠소. 몸이 회복되면 바로 만납시다."

그는 내게 휴대전화 번호를 남겼다. 통화를 끝내고 마리를 바라보았다. 마리는 동요하는 기색이었다.

"그래요, 항상 같은 문제로군요."

그녀가 말했다.

"그렇지 않아. 모든 게 변했어."

나는 마리에게 좀더 명확한 태도로 말했어야 했다. 여전히 에스테르가 보고 싶다고, 이제 그녀가 어디 있는지 알고 있다고. 시간이 다가오고 있었다. 나는 그녀에게 갈 수만 있다면 기차고 택시고 비행기고 가리지 않고 뭐든 탈 것이다. 그러나 그것은 지금 이 순간 내 곁에 있는 여자를 잃는다는 걸 의미했다. 모든 걸 감내하고, 내가 그녀에게 얼마나 중요한 존재인지 증명하기 위해 자신이 할 수 있는 모든 일을 다 하는 이 여자를.

내 태도는 확실히 비겁했다. 나 자신이 부끄러웠다. 하지만 삶이란 그런 것이다. 정말 나 자신도 설명할 순 없지만, 나는 마리도 사랑하고 있었다.

좀더 명확히 말하지 않았던 또다른 이유는 내가 언제나 표지를 믿어왔기 때문이었다. 아내와 함께한 침묵의 순간들을 회상하면서, 나는 목소리라는 게 존재하든 않든, 그에 대하여 설명할 수 있든 없든, 에스테르를 찾아갈 때가 아직 오지 않았다는 걸 느끼고 있었다. 나는 우리가 나눈 대화가 아니라 우리가 함께한 침묵들에 좀더 집중해야 했다. 침묵은 그 일들이 일어난 세계와 일들이 꼬이기 시작한 시점이 언제인지를 이해하기 위해 내게 필요한 자유를 줄 것이었다.

곁에서 마리가 나를 지켜보고 있었다. 날 위해 뭐든지 하는 이 여자에게 계속 불성실할 수 있을까? 마음이 불편해지기 시작했다. 그러나 그녀에게 모든 걸 말할 수는 없었다. 그렇다면…… 적어도 내 느낌을 간접적으로 표현할 방법이라도 찾아야 했다.

"마리, 소방수 두 명이 작은 불을 끄려고 숲속으로 들어갔다고 생각해봐. 그들은 불을 끈 뒤 숲에서 나와 시냇가로 갔어. 한 사람의 얼굴은 온통 검댕투성이였고, 다른 사람의 얼굴은 깨끗했어. 당신에게 물을게. 둘 중 어느 쪽이 얼굴을 씻으려고 할까?"

"바보 같은 질문이네요. 당연히 얼굴에 검댕이 묻은 사람이겠죠."

"아니야. 그 사람은 상대방을 보고 자기도 깨끗할 거라고 생각해. 반대로 얼굴이 깨끗한 사람은 동료의 얼굴에 잔뜩 묻은 검댕을 보고 이렇게 중얼거리겠지. '내 얼굴도 지저분하겠구나. 얼굴을 좀 씻어야겠다.'"

"무슨 말을 하고 싶은 거죠?"

"병원에 입원해 있는 동안, '나는 사랑했던 여자들 속에서 늘 나 자신의 모습을 찾아 헤맸다는 걸 깨달았어. 그녀들의 깨끗하고 맑은 얼굴을 바라보고, 그 위에 비친 내 모습을 보았지. 그녀들은 나를 보고 내 얼굴을 뒤덮고 있는 그을음을 보았겠지. 고상하고 자신감이 넘치는 여자들이었는데도 결국 내게 비춰진 모습만 보고는 그게 자신의 모습이라고 믿은 거야. 부디 그런 일이 당신에겐 일어나지 않았으면 좋겠어."

나는 그런 일이 에스테르에게도 일어났었노라고 덧붙이고 싶었다. 그녀의 눈빛 속에 일었던 변화들을 떠올렸을 때에야 비로소 그 사실을 깨닫게 되었다고. 난 언제나 그녀의 빛을 빨아들였다. 그 에너지는 나를 행복하게 했고 자신감 넘치게 했고, 나로 하여금 앞으로 나아갈 수 있게 해주었다. 반면 그녀는 나를 보고는 스스로 추하고 가치가 없다고 느낀 것이다. 세월이 흐를수록 내 경력, 그녀가 조력을 아끼지 않았던 그 경력이 우리의 관계를 뒷전으로 밀어내고 있었으니까.

그러므로 그녀를 다시 보기 위해, 나는 내 얼굴을 그녀의 얼굴처럼 정갈하게 씻어야 했다. 그녀를 만나기 전에, 먼저 나 자신을 만나야 했다.

아리아드네의 실

"나는 어느 작은 마을에서 태어납니다. 그곳에서 몇 킬로미터 떨어진 조금 큰 마을에는 학교가 하나 있고 오래 전 거기 살았다는 어느 시인을 기리는 기념관이 있습니다. 내가 태어날 때 아버지는 일흔에 가까운 나이였고, 어머니는 스물다섯 살입니다. 아버지는 러시아에서 카자흐스탄으로 양탄자를 팔러 갔다가 제 어머니를 만나게 됩니다. 러시아 전역을 다니며 행상을 하던 아버지는 그녀를 위해 모든 걸 포기하기로 결심합니다. 그녀는 아버지의 딸뻘 되는 나이인데도 그의 어머니처럼 행동합니다. 심지어 아버지가 잠들 수 있도록 도와주기도 합니다. 아버지는 열일곱 살에 스탈린그라드로 파병되어 독일군과 전투를 벌인 후로 잠을 못 주무십니다. 그가 겪은 전투는 제2차 세계대전 중 가장 길고 가장 피비린내 나는 전투였지요. 삼천 명의 부대원 중에 단 세 명만 살아남았습니다."

특이하게도 그는 '나는 어느 작은 마을에서 태어났습니다'라고 과거형으로 말하지 않았다. 마치 지금 여기서 그 모든 일이 벌어지고 있는 것처럼.

"아버지는 스탈린그라드에 있습니다. 역시 아직 소년인 절친한 친구와 함께 정찰 임무를 마치고 귀환하는 중에 그들은 빗발치는 포화 속에 갇히고 맙니다. 그들은 폭탄을 맞아 생겨난 구덩이에 몸을 숨깁니다. 그러고는 아무것도 먹지 못한 채 눈과 진창으로 뒤범벅이 되어 냉기 속에서 이틀을 보냅니다. 그들은 가까이 있는 어느 건물 안에서 러시아 사람들이 이야기하는 소리를 듣고 그곳까지 기어가야 한다고 생각합니다. 하지만 포격이 멈추지를 않습니다. 공기 중에는 피비린내가 진동하고, 곳곳에 쓰러져 있는 부상자들은 살려달라고 밤낮없이 소리를 지릅니다. 그러다가 갑자기, 주위가 조용해집니다. 아버지의 친구는 독일군이 퇴각한 거라고 생각하고 일어섭니다. 아버지는 그의 다리를 붙잡아 당기며 '엎드려!' 하고 소리칩니다. 그러나 이미 늦었습니다. 총알 하나가 친구의 두개골에 구멍을 뚫습니다.

또 이틀이 흘러갑니다. 아버지는 친구의 시체 곁에 홀로 있습니다. 그는 '엎드려!'라는 말을 되풀이합니다. 마침내 누군가가 그를 구하러 와서 근처의 건물 안으로 데리고 갑니다. 식량은 하나도 없습니다. 있는 거라곤 탄약과 담배뿐입니다. 그들은 담뱃잎을 먹습니다. 일 주일이 지나자, 그들은 죽어서 얼어버린 동료들의 살을 먹기 시작합니다. 세번째 부대가 총격전을 벌이며 길을 뚫고 도착합니다. 생존자들은 구조되고, 부상자들은 치료를 받은 즉시 다시 전선으로 투입됩니다. 스탈린그라드는 함락되어선 안 됩니다. 러시아의 미래가 그곳에 달려 있습니다. 치열한 전투가 사 개월간 계속됩니다. 인육을 먹고, 동상으로 사지가 떨어져나갑니다. 마침내 독일군이 항복합니다. 히틀러와 그의 제3제국의 종말이 시작되는 순간입니다. 아버지는 스탈린그라드에서 천 킬로미터 거리를 걸어서 고향마을로 돌아옵니다. 그리고 이제 자신이 잠을 이룰 수 없음을 알게 됩니다. 아버지는 매일 밤마다 자신이 구해야 했던 친구의 꿈을 꿉니다.

이 년 뒤, 전쟁이 끝납니다. 그는 훈장을 받습니다. 하지만 일자리를 얻지 못합니다. 그는 각종 전쟁기념사업에서 일거리를 구합니다. 그러나 먹을거리조차 사기 어려울 만큼 가난합니다. 스탈린그라드의 영웅으로 대접받지만, 임시직으로 소소한 잡일들을 하며 근근이 살아갈 뿐입니다. 그마나 그런 일을 해야 푼돈이라도 벌 수 있습니다. 마침내 어떤 사람이 아버지에게 양탄자 행상 일을 줍니다. 불면증이 있는 그는 늘 밤에 이동을 합니다. 밀수업자들을 만나고, 그들의 신임을 얻는 데 성공합니다. 이제 돈이

들어오기 시작합니다.

공산주의 정부가 그 사실을 알고 범죄자들과 결탁했다며 그를 비판합니다. 전쟁영웅이었던 그는 '인민의 적'으로 낙인찍혀 시베리아에 십 년 동안 유배됩니다. 마침내 석방되었을 때, 그는 이미 나이 든 노인에다 할 줄 아는 일이라곤 양탄자를 파는 것뿐입니다. 아버지는 예전에 함께 일했던 사람들에게 다시 연락을 취하고, 그들 중 한 사람이 양탄자 몇 개를 떼어주어 행상을 다시 시작합니다. 하지만 아무도 양탄자를 사려 하지 않습니다. 다들 어려운 때이니까요. 그는 더 멀리 떠나기로 결심합니다. 구걸을 해가며 길을 떠나서, 마침내 카자흐스탄에까지 가게 됩니다.

혈혈단신의 노인인 그는 어쨌든 먹고살기 위해 일해야 합니다. 낮에는 잡일을 하고 밤에는 끊임없이 '엎드려!'라고 소리치다가 잠을 깹니다. 신기한 것은 그가 겪은 온갖 불행에도 불구하고, 불면증에, 잘 먹지 못하고, 정신적 좌절과 육체적 소모와 끊임없이 구걸해서 피우는 담배에도 불구하고 몸이 꽤 건강하다는 점입니다.

어느 조그만 마을에서 그는 한 젊은 처녀를 만납니다. 부모와 함께 살고 있는 그녀는 그를 자기 집으로 데려갑니다. 낯선 나그네를 집에 재워주는 환대의 전통은 그 지방에서 가장 소중한 미덕이었습니다. 그들은 거실에 그의 잠자리를 마련해줍니다. 하지만 그는 자다 말고 '엎드려!'라고 소리쳐서 그 집 식구들을 모두

깨웁니다. 처녀는 그에게 다가와 기도를 해주고 이마를 짚어줍니다. 그는 수십 년 만에 처음으로 평화롭게 잠이 듭니다.

다음날 처녀는 그에게 말합니다. 어렸을 때 꿈을 꿨는데, 나이 많은 한 남자가 그녀에게 아이를 주겠다고 했다는 겁니다. 그녀는 수년 동안 그 남자를 기다렸다고 얘기합니다. 그녀에게 청혼한 남자들도 몇 명 있었지만 번번이 실망했다고 덧붙입니다. 그녀의 부모는 외동딸이 평생 독신으로 살면서 마을 사람들에게 외면당할까봐 내심 걱정이 많습니다.

그녀는 그에게 자기와 결혼하겠냐고 묻습니다. 그는 깜짝 놀랍니다. 그녀는 손녀뻘이라 해도 좋을 나이였으니까요. 그는 대답하지 않습니다. 해가 지고, 작은 거실에서 그가 잠자리에 들자 그녀는 전날처럼 그의 이마를 짚어줍니다. 그날 밤도 그는 평온하게 잠이 듭니다.

이튿날 아침, 두 사람의 결혼에 대한 얘기가 다시 시작됩니다. 이번에는 처녀의 부모도 함께입니다. 그들은 전적으로 찬성하고 있는 듯합니다. 딸이 신랑감을 찾기만 한다면 집안망신은 면할 거라고 생각합니다. 그녀의 부모는 그에 대한 이야기를 지어내어 이웃에 말합니다. 겉보기엔 그저 타지에서 온 노인네에 불과하지만 사실은 매우 부유한 양탄자 상인으로, 사치스럽고 안락한 생활에 싫증이 나서 모든 것을 버리고 모험을 찾아 긴 여행을 하는 중이라고 말입니다. 그 소문에 귀가 솔깃해진 마을 사람들은 막

대한 지참금, 엄청난 은행계좌 등을 상상합니다. 사람들은 내 어머니가 운이 좋아 머나먼 세상 끝으로 데려가줄 멋진 남자를 만나게 된 거라고 생각합니다. 아버지는 이 이야기를 듣고 크게 놀랍니다. 그는 오랜 세월 홀로 떠돌아다니며 끊임없이 고통받았고, 가족이라는 것을 가져본 적이 없습니다. 그런데 생애 처음으로 자신의 가정을 갖게 된 겁니다. 그는 제안을 받아들이고, 자신의 과거에 대한 거짓말에도 동의합니다. 그들은 이슬람 전통 예복을 입고 결혼식을 올립니다. 그리고 두 달 후, 어머니는 나를 잉태합니다.

나는 일곱 살까지 아버지와 함께 삽니다. 그는 잠을 잘 자고, 들판에 나가 일하고, 사냥을 다니고, 농장에서 마을 주민들과 이야기를 나누고, 자신의 유일한 행복을 대하는 눈빛으로 어머니를 바라봅니다. 나는 아버지가 부자라고 믿으며 자랍니다. 어느 날 저녁, 아버지가 벽난로 앞에서 자신의 과거와 결혼과정에 대해 들려주기 전까지는요. 말을 마친 아버지는 지금 한 이야기는 절대 비밀이라고, 또 자신은 곧 죽을 거라고 얘기합니다. 넉 달 뒤, 아버지는 정말로 세상을 떠납니다. 그는 내 어머니의 품에 안겨 마지막 숨을 거둡니다. 마치 사는 동안 비극을 겪지 않고 한순간의 슬픔도 알지 못했던 사람처럼 얼굴 가득 미소를 띠고서. 그는 행복하게 세상을 떠납니다."

미하일이 그 이야기를 들려준 봄밤은 날씨가 몹시 추웠다. 물론 최저기온이 영하 35도까지 떨어지는 스탈린그라드만큼 춥지는 않았지만. 우리는 부랑자들과 함께 모닥불 주위에 둘러앉아 불을 쬐고 있었다. 나는 미하일에게 두번째로 전화를 받고 나서 약속을 지키기 위해 이곳에 왔다. 대화를 나누는 동안, 미하일은 그가 우리 집으로 가져다준 봉투에 대해 한마디도 하지 않았다. 마치 그 '목소리'를 통해 결국 내가 표지들을 따르기로, 때가 되어 스스로 일이 일어나도록 기다림으로써 자히르의 권능으로부터 나 자신을 해방시키기로 결심했다는 것을 알고 있다는 듯이.

그가 파리에서 가장 위험한 구역 중 하나인 이곳에서 보자고 했을 때, 나는 겁이 났다. 평소대로라면 바쁘다는 핑계를 대거나 아니면 중요한 문제들을 편하게 의논하기에 좋은 안온한 바에서 만나자고 그를 설득했을 것이다. 게다가 미하일이 사람들 앞에서 또 간질 발작을 일으키지나 않을까 두려운 마음도 여전했다. 물론 이제는 그런 경우 어떻게 대처해야 하는지 알고 있지만. 사실 나로선 목에 보호대를 하고 있는데다, 최소한의 자기방어 능력도 갖추지 못한 채 공격당할 위험을 무릅쓰느니 번화가에서 만나고 싶었다.

그러나 미하일은 이곳을 주장했다. 하긴 부랑자들을 만나는 일도 중요했다. 그들은 미하일과 에스테르의 삶의 일부였다. 병원에서 나는 내 삶에 뭔가 문제가 있으며, 그걸 변화시켜야 한다는

아리아드네의 실 247

사실을 절실히 깨닫지 않았는가.

상황을 변화시키기 위해 나는 무엇을 해야 하는가?

이제까지 해보지 않은 일. 가령, 우범지대에 가고 거리의 부랑자들을 만난다든가 하는.

그리스 신화에 나오는 영웅 테세우스는 괴물을 처치하기 위해 미궁 속으로 들어간다. 그의 연인 아리아드네는 그에게 실타래를 준다. 실타래를 풀면서 미궁에 들어가, 다시 나오는 길을 찾을 수 있게 한 것이다. 부랑자들 속에 끼어 앉아 미하일의 이야기를 들으며, 나는 내가 오랫동안 미지의 세계를 탐구하거나 모험에 뛰어드는 일과는 담을 쌓고 지내왔음을 깨달았다. 삶의 행로를 바꾸기 위해 사력을 다해야 한다는 사실을 근본적으로 납득하지 못한다면 결코 가지 않을 그런 장소에서 아리아드네의 실이 나를 기다리고 있을지도 모른다.

미하일은 이야기를 계속했고, 거기 모인 사람들은 모두 그의 이야기를 경청하고 있었다. 최고의 만남이 늘 아늑한 레스토랑의 우아한 테이블에서만 이루어지는 것은 아니다.

"나는 매일 한 시간 정도 걸어서 학교에 갑니다. 아낙네들은 물을 길러 가고, 스텝은 끝도 없이 펼쳐져 있고, 러시아 군인들을 태운 수송차량의 기나긴 행렬이 지나갑니다. 산봉우리들은 눈에 덮여 있지요. 사람들은 그 산 너머에 중국이라는 큰 나라가 있다고 말합니다. 내가 매일 다니는 그 마을에는 거기서 살았던 한 시인을 기리는 박물관이 있고, 회교 사원 하나와 학교 하나, 그리고 서너 개의 거리가 있습니다. 아이들은 하나의 꿈, 하나의 이상理想이 존재한다고, 공산주의의 승리와 인류의 평등을 위해 투쟁해야 한다고 배웁니다. 그러나 나는 그 꿈을 믿지 않습니다. 그런 보잘것없는 작은 마을에도 차별은 존재하니까요. 공산당원들은 인민들 위에 군림합니다. 때때로 그들은 가까운 대도시인 알마티에 가서는 신기한 음식과 자녀들을 위한 선물, 그리고 값비싼 옷들이 들어 있는 짐꾸러미를 잔뜩 가지고 돌아오곤 합니다.

어느 오후 하굣길에, 나는 돌풍이 이는 것을 느낍니다. 나를 감싸는 빛을 바라보며 잠시 의식을 잃습니다. 깨어났을 때 나는 땅바닥에 앉아 있습니다. 하얀 옷을 입고 파란 허리띠를 맨 새하얀 소녀가 하늘거리며 공중에 떠 있는 걸 봅니다. 소녀는 나를 향해 미소를 지어 보이고는 말없이 사라집니다.

나는 집으로 달려갑니다. 집에 들어서자마자 나는 집안 일을 하시는 어머니를 붙들고 방금 겪은 이야기를 들려줍니다. 놀라고 당황한 어머니는 지금 한 얘기를 앞으로 다시는 해선 안 된다고 당부합니다. 그리고 그런 어려운 문제에 대해 여덟 살짜리 어린 아이가 이해할 수 있는 선에서 최대한 상세히 설명해주며, 그건 그냥 환영幻影일 뿐이라고 말합니다. 나는 정말로 그 소녀를 보았다고, 더 자세히 묘사할 수도 있다고 계속 우깁니다. 그러면서 무섭지는 않았다고, 다만 나에게 일어난 일을 어머니에게 빨리 알려드리고 싶어서 집으로 달려왔다고 말합니다.

다음날 하굣길에 나는 소녀를 찾아보지만 그녀는 눈에 띄지 않습니다. 일 주일 동안은 아무 일도 일어나지 않습니다. 난 어머니 말씀이 옳다고 생각하기 시작합니다. 아마도 내가 깜빡 조는 동안 꿈을 꾸었나보다 하고요.

하지만 학교에 가려고 아침 일찍 집을 나선 어느 날, 하얀 빛에 둘러싸인 채 공중에 하늘거리며 떠 있는 소녀의 모습을 다시 보게 됩니다. 나는 이번엔 기절하지도, 빛에 둘러싸이지도 않습니다. 우리는 얼마간 서로를 바라봅니다. 소녀가 날 보며 미소를 지어보이고, 나도 따라서 미소를 짓습니다. 소녀에게 이름을 물었지만 대답은 듣지 못합니다. 학교에 도착한 나는 친구들에게 공중에 떠서 하늘거리는 소녀를 본 적이 있냐고 물어봅니다. 친구들은 내 말에 웃음을 터뜨립니다.

한창 수업중에 나는 교장 선생님께 불려갑니다. 그는 환영 같은 건 없다며 나더러 정신적인 문제가 있는 것 같다고 합니다. 세상은 우리 눈에 보이는 그대로가 전부고, 종교는 인민을 현혹시키기 위해 고안된 거라는 말도 합니다. 그렇다면 마을에 왜 회교사원이 있냐고 내가 묻습니다. 교장 선생님은 공산주의 세계를 건설하는 데 참여할 능력이 없는 늙고 미신을 믿는 머저리들, 무지하고 게으른 자들이나 그곳에 간다고 말합니다. 그러면서 나를 협박합니다. 다시 한번 그런 이야기를 입에 올리면 퇴학을 시키겠다고요. 난 겁이 나서 어머니께는 제발 아무 말씀도 하지 말아달라고 빕니다. 그러자 교장 선생님은 전부 다 내가 꾸며낸 이야기라고 친구들에게 말하면 내 부탁을 들어주겠다고 합니다.

나는 약속을 지키고, 그도 약속을 지킵니다. 어쨌거나 친구들은 그 일에 관심도 없습니다. 그 소녀가 나타난 곳에 데려다달라고 부탁하는 친구도 없으니까요. 하지만 바로 그날부터 소녀는 한 달 내내 내 앞에 나타납니다. 나는 이따금 정신을 잃기도 하고, 그러지 않기도 합니다. 우리는 서로 대화를 나누지는 않습니다. 그저 그녀가 머물고자 하는 만큼 함께 있을 뿐입니다. 어머니는 걱정하기 시작합니다. 내 귀가 시간이 일정치 않았기 때문이죠. 어느 날 저녁, 마침내 어머니는 하굣길에 대체 무슨 일을 하는지 털어놓으라고 하십니다. 나는 소녀에 대해 이야기합니다.

어머니는 놀랍게도 이번에는 날 꾸짖지 않으시고, 오히려 그곳에 함께 가보자고 하십니다. 다음날 우리는 아침 일찍 일어나 그곳으로 갑니다. 소녀가 나타납니다. 그런데 어머니의 눈에는 소녀가 보이지 않습니다. 어머니는 소녀에게 아버지의 소식을 물어보라고 내게 말합니다. 난 그게 무슨 뜻인지도 이해하지 못한 채 어머니가 시키는 대로 합니다. 그리고 처음으로 '목소리'를 듣습니다. 소녀의 입술이 움직이는 것도 아닌데 나는 그녀가 하는 말을 듣습니다. 그녀는 우리 아버지가 잘 지내고 있다고, 그가 우리를 지켜보신다고, 그가 지상에서 내내 겪었던 고통은 이제 보상받았다고 말합니다. 소녀는 나더러 결혼식 날의 베일 이야기를 어머니에게 들려드리라고 말합니다. 나는 소녀한테 들은 이야기를 그대로 어머니에게 전해드립니다. 어머니는 눈물을 흘리시며, 전쟁 동안 많은 고난을 겪은 아버지가 당신 생애의 가장 아름다운 추억으로 간직했던 것이 바로 결혼식 날 어머니 곁에서 베일을 쓰던 순간이라고 내게 말해줍니다. 소녀는 어머니에게 들려드리라고 말합니다. 다음번에 여길 지날 땐 소원이나 알고 싶은 것을 리본에 적어 근처에 있는 작은 나무덤불들에 매어두라고요.

이제 환영은 일 년 내내 나타납니다. 어머니는 그녀가 신뢰하는 절친한 친구들에게 그 이야기를 들려주고, 그들은 또다른 친구들에게 얘기합니다. 나무덤불들에는 수많은 리본이 걸립니다. 그 모든 일은 비밀리에 행해집니다. 아주머니들은 죽은 친지들이 잘 지내는지 물었고, 나는 '목소리'의 대답을 듣고 전합니다. 목소리는 대부분 죽은 영혼들이 잘 지내고 있다고 했습니다. 소녀가 사람들에게 가까운 언덕에 올라 일출 때 그 친지의 영혼을 위해 침묵의 기도를 올리라고 '요구'한 적은 두 번뿐입니다. 사람들은 내가 때때로 접신상태에 빠진다는 사실을 알려줍니다. 그럴 때면 내가 바닥에 쓰러져 알 수 없는 말을 한다는 것입니다. 하지만 난 아무것도 기억하지 못합니다. 단지 더운 바람이 느껴지고, 빛의 방울방울들이 나를 온통 감싸는 걸 바라보며 내가 그런 상태에 빠지려 한다는 걸 느낄 수 있을 뿐입니다.

여느 때처럼 사람들을 데리고 소녀를 만나러 가던 어느 날, 나는 바리케이드를 치고 길을 막아선 경찰과 마주칩니다. 여자들은 거세게 항의하고 언성을 높여 소리지르지만, 우리는 그 선을 넘어가지 못합니다. 나는 학교로 호송되고, 교장 선생님은 내가 사람들을 선동하고 미신을 퍼뜨린 죄로 퇴학 처분되었다고 선언합니다.

집으로 돌아오는 길에 나는 사람들이 리본을 매어두던 나무덤불들이 파헤쳐지고 소원을 적은 리본들이 바닥에 흩어져 있는 것을 봅니다. 나는 그 자리에 주저앉아 홀로 웁니다. 내 삶에서 가장 행복한 순간들이 파헤쳐지고 흩어져버렸으니까요. 그때, 소녀가 나타납니다. 그녀는 걱정하지 말라고, 모든 일이, 나무덤불들이 파헤쳐지는 것조차 이미 씌어져 있었다고 말합니다. 소녀는 이제 내게 남아 있는 날 동안 언제나 나와 함께하면서 내가 뭘 해야 하는지 말해주겠다고 말합니다."

"그녀가 당신한테 자기 이름을 말하지 않았소?"
부랑자들 중 한 사람이 물었다.
"단 한 번도요. 하지만 그건 중요하지 않습니다. 목소리만 들어도 그녀라는 걸 알 수 있었으니까요."
"우리도 죽은 친지들의 소식을 알 수 있소?"

"아니오. 그건 그 시절 이야기입니다. 지금의 제 사명은 그게 아닙니다. 그럼 이야기를 계속해도 될까요?"

"계속해요. 그런데 그 전에 당신에게 알려줄 게 있소. 프랑스 남서부에 루르드라는 곳이 있는데, 아주 오래 전에 그곳에 살았던 한 양치기 소녀가 당신이 보았다는 소녀와 비슷한 환영을 봤다고 하오."

내가 말했다. 그러자 금속제 의족을 한 늙은 부랑자가 끼어들었다.

"그게 아니오. 그 양치기는 베르나데트*라는 소녀인데, 그녀는 성모 마리아의 발현發顯을 본 거요."

"난 발현에 대해 책을 한 권 썼고, 연구도 오랫동안 했소. 19세기 말에 출판된 모든 자료를 읽었고, 베르나데트가 경찰과 교회와 연구자들에게 했던 진술 기록도 많이 수집했어요. 하지만 어느 자료를 봐도, 그녀는 한 여자아이를 보았다고 증언했을 뿐이오. 한결같이 어린 소녀였다고 주장했어요. 그녀는 죽을 때까지 같은 이야기를 반복했지요. 나중에 동굴 안에 세워진 조각상을

---

* Bernadette Soubirous(1844~1879), 프랑스 수녀이자 성녀(聖女). 프랑스 루르드 출생. 태어나면서부터 성모 마리아에 대한 신앙심이 남달리 두터웠으며 14세 때 마을 밖 마사비엘 동굴 속에서 나무를 주워 모으던 중 그녀에게 성모 마리아가 열여덟 번이나 발현했다고 한다. 그 뒤 그곳에는 샘이 생기고 그것이 성수(聖水)로 변해 루르드 마을은 가톨릭 신자들의 순례성지가 되었다. 1933년 성녀로 시성(諡聖)되었다.

보고는 심하게 화를 내기까지 했어요. 자신이 본 환영과 닮은 구석이 하나도 없다며 말이오. 그녀는 여자가 아니라 어린 소녀를 봤던 거지요. 하지만 교회는 그녀가 본 모습이며 장소 등을 마음대로 각색해서 예수 어머니의 발현으로 만든 거요. 거짓말이 여러 번 반복되자 그게 사실이 되었고, 진실은 묻혀버리고 말았소. 베르나데트가 증언한 것과 미하일이 본 소녀의 차이점이 있다면, 베르나데트의 '어린 소녀'는 자기 이름을 말했다는 거죠."

"이름이 뭐였습니까?"

미하일이 물었다.

"소녀는 자신을 '나는 원죄 없는 잉태란다'라고 했소. 그건 베아트리스나 마리나 이사벨 같은 이름은 물론 아니오. 스스로를 마치 하나의 사실, 어떤 행위, 하나의 사건처럼 묘사한 거요. 소녀가 한 말은 '나는 성행위 없이 태어났다'는 뜻이 됩니다. 자, 이제 당신 이야기를 계속하시오."

그때 내 또래로 보이는 부랑자 한 명이 나섰다.

"이야기를 다시 시작하기 전에, 당신에게 뭐 하나 물어봐도 되겠소? 방금 당신이 책을 한 권 썼다고 했는데, 제목이 뭐요?"

"나는 책을 여러 권 썼습니다."

나는 내 책들 중 베르나데트 사건과 그녀가 목격한 발현에 대해 언급한 책 제목을 알려주었다.

"그럼 댁이 그 여기자의 남편이오?"

그가 물었다. 그러자 초록색 모자와 자주색 외투 차림에 요란하게 치장한 여자 부랑자도 눈을 동그랗게 뜨며 물었다.

"에스테르의 남편이라고요?"

나는 뭐라고 대답해야 할지 알 수 없었다.

그때 또다른 부랑자가 내 표정을 살피며 물었다.

"그녀는 왜 여기 다시 오지 않는 거요? 죽지나 않았으면 좋겠구먼. 그녀는 늘 위험한 장소만 골라 다니며 살았지요. 내가 그러지 말라고 그렇게 말했건만! 이걸 보세요, 그녀가 내게 준 거요!"

그는 피 묻은 천 조각을 보여주었다. 죽은 군인의 셔츠 조각이었다.

"아내는 죽지 않았습니다. 그런데 그녀가 여기 왔었다니 놀랍군요."

내가 대답했다.

"왜요? 우리가 당신네와 다른 부류의 사람들이라서?"

"내 말을 오해하신 모양이군요. 나는 당신들을 판단하지 않아요. 그저 놀랐다는 거고, 오히려 그 사실을 알게 되어 기쁩니다."

추위를 이기려고 마신 보드카가 모여 있는 사람들 모두에게 효력을 발휘하고 있었다.

"앞뒤가 맞지 않는 말이오."

머리는 덥수룩하고 오랫동안 수염을 깎지 않은 듯 보이는 건장한 남자가 말했다.

"우리와 어울리는 게 꺼림칙하다면 어서 가보시오."

나는 꽤 많이 마시고 있었고, 그 술기운이 내게 용기를 주었다.

"당신은 누구입니까? 그리고 왜 이런 삶을 택했지요? 육신이 멀쩡하고 튼튼하니 원하기만 하면 얼마든지 일할 수도 있을 텐데요. 혹시 아무 일도 하지 않는 걸 더 좋아하는 것 아닙니까?"

"우리는 바깥에서 살기로 선택한 거요. 이해하겠소? 서로 괴롭히고 으르렁거리는 세상의 바깥에서, 뭔가를 잃을까봐 늘 두려워하는 무리들 바깥에서. 그들은 모든 일이 잘 풀리고 있는 양 거리를 활보하지. 실은 모든 것이 엉망인데도! 당신으로 말하자면, 당신 역시 구걸하고 있는 것 아뇨? 당신 고용주에게, 당신 건물의 소유주에게 구걸하고 있는 것 아니냔 말이오."

"당신은 인생을 낭비하는 게 부끄럽지도 않아요?"

자주색 외투 차림의 여자가 그에게 물었다.

"내가 인생을 낭비하고 있다고 누가 그래? 나는 내가 원하는 대로 살고 있을 뿐이야!"

건장한 체격의 남자가 거칠게 대답하더니 내 쪽으로 시선을 돌리며 말을 이었다.

"당신이 원하는 건 대체 뭐요? 세상 꼭대기에서 사는 것? 산이 들판보다 더 가치 있다고 누가 보장하오? 당신 생각엔 우리가 살아가는 방법도 모르는 것 같소? 그래요? 하지만 당신 아내는 우리가 삶에서 무얼 바라는지 정-확-하게 알고 있다는 걸 이해했소! 우리가 바라는 게 뭔지 아오? 평화요! 그리고 자유로운 시간이오! 유행을 좇지 않아도 되는 삶이오! 우리는 여기서 우리만의 방식으로 살고 있으니까! 우리는 마시고 싶을 때 마시고, 자고 싶은 곳에서 잡니다! 우리 중에 노예생활을 선택한 사람은 아무도 없소. 그리고 우리는 그에 대해 자부심을 갖고 있소. 비록 당신은 우리를 불쌍하고 불행한 사람들로 취급하겠지만 말이오!"

목소리들이 점점 공격적이 되어가고 있었다. 미하일이 그들의 말을 중단시켰다.

"제 이야기의 결말을 들으시겠습니까? 아니면 이제 그만 자리를 파할까요?"

"이 사람이 먼저 우리를 비난했소! 이 사람은 자기가 신이나 되는 양 우리를 판단하러 여기 온 거요!"

금속제 의족을 한 남자가 외쳤다.

사람들이 투덜거리며 불평했다. 누군가가 내 어깨를 두드린 뒤 담배 한 대를 권하고 보드카 병을 손에 쥐여주었다. 격앙되었던 분위기가 차츰 가라앉았다. 나는 이 사람들이 에스테르를 알고 있다는 사실에, 나보다도 더 잘 아는 듯하는 것에 놀라고 아연실색했다. 하긴 그녀는 내게는 주지 않은 피 묻은 옷조각을 그들에게는 주었으니까.

미하일이 자기 이야기를 계속했다.

"이제 내가 공부할 곳은 없어집니다. 하지만 우리나라와 내 고향의 자부심인 말을 돌보는 일을 하기엔 아직 어렵습니다. 그래서 나는 양치기가 됩니다. 일을 시작한 첫째 주에 암양 한 마리가 죽습니다. 그러자 내가 저주받은 아이라는, 머나먼 타지에서 들어와 내 어머니에게 부를 약속했지만 결국 아무것도 남겨주지 못하고 죽어버린 남자의 아들이라는 소문이 돕니다. 공산주의자들은 종교가 절망한 사람들에게 부질없는 희망을 심어주는 수단일 뿐이라고, 오로지 현실만이 존재하며 우리 눈으로 볼 수 없는 것은 전부 인간의 상상력이 만든 산물일 뿐이라고 교육시켰지만, 스텝의 오랜 전통은 다음 세대로 구전되어 아직까지도 그대로 남아 있거든요.

소원을 적은 리본을 매어두던 나무덤불들이 파헤쳐져 말라버린 뒤로, 소녀는 내 앞에 나타나지 않습니다. 하지만 목소리는 계속해서 들려요. 나는 그녀에게 양떼를 돌보는 일을 계속할 수 있게 해달라고 간청합니다. 그녀는 참고 기다리라고, 어려운 시기가 다가오고 있다고, 하지만 스물두 살이 되기 전에 멀리서 한 여자가 와서 나를 데려가 세상을 보게 하리라고 말합니다. 소녀는 또한 나에게 사명이 있다고 말해요. 진정한 사랑의 에너지가 이 땅 위에 두루 퍼지도록 하는 일이라고 말입니다.

양떼 주인은 점점 더 심해지는 소문에 신경을 쓰는 듯합니다. 묘한 것은, 그 소문을 퍼뜨리고 내 삶을 파괴하려는 사람들은 지난 일 년 동안 나를 통해 소녀의 도움을 받았던 바로 그 사람들이라는 점입니다. 어느 날, 양떼 주인은 이웃 마을에 있는 공산당 사무실에 갔다가 나와 어머니가 인민의 적으로 간주되고 있다는 걸 알게 됩니다. 나는 당장 해고되지요. 하지만 그렇다고 해서 우리의 삶이 크게 달라지지는 않습니다. 어머니는 그 지역에서 가장 큰 도시에 있는 직물공장에서 자수 놓는 일을 하고 있었으니까요. 그곳 사람들은 우리가 인민의 적, 노동계급의 적이라는 사실을 모르고 있습니다. 공장 책임자들이 바라는 것은 그저 어머니가 새벽부터 해가 질 때까지 열심히 자수품을 생산하는 것뿐입니다.

이제 가진 거라고는 시간밖에 없게 된 나는 스텝을 쏘다니고 사냥꾼들을 따라다닙니다. 사냥꾼들 역시 나에 관한 소문을 알고는 있지만, 그들은 내가 가진 마법과도 같은 능력을 내심 반기고 있습니다. 내가 함께 있기만 하면 늘 여우를 잡을 수 있었으니까요. 나는 낮 동안은 내내 시인의 기념관에서 보내기 시작합니다. 그가 쓰던 물건들을 바라보고, 그의 책들을 읽고, 사람들이 와서 그의 시를 낭독하는 것을 듣습니다. 때때로 나는 바람을 느끼고 빛을 보고 땅바닥에 쓰러집니다. 그럴 때마다 목소리는 구체적인 사실들을 알려줘요. 가뭄이 언제 올지, 얼마나 계속될 것인지, 가축을 덮치는 전염병이 언제 발생할 것인지, 상인들이 언제 도착할 것인지를요. 나는 어머니에게만 그 이야기를 합니다. 어머니는 나에 대해 전보다 더 많이 슬퍼하고 걱정합니다.

어느 날, 의사가 그 지역에 들르게 됩니다. 어머니는 의사에게 나를 데려가 진찰을 받게 합니다. 그는 내 이야기를 주의 깊게 듣고, 메모를 하고, 안과 기구로 눈 속을 자세히 들여다보고, 청진기로 심장박동을 들어보고, 망치로 무릎을 두드려보더니, 간질이라는 진단을 내립니다. 그러면서 그건 전염되는 병이 아니라고, 발작 횟수는 나이가 들면서 점점 줄어들 거라고 말합니다.

나는 그것이 질병이 아니라는 것을 알고 있지만, 어머니를 안심시키기 위해 그 말을 믿는 척합니다. 어려운 사정에도 불구하고 배우려고 노력하는 나를 보고 기념관 관장이 안타깝게 여겨 선생님이 되어줘요. 나는 그분에게 지리와 문학을 배웁니다. 그리고 미래에 내게 아주 중요한 계기를 가져다줄 영어도요. 어느 날 오후, 목소리가 내게 말합니다. 관장님이 곧 중요한 직위에 임명될 거라는 말을 전해주라고요. 관장님에게 그 말을 하자, 관장님은 쓸쓸하게 웃고는 그럴 가능성이 없다고 말합니다. 공산당원도 아닌데다가 독실한 이슬람교도라서 그런 일은 도저히 일어날 수 없다는 거죠.

그때 내 나이는 열다섯 살입니다. 관장님과의 그 대화가 있은 지 두 달 뒤, 저는 그 지역에 어떤 변화가 일어나고 있음을 느낍니다. 늘 너무 거만했던 늙은 관리들이 갑자기 친절해져서 나에게 다시 학교로 돌아가고 싶냐고 묻습니다. 대규모의 러시아 군대가 국경 쪽으로 향하고 있다는 말도 들립니다. 어느 날 오후, 시인이 쓰던 책상에 앉아 공부를 하고 있는데 관장님이 뛰어들어와 놀라고 당황한 표정으로 날 쳐다봅니다. 그는 세상에 일어날 법하지 않았던 일이 일어나고 있다고, 공산주의 체제가 믿을 수 없이 빠른 속도로 붕괴되고 있다고 말합니다. 전 소비에트 공화국은 여러 개의 독립국가가 됩니다. 이제 알마티에까지 다다른 그 소식은 새로운 정부의 구성에 대한 이야기입니다. 그리고 관장님은 그 지방을 통치할 중요한 직위에 임명됩니다!

관장님은 나를 끌어안거나 기뻐하지 않습니다. 대신 나에게 이 모든 일을 어떻게 알았냐고 묻습니다. 누군가 그것에 대해 말하는 걸 들었는지, 공산당원이 아닌 그를 감시하기 위해 비밀요원이 보낸 정탐꾼인지, 아니면 최악의 경우 지금까지 살아오면서 어느 순간에 악마와 계약을 맺은 건 아닌지 묻습니다.

나는 관장님에게 내 이야기를 이미 알고 있지 않느냐고 반문합니다. 소녀의 출현, 목소리, 다른 사람들이 알지 못하는 것들을 알게 해주는 발작들을 말이죠. 그는 그건 다 병일 뿐이라고, 예언자는 마호메트뿐이며, 말해져야 하는 것은 이미 모두 말해졌다고 합니다. 그는 계속 말합니다. 하지만 이 세상에는 마귀가 존재하며, 마귀는 약한 자들을 속이고 사람들을 진실한 신앙으로부터 멀어지게 하기 위해 온갖 책략을 부린다는 겁니다. 거기에는 흔히 미래를 볼 줄 아는 능력이라고 그릇되게 일컬어지는 것도 포함되어 있다고 합니다. 그러면서 이슬람 신앙이 불쌍한 자들에게 자비를 베풀라고 가르쳤기 때문에 나에게 일자리도 주었는데, 이제는 그 일을 깊이 후회한다고 말합니다. 내가 비밀요원의 끄나풀이거나 악마의 사자이기 때문이라는 겁니다.

나는 그 자리에서 쫓겨납니다.

안 그래도 힘난한 시절인데 상황은 점점 더 어려워집니다. 어머니가 일하던 직물공장은 국가 소유에서 개인 소유로 넘어갑니다. 새 소유주는 회사 조직에 대해 다른 생각을 갖고 있어요. 구조조정에 들어가고, 결국 어머니는 해고당합니다. 두 달 뒤 우리는 먹고살 것이 없어서, 일거리를 찾기 위해 평생 살아온 고향마을을 떠날 수밖에 없게 됩니다.

할아버지와 할머니는 떠나지 않겠다고 하십니다. 나고 자라 평생 살아온 땅을 떠나느니 차라리 굶어죽는 게 낫다는 겁니다. 어머니와 나는 알마티로 갑니다. 거기서 나는 처음으로 대도시라는 곳을 보게 됩니다. 자동차들, 고층 건물, 번쩍이는 네온사인, 에스컬레이터, 특히 엘리베이터가 강렬한 인상을 줍니다. 어머니는 가게에 일자리를 얻고, 나는 주유소를 겸한 정비소에서 차량수리공 보조로 일합니다. 우리는 수입의 상당 부분을 조부모님에게 보냅니다. 그런데도 끼니를 해결하고, 그 전까지 한 번도 가본 적이 없었던 극장이며 놀이공원, 축구경기장 등 수많은 볼거리들을 구경하기에는 충분합니다.

도시로 이사한 이후 발작이 없어집니다. 목소리도, 소녀도 사라집니다. 나는 차라리 잘됐다고 생각합니다. 여덟 살 때부터 나를 따라다녔던 보이지 않는 여자친구를 그리워하지 않습니다. 나는 알마티에 매혹되었고, 돈을 벌어 생계를 해결하기에도 바쁩니다. 이제 좀더 배우면 나중에 중요한 인물이 될 수도 있을 거라고 생각합니다.

그러던 어느 일요일 저녁, 나는 우리가 사는 작은 아파트에 유일하게 하나 있는 창가에 앉아 아스팔트도 깔리지 않은 좁고 지저분한 골목길을 바라보고 있습니다. 나는 신경이 몹시 날카로운 상태입니다. 그 전날 자동차 한 대를 차고에 넣다가 찌부러뜨렸기 때문입니다. 난 직장에서 해고당할까봐 두렵습니다. 너무 걱정이 되어서 하루 종일 아무것도 먹지 못하고 있었습니다. 그때, 갑자기 더운 바람이 느껴지고 빛이 보입니다.

나중에 어머니는 말합니다. 내가 바닥에 쓰러져 이상한 언어로 말했는데, 그런 상태가 예전에 비해 훨씬 오래 지속되었다는 겁니다. 그때 나는 목소리가 내게 사명이 있음을 상기시켜주었던 것을 기억합니다.

깨어났을 때, 나는 다시 그 존재를 느낍니다. 비록 보이지는 않지만, 그 존재와 이야기할 수도 있습니다. 하지만 그 사실에 더이상 흥미를 느끼진 못합니다. 고향마을을 떠나면서 나는 하나의 세계를 버렸던 것입니다. 그럼에도 불구하고 나는 목소리에게 내 사명이 뭔지 묻습니다. 목소리는 모든 인간들과 함께 맡은 사명이라고, 세상에 완전한 사랑의 에너지가 스며들게 하는 것이라고 대답합니다. 나는 그때 나를 애타게 하고 있는 걱정거리에 대해 질문합니다. 찌부러진 자동차와 사장님의 반응에 대한 것 말입니다. 소녀는 걱정하지 말라고 합니다. 진실만을 말해야 하며, 그러면 그도 이해하리라는 겁니다.

나는 그 주유소에서 오 년 동안 일합니다. 친구들을 사귀고, 처음으로 여자친구들도 생깁니다. 섹스를 해보고, 거리의 싸움판에 끼어들기도 합니다. 그렇게 나는 평범하게 내 청소년 시절을 보냅니다. 그사이에도 몇 번 발작이 일어납니다. 친구들은 처음엔 놀라지만, 내가 그걸 '고차원적 능력'의 결과라고 꾸며대자 날 우러러보기 시작합니다. 그들은 나에게 구원을 청하고, 연애문제나 가족간의 어려운 관계 따위에 대해 도움을 구합니다. 하지만 나는 목소리에게 아무것도 묻지 않습니다. 고향에서 나무덤불이 파헤쳐졌던 사건은 내게 정신적인 상처를 남겼고, 누군가를 도와줘봤자 그에 대한 보상은 배은망덕일 뿐이라고 생각하게 된 겁니다.

친구들이 계속 졸라대면, 나는 어느 '비밀 단체'에 속해 있다고 꾸며댑니다. 수십 년 동안의 종교탄압이 사라진 이후 알마티에는 신비주의와 비교秘敎가 매우 유행하고 있습니다. 소위 '고차원적 능력'을 주제로 한 다양한 책들이 출판되었고, 인도와 중국에서 영적 마스터와 도사들이 찾아오고, 개인의 영적 발전에 대한 다양한 강연회가 열립니다. 나는 이런저런 사람들을 만나보았지만,

아무것도 배우지 못합니다. 내가 정말로 믿는 것은 오로지 그 목소리뿐이기 때문입니다. 하지만 그 목소리에 주의를 기울이기엔 나는 너무 바쁩니다.

어느 날, 사륜구동 자동차를 탄 여자가 내가 일하고 있는 정비소 앞에 차를 세우더니, 기름을 가득 넣어달라고 합니다. 몹시 두드러지는 악센트로 러시아어를 힘겹게 더듬거리는 그녀에게 나는 영어로 대답합니다. 그러자 그녀는 안심하는 기색을 보이며, 자기는 이 나라 깊숙이 들어가야 하는데 혹시 아는 통역사가 있냐고 묻습니다.

그 여자가 그렇게 말한 순간, 소녀의 존재가 주변을 온통 채웁니다. 그리고 나는 그녀가 바로 내가 이날까지 기다린 그 사람이라는 것을 깨닫습니다. 출구는 바로 앞에 있고, 나는 그 기회를 놓쳐서는 안 된다고 생각합니다. 그래서 그녀만 좋다면 내가 그 일을 할 수 있다고 말합니다. 하지만 여자는 안 된다고 대답합니다. 왜냐하면 내가 지금 하고 있는 일이 있는데다, 자기는 좀더 나이가 들고 경험이 많고 자유롭게 여행할 수 있는 사람을 원하기 때문이라는 겁니다. 나는 스텝과 산악지방의 길들을 모두 안다고 말합니다. 지금 이 일은 임시로 하고 있는 거라고 거짓말도 합니다. 나는 제발 기회를 달라고 간청합니다. 그녀는 조금 망설이더니 일단 그 도시에서 가장 고급스러운 호텔에서 만나자고 약속을 잡습니다.

우리는 호텔 로비에서 다시 만납니다. 그녀는 내 언어 지식을 테스트하고, 중앙아시아의 지리에 관해 여러 가지 질문을 합니다. 그녀는 내가 누구이고 어디 출신인지 알고 싶어합니다. 나에 대해 경계심을 품고 있기 때문에, 자신이 하는 일이 무엇이며 어디로 갈 것인지에 대해서는 정확히 말하지 않습니다. 나는 가능한 한 그 역할을 잘 수행할 수 있다는 인상을 주려고 애쓰지만, 그녀는 아직 결단을 내리지 못하는 듯 보입니다.

  스스로도 설명할 수 없는 일이지만, 불과 몇 시간 전에 알게 된 이 여자를 내가 사랑하고 있다는 걸 알고 나는 깜짝 놀랍니다. 불안한 마음을 억누르고, 나는 그 목소리에서 확신을 찾고자 합니다. 보이지 않는 그 소녀에게 도와달라고, 내게 빛을 비추어달라고 부탁합니다. 이 일을 할 수만 있게 된다면 내게 주어진 사명을 수행하겠다고 약속합니다. 언젠가 소녀는 한 여자가 와서 나를 이곳에서 멀리 데려갈 거라고 했었고, 이 여자가 연료를 채우려고 차를 세웠을 때 소녀가 내 옆에 있었으니까요. 나는 긍정적인 대답을 듣고자 합니다.

  꼼꼼한 면접이 끝났을 때, 그녀가 나를 신뢰하기 시작한다는 생각이 듭니다. 그녀는 자신이 하려는 일은 완전히 불법적인 거라고 미리 말합니다. 자기는 기자인데, 곧 시작될 전쟁을 위해 인접국가에 세워지는 미군기지에 관한 르포기사를 쓰려 한다는 겁니다. 비자 신청은 거부되었지만 감시가 소홀한 지역의 국경을 걸어서 넘어야 할 상황입니다. 그녀의 정보원들이 연줄을 통해 지도 한 장을 얻어주었고, 어느 길로 가야 하는지 알려주었다고 합니다. 하지만 알마티에서 충분히 멀어지기 전까지는, 그 정보를 나에게 알려주지 않을 거라고 말합니다. 그녀는 동행할 마음이면 이틀 뒤 오전 열한시에 그 호텔로 오라고 내게 말합니다. 그녀는 나에게 딱 일 주일치 급료에 대해서만 얘기합니다. 내게 안정적인 일자리가 있고, 어머니와 조부모님을 먹여살릴 만큼 넉넉한 봉급을 받고 있고, 내가 미지의 세계와 접촉하며 '간질 발작'을 일으키는 모습을 서너 차례 보았으면서도 고용주가 날 신임하고 있다는 사실을 모른 채로 말입니다.

헤어지기 전에 그 여자는 자기 이름이 에스테르이고, 만약 내가 경찰에 신고하면 자신은 체포되고 추방당할 거라고 얘기합니다. 그녀는 또한 살다보면 직관을 맹목적으로 믿고 따라야 하는 순간들이 있는데, 지금 그녀가 하고 있는 행동이 바로 그렇다고 말합니다. 나는 걱정하지 말라고 그녀를 안심시킵니다. 그리고 목소리와 소녀의 존재에 대해 그녀에게 얘기하고 싶은 강한 충동을 느낍니다. 하지만 입을 다물고 있는 쪽을 택합니다. 나는 집으로 돌아가 어머니에게 새로운 일자리를 얻어 통역사로 일하게 되었다고, 잠시 집을 비워야 하긴 하지만 급료도 더 많이 받게 될 거라고 말씀드립니다. 어머니는 조금도 걱정하는 것 같지 않습니다. 나를 둘러싼 상황들은 마치 아주 오래 전부터 계획되어 있었던 것처럼, 우리 모두 그저 이 순간을 기다리고 있었던 것처럼 순조롭습니다.

    나는 흥분으로 잠을 설칩니다. 이튿날, 평소보다 일찍 정비소에 나간 나는 사장에게 새로운 일자리를 얻었다고 설명하고 양해를 구합니다. 사장은 조만간 사람들이 내 병을 알게 될 거라고, 그리고 확실치 않은 것을 좇느라 안정적인 일자리를 포기하는 것은 매우 위험한 짓이라고 말합니다. 하지만 어머니가 그랬던 것처럼, 그 역시 별 문제 삼지 않고 내 결정을 받아들입니다. 마치 목소리가 내가 상대해야 하는 한 사람 한 사람의 의지에 개입해 내가 첫걸음을 뗄 수 있도록 돕는 것만 같습니다.

    호텔에서 그녀를 다시 만난 나는 말합니다. 만약 우리가 발각된다면 그녀는 기껏해야 추방될 뿐이지만 나는 수년 동안 감옥살이를 하게 될 거라고, 그러니까 내가 더 큰 위험을 무릅쓰는 것이니 그녀는 나를 신뢰해야만 한다고. 그녀는 내 말을 이해하는 것 같습니다. 우리는 길을 떠나 이틀 동안 걷습니다. 국경에 도착하자, 그 너머에서 한 무리의 남자들이 그녀를 기다리고 있습니다. 그녀는 그들과 함께 어디론가 사라졌다가 낙담하고 화가 난 모습으로 다시 나타납니다. 전쟁이 막 터지려 하고 있고, 길이란 길은 모두 군인들이 경계경비를 서고 있어서 더 나아갔다간 첩자로 의심받아 체포될 것이 분명한 상황입니다.

    우리는 왔던 길을 되짚어 돌아가기 시작합니다. 그때까지 확신으로 넘치던 에스테르는 이제 슬프고 혼란스러워 보입니다. 그녀를 위로하려고 나는 우리 이웃 마을에 살았던 그 시인의 시구를 읊어줍니다. 그러면서 속으로 다시 마흔여덟 시간을 걷고 나면 이번 경험도 끝을 맺겠구나 하고 생각합니다. 하지만 나는 목소리를 믿습니다. 나는 에스테르가 왔을 때처럼 느닷없이 떠나버리지 않도록 할 수 있는 모든 일을 해야만 합니다. 내가 줄곧 그녀를 기다려왔으며, 그녀가 나에게 매우 중요한 존재라는 것을 증명해야 합니다.

그날 밤 바위 근처에 침낭을 펼친 후, 나는 그녀의 손을 잡습니다. 그녀는 부드럽게 손을 빼내며 자기는 결혼한 몸이라고 말합니다. 나는 실수했다는 것을 깨닫습니다. 깊이 생각해보지도 않고 일단 행동부터 한 겁니다. 이제 잃을 것이 아무것도 없는 나는 어린 시절부터 보아온 환영, 사랑을 퍼뜨리라는 사명, 의사의 간질 진단 등에 대해 그녀에게 들려줍니다.

놀랍게도 그녀는 내가 하는 말을 완벽하게 이해합니다. 그녀는 자신의 삶에 대해서도 조금 이야기해줍니다. 남편을 사랑하고 있고 남편 역시 그녀를 사랑한다고, 하지만 시간이 지남에 따라 중요한 뭔가를 잃어버렸다고, 결혼생활이 조금씩 망가져가는 걸 지켜보느니 차라리 멀리 떠나 있는 게 더 낫다고 말합니다. 그녀는 삶에 필요한 모든 것을 가졌지만, 불행합니다. 그녀는 생의 마지막 순간까지 그 불행이 아예 존재하지 않는 것처럼 살 수도 있었습니다. 하지만 그녀는 우울증에 빠져서 헤어나오지 못할까봐 두려워하고 있습니다.

그래서 모든 것을 버리고 모험을 하기로 결정한 겁니다. 무너져버린 사랑을 생각하지 않기 위해. 그러나 그녀는 자신을 발견할수록 자신을 잃어버렸고, 더욱 혼자라고 느꼈습니다. 그녀는 자기 길을 영원히 잃어버렸다고 생각합니다. 국경에서 겪은 일은, 자신이 틀렸고 일상으로 되돌아가는 게 더 현명하다는 것을 말해주는 증거라고 여깁니다.

나는 그녀에게 감시가 조금 덜한 다른 오솔길로 가는 방법을 시도해볼 수 있을 거라고 말합니다. 나는 알마티에서 밀수업자들을 알고 지냈고, 그들이 우리를 도울 수 있을 터였습니다. 하지만 이제 그녀의 에너지는 고갈된 듯합니다. 그녀는 계속 가기를 원치 않습니다.

그 순간, 목소리가 그녀를 축복하고 대지에 바치라고 말합니다. 나는 내가 무슨 행동을 하는지 정확히 알지도 못하면서 자리에서 일어납니다. 그리고 배낭을 열어 음식을 만들 때 쓰려고 가져온 작은 기름병에 손가락을 넣어 적신 다음 그녀의 이마에 손을 얹습니다. 나는 묵상 기도를 올립니다. 그리고 마지막으로 그녀에게 추구하는 바를 계속 따라가라고, 그렇게 하는 것이 우리 모두에게 중요한 일이라고 말합니다. 목소리는 내게 단 한 사람의 변화가 인류 전체의 변화를 의미한다고 말합니다. 나는 그녀에게 그 말을 전합니다. 그녀는 대지의 축복을 느끼며 나를 꼭 껴안습니다. 그렇게 우리는 남은 시간을 함께 보냅니다.

나는 그녀에게 목소리에 대한 내 이야기를 믿느냐고 묻습니다. 그녀는 '그렇기도 하고 아니기도 하다'고 대답합니다. 그녀는 모든 사람이 평소에는 사용해보지 못한 능력들을 지니고 있음을 믿고 있었습니다. 그녀는 내가 간질 발작 때문에 그 능력을 사용할 수 있게 되었고, 우리가 그걸 함께 확인할 수 있으리라고 말합니다. 그녀는 모든 이들이 마법 같은 능력을 갖고 있다고 믿는 알마티의 한 유목민을 인터뷰할 계획을 갖고 있었습니다. 나는 그녀와의 동행을 자청합니다. 그 유목민의 이름을 들어보니, 그의 손자가 나와 아는 사이입니다. 나는 일이 수월해지리라 생각합니다.

우리는 알마티를 가로질러 갑니다. 필요한 물건들을 사거나 기름을 채우기 위해서만 차를 세울 뿐, 옛 소련의 공산주의 정권 시절에 건설된 인공호수 근처에 자리잡은 작은 마을을 향해 쉬지 않고 달립니다. 나는 그 유목민의 거처에 가서 그의 보좌인들 중 한 사람에게 그의 손자 이름을 대며 아는 사이라고 말합니다. 하지만 성자로 추앙받는 그 유목민의 조언을 들으러 온 여러 사람들이 순서를 기다리는 중입니다. 우리는 몇 시간을 기다려야 합니다.

마침내 우리 차례가 됩니다. 인터뷰 내용을 통역하고 나중에 게재된 그 르포기사를 여러 차례 읽으면서 나는 알고 싶어하던 여러 가지를 알게 됩니다.

에스테르는 사람들이 왜 슬퍼하는지 묻습니다.

'이유는 간단하오.' 노인이 대답합니다. '그들은 그들 개인의 역사에 갇힌 죄수들이기 때문이오. 사람들은 생의 목표가 하나의 계획을 좇는 거라고 믿고 있소. 그 계획이 자기 스스로 세운 건지 아니면 다른 사람들이 만든 건지 반문해보지도 않고 말이오. 살아가는 동안 누구에게나 경험, 추억, 사건들, 생각들이 쌓여가는데, 그것은 어느 순간 그들이 감당할 수 있는 정도를 넘어서게 됩니다. 그러는 사이 그들은 자신의 꿈이 무엇이었는지 잊어버리고 말지요.'

에스테르는 많은 이들이 그녀에게 '당신은 운이 좋군요. 자신이 원하는 게 뭔지 알고 있으니까요. 하지만 나는 내가 뭘 하고 싶은지 모르겠어요.'라고 말한다고 얘기합니다.

'물론 그들도 알고 있소.' 유목민이 대답합니다. '하지만 그들 중 대다수가 이런 소리나 늘어놓으며 평생을 흘려보내지요. 나는 내가 원한 것을 하나도 하지 못했어, 하지만 그게 현실인걸. 한데 자신이 원한 걸 하지 못했다고 말하려면, 자기가 원하는 게 무언지 알고 있어야만 하오. 현실이라는 건 살아가면서 어떻게 처신해야 하는지에 대해 사람들이 해주는 이야기에 지나지 않소.

훨씬 더 끔찍한 소리를 하는 사람들도 있어요. 사랑하는 사람을 위해 자신의 삶을 희생했으니 행복하다고 말하는 이들 말이오.

우리를 사랑하는 사람들이 그들 자신 때문에 우리가 고통받는 것을 보고 싶어할 것 같소? 사랑이 고통의 근원이라고 생각하오?'

'솔직히 말하면, 그렇다고 생각해요.'

'그래선 안 되지요.'

'사람들이 내게 해준 이야기들을 전부 버린다면, 삶이 내게 가르쳐준 중요한 것들 또한 잃게 될 거예요. 그렇다면 나는 왜 이 모든 것을 배우기 위해 그토록 애쓴 걸까요? 내 직업, 내 남편, 온갖 위기에 좀더 능숙하게 대처할 수 있도록 경험을 쌓으려고 그렇게 노력한 이유는 뭐가 되죠?'

'축적된 지식은 음식을 만들고, 분수에 맞게 살고, 겨울을 따뜻하게 나고, 규범을 지키고, 차도와 철로를 올바르게 따라가는 데 쓸모가 있지요. 당신은 지나간 사랑들이 당신에게 더 잘 사랑하

는 방법을 가르쳐줬다고 생각하오?'

'그것들을 통해 내가 원하는 게 무언지 알게 되었어요.'

'그건 내 질문에 대한 대답이 아니오. 당신의 지난 사랑들이 현재의 남편을 더 잘 사랑하도록 도와주었느냔 말이오.'

'아뇨, 그 반대예요. 나 자신을 남편에게 온전히 주기 위해 다른 남자들이 제게 남긴 상처들을 모두 잊어야만 했어요. 선생께서 듣고 싶은 대답이 이건가요?'

'참된 사랑의 에너지가 당신 영혼 속으로 깊이 스며들게 하려면, 당신 영혼은 갓 태어난 아기와 같아야만 하오. 사람들이 왜 불행한지 물었소? 그들이 그 에너지를 가둬두려 하기 때문이오. 그건 애초에 불가능한 일이거든. 개인의 역사를 잊어버린다는 건 그 에너지가 언제든 자유롭게 그 모습을 드러내고 당신을 이끌고 원하는 곳으로 흘러갈 수 있도록 통로들을 깨끗이 비워두는 것을 뜻하오.'

'굉장히 낭만적으로 들리지만 결코 쉽지 않은 얘기예요. 그 에너지는 항상 다른 많은 것들에 얽매여 있으니까요. 약속과 자식들과 사회적 의무들······'

'······그리고 어느 정도 시간이 흐르면 절망과 두려움과 고독과 통제할 수 없는 것을 통제하려는 시도들에 얽매이게 되지요. 스텝의 전통인 텡그리에 따르면, 온전함에 이르기 위해서는 끊임없는 움직임 속에 있어야 하오. 그러면 매일매일이 달라지니까.

도시를 지나갈 때면 유목민들은 이렇게 생각합니다. 여기 사는 사람들은 불쌍하군. 이 사람들에겐 모든 것이 늘 똑같잖아, 라고요. 아마도 도시 주민들은 유목민들을 보며, 집도 없다니 참 불쌍한 사람들이야 하고 생각하겠지요. 그러나 유목민들에겐 과거가 없습니다. 오직 현재뿐이지요. 그들이 늘 행복한 이유는 바로 그것입니다. 공산주의 정권이 유목을 금지시키고 그들을 집단농장에 정착시키기 전까지는 그랬지요. 그리고 그후로 그들은 조금씩 사회가 그들에게 말하는 이야기를 진실이라고 믿게 되었어요. 우리 시대에 와서 유목민은 그들의 힘을 잃어버렸소.'

'우리 시대에 평생 떠돌아다니면서 살 수 있는 사람은 아무도 없어요.'

'육체적으로는 그렇겠지요. 그럴 거요. 하지만 영적 차원에서는 그럴 수 있소. 더 멀리, 더 멀리 가시오. 개인의 역사로부터, 사람들이 우리에게 그렇게 되라고 강요한 것들로부터 멀리, 더 멀리 거리를 두시오.'

'사람들이 우리에게 이야기해준 것들을 버리고 계속 나아가려면 어떻게 해야 하죠?'

'그 이야기를 높은 목소리로 자꾸 되뇌시오, 자잘한 세부에 이르기까지 꼼꼼하게. 이야기하면 할수록, 우리는 과거의 자신으로부터 벗어나게 돼요. 그리고 미지의 신세계를 위한 자리를 마련하게 됩니다. 당신이 마음만 먹으면 보게 되오. 그 낡은 이야기를

반복하고 또 하다 보면 마침내 그 이야기는 우리에게 더이상 중요하지 않게 되오.'

'그게 전부인가요?'

'한 가지 더 있소. 공간들이 비워지면서 공허감을 느낄 수도 있소. 그렇게 되지 않도록 임시방편으로라도 그 자리를 속히 채워야만 하오.'

'무엇으로요?'

'우리가 감히 생각지도 못했던, 혹은 우리가 하고 싶어하지 않았던 갖가지 이야기와 경험들로. 그렇게 해서 우리는 서서히 변화하는 거요. 그와 더불어 사랑도 커져가지. 그리고 사랑이 커질 때, 우리는 사랑과 함께 성장하는 거요.'

'그렇다면 결국 우리는 중요한 뭔가를 잃어버릴 수도 있지 않을까요.'

'절대 그렇지 않소. 중요한 것들은 언제나 머물기 마련이라오. 사라지는 것은 우리가 중요하다고 여겼지만 실은 불필요한 것들, 사랑의 에너지를 통제하려고 사용한 가짜 능력 같은 것들이오.'

노인은 그녀에게 시간이 다 됐다고, 이제 다른 방문객을 맞아야 한다고 말합니다. 내가 나서서 시간을 좀더 달라고 청하지만 소용없습니다. 하지만 에스테르가 언젠가 다시 찾아오면 더 많은 것을 가르쳐주겠노라고 말합니다."

"에스테르는 알마티에 일 주일을 더 머뭅니다. 그녀는 다시 돌아오겠다고 나에게 약속합니다. 그 일 주일 동안 나는 그녀에게 내 이야기를 여러 차례 들려주고, 그녀 역시 자신의 삶에 대해 이것저것 이야기합니다. 우리는 노인의 말이 옳았음을 깨닫습니다. 무언가가 우리에게서 빠져나가고 있으며, 우리의 마음은 좀더 가벼워졌습니다. 더 행복해졌다고까지 말할 수는 없지만요.

그러나 노인은 한 가지 충고를 했습니다. 빈자리를 빨리 채우라고요. 떠나기 전에 그녀는 우리가 함께 망각의 과정을 계속 밟아나갈 수 있도록 나더러 프랑스로 올 생각이 없는지 묻습니다. 그녀에겐 이 일을 함께 나눌 사람이 없습니다. 남편에게는 얘기할 수 없고, 함께 일하는 동료들은 신뢰가 가지 않습니다. 그녀에겐 낯선 사람이, 그전까지 그녀의 개인적 역사에 동참한 적이 없는 누군가가 필요합니다.

나는 그러겠다고 합니다. 그리고 그제야 목소리의 예언에 대해 말합니다. 또 프랑스어를 할 줄 모르고, 그때까지 내가 한 일이라고는 양을 돌보고 정비소에서 이런저런 일을 한 게 전부라고 이야기합니다.

공항에서, 그녀는 나에게 프랑스어 집중 강좌를 들으라고 조언합니다. 나는 그녀가 왜 나를 프랑스로 데려가려는지 묻습니다. 그녀는 이미 나에게 한 말을 되풀이합니다. 자신의 개인적 역사를 잊어감에 따라 열리게 될 공간이 두렵다고. 그녀는 모든 것이 전보다 훨씬 강력해져서 되돌아올까봐, 그래서 자신의 과거로부터 해방되지 못할까봐 두려워하고 있습니다. 그녀는 나에게 비행기 표나 비자에 대해서는 걱정하지 말라고 합니다. 자기가 모든 것을 알아서 하겠다고 합니다. 출국 심사대로 들어서기 전에, 그녀는 미소 지으며 나를 돌아보더니 말합니다. 몰랐는데 사실은 그녀 역시 나를 기다리고 있었다고. 우리가 함께 보낸 날들이 최근 삼 년 동안 그녀가 보낸 어느 때보다도 행복했었다고 말입니다.

밤이면 나는 스트립쇼를 하는 클럽에서 경호원으로 일하기 시작합니다. 낮에는 온종일 프랑스어를 배웁니다. 신기하게도 발작이 일어나는 횟수가 줄어듭니다. 소녀의 존재 또한 멀어집니다. 나는 어머니에게 어떤 외국인이 자기 나라에 와서 살지 않겠냐며 초청했다고 이야기합니다. 어머니는 저더러 너무 순진하다며, 그 여자는 다시 연락해오지 않을 거라고 말합니다.

일 년 뒤, 에스테르가 다시 알마티에 옵니다. 예상했던 대로 전쟁이 발발했고, 미국의 비밀 군사기지에 관한 기사는 다른 사람이 써서 이미 발표되었다고 합니다. 그러나 그 노인과의 인터뷰 기사가 큰 성공을 거두었고, 대중은 사라진 유목민들에 관한 대대적인 르포기사를 원하고 있다는 겁니다. '그런데,' 그녀가 말합니다. '누군가에게 내 이야기를 한 지가 너무 오래됐어요. 다시 우울증에 빠질 것 같아요.'

나는 그녀가 아직까지도 유목생활을 하는 몇몇 부족들과 텡그리 전통 그리고 그 지역의 주술사들을 만나도록 주선해줍니다. 이제 나는 프랑스어를 유창하게 구사할 수 있습니다. 어느 날 저녁식사를 하는데 그녀가 영사관에서 가져온 서류를 건네주며 작성하라고 합니다. 그녀는 비자를 얻어주고 비행기 표를 끊어줍니다. 그렇게 해서 나는 파리에 옵니다. 우리가 머릿속에 들어 있던 낡은 이야기들을 비워냄에 따라 새로운 공간이 열립니다. 우린 설명할 수 없는 기쁨을 느끼며 더욱 날카로운 직관을 소유하게 되고, 더욱 용감해집니다. 우리는 더 많은 위험을 무릅쓰고, 하고자 하는 일이 생기면 그게 옳건 그르건 따지지 않고 실행에 옮깁니다. 나날의 삶이 더욱 길고 열정적이 됩니다.

파리에 도착하자마자 나는 그녀에게 내게 맞는 일자리가 있는지 묻습니다. 그녀는 이미 계획을 세워두고 있었습니다. 어느 조그만 술집의 사장을 설득해 내가 일 주일에 한 번씩 무대에 설 수 있도록 해놓은 것입니다. 그녀는 사장에게 내가 이국적인 카자흐스탄 공연예술을 전문으로 하는데, 관객들이 자신의 삶에 대해 말하도록 이끌어 마음을 비우게 해주는 공연이라고 설명합니다.

처음에는 얼마 되지도 않는 관객들을 참여하도록 유도하기가 아주 힘듭니다. 하지만 얼근히 취한 사람들의 반응은 열광적입니다. 소문은 금세 거리로 퍼져나갑니다.

'와서 당신의 옛이야기를 하고 새로운 이야기를 발견하세요.'

손으로 쓴 작은 광고문이 술집의 유리창에 붙자, 새로운 무언가에 굶주린 사람들이 점점 더 많이 찾아오기 시작합니다.

어느 날 저녁 나는 이상한 경험을 합니다. 바의 구석에 마련된 작은 즉석 무대에 서 있는 사람은 내가 아닙니다. 그 목소리입니다. 나는 내 조국의 전설을 이야기한 다음 관객들에게 그들의 이야기를 해보라고 제안하지 않고, 목소리가 하는 말을 전합니다. 내 말이 끝났을 때, 관객들 중 한 사람이 눈물을 흘리며 그 자리에 있는 낯선 사람들에게 자신의 결혼생활에 얽힌 속내 이야기를 합니다.

그 다음주에도 똑같은 일이 반복됩니다. 목소리는 나를 통해서 말하고, 참석한 사람들에게 사랑의 결핍에 관한 이야기를 하도록 청합니다. 공기 중에 떠도는 범상치 않은 기운에, 평소에는 지나치게 신중한 프랑스인들이 내밀한 개인사를 공공연하게 털어놓기 시작합니다. 내가 발작을 가장 잘 통제할 수 있었던 시기가 바로 이때입니다. 무대에 올라 빛을 보고 바람을 느끼기 시작하는 그 순간, 나는 무아경에 빠져듭니다. 아무도 알아차리지 못하지만 나는 의식을 잃은 상태입니다. '간질 발작'은 신경이 극도로 예민해졌을 때에만 일어납니다.

또다른 사람들이 내가 하는 일에 동참합니다. 떠돌아다니는 것 말고는 달리 아무 일도 하지 않았던 내 또래의 젊은이 셋으로, 그들은 서구 문명세계의 유목민들입니다. 카자흐스탄 출신 음악가 커플도 고국에서 온 청년의 '성공담'을 듣고 그 공연에 동참하고 싶어합니다. 그들은 일자리를 구하지 못하고 있던 중입니다. 우리는 그 '만남'에 타악기 연주를 포함시킵니다. 이제 바는 너무 비좁습니다. 그래서 우리는 그 술집의 홀 하나를 통째로 쓰게 됩니다. 하지만 그곳 역시 이젠 너무 좁습니다. 사람들은 자신의 이야기를 할 때 용기를 얻습니다. 그들은 춤추는 동안 에너지에 의해 감동받고 본질적으로 변합니다. 그들 삶에서 슬픔은 사라지고 모험이 다시 시작됩니다. 이론적으로는 사랑은 모든 변화들에 위협을 받지만, 실제로는 그 사랑은 더욱 강해집니다. 사람들은 우리의 만남을 친구들에게 추천하기 시작합니다.

에스테르는 기사를 쓰기 위해 계속 여행을 다니지만 파리에 있을 때는 빠지지 않고 '만남'에 참석합니다. 어느 날 저녁 그녀는 식당에서만 만남을 여는 것으로는 충분하지 않다고, 식당에서의 모임은 돈을 내고 그곳에 들어올 수 있는 사람들만 만날 수 있을 뿐이라고 말합니다. 우리는 젊은이들과 함께해야 해요. 그들이 어디 있나요? 내가 묻습니다. 그들은 헤매고 다니며 표류해요. 그들은 모든 것을 버리고 공상과학 영화에 나오는 사람이나 걸인들처럼 옷을 입어요.

그녀는 부랑자들이 개인적 역사를 갖고 있지 않다고 합니다. 그들에게 가서 우리가 무엇을 배울 수 있는지 알아보는 게 어떠냐고 묻습니다. 이렇게 해서 나는 이곳에서 여러분을 만나게 된 겁니다.

 바로 이것이 내가 살아온 이야기입니다. 여러분은 내가 누구인지, 무엇을 하는지 한 번도 묻지 않았습니다. 여러분의 관심사가 아니기 때문이지요. 하지만 오늘은 유명한 작가 선생님이 우리와 함께 계시기 때문에 이 이야기를 털어놓기로 한 겁니다."

"당신은 당신 과거에 대해 이야기하는 중이잖아요. 하지만 그 늙은 유목민은……"

 어울리지 않는 외투에 모자 차림을 한 여자가 말했다.

"근데 유목민이 뭐야?"

 누군가가 끼어들며 물었다.

"우리 같은 사람들. 몸에 지닐 수 있는 것만 가지고 다니는, 가난하지만 자유로운 사람들을 가리키는 말이에요."

 그녀는 그 단어의 뜻을 알고 있다는 데 자부심을 느끼며 대답했다.

"아주 정확한 뜻은 아닙니다. 유목민들은 가난하지 않아요."

 내가 그녀의 말을 고쳐주었다.

"당신이 가난에 대해 뭘 안다고 그래?"

 덩치가 크고 공격적으로 보이는 사내가 다시 나섰다. 이제 그의 핏속에는 아까보다 많은 양의 보드카가 흐르고 있었다. 그는 내 눈을 똑바로 쳐다보며 말했다.

"댁은 가난이 돈이 없는 거라고 생각하쇼? 우리가 돈 많은 작가들, 양심의 가책을 느끼는 부부들, 파리가 지저분한 도시라고 생각하는 관광객들, 자기가 세상을 구원할 수 있다고 믿는 젊은 이상주의자들에게 구걸이나 하고 있으니까 우리가 불쌍하다고 생각하는 거요? 가난뱅이는 댁이오! 당신은 자신의 시간을 마음대로 쓰지도 못하고, 자신이 원하는 대로 할 수도 없고, 자신이 만들지도 않았고 이해하지도 못하는 규칙들을 따라야만 하잖아."

미하일은 이 과격한 대화를 중단시키고 원래 하던 이야기로 화제를 돌렸다.

"무얼 알고 싶으세요, 아주머니?"

"나는 당신이 왜 자신의 역사를 이야기했는지 알고 싶어요. 그 늙은 유목민은 그걸 잊어야 한다고 말했다면서요."

"아뇨, 그건 이제 나의 역사가 아닙니다. 내가 경험한 것들을 말할 때마다 마치 내게서 아주 멀리 있는 어떤 것에 대하여 이야기하는 것처럼 느껴져요. 지금은 그 목소리와 존재, 완수해야 할 사명만이 남아 있어요. 나는 내가 겪은 어려움들의 가치를 소홀히 여기지 않습니다. 그 어려움들이 지금의 내가 되도록 도왔다고 생각합니다. 나는 마치 수년간의 훈련을 통해 전투기술을 습득한 전사가 된 듯한 느낌입니다. 전사는 자신이 배운 모든 세부를 기억하지 않습니다. 하지만 적절한 순간에 적에게 일격을 가

할 줄 알죠."

"궁금한 게 또하나 있어요. 왜 그 여기자와 당신은 계속해서 우리를 찾아오는 거죠?"

"우리 자신을 새롭고 낯선 것으로 채우기 위해서지요. 스텝의 늙은 유목민이 말했던 것처럼, 오늘날 우리가 알고 있는 세상은 사람들이 우리에게 해준 이야기일 뿐입니다. 하지만 그건 진실이 아니지요. 다른 이야기가 있습니다. 신이 주신 선물, 권능, 알려진 것 너머까지 닿을 수 있는 능력이 담겨 있는 이야기입니다. 나는 어린 시절부터 그 소녀와 함께 살았고 한동안은 그녀를 '보기도' 했습니다. 에스테르는 내가 혼자가 아님을 알려주었습니다. 그녀는 나에게 생각의 힘만으로도 포크를 구부릴 수 있는 사람, 마취도 하지 않고 녹슨 메스로 외과수술을 하는 사람, 신께서 주신 특별한 선물을 소유한 사람들을 소개해주었습니다. 환자는 수술이 끝나자마자 제 발로 걸어나갔죠.

나는 아직 모르고 있는 내 잠재력을 계발시키는 법을 배우는 중입니다. 하지만 나는 함께 일할 친구들, 여러분처럼 개인적인 역사를 갖고 있지 않은 사람들이 필요합니다."

나 역시 과거로부터 나를 자유롭게 하는 과정을 시작하기 위해, 이 낯선 사람들에게 내 이야기를 하고 싶었다. 하지만 시간이 너무 늦었고, 의사가 목 보호대를 풀어주러 오기로 했기 때문에 다음날 일찍 일어나야 했다.

나는 미하일에게 내가 그를 남겨두고 먼저 가도 괜찮겠는지 물었다. 그는 오늘 밤 에스테르가 많이 그리워서 조금 걷고 싶다고 했다. 우리는 부랑자들과 헤어져 택시를 잡을 수 있는 큰길 쪽으로 방향을 잡았다.

"아까 그 여자의 말에 일리가 있다는 생각이 드는군."

내가 말문을 열었다.

"당신이 당신 역사를 이야기한다는 것은 여전히 그것으로부터 자유롭지 못하다는 얘기가 아니오?"

"나는 자유롭습니다. 하지만 이야기를 하는 동안 선생 역시 이해하게 될 것입니다. 바로 여기에 그 비밀이 있죠. 어떤 이야기들은 한가운데서 끊어집니다. 이런 이야기들은 현재로 머물러 있습니다. 우리가 그 장을 마무리하지 않는 한, 다음 장으로 넘어가지 못합니다."

인터넷에서 이 주제에 관련된 글을 읽은 기억이 떠올랐다. 비록 내가 쓴 건 아니지만, 그 글은 나에게도 해당되는 것이다.

바로 이런 이유 때문에 어떤 것들을 그냥 사라지도록 내버려두는 것이 그토록 중요한 것이다. 그것들에서 해방돼라. 관계를 끊어내라. 속임수를 쓰기 위해 표시해놓은 카드로 게임하는 사람은 아무도 없다는 것을 이해해야 한다. 때로는 따기도 하지만 때로는 잃기도 하는 것이다. 사람들이 뭔가 되돌려주기를, 너의 노력이 인정받기를, 사람들이 네 재능을 발견하기를, 사람들이 네 사랑을 이해하기를 바라지 마라. 순환의 고리를 끊어야 한다. 하지만 그 이유가 자존심이나 무능이나 교만이어서는 안 된다. 네가 그 순환의 고리를 끊어야 하는 것은 그게 무엇이든 이젠 네 삶과는 맞지 않기 때문이다. 문을 닫아라. 다른 음악을 틀어라. 집을 청소하고, 먼지를 떨어내라. 지금까지의 너이기를 그만두라. 그리고 너 자신이 돼라.

하지만 일단 미하일이 무슨 말을 하는지는 이해하고 넘어가야 했다.

"'끊어진 이야기'라는 게 뭔가?"

"에스테르는 여기 없습니다. 어느 순간 그녀는 모든 슬픔을 비워내고 기쁨이 흘러들어오도록 하는 과정을 더는 계속할 수 없는 지점에 이르렀어요. 왜 그랬을까요? 그녀의 이야기가 다른 수백만 명의 이야기처럼 사랑의 에너지에 연결되어 있기 때문입니다. 그 에너지는 혼자서는 진화할 수 없습니다. 따라서 그녀는 사랑하기를 멈추거나 사랑하는 사람이 그녀에게 가 닿기를 기다려야 합니다.

결혼생활이 위기를 맞았을 때, 두 사람 중 한 사람이 더이상 앞으로 나아가지 않으려고 하면, 상대방 역시 똑같이 될 수밖에 없습니다. 그래서 한 사람이 기다리는 동안, 다른 한쪽은 애인을 만들거나, 자선 활동에 열심이거나, 아이들을 돌보는 데 여념이 없거나, 일 중독자가 되어갑니다. 그러나 열린 마음으로 그 주제에 대하여 이야기를 꺼내고, 자신의 생각을 주장하고, '앞으로 나아갑시다. 우린 권태와 걱정과 두려움으로 죽어가고 있어요'라고 외치는 편이 훨씬 더 쉬울 겁니다."

"당신은 에스테르가 나 때문에 슬픔을 비워내고 자유로워지는 과정을 계속하지 못했다고 말하는 거요?"

"그렇게 말하진 않았습니다. 나는 한 사람이 다른 사람을 죄인으로 만들 수 있다고는 생각지 않아요. 어떤 상황에서도요. 나는 그녀가 선생을 사랑하길 그만두든가, 아니면 선생이 그녀를 만나러 오도록 이끌거나 하는 선택의 기로에 놓여 있다고 말했을 뿐입니다."

"그녀가 그런 상황에 있는 거로군."

"그렇습니다. 하지만 만약 그게 오로지 내게 달려 있는 일이라면, 우리는 목소리가 허락할 때에만 그녀를 만나러 가야 합니다."

"자, 이제 자네 생활에 목 보호대는 없네. 앞으로도 영원히 그 랬으면 좋겠구먼. 부탁이니 급작스럽게 움직이는 일은 피하도록 하게나. 근육들이 다시 제자리를 잡아야 하거든. 그런데 예지력을 가진 그 소녀는 어떻게 되었나?"

"소녀? 예지력?"

"자네가 병원에서 말하지 않았나, 자네한테 무슨 일이 일어날 거라고 예견하는 목소리를 들었다는 사람이 있다고."

"그건 소녀가 아닐세. 그건 그렇고, 간질에 대해 더 알아보겠다고 자네가 약속했었지."

"그렇잖아도 아는 전문의에게 물어봤네. 그와 비슷한 경우에 대해 알고 있는지 물어보았지. 그의 대답은 조금 놀라웠어. 하지만 먼저 의학이란 나름의 신비를 갖고 있음을 명심하게. 자네, 사과 다섯 개를 사러 가서 두 개만 가지고 돌아온 아이 이야기를 기억하나?"

"기억하지. 그 아이는 집에 오다가 나머지 사과들을 잃어버렸을 수도, 다른 사람에게 주었을 수도, 혹은 사과 다섯 개를 다 사기엔 돈이 모자랐을 수도 있고, 기타 등등의 가능성이 있지. 걱정하지 말게. 정답이 없다는 것 정도는 아니까. 그런데 말이야, 잔 다르크는 간질환자였나?"

"전문의인 내 친구가 얘기중에 그녀에 대해 언급하더군. 잔 다르크는 열세 살 때 목소리를 듣기 시작했다네. 그녀의 진술은 그녀가 빛을 보았다는 것도 알려주고 있지. 빛을 보는 건 발작의 한 징후일세. 신경학자인 리디아 베인 박사의 말에 따르면, 그 전사 성녀는 음악을 통해 무아경을 체험한 것인데, 그것을 '음악기인성 音樂起因性 간질'이라고 부르지. 잔 다르크의 경우에 원인을 제공한 것은 종소리였네. 그 청년이 자네 앞에서 간질 발작을 일으켰나?"

"그렇다네."

"음악이 있었나?"

"기억이 안 나. 하지만 그랬다 하더라도 그릇 달그락거리는 소리와 말소리 때문에 듣지 못했을 걸세."

"그가 긴장하고 있는 것 같던가?"

"몹시 긴장되어 보였어."

"그것도 발작의 또다른 원인이네. 간질에 대한 연구는 생각보다 역사가 길지. '까무러치는 병'이라 불리던 그 질병에 관한 매우 상세한 기록이 이미 메소포타미아 시대부터 존재했다네. 우선 경련을 일으킨 후에 오는 병이지. 고대 사람들은 그 병을 사람의 몸속에 침입한 악귀의 소행으로 여겼지. 훨씬 후대에 그리스의 의사 히포크라테스가 경련 원인을 뇌기능 장애에서 찾으려 했지만, 어쨌거나 간질환자들은 현대에도 여전히 편견의 희생양이라네."

"정말 그래. 그 청년이 발작을 일으켰을 때 정말로 무서웠어."

"자네가 예언에 대해 이야기하기에, 내 친구로부터 그 분야에 집중해서 얘기를 들었지. 그의 설명에 따르면, 그 질병으로 고통받은 사람들 중에 유명인사들이 꽤 많지만, 그 병 자체가 사람에게 능력을 더 주거나 하지는 않는다는 게 대부분의 과학자들의 견해라네. 다만 간질을 앓은 위인들 때문에 사람들은 발작하는 이들에게 '신비로운 아우라'를 보곤 하지."

"간질을 앓은 위인이라니, 예를 들면……?"

"나폴레옹, 알렉산드로스 대왕, 단테 등등이지. 위인 명단은 간단히 끝내기로 함세. 자네의 흥미를 끄는 건 그 청년의 예언이니까. 그런데 그 청년이 누군가?"

"자네가 아는 사람은 아니야. 아무튼, 자네는 늘 그렇듯 기다리는 환자들 때문에 얼른 가봐야 하지 않나. 그러니 설명이나 마저

해주게."

"성경을 연구하는 의학자들은 사도 바울이 간질환자였다고 확신한다네. 다마스쿠스로 가는 길에 바울은 가까이서 반짝이는 빛을 보고 땅바닥에 쓰러졌네. 그 빛은 그의 눈을 멀게 했고, 그는 여러 날 동안 먹지도 마시지도 못했지. 이런 사실에 근거해 그가 간질환자였다고 판단하네. 의학 문헌에는 '측두엽 간질'로 보고되고 있고."

"바울이 간질환자였다는 걸 교회가 인정하지 않았을 텐데."

"나 역시 아니라고 생각해. 하지만 의학 문헌에는 그렇게 쓰여 있어. 한편, 자기파괴자가 되어가는 간질환자들도 있네. 반 고흐의 경우가 그랬지. 그는 자신의 경련을 '내적 폭풍'으로 묘사했어. 그가 감금되었던 생레미 정신병원에서 한 간호사가 그의 발작을 목격했다고 하네."

"하지만 적어도 그는 그림을 통해 자기파괴의 에너지를 세상을 재구성하는 힘으로 변화시키는 데 성공했지."

"루이스 캐럴도 자신의 간질 경험을 묘사하기 위해 『이상한 나라의 앨리스』를 쓴 것이 아닌가 하고 의심받는다네. 앨리스가 검은 구멍 속으로 들어간다는, 서두에 등장하는 이야기는 대부분의 간질환자들에게 친숙한 경험이네. 이상한 나라를 두루 여행하는 동안 앨리스는 날아다니는 물건들을 보고 자기 몸이 아주 가볍다고 느끼지. 발작과 관련된 증세를 매우 상세하게 묘사한 셈이야."

"그렇다면 간질환자들이 예술적 성향을 갖고 있다는 말인가?"

"꼭 그런 뜻은 아닐세. 그런 예술가들이 유명해졌기 때문에 사람들이 이 두 가지 사실을 연결시키게 된 거지. 그 병을 앓고 있었던 게 아닌가 하고 추정되는 작가들도 아주 많아. 확실한 진단을 받은 작가들도 있고. 몰리에르, 에드거 앨런 포, 플로베르가 그랬지. 도스토예프스키는 아홉 살 때 처음으로 발작을 경험했어. 그는 그것이 자신을 행복한 평화의 순간으로 데려가기도 하고 깊은 우울 속으로 이끌기도 한다고 말했네. 하지만 제발 부탁이네만 신경쓰지 말게. 자네 역시 사고 때문에 그 병에 걸리는 건 아닌가 하는 염려는 하지 말라고. 내가 알기로 오토바이 사고를 당해서 간질에 걸렸다는 보고는 한 번도 없었으니까."

"이미 말했다시피, 이건 내가 실제로 알고 지내는 사람 이야기야."

"그럼 예지력을 가진 그 청년이 정말 존재한단 말인가? 자네가 보도 위에 쓰러져 기절한 것 때문에 걱정이 되어 꾸며낸 이야기가 아니고?"

"천만에. 난 질병의 징후에 대해서라면 알고 싶지도 않아. 의학 서적을 읽을 때마다 난 그 안에 묘사된 증상들을 전부 앓기 시작할 정도라고."

"내 자네에게 한마디하지. 하지만 제발 내 말뜻을 오해하진 말게나. 나는 그 사고가 자네에게 축복이었다고 생각하네. 지금의 자네는 예전보다 더 평온하고 덜 강박적으로 보여. 죽음 가까이 갔다 오는 사람들은 늘 더 잘살게 된다더군. 자네 부인이 나에게 피 묻은 천 조각 하나를 건네주며 그렇게 말했지. 나는 그 천 조각을 늘 몸에 지니고 다닌다네. 물론 의사로서 나는 매일 죽음을 가까이에서 보긴 하지만 말이야."

"아내가 왜 자네에게 그 천 조각을 준다고 말하던가?"

"자네 아내는 내 직업에 대해 아주 멋지게 표현했지. 그녀는 내가 기술과 직관, 규율과 사랑을 혼합할 줄 안다고 했어. 그러면서 죽기 직전의 한 군인이 그녀에게 자기 셔츠를 벗겨 여러 조각으로 잘라 세상을 있는 그대로 보여주려고 성실하게 노력하는 사람들과 나눠가져달라고 부탁했다는 얘길 하더군. 자네는 책을 써서 그런 일을 하니까 역시 한 조각 갖고 있을 거라 생각하네만."

"아니, 나는 갖고 있지 않아."

"그래? 자네에겐 왜 안 줬을까?"

"이유를 알지. 아니, 좀더 정확하게 말하자면 알아가고 있는 중이야."

"나는 자네의 주치의이지만 친구이기도 해. 그런 의미에서 충고 한마디 해도 되겠나? 만약 간질에 걸린 그 청년이 자기가 미래를 예견할 수 있다고 말했다면, 그는 의학에 대해선 아무것도 모르는 걸세."

크로아티아, 자그레브.

오전 여섯시 삼십분.

마리와 나는 얼어붙은 분수 앞에 앉아 있다. 올해는 봄이 오지 않기로 작정한 것 같다. 필경 겨울에서 여름으로 곧바로 넘어갈 것이다. 분수 한가운데에는 꼭대기에 조각상이 얹힌 기둥이 하나 서 있다.

어제 오후 내내 인터뷰를 해서 이제는 내 신작에 대해 더는 한마디도 할 수 없을 만큼 지친 상태다. 기자들은 늘 같은 질문을 한다. 내 아내가 그 책을 읽었는지(나는 모른다고 대답했다), 내가 평론가들로부터 부당하게 대접받는다고 생각하는지(어떻게?), 『찢어버릴 시간, 꿰맬 시간』에서 내 삶의 많은 내밀한 부분을 드러냈기 때문에 독자들에게 충격을 주었다고 생각하는지(작가는 자기 삶에 대해서만 쓸 수 있을 뿐이다), 그 책이 영화로 만들어질 것인지(영화는 독자의 머릿속에서 만들어지며, 내 책의 영화판권 판매를 전면 금지했다는 얘기를 이미 천 번쯤은 되풀이했을 것이다), 사랑에 대해 어떻게 생각하는지, 왜 사랑에 대해 썼는지, 사랑하면서 행복해지려면 어떻게 해야 하는지, 사랑, 사랑……

인터뷰 후에는 출판사에서 마련한 저녁식사 자리에 갔다. 그건 의식의 일부이다. 식사 자리에는 언제나 그 도시의 명사들이 참석했고, 그들은 매번 대개 같은 질문을 던져서 내가 포크를 입까지 무사히 가져가지 못하게 만든다. "선생님은 어디서 영감을 받으십니까?" 나는 먹으려고 애쓴다. 하지만 호감을 주기 위해, 이야기를 나누기 위해, 명사로서의 내 역할을 수행하기 위해, 뭔가 흥미로운 이야기를 들려주기 위해, 좋은 인상을 주기 위해 노력해야 한다. 나는 출판인이 진짜 영웅이라는 것을 안다. 그는 어떤 책이 성공할지를 결코 미리 알 수 없다. 차라리 바나나 화장비누를 파는 편이 쉬울 것이다. 그게 훨씬 안전하며, 그것들에는 허영심도, 과도한 자아도 없으니까. 홍보가 마음에 들지 않는다거나 특정 서점에 그들의 책이 없다고 불평하지도 않을 테니까.

저녁식사 다음은 보나마나한 관광 순서가 기다리고 있다. 그들은 자기네 도시의 기념물들, 역사적인 장소, 최신 유행의 바 등을 보여주고 싶어한다. 언제나 모든 것을 정확하게 알고 있는 가이

드가 따라붙는다. 그는 내 머릿속에 정보들을 우겨넣으려 한다. 나는 적당히 관심을 보이고, 이따금 질문도 던져야 한다. 나는 내 책의 판촉을 위해 방문한 수많은 도시들의 거의 모든 기념물과 박물관과 유적지들을 알고 있다. 하지만 그 무엇도 기억나지 않는다. 내가 기억하는 것은 기대하지 않았던 일들, 독자들과의 만남, 바, 우연히 거닐게 되었거나 좀더 멀리 나갔다가 뜻밖의 광경을 목격했던 길에 관한 추억뿐이다.

언젠가 나는 지도와 호텔 주소들만 있고 나머지 부분은 백지로 남겨둔 여행 안내서를 쓸 것이다. 사람들은 그 안내서를 들고 자신만의 특별한 여행기를 만들어야 할 것이다. 그리고 모든 도시들에 존재하지만 사람들이 우리에게 이야기해준 '필수 코스' 목록에는 들어 있지 않은 식당, 기념물, 그 밖의 멋진 것들을 스스로 발견하게 될 것이다.

나는 전에 이미 자그레브에 와본 적이 있다. 그리고 이 분수는 이 지역 관광 안내책자 어디에도 나와 있지 않지만 내가 본 다른 무엇들보다 더 중요하다. 이 분수가 아름답기 때문이다. 내가 우연히 이 분수를 발견했기 때문이다. 그리고 그것이 내 삶의 역사와 연결되어 있기 때문이다. 벌써 오래전 일이다. 모험을 추구하며 세상을 떠도는 젊은이였던 시절, 나는 제법 긴 시간 동안 내 길동무가 되어주었던 크로아티아 출신 화가와 함께 이 분수를 발견했다. 그때 나는 터키 쪽으로 갈 예정이었고, 그는 집으로 돌아가려는 참이었다. 우리는 이 분숫가에 앉아 포도주 두 병을 마시면서 함께한 동안 일어났던 모든 일들, 종교, 여자, 음악, 호텔 숙박료, 마약 등에 대해 얘기한 뒤 헤어졌다. 우리는 모든 것에 대해 얘기했다. 사랑만 빼고. 우리는 이야기할 필요가 없는 사랑을 하고 있었기 때문이다.

화가가 자기 집으로 돌아간 뒤, 나는 한 소녀를 만났다. 우리는 사흘을 함께 보내면서 강렬하게 사랑했다. 우리 둘 다 그것이 오래가지 못하리라는 것을 알고 있었기 때문이다. 그녀는 내가 이 나라 사람들의 영혼을 이해하게 해주었다. 그리고 나는 그녀를 잊지 못했다. 내가 이 분수를, 내 길동무와의 작별을 잊지 못한 것처럼.

그것이 내가 인터뷰를 하고, 사인회를 하고, 저녁식사를 마친 다음 기념물과 유적지들을 방문한 뒤에, 의아해하는 편집인에게 부탁해서 이 분수로 안내해달라고 한 이유다. 나는 이 분수가 정확히 어디에 있는지 몰랐고, 자그레브에 분수가 그렇게 많은지도 몰랐다. 우리는 한 시간가량 헤맨 끝에 이곳을 찾아냈다. 나는 포도주 한 병을 부탁했고, 모든 사람을 물리치고 마리와 단둘이 여기 앉아 있다. 우리는 말없이, 어깨동무를 하고서, 동이 트기를 기다리며 포도주를 마셨다.

"당신, 나날이 기분이 좋아지고 있어요."

마리가 내 어깨에 머리를 기대며 말한다.

"내가 누구인지 잊어버리려고 노력하기 때문이지. 더 정확히 말하면, 내 모든 지난 역사를 등허리에 짊어지지 않으려고 노력하고 있기 때문이야."

나는 그녀에게 미하일과 나눈 유목민에 대한 대화를 들려준다.

"영화배우들의 경우도 똑같아요."

그녀가 맞장구친다.

"새로운 배역을 맡을 때마다 우리는 그 인물을 살아내기 위해 우리 자신이기를 멈춰야 하거든요. 하지만 그 때문에 결국 혼란스러워지고 신경쇠약에 걸려요. 당신은 당신 개인의 역사를 한쪽으로 치워두는 것이 정말로 괜찮은 일이라고 생각하나요?"

"내가 점점 좋아지고 있다고 당신이 말했잖소?"

"당신이 덜 이기적이 되었다는 뜻에서 한 말이에요. 당신이 이 분수를 찾아내기 위해 사람들을 놀라게 한 건 마음에 들어요. 하지만 그건 당신이 방금 내게 해준 이야기와는 모순되지 않나요? 이 분수는 당신 과거의 일부잖아요."

"이곳은 내게 하나의 상징이오. 하지만 그렇다고 해서 이 분수를 늘 마음속에 지니고 다니지는 않소. 이 장소를 생각하긴 하지만 친구들에게 보여주기 위해 사진을 찍지는 않아. 이곳에 얽힌 추억의 일부를 이루고 있는 그 화가를 그리워하지도 않고. 내가 사랑했던 그 소녀도 마찬가지요. 이곳에 다시 오게 되어 기뻐. 하지만 이곳에 다시 오지 않았다 해도 내가 경험한 것은 달라지지 않았을 거요."

"이해해요."

"기쁘군."

"나는 슬퍼요. 당신이 날 떠날 거라는 생각이 드니까요. 처음 만났을 때부터 알고 있었죠. 하지만 내겐 너무 힘든 일이에요. 당신과 함께하는 것이 이젠 습관이 되었으니까."

"바로 그게 문제요. 습관."

"하지만 그러는 게 인간이에요."

"나와 결혼한 여자가 자히르가 된 것도 그래서였소. 사고를 겪기 전까지는, 나는 그녀와 함께 있어야만 행복할 수 있다고 생각했었지. 그녀를 세상 그 무엇이나 누구보다 사랑하기 때문에가 아니라, 오직 그녀만이 나를 이해하고, 내가 좋아하는 것, 내 괴벽, 세상을 바라보는 내 방식을 안다고 생각했기 때문이오. 나는 그녀가 나를 위해 해준 것들에 대해 고맙게 생각하고 있었고, 그녀 역시 내가 그녀한테 해준 것을 고맙게 여길 거라 믿었소. 나는 그녀의 눈을 통해 세상을 바라보는 것에 익숙해 있었어. 당신, 숲에서 불을 끄고 나온 두 소방수 이야기 기억하오? 한 사람은 얼굴에 그을음이 잔뜩 묻어 있었던?"

그녀가 내 어깨에 기댔던 머리를 들어올렸다. 두 눈에 눈물이 가득 고여 있었다.

"세상은 그런 거고, 나도 마찬가지였어."

나는 계속 말을 이어나갔다.

"에스테르의 아름다움이 반사된 것. 그것은 사랑일까, 아니면 구속일까?"

"모르겠어요. 나는 사랑과 구속이 늘 함께라고 생각해요."

"아마도. 하지만 만일 내가 멀리 있는 한 여자에게 보내는 편지인 『찢어버릴 시간, 꿰맬 시간』 대신 다른 이야기를 썼다고 가정해봅시다. 예를 들면 이런 것.

십 년 동안 함께 살아온 남편과 아내가 있어. 그들은 처음엔 매일 밤 사랑을 나눴지. 그런데 이제는 일 주일에 한 번밖에 사랑을 나누지 않아. 하지만 그건 그리 심각한 문제가 아니야. 그들은 언제나 함께하고, 서로 지지하고 동질감을 느끼니까. 남편은 아내가 일 때문에 늦게까지 들어오지 않아 혼자 저녁을 먹어야 할 때 슬픔을 느끼고, 아내는 남편이 출장을 떠날 때 불평을 하지만 그것이 그의 일의 일부라는 사실을 이해하지. 그러면서도 두 사람은 모두 뭔가가 결핍되고 있다고 느껴. 하지만 그들은 충분히 성숙한 성인들이지. 안정적인 관계를 유지하는 것이 아이들을 위해서라도 중요하다는 걸 알고 있어. 그들은 점점 더 많은 시간을 일과 아이들에게 바치고, 자신들의 결혼생활에 대해서는 점점 덜 생각하게 돼. 하지만 겉으로 볼 땐 모든 것이 아주 잘되어가고 있겠지. 둘 사이에 다른 남자나 여자가 있는 것도 아니니까.

그들은 문제가 있다는 걸 인식해. 하지만 그게 뭔지는 명확하게 파악하지 못하지. 시간이 흐를수록 두 사람은 점점 더 서로에게 의존하게 돼. 나이를 먹고, 삶을 바꿀 수 있는 기회는 멀어져만 가지. 그들은 몰입할 다른 대상을 찾으려고 애써요. 독서, 자수, 텔레비전, 친구들. 저녁식사중이나 식사 후에 대화도 나누고. 하지만 남편은 쉽게 화를 내고 아내는 이전에 비해 말이 없어지지. 그들은 점점 더 서로에게서 멀어지고 있다는 걸 알지만 그 이유는 알지 못하오. 그래서 결국 결혼이란 원래 그런 거라는 결론에 도달하지. 하지만 친구들한테는 그런 이야기를 하지 않아. 그들은 남들에게 자기들이 행복한 부부라는, 두 사람이 서로 지지하고 있다는 인상을 주려고 노력해요. 그것이 그들의 공통 관심사니까. 그즈음 아내에게 다른 남자가 생기고 남편에게는 다른 여자가 생겨. 물론 그 관계도 진지하거나 심각하진 않아. 중요한 것, 필요한 것, 근본적인 것은 아무 일도 없는 것처럼 행동하는 거야. 변화를 시도하기엔 이미 너무 늦었으니까."

"그 이야기를 이해할 수 있어요. 비록 직접 경험해보진 않았지만. 나는 우리가 살아가면서 그런 상황들을 견디도록 훈련받고 있다고 생각해요."

나는 외투를 벗고 분수 가장자리로 올라간다. 뭘 하려느냐고 마리가 묻는다.

"저 가운데에 있는 기둥까지 걸어갈 거요."

"미쳤어요? 벌써 봄이고, 얼음이 녹아 얇아져 있을 거예요."

"저기까지 걸어가야 해."

나는 한 발 내디딘다. 빙판 전체가 흔들린다. 하지만 깨지지는 않는다. 동 트는 것을 바라보면서 나는 신과 일종의 내기를 건다. 만약 얼음이 깨지지 않고 기둥에 닿게 되면 그것은 내가 올바른 길을 가고 있다는 표지라고, 신의 손이 내가 가야 할 길을 보여주는 거라고.

"물에 빠질 거예요."

"그러면 또 어떻소? 최악의 경우래야 얼음물 속에서 목욕이나 하는 정도겠지. 하지만 호텔은 가까운 곳에 있으니, 추위는 오래 가지 않을 거요."

나는 다른 쪽 발도 내디딘다. 이제 내 몸은 완전히 빙판 위에 올라서 있다. 분수 가장자리의 얼음이 분수대 벽에서 떨어져나간다. 빙판 위로 물이 조금 올라온다. 그래도 얼음은 깨지지 않는다. 나는 기둥이 있는 쪽으로 걸어간다. 기껏해야 4미터 정도의 거리다. 유일한 위험은 물속에 빠지는 것이다. 하지만 그런 경우의 수를 염두에 두어서는 안 된다. 나는 이미 첫 발짝을 떼었고, 끝까지 가야 한다.

나는 계속 걸어 기둥에 이른다. 기둥에 손을 댄다. 그때 우지끈 하는 소리가 들린다. 하지만 나는 아직 얼음 위에 서 있다. 내 최초의 본능은 뒤돌아 뛰어나오라고 한다. 하지만 무언가가, 그러면 발에 힘이 더 들어가고 무거워져서 물에 빠지게 될 거라고 말한다. 나는 천천히 돌아서서 처음과 같은 리듬으로 걷는다.

내 앞에서 해가 떠오른다. 조금 눈이 부시다. 마리와 주변 건물과 나무들의 윤곽만 보인다. 얼음판은 점점 더 심하게 출렁이고, 분수 가장자리에서 계속 물이 솟아올라와 얼음을 적신다. 그러나 나는 내가 성공하리라는 것을 절대적으로 확신하고 있다. 나는 떠오르는 태양과, 나의 선택과 교감하고 있으므로. 나는 얼음의 한계를, 그걸 다루는 법을 알고 있으므로. 얼음에게 도움을 청하고, 나를 빠지지 않게 해달라고 부탁했으므로. 나는 황홀경에, 행복한 도취 상태에 빠져들기 시작한다. 나는 다시 어린아이가 되어 금지된 일, 어리석은 일을 저지르고 있다. 그것이 내게 커다란 기쁨을 준다. 얼마나 즐거운가! 신과의 터무니없는 계약, '만약 이것에 성공한다면 저것이 일어나리라'는, 주어진 것이 아니라 본능에 따른, 낡은 규칙들을 잊고 새로운 상황들을 창조해내는 내 능력에 의해 나타나는 표지들.

나는 목소리를 듣는다고 믿고 있는 간질환자 미하일을 만난 것에 대해 감사한다. 나는 아내를 찾기 위해 그를 만나 내가 나 자신의 희미한 그림자가 되어 있음을 깨달았다. 여전히 에스테르는 내게 그토록 중요한 존재인가? 나는 그렇다고 생각한다. 내 생을 단번에 바꾸고, 지금까지도 나를 변화시키고 있는 것은 바로 그녀의 사랑이기 때문이다. 내 과거의 역사는 너무 오래되어 지고 다니기엔 너무 무거워졌고, 그걸 지고 빙판을 가로지르며 신에게 내기를 걸고 어떤 '표지'를 보기 위해 위험을 감수하기엔 너무 진지해져버렸다. 나는 산티아고의 길을 계속 순례해야 하고, 불필요한 짐들을 내버려야 하고, 하루하루 살기 위해 필요한 것만 지니고 있어야 한다는 것, 그래서 사랑의 에너지가 밖에서 안으로, 안에서 밖으로 자유롭게 흐르도록 해야 한다는 걸 잊고 있었다.

다시 우지끈하는 소리가 들리며 빙판에 균열이 일어난다. 하지만 나는 안다. 나는 가볍기 때문에, 아주 가볍기 때문에, 해내리라는 것을. 구름 위를 걷는다 해도 땅으로 떨어지지 않으리라. 지금 나는 내 명성과 이야기된 역사들, 앞으로 올 사건들이라는 무거운 짐을 지고 있지 않다. 나는 지극히 투명해서 태양 광선이 내 몸을 통과하여 내 영혼을 비추고 있다. 내 안에 아직도 그늘진 부분이 많이 있음을 안다. 하지만 그 부분들도 인내와 용기로 조금씩 씻겨 내려가게 할 것이다.

아직 한 걸음이 남아 있다. 내 집 테이블 위에 있는 봉투가 머릿속에 떠오른다. 곧 그것을 열어보리라. 그리고 얼음 위를 걷는 대신 나를 에스테르에게로 데려가줄 길을 걸으리라. 이제는 그녀를 내 곁에 두고 싶어서가 아니다. 그녀는 원한다면 얼마든 자유롭게 지금 있는 그곳에 머물 수 있으니까. 또 내가 이전처럼 밤낮으로 자히르에 사로잡혀 있어서도 아니다. 나는 이제 그 사랑, 파괴적인 집착에서 벗어났으니까. 내 과거에 익숙해서도, 과거에 매달려 열렬히 되돌아가고 싶어서도 아니다.

한 걸음 더 내딛자 더 많은 균열이 일어난다. 하지만 나를 구해 줄 분수 가장자리가 가까워지고 있다.

그 봉투를 열어보리라. 그녀를 만나러 가리라. 간질환자이고, 예견자이고, 아르메니아 식당의 영적 마스터인 미하일이 말한 것처럼, 이 이야기는 마무리되어야 하기 때문이다. 그러므로 모든 것이 이야기되고 몇 번이고 다시 이야기될 때, 그녀 때문에 내가 지나갔던 장소들과, 내가 살아낸 순간들과, 내가 디뎠던 걸음들이 아득한 추억으로 변할 때, 그때는 오로지 순수한 사랑만이 남게 되리라. 그때 비로소 나는 내가 뭔가를 '해야 한다'는 의무감에 사로잡히지 않을 것이고, 오직 그녀만이 나를 이해하기 때문에, 내가 그녀에게 익숙해 있기 때문에, 그녀가 내 장점과 단점을 알기 때문에 그녀가 필요하다고 생각지도 않을 것이다. 적어도 내가 잠자리에 들기 전에 토스트 한 조각을 먹는 걸 좋아하고, 잠에서 깨자마자 텔레비전 국제뉴스를 보고, 매일 아침 산책을 하고, 활쏘기에 관한 책들을 즐겨 읽고, 내가 얼마나 오랜 시간 글을 쓰느라 컴퓨터 모니터 앞에 매달려 있고, 가정부가 식사 준비가 다 되었다고 계속 부를 때면 얼마나 화가 나는지 아는 사람은 그녀뿐이기 때문이라는 이유로는 아닐 것이다.

이 모든 것은 사라질 것이다. 그리고 하늘과 별, 사람, 꽃, 곤충들을 움직이게 하는 사랑만이 남을 것이다. 우리를 기쁨과 두려움으로 가득 채우며, 위험을 무릅쓰고 얼음 위를 가로지르도록 내모는, 그런 사랑만이.

분수대 가장자리의 돌벽에 내 손이 가 닿는다. 나를 향해 내민 손 하나. 나는 그 손을 잡는다. 마리는 내가 다시 균형을 잡고 분수 밖으로 내려오도록 도와준다.

"당신이 자랑스러워요. 나라면 절대로 하지 못할 거예요."

"얼마 전까지는, 나도 그랬소. 어린애나 하는 짓이고, 무책임하고 불필요하고 아무런 의미도 없는 일이니까. 하지만 나는 다시 태어나고 있는 중이오. 새로운 위험들을 무릅써야 해."

"아침햇살이 당신에게 좋은 일을 베풀어주었나봐요. 마치 현자처럼 이야기하는군요."

"현자라면 방금 내가 한 짓 같은 건 안 하겠지."

호의은행의 내 계좌에 예치를 크게 하고 있는 한 잡지를 위해 중요한 글 한 편을 써야 했다. 내겐 수천 가지 아이디어가 있지만, 어디에 집중하고 노력을 쏟아붓고 피땀을 흘려야 할지 알 수 없다.

이런 일이 처음은 아니지만, 나는 마치 해야 할 중요한 말은 모두 한 것 같고, 과거의 기억을 모두 잃고 내가 누구인지도 잊은 것 같은 느낌이다.

창가로 다가가 거리를 내려다본다. 나는 내 일에서 성공을 거두었고, 더이상 증명해 보여야 할 것은 없다고, 은퇴해서 산속 별장에서 여생을 보내며 책을 읽고 산책을 하고 요리법과 날씨에 대해 수다나 떨면서 지낼 수 있는 거 아니냐고 스스로를 납득시키려 애쓴다. 소리내어 말도 해본다. 나는 전 세계의 거의 모든 언어로 책이 출판되는 몇 안 되는 성공한 작가이다. 몇 번 더 반복해서 중얼거린다. 그런 내가 왜 잡지에 실릴 짧은 글 한 편 때문에 걱정해야 하지? 그것 역시 중요해서?

호의은행 때문이다. 그러니까 글을 써야 한다. 하지만 사람들에게 뭐라고 말할 것인가? 사람들이 해준 이야기들일랑 잊어버리고 더 많은 위험을 무릅쓰라고?

사람들은 이렇게 대답할 것이다. "나는 독립적인 개체요. 나는 내가 하고 싶은 대로 할 거요."

사랑의 에너지가 자유롭게 순환하도록 허용하라고 말해야 할까?

그들은 대답할 것이다. "나는 사랑하고 있어요. 점점 더 많이 사랑하고 있는걸요." 마치 기차 선로 사이의 거리나 건물의 높이, 빵을 만드는 데 들어가는 효모의 양을 측정하듯 사랑을 측정할 수 있다는 듯이.

테이블 쪽으로 간다. 미하일이 놓고 간 봉투는 이미 열려 있다. 나는 에스테르가 어디 있는지 알고 있다. 이제 거기에 가는 방법만 알면 된다. 나는 미하일에게 전화를 걸어 분수 이야기를 들려준다. 그는 그 이야기를 듣고 무척 좋아한다. 나는 저녁에 뭘 할 거냐고 묻는다. 그는 여자친구인 루크레티아와 데이트를 할 거라고 대답한다. 저녁식사에 두 사람을 초대해도 될까? 오늘은 안 되지만 다음주엔 괜찮다고 한다. 만약 내가 원하면 그의 친구들과 함께 밖에서 만날 수도 있다는 것이다.

나는 다음주에는 미국에서 강연회가 있다고 말한다. 급할 것 없습니다, 그가 대답한다, 그러면 우리가 두 주 동안 기다리면 되지요.

"선생은 얼음 위를 걸으라는 목소리를 들은 게 틀림없습니다."
그가 말했다.
"아니, 아무 목소리도 듣지 못했소."
"그런데 왜 그렇게 했습니까?"
"그렇게 해야 한다고 느꼈기 때문이오."
"그것도 목소리를 듣는 또다른 방식입니다."
"나는 내기를 걸었소. 만약 빙판 위를 건너는 데 성공한다면, 그건 내가 준비가 되었다는 뜻이라고. 그리고 나는 내가 준비가 되었다고 생각하오."
"그렇다면 목소리가 선생이 필요로 하는 표지를 준 셈이로군요."
"그 목소리가 당신에게 그렇게 말했소?"
"아뇨, 그럴 필요가 없는 일이거든요. 센 강가에서 아직 때가 되지 않았다는 목소리의 메시지를 선생께 전했을 때, 저는 목소리가 선생에게도 말을 할 거라 확신했습니다."
"아까 아무 목소리도 듣지 못했다고 말했잖소."
"그건 선생 생각이죠. 사람들은 대부분 그렇게 생각하지만 그 존재가 제게 반복해서 들려준 바에 따르면, 언제나 모든 사람이 목소리를 듣습니다. 목소리는 우리가 표지와 대면하는 때를 알 수 있도록 도와줍니다. 선생도 아시잖습니까?"

나는 논쟁하지 않기로 했다. 지금 필요한 것은 어디서 자동차를 빌릴 수 있는지, 여행 기간은 얼마나 걸릴지, 그녀가 기거하고 있는 집을 어떻게 찾을 수 있을지 등에 대한 실제적인 세부사항들이었다. 왜냐하면 내 앞에는 지도 한 장과, 어떤 호숫가를 따라가다가 어느 회사 간판을 찾고 거기서 좌회전하시오 등등의 막연한 지시사항만 적힌 종이 한 장만 달랑 있었기 때문이다. 아마도 그는 나를 도와줄 누군가를 알고 있을 터였다.

우리는 다음에 만날 날짜를 정했다. 미하일은 내게 가능한 한 눈에 띄지 않는 옷을 입고 오라고 당부했다. 그 부족은 파리 시내 구석구석을 돌아다닌다는 것이었다.

나는 어떤 '부족'을 말하는 거냐고 물었다. "저와 함께 식당에서 일하는 사람들입니다." 그는 자세한 얘긴 하지 않았다. 내가 그에게 미국에 다녀오는 길에 뭘 좀 가져다줬으면 하는 게 없느냐고 묻자, 그는 위산과다 증상을 완화시키는 어떤 약을 부탁한다고 말했다. 훨씬 더 재미있는 것들이 많을 듯했지만 그냥 그가 말한 것을 얌전히 메모했다.

아, 잡지에 쓸 글은?

나는 다시 테이블로 돌아가 무엇을 쓸 것인지 깊은 생각에 잠긴다. 열려 있는 봉투를 다시 바라본다. 그리고 내가 그 속에서 발견한 것들에 대해 놀라지 않았다는 결론을 내린다. 사실, 미하일과 만난 후로 나는 별다른 기대를 하지 않고 있었다.

에스테르는 중앙아시아 스텝 지대의 한 작은 마을에 있다. 더 자세히 말하면 카자흐스탄의 한 마을에.

나는 서두르지 않는다. 나는 계속해서 내 역사를 다시 살펴보고, 마리에게 그 이야기를 강박적이리만치 자세히 말했다. 그러자 그녀도 역시 그렇게 했고, 나는 그녀가 들려주는 이야기에 놀랐다. 하지만 그 과정은 효과가 있는 듯했다. 그녀는 불안해하지 않았고, 그 어느 때보다 확신에 가득 차 있었다.

나는 내가 왜 그렇게 에스테르를 만나고 싶어하는지 알지 못한다. 다만 이제부터 그녀에 대한 나의 사랑이 내 삶을 비추고, 내게 새로운 것들을 가르쳐주리라는 것을, 그리고 그것으로 충분하다는 것을 알 뿐이다. 하지만 나는 미하일이 한 '이야기는 마무리되어야 한다'는 말을 떠올렸다. 나는 더 멀리 나아가기로 한다. 곧 우리의 결혼생활이라는 얼음이 깨지기 시작한 순간, 그리고 우리가 마치 아무 일도 일어나지 않은 것처럼 차가운 물속으로 계속 걸어들어간 순간이 언제였는지 발견하게 될 것이다. 그리고 내가 하나의 순환고리를 닫기 위해, 혹은 그 고리를 더 연장하기 위해 에스테르가 머무르고 있는 마을에 도착하기 전에 그것을 발견하게 될 것이다.

써야 할 글! 에스테르는 다시 자히르가 된 것인가? 내가 다른 것에는 집중하지 못하게 방해하는?

아니다, 그렇지 않다. 이런 상황은 내가 긴급하게 어떤 일을 해야 할 때, 그 일이 창조적인 에너지를 요구할 때면 늘 거치는 과정이다. 마감 직전까지 거의 히스테리 상태에 다다라 결국 포기하기로 결심하고, 그러고 나면 글감이 떠오르는 방식. 나는 다른 방식으로 작업해보려고, 한참 전에 미리 모든 것을 해두려고 시도해보았다. 하지만 내게 있어 상상력이라는 것은 엄청난 심리적 압박을 받을 때만 작동하는 듯했다. 나는 호의은행을 존중하지 않을 수 없었고, 글 세 쪽을 써서 보내야 했다. 남녀관계에서 일어나는 문제들에 관해서! 내가! 그러나 편집인은 『찢어버릴 시간, 꿰맬 시간』을 쓴 작가가 인간의 마음을 누구보다 잘 이해할 거라고 믿고 있다.

인터넷에 접속해보려 했지만 연결이 되지 않는다. 모뎀을 한번 밟아버린 뒤로 접속 상태가 예전 같지 않다. 기술자를 몇 번이나 불렀었지만, 그들이 왔을 때 컴퓨터는 지극히 정상적으로 작동했다. 그들은 반시간 정도 테스트를 하면서 무엇이 불편한지 묻고, 시스템을 수정했다. 그러고는 문제는 내 컴퓨터가 아니라 서버에 있다는 믿음을 나에게 심어주었다. 그러자 모든 게 정상적이라는 생각이 들었고, 도움을 청한 나 자신이 우스꽝스럽게 느껴졌다. 그러나 두세 시간이 지나자 다시 컴퓨터와 모뎀 둘 다 멈춰버렸다. 지난 몇 달 동안 육체적으로, 또 심리적으로 극심한 소모전을 벌인 이후, 나는 테크놀로지가 나보다 더 세고 강하다는 사실을 저항 없이 받아들인다. 기계는 자기가 원할 때 일한다. 만약 그게 일할 생각이 없어 보이면 신문을 읽거나, 산책을 하거나, 케이블과 전화의 기분이 좀 나아져서 컴퓨터가 다시 작동하기로 마음을 바꿀 때까지 기다리는 게 최선이다. 나는 기계의 주인이 아니고, 기계 역시 자기만의 삶을 갖고 있다.

나는 두세 번 더 시도하다가, 경험에 비추어보건대 그냥 내버려두는 편이 낫겠다고 결론내린다. 세상에서 가장 커다란 도서관인 인터넷이 내 앞에서 문을 닫아버렸다. 그렇다면 영감을 얻기 위해 잡지나 읽어볼까? 나는 오늘 도착한 우편물 속에서 잡지 한 권을 집어든다. 최근에 책을 한 권 펴낸 여자의 기묘한 인터뷰 기사가 눈에 띈다. 그 여자의 책이 무엇에 관한 것이었는지 한번 상상해보라. 바로 사랑에 관한 것이다. 사랑이라는 주제는 가는 데마다 나를 쫓아다니는 듯하다.

기자는 그녀에게 인간이 행복에 이르는 유일한 방법이 사랑하는 사람을 만나는 거냐고 묻는다. 여자는 그렇지 않다고 대답한다.

사랑이 사람을 행복으로 이끈다는 생각은 근대의 발명품으로, 17세기 말에 생겨났습니다. 그때부터 사람들은 사랑은 영원히 지속되는 것이고, 그것을 실천하는 가장 훌륭한 방법이 결혼이라고 교육받게 되었습니다. 그 전까지는 열정의 수명에 대해 그다지 낙관적이지 않았습니다.「로미오와 줄리엣」은 해피엔딩이 아니라 비극입니다. 지난 몇십 년 동안 결혼이 자아실현의 한 수단이라는 개념이 눈에 띄게 발전한 만큼 그에 대한 환멸과 불만도 증가했죠.

꽤 고무적인 견해였다. 그러나 내가 써야 할 글에는 별반 도움이 되지 않는다. 나는 그녀가 한 말에 전적으로 찬성할 수가 없었다. 나는 책꽂이에서 남녀관계와는 아무런 상관이 없는, '북부 멕시코 주술 실습서'라는 제목의 책 한 권을 찾아냈다. 아이디어를 일깨우려면 정신의 긴장을 풀어야 했다. 강박증은 글을 쓰는 걸 도와주지 않는다.

책을 뒤적이던 나는 놀라운 글을 발견한다.

아코모다도르*: 살다보면 어느 순간인가 한계에 도달하기 마련이다. 정신적 외상, 쓰디쓴 실패, 사랑에 대한 환멸 등이 그것이다. 때론 대가를 치르지 않고 얻은 우연한 성공이 우리를 소심하게 만들어 더이상 앞으로 나아가지 못하게 한다. 자기 내부의 잠재된 힘을 일깨우는 수련중에 있는 주술사라면 맨 먼저 '아코모다도르'에서 자유로워져야 한다. 그러기 위해서는

---

* 포르투갈어로 '조절하다'라는 뜻의 명사형.

자신의 삶을 전체적으로 되돌아보고, 자신의 아코모다도르가 어디에 있는지를 알아내야 한다.

아코모다도르! 그것은 내가 즐기는 유일한 운동인 궁술을 연마할 때 경험한 것이었다. 사범은 한 화살을 두 번 쏠 수 없으며, 활을 잘 쏘는 법을 알려고 하는 것은 부질없다고 했다. 중요한 것은 과녁을 맞춘다는 생각을 완전히 버릴 때까지, 우리 자신이 화살이 되고 활이 되고 목표점이 될 때까지, 수백 번 수천 번 다시 쏘는 것이다. 그리하여 '사물'—내가 배운 것은 일본 궁술인 '규도弓道'인데, 사범은 '신神'이라는 단어는 한 번도 입에 올리지 않았다—의 에너지가 우리의 움직임을 이끌어, 우리가 원하는 때가 아니라 '그것'이 스스로 때가 되었다고 생각하는 순간에 활시위를 놓게 되는 것이다.

아코모다도르. 내 개인적 역사의 또다른 부분이 떠오른다. 이럴 때 마리가 옆에 있다면 좋을 텐데! 나는 나 자신에 대해서, 내 어린 시절에 대해서 이야기하고 싶었다. 나는 어렸을 때 항상 싸움질을 했고, 반에서 제일 나이가 많아서 다른 아이들을 때려주었다. 그러다가 사촌형에게 한 번 크게 진 다음부터 앞으로 다시는 싸움에서 이길 수 없으리라는 것을 깨달았다. 그리고 그때부터 겁쟁이라는 소리를 듣고 여자들 앞에서 창피를 당하면서도 몸으로 하는 대결은 무조건 피해왔다.

아코모다도르. 나는 이 년 동안 기타를 배웠었다. 처음에는 나날이 실력이 향상되었다. 그러나 다른 사람들이 나보다 더 빨리 배운다는 사실을 알게 되자 더이상 실력이 늘지 않았다. 나는 내가 소질이 없다고 느꼈고, 창피를 당하지 않으려고 기타에 재미를 못 느끼는 척하기로 했다. 당구를 배울 때도, 축구를 할 때도, 사이클 경주를 배울 때도 똑같은 일이 벌어졌다. 나는 모든 것을 제법 하는 정도까지는 배울 수 있었지만, 번번이 더는 실력이 늘지 않고 멈춰버리는 순간이 왔다.

왜 그랬을까?

살다 보면 어느 순간인가 한계에 도달하기 마련이라고 사람들이 말하기 때문이었다. 나는 작가로서의 내 운명을 받아들이지 않으려고 싸웠던 것을, 그리고 아코모다도르가 내 꿈을 지배하지 못하도록 에스테르가 얼마나 애썼는지를 다시 한번 떠올렸다. 방금 내가 읽은 글은 자신의 개인적인 역사를 잊어버리고, 우리가 수많은 고통과 비극을 겪는 동안에 일깨워진 본능만 남긴다는 생각과 정확히 일치했다. 이것이 중앙아시아 스텝의 유목민이 가르쳤고, 멕시코 주술사들이 실천하는 바였다.

아코모다도르. '살다보면 어느 순간인가 한계에 도달하기 마련이다.'

이 말은 보편적인 결혼생활에도 해당되지만, 특히 에스테르와 나 사이에서 일어난 일들에 꼭 들어맞았다.

이제는 잡지에 기고할 원고를 쓸 수 있다. 나는 컴퓨터 앞으로 갔다. 삼십 분 만에 초고가 완성되었다. 결과는 만족스러웠다. 나는 대화체로 된 글을 썼다. 꾸며낸 이야기로 보이지만, 실은 책의 홍보를 위한 사인회 때문에 정신없이 한나절을 보내고 출판사 관계자들과 의례적인 저녁식사를 하고 관광명소를 둘러보는 일까지 마친 다음, 암스테르담에 있는 한 호텔 방에서 실제로 나눴던 대화이다.

나는 등장인물들의 이름과 대화를 나누게 된 앞뒤 정황은 생략했다. 당시 에스테르는 잠옷을 입고 창밖으로 흐르는 운하를 내다보고 있었다. 그때까지만 해도 그녀는 종군기자가 아니었다. 그녀는 즐거움으로 빛나는 눈동자를 가졌고, 자기 일을 사랑했고, 기회가 닿을 때마다 나와 함께 여행을 했다. 그녀에게 삶은 여전히 커다란 모험이었다. 나는 말없이 침대에 누워 있었지만 머릿속으로는 부지런히 다음날의 일정을 생각하고 있었다.

"지난주에 경찰의 한 심문 전문가를 인터뷰했어. 그는 자기가 중요한 진술을 어떻게 얻어내는지 얘기해줬어. 소위 '당근과 채찍'이라고 부르는 기술을 쓰는 거였지. 처음엔 우락부락한 형사가 심문하러 들어와. 그는 자긴 법 조항 따위는 전혀 개의치 않는다면서, 용의자를 위협하고 호통을 치고 테이블을 주먹으로 내리치는 식으로 거칠게 굴어. 용의자가 겁에 질려 얼이 빠졌다 싶을 때, '착한 형사'가 들어와서 난폭한 형사를 말리는 거야. 그러면서 용의자에게 담배 한 대를 권하지. 그러면 착한 형사와 용의자 사이에는 일종의 공감대가 형성되고, 결국 형사는 원하는 진술을 듣게 되는 거야."

"그래, 들어본 적이 있는 얘기야."

"그가 다른 얘기도 해줬는데, 정말 무섭더라고. 1971년에 미국 스탠퍼드 대학 연구진이 심문의 심리를 연구하기 위해 모의 감옥 실험을 했대. 그들은 스물네 명의 학생 지원자들을 뽑아서 지원자들을 '간수'와 '죄수'로 나눴지.

일 주일 후, 그들은 실험을 중단해야 했어. 남학생과 여학생들로 구성되었던, 유복한 가정에서 자라고 상식적이고 바람직한 가치관을 갖고 있던 '간수'들이 말 그대로 괴물들로 변해버린 거야. 고문은 부지기수로 자행되었고, '죄수'들은 성폭력까지 당해야 했어. 실험에 참여했던 학생들, '간수'와 '죄수' 양쪽 다 너무나 큰 정신적 충격을 받아서 장기간 정신치료를 받아야 했다더라고. 그 후로 다시는 그런 실험을 하지 않았지."

"흥미롭군."

"흥미롭다니, 그게 무슨 말이야? 난 지금 정말로 중요한 얘길 하고 있다고! 이건 기회가 주어지면 얼마든지 악행을 저지를 수 있는 인간의 능력에 대한 얘기란 말이야. 난 내 일, 내가 지금껏

아리아드네의 실

배운 것들에 대해 이야기하고 있어!"

"그래서 흥미롭다는 건데, 왜 화를 내는 거야?"

"화를 낸다고? 내 말에 눈곱만큼도 관심이 없는 사람한테 어떻게 화를 낼 수 있겠어? 그냥 드러누워서 멍하니 허공만 쳐다보고 있고, 나를 성나게 하지도 않는 사람 때문에 화를 내다니 말이나 돼?"

"당신, 취했어?"

"한 번만이라도 좀 제대로 물어봐줄 수 없어? 나는 오늘 저녁 내내 당신 옆에 있었어. 그런데도 당신은 내 앞에 마실 게 제대로 있었는지조차 모르잖아! 당신은 내가 그저 당신 말에 맞장구치거나 당신에 대해 좋은 이야기를 해주길 바랄 때가 아니면 나한테 말도 안 걸었다고."

"여보, 난 오늘 하루 종일 일했고 지금은 너무나 피곤해. 그것도 이해 못 해? 그만 자고 내일 얘기합시다."

"지난 몇 주 동안, 몇 달 동안, 아니 지난 이 년 동안 해왔던 대로 하자고? 난 당신과 대화하려고 하는데 당신은 늘 피곤하지. 그래서 우리는 우선 자고 내일 얘기하기로 해. 다음날이 되면 해야 할 다른 일들이 있고, 출판사 사람들과 저녁식사 모임이 있어. 또 하루가 지나가고 우리는 잠자리에 들고, 대화는 또 내일로 미뤄. 나는 바로 이 짓을 하며 내 인생을 허비하고 있어. 나이가 들어 언젠가는 더이상 당신에게 뭔가를 부탁하지도 않고, 물리도록 당신을 내 곁에 두게 될 날이 오기를 기대하면서 말이야. 그 동안 나는 필요할 때마다 위안을 얻을 수 있는 혼자만의 세계를 만들어내고 있겠지. 구속받지 않는 독립적인 삶을 산다는 인상을 줄 정도로 멀리 떨어지지도 않고, 당신의 우주를 침범하는 것처럼 보일 정도로 가깝지도 않은 거리에서 말이야."

"나보고 어쩌라는 거요? 내가 일을 그만뒀으면 좋겠어? 우리가 그토록 힘들여서 얻은 것들을 모두 버리고, 같이 카리브 제도로 유람이나 떠나자고? 내가 내 일을 얼마나 좋아하는지 모르겠어? 난 현재의 삶을 바꾸고 싶은 생각이 추호도 없다고!"

"당신은 당신 책에서 사랑의 중요성에 대해, 모험의 필요성에 대해, 꿈을 위해 투쟁하는 기쁨에 대해 이야기해. 그런데 지금 내 앞에 있는 사람은 누구지? 자기가 쓴 글을 읽지 않는 사람이야. 사랑을 편안하고 익숙한 것으로, 모험을 쓸데없이 위험한 짓을 저지르는 것으로, 즐거움을 강제적 의무로 착각하는 사람이지. 내가 하는 말에 귀기울이던, 내가 결혼한 남자는 어디 있는 거야?"

"그럼 내가 결혼한 여자는 어디 있는데?"

"언제나 당신을 지지하고 격려해주고 애정을 보여준 여자 말이야? 그 여자의 몸은 여기 있지, 암스테르담의 운하를 바라보면서. 분명 그녀의 몸은 남은 평생을 당신 곁에 머물러 있을 거야. 하지만 그녀의 영혼은 떠날 준비를 하고 문 앞에 서 있어."

"대체 왜 그러는 거야?"

"'내일 이야기하자'라는 그 저주받을 말 때문이지. 됐어? 이 대답만으로는 이해가 안 된다면, 당신과 결혼한 여자가 삶에 매혹되어 있었고, 아이디어와 즐거움과 소망들로 가득한 사람이었다는 걸 떠올려봐. 그리고 그녀가 지금은 너무나도 빠르게 평범한 가정주부로 변해가고 있다는 사실도."

"웃기지 마."

"그래, 웃기는 말이지! 말도 안 되는 소리야. 너무나 하찮은 일이지. 우리는 원하는 걸 모두 가졌어. 운도 좋고, 성공했고, 돈도 있고, 사소한 언쟁도 하지 않고, 질투하지도 않아. 세상에서는 수백만 명의 아이들이 굶주림으로 죽어가고 있고, 전쟁이 일어나고, 질병이 창궐하고, 폭풍우가 일어. 매초마다 비극이 일어난다고. 그런데 내가 무슨 불평을 할 수 있겠어?"

"우리 부부도 이제 아이를 가져야 할까봐."

"내가 아는 모든 부부들이 그런 식으로 문제를 해결했어. 아이를 가지는 거! 자기 자유를 그토록 소중히 여겼고, 아이는 늘 나중으로 미루려고 했던 당신이 마음을 바꾸기라도 한 거야?"

"그래, 아이를 가질 때가 된 것 같아."

"그래? 하지만 내 생각엔 지금보다 더 적절치 못한 때도 없는걸! 나는 당신의 아이를 원하지 않아. 나는 내가 알았던, 꿈이 있었던, 내 곁에 있었던 그 남자의 아이를 원해! 언젠가 내가 아이를 갖기로 결심한다면, 그건 나를 이해하고 나와 길을 같이 가며,

내 이야기를 들어주는, 나를 진실로 원하는 남자의 아이일 거야!"

"아무래도 당신 과음한 것 같아. 약속할게. 내일 이야기하자. 부탁이니 이제 그만 자자고. 나 너무 피곤해."

"좋아, 내일 이야기해. 문 앞에 있는 내 영혼이 떠나버리기로 결정한들, 우리 인생이 뭐 그리 크게 바뀌겠어."

"그녀는 떠나지 않을 거야."

"전에 당신은 내 영혼을 아주 잘 이해했어. 하지만 당신은 내 영혼과 대화하지 않은 지 몇 년이나 됐는지, 그녀가 얼마나 변했는지, 얼마나 절-박-하-게 당신에게 이야기를 좀 들어달라고 애걸하고 있는지는 몰라. 비록 그녀가 하는 얘기가 미국의 어떤 대학에서 이루어진 실험 따위의 시시한 얘기일지라도 말이야."

"당신 영혼이 그렇게 변했다면서, 당신은 왜 항상 똑같지?"

"비겁해서 그래. 우리가 내일 얘기할 거라고 믿고 싶으니까, 우리가 함께 이룬 모든 것들이 무너지는 걸 보고 싶지 않으니까. 그리고 가장 최악의 이유는 내가 그냥 체념해버렸기 때문이겠지."

"그건 지금 당신이 날 비난한 이유잖아."

"당신 말이 맞아. 나는 당신을 보았어. 내가 보고 있는 사람이 당신이라고 생각하면서 말이야. 그런데 실은 나 자신을 보고 있었던 거야. 오늘 밤 나는 온 힘을 다해, 온 믿음을 다해 신께 기도할 거야. 내가 남은 날들을 이렇게 허비하지 않게 해달라고."

박수 소리가 들린다. 극장 안은 만원이다. 나는 이제 곧 강연—그 전날 밤이면 어김없이 나를 불면증에 시달리게 하는—을 시작할 참이다.

사회자가 마이크를 잡더니 나에 대해서는 소개할 필요도 없다고, 말도 안 되는 소리를 한다. 그는 내 소개를 하기 위해 이 자리에 있는 것이고, 실내를 가득 메운 청중 가운데는 우연히 친구를 따라와서 내가 누군지 모르는 사람들도 있을 텐데 말이다. 말은 그렇게 했지만 사회자는 결국 내 약력과 수상경력과 내 책들이 수백만 권 팔렸다는 사실 등을 이야기한다. 그는 후원자들에게 감사를 표한 다음 내게 인사를 하고 마이크를 돌린다.

나도 감사의 말을 한다. 그러고는 내가 하고 싶은 말 중에서 제일 중요한 것은 이미 책에서 다 얘기했노라고 말한다. 하지만 나는 앞에 있는 청중에게 의무감을 느낀다. 내가 쓴 문장과 문단들 뒤에 존재하는 인간을 드러내 보여주어야 한다는. 나는 우리 인간이 사랑과 인정을 받고 싶어하기 때문에 늘 타인에게 최상의 것만을 보여주게 된다고 설명한다. 내 책들은 구름 사이로 드러난 산봉우리나 대양 한가운데 떠 있는 섬과 같은 거라고 말한다. 빛이 그곳만 밝게 비추어 모든 게 제자리에 있는 듯 보이지만 표면 아래에는 정체를 알 수 없는 뭔가가, 암흑이, 스스로에 대한 부단한 탐색이 있다고.

나는 『찢어버릴 시간, 꿰맬 시간』을 쓰는 것이 힘든 일이었다고 말한다. 그리고 그 책에서 내가 이해하지 못했던 많은 부분을 지금에서야 다시 읽어보고 이해하게 되었다는 이야기도 한다. 창조물이 늘 창조자보다 더 관대하고 위대하다는 듯이.

나는 작가의 인터뷰 기사를 읽거나, 자기 책의 등장인물들에 대해 장황하게 설명하는 작가의 강연회에 참석하는 것보다 더 따분한 일도 없을 거라고 말한다. 스스로를 설명하지 못하는 책은 읽을 만한 책이 아니다. 작가는 공식 석상에 나타나서 자기 작품에 대해 설명하려 들기보다는 작가 자신의 세계를 보여주려고 애써야 한다. 이러한 생각으로 나는 보다 개인적인 주제를 가지고 이야기를 시작한다.

"얼마 전에 저는 인터뷰 때문에 제네바에 갔었습니다. 그날의 일정을 끝낸 뒤, 만나기로 한 여자친구가 저녁 약속을 취소하는 바람에 혼자 시내를 어슬렁거리게 되었습니다. 유난히 기분 좋은 밤이었습니다. 거리는 한적했고, 술집과 레스토랑에는 활기가 넘쳤습니다. 모든 게 한없이 평온하고 정돈되고 아름답게 보였습니다. 그러다 불현듯……

불현듯 깨달았습니다. 내가 완전히 혼자라는 사실을.

물론 그해의 다른 때에도 저는 자주 혼자 있었습니다. 그리고 여자친구는 비행기로 두 시간만 가면 되는 곳에 있었고요. 어쨌든 그날처럼 들뜬 오후를 보낸 다음, 누군가와 말을 해야 하는 의무감도 느끼지 않고, 나를 둘러싸고 있는 아름다움을 관조하며 오래된 도시의 거리와 골목들을 산책하는 것만큼 값진 일도 없겠지요. 그런데도 나는 외로움에 마음이 짓눌리는 듯한 기분이 되었습니다. 도시의 풍광을 함께 나눌 사람, 함께 산책하고 이런저런 일들에 대해 즐겁게 이야기할 사람이 없다는 사실 때문에 말입니다.

나는 호주머니에서 휴대전화를 꺼냈습니다. 그리고 그 도시에 사는 친구들의 전화번호를 여러 개 찾아냈습니다. 하지만 그게 누구든 전화를 걸어 불러내기에는 너무 늦은 시간이었습니다. 바에 들어가 술을 한잔 할까 생각했습니다. 분명 누군가 나를 알아보고 합석하자고 할 테니까요. 하지만 저는 그 유혹을 뿌리쳤습니다. 그러면서 든 생각이, 내가 이 세상에 있건 없건 아무도 관심을 가지지 않고, 누구도 내가 내 삶에 대해 말하는 것에 귀기울이지 않고, 어쭙잖은 나 같은 존재 없이도 세상은 아무런 문제 없이 돌아갈 거라는 느낌만큼 참담한 것도 없구나 하는 것이었습니다.

저는 그 순간에도 얼마나 많은 사람들이 스스로가 쓸모없고, 비참하다고 느끼고 있을까를 생각했습니다. 설령 그가 부자고 매력적이고 유쾌하더라도, 그날 밤 그는 혼자고, 어제도 혼자였고, 아마 내일도 혼자일 테니까요. 데이트할 사람이 없는 학생들, 텔레비전이 유일한 구원인 양 바라보고 있는 노인들, 자신이 하는 일이 과연 어떤 의미가 있는가를 자문하며 호텔 방에 있는 사업가들, 오후 내내 공들여 화장하고 몸단장을 한 뒤 바에 가서 함께 있을 사람을 찾지 않는 척하며 앉아 있는 여자들. 그녀들은 자신이 아직도 매력적인지를 확인하고 싶어하지요. 그런데 남자들이 눈길을 던지고 말을 걸면, 그녀들은 거만한 표정으로 접근을 거부합니다. 열등감을 느끼고 걱정되기 때문이지요. 자신이 미혼모라서든지, 혹은 이른 아침부터 땅거미가 질 때까지 일에 매여서 신문 읽을 시간도 없고, 그래서 세상 돌아가는 이야기를 할 수 없는 보잘것없는 사무원이라는 사실을 눈치 채일까봐 두렵습니다.

거울을 들여다보며 자기가 못생겼다고 생각하는 사람들도 있습니다. 그들은 타고난 외모가 가장 중요하다고 믿으며, 하나같이 잘생기고 부유한 명사들로 가득한 잡지를 읽는 데 시간을 보냅니다. 저녁식사를 마친 부부들은 예전처럼 이런저런 이야기를 나누었으면 하면서도, 좀더 중요한 다른 걱정거리들이 있기 때문에 대화는 다음날로 미룹니다. 그러나 대화를 나눌 수 있는 다음날은 결코 오지 않습니다.

그날 저는 막 이혼한 한 여자 친구와 점심을 먹었는데, 그녀는 이런 말을 했습니다. '이제 나는 내가 늘 꿈꾸던 자유를 갖게 됐어!' 그것은 거짓말입니다. 누구도 그런 자유를 바라지는 않습니다. 우리는 모두 사랑의 구속을 원합니다. 제네바의 아름다움을 함께 느끼고, 책과 인터뷰, 영화에 대해 이야기를 나눌 수 있는 누군가가 우리 곁에 있기를 원합니다. 샌드위치 두 개를 살 돈이 없어서 한 개만 사더라도 둘이서 나눠먹기를 원합니다. 혼자서 샌드위치 한 개를 다 먹는 것보다는 그 편이 나으니까요. 텔레비전에서 중계하는 중요한 축구경기를 보러 빨리 집으로 돌아가고 싶어하는 남자 때문에, 한창 열을 올리며 성당 탑에 대해 이야기하는데 상점의 쇼윈도 앞에 자꾸 멈춰 서서 얘기의 맥을 끊어놓는 여자 때문에 데이트를 방해받는 것이, 혼자 제네바를 방문해서 홀로 세상의 모든 시간과 평온함을 누리는 것보단 나으니까요.

홀로 있는 것보단 굶주리는 편이 낫습니다. 왜냐하면 우리가 홀로 있을 때—<u>스스로</u> 선택한 고독이 아니라 받아들일 수밖에 없는 고독을 말하는 겁니다—우리는 더이상 인류의 일원이 아닌 것처럼 느껴지기 때문입니다.

안락한 스위트룸, 예의 바른 종업원들, 최고의 서비스를 제공하는 훌륭한 호텔이 강 건너편에서 저를 기다리고 있었습니다. 그런데도 저는 여전히 불행했습니다. 내가 이룬 것들로 즐거워하고 만족스러워야 마땅한데도 전혀 그렇지 않았습니다.

호텔로 돌아가는 길에 나는 나와 같은 처지에 있는 사람들을 스쳐 지나가면서 그들의 눈빛에 두 가지 종류가 있다는 걸 알았습니다. 이 아름다운 밤 한가운데서 고독을 선택한 척하는 사람들의 거만한 시선과 혼자인 것을 부끄러워하는 사람들의 슬픈 눈빛.

제가 이 모든 것을 말씀드린 이유는, 최근에 암스테르담의 한 호텔에서 나에게 자신의 삶에 대해 이야기했던 여자와 함께한 순간이 떠올랐기 때문입니다. 전도서는 '찢어버릴 시간이 있고 꿰맬 시간이 있다'고 말하지만, '찢어버리는 시간'은 때로 깊은 상처를 남기기도 합니다. 가장 나쁜 건 혼자서 비참하게 제네바의 거리를 걷는 게 아닙니다. 나와 가까운 사람에게 그가 내 삶에서 조금도 중요하지 않은 존재라는 생각이 들도록 하는 것, 그것이 바로 최악의 경우입니다."

좌중에 긴 침묵이 흐른 뒤 박수가 이어졌다.

지금 나는 파리의 한 음침한 구역에 와 있다. 이곳은 파리에서 가장 생동감 넘치는 문화를 맛볼 수 있는 곳으로 알려져 있기도 하다. 내 앞에 있는 추레한 몰골의 젊은이들이 목요일마다 깨끗한 흰옷을 입고 아르메니아 식당에 출연한 사람들과 동일인이라는 것을 알아보기까지는 얼마간의 시간이 필요했다.

"차림새가 아주 그럴듯합니다. 무슨 영화에 나오는 의상을 모방한 거요?"

내가 묻는다.

"아닙니다." 미하일이 대답한다. "선생께선 저녁 파티에 갈 때 옷을 갈아입지 않으십니까? 양복을 입고 넥타이를 매고 골프장에 가지는 않으시죠?"

"좋소, 질문을 달리 하지. 노숙자 차림을 한 까닭이 뭐요?"

"이 순간 바로 우리가 피난처 없는 젊은이들이니까요. 더 정확하게 말하면 피난처 없는 젊은이 넷과 어른 둘이지요."

"그렇다면 다시 한번 물어보겠소. 대체 그런 옷을 입고 여기서 뭘 하는 거요?"

"식당에서 우리는 몸을 살찌우는 음식을 먹으며, 잃을 것이 있는 사람들과 에너지원에 대해 이야기하지요. 걸인들과 있을 때 우리는 영혼을 살찌웁니다. 잃을 것이 아무것도 없는 이들과 이야기를 나누면서요. 지금 우리는 우리 일의 가장 중요한 부분에 이르렀습니다. 우리는 세상을 새롭게 바꾸는 보이지 않는 움직임을 만날 겁니다. 마치 오늘이 마지막 날인 것처럼 하루하루를 사는 젊은이들을, 또 오늘이 마치 세상 첫날인 것처럼 사는 늙은이들을 만나는 거지요."

그는 내가 이미 간파하고 있었고 날이 갈수록 빈번하게 눈에 띄는 현상에 대해 이야기했다. 바로 이런 식으로, 지저분하지만 군복이나 공상과학 영화에서 영감을 받은 듯한 독창적인 차림새의 젊은이들에 대한 것이다. 그들은 모두 피어싱을 하고, 머리 모양도 제각각이다. 종종 무시무시한 표정의 셰퍼드를 한 마리씩 데리고 다니기도 한다. 한번은 내가 아는 친구에게 그들이 왜 항상 개를 데리고 다니는지 물어본 적이 있다. 사실인지는 모르겠지만 그가 해준 말에 따르면, 경찰은 동물을 수용할 시설이 없어

아리아드네의 실 331

서 개를 데리고 있는 사람은 체포하지 않는다는 것이다.

보드카 한 병이 돌기 시작한다. 걸인들과 함께 마신 것과 같은 종류다. 그게 미하일의 고향과 어떤 관련이 있나보다 하고 나는 생각한다. 누군가가 여기 있는 내 모습을 보면 뭐라고 할까 상상하면서 보드카를 한 모금 마신다.

아마도 '다음 책을 위해 현장 답사중인가보다'고 생각하겠지. 나는 긴장을 풀고 미하일에게 말한다.

"나는 에스테르를 만나러 갈 준비가 다 됐소. 그래서 정보가 좀 필요하오. 당신 나라에 대해 아무것도 모르거든."

"제가 선생과 함께 갈 겁니다."

"뭐라고?"

그것은 내 계획에 없던 일이다. 이번 여정은 내 안에서 잃어버린 모든 것으로 되돌아가는 길이며, 중앙아시아의 스텝 어딘가에서 끝날 것이다. 그것은 내밀하고, 개인적이며, 증인이 없어야 하는 사건이다.

"물론 선생께서 제 비행기 표 값을 지불한다면 말이지요. 저는 카자흐스탄에 가야 합니다. 그곳이 그리워 향수병에 걸렸어요."

"당신은 여기서 해야 할 일이 있잖소? 공연을 위해 목요일마다 식당에 가야 하지 않소?"

"계속 공연이라고 말씀하시는군요. 그건 '만남'입니다. 우리가 잃어버린 것, 대화의 전통을 되살리는 거라고 일전에 말씀드렸을 텐데요. 어쨌거나 그건 염려하지 않으셔도 됩니다. 아나스타샤—그는 콧방울에 피어싱을 한 아가씨를 가리켰다—가 자신의 잠재력을 잘 훈련하고 있어요. 제가 없는 동안 그녀가 모든 걸 맡아 할 거예요."

"그는 선생님을 질투하는 거예요."

알마가 끼어든다. '만남'에서 쟁반같이 생긴 금속악기를 연주하고 마무리 인사말을 했던 여자다.

"그럴 만도 하지. 미하일이 더 젊고, 더 잘생긴데다. 에너지와도 더 잘 소통하니까."

이번엔 만남의 무대에 등장했던 또다른 청년이 나섰다. 그는 온통 가죽으로 된 옷을 입고, 금속 배지와 옷핀, 그리고 면도날을 본뜬 브로치를 달고 있다.

"하지만 작가 선생님이 더 유명하고, 더 부유하고, 권력자들과도 더 친분이 깊지." 아나스타샤가 응수한다. "여자의 입장에서 보면 두 사람의 조건은 같아. 그러니 두 사람 다 기회가 있는 셈이야."

모두들 웃는다. 보드카가 다시 한 바퀴 돈다. 그 순간, 그들의 농담을 재미있어하지 않는 사람은 나뿐이다. 하지만 나는 스스로에게 놀라고 있다. 파리의 길바닥에 이렇게 앉아 있는 것도 실로 수년 만의 일인데, 기분이 괜찮다.

"아마도 이런 무리들은 당신들이 생각하는 것보다 훨씬 넓게

분포하고 있을 거요. 그들은 에펠 탑에서부터 내가 최근에 다녀온 타르브까지 퍼져 있소. 하지만 솔직히 그런 움직임이 어떤 건지 깊이 이해하고 있지는 못하오."

"분명 그들은 타르브보다 더 멀리까지 퍼져 있으며, 산티아고로 가는 순례길만큼이나 흥미로운 길을 가고 있지요. 그들은 사회 밖에서 사회를 이루리라 다짐하며 프랑스나 유럽의 어느 나라에서 출발합니다. 그들은 언젠가 집으로 돌아가서 직업을 갖고 결혼하는 삶을 살게 되는 것을 끔찍하게 여깁니다. 할 수 있는 한은 그에 맞서 투쟁하겠지요. 그들 중엔 가난한 사람도 있고 부자도 있지만, 다들 돈에는 별 관심이 없습니다. 그들은 그 누구와도 다른 사람들이죠. 그들이 지나가면 대부분의 사람들은 그들을 못 본 척합니다. 두려워하는 거죠."

"그들이 보여주는 공격성은 반드시 필요한 거요?"

"필요합니다. 파괴하고자 하는 열정은 창조적인 열정의 한 형태이기 때문입니다. 우리가 공격적이지 않다면 얼마 안 있어 옷가게들은 그런 옷들로 가득 차게 될 겁니다. 출판사들 역시 '혁명적인 행위로 세상을 휩쓰는' 이런 새로운 움직임을 전문적으로 다루는 잡지를 출판할 거고요. 텔레비전 방송국은 이들을 위한 특별 프로그램을 제작하게 될 거고, 사회학자들은 논문을 쓸 거고, 심리학자들은 그들의 가족을 인터뷰하겠지요. 그러고 나면 모든 것이 힘을 잃을 겁니다. 그러니까 사람들이 우리에 대해 아는 것이 적을수록 더 좋습니다. 우리에게 공격은 일종의 방어입니다."

"솔직히 나는 정보나 좀 얻을까 해서 여기 왔소. 하지만 누가 알겠소. 오늘 밤을 당신들과 함께 보내면서 더이상의 새로운 경험을 허락하지 않는 내 개인적 역사로부터 한 걸음 벗어나, 새롭고 풍부한 경험을 하게 될지. 그렇더라도 카자흐스탄으로 가는 여행에 누군가와 동행할 마음은 없소. 그게 누구건 간에. 설령 당신이 날 도와주지 않는다 해도, 호의은행이 여행에 필요한 인맥을 알아봐주겠지. 이틀 뒤에 출발할 거요. 내일 저녁엔 중요한 저녁 약속이 있고, 그 다음 두 주 동안은 비워뒀거든."

미하일은 망설이는 듯했다.

"결정하는 건 선생입니다. 선생은 지도를 가지고 있고 마을 이름도 알고 있어요. 그녀가 머물고 있는 집의 위치를 알아내는 건 어렵지 않을 겁니다. 그러나 호의은행이 알마티까지 가는 건 도와주더라도, 거기서 더 멀리 가시기는 어려울 겁니다. 스텝의 규칙은 다르니까요. 게다가 제가 알기론 저도 호의은행의 선생 계좌에 맡겨둔 예금이 좀 있는데요. 이제 그걸 인출할 때가 되었군요. 저는 어머니가 그립습니다."

그의 말이 옳았다.

"이제 우리 일을 시작해야 해."

알마의 남편이 미하일의 말을 잘랐다.

"왜 나와 함께 가고 싶어하는 거요, 미하일? 그저 어머니가 그리워서?"

그는 대답하지 않았다. 남자가 북을 두드리기 시작하고, 알마는 청동쟁반에 달린 장식을 흔들어 소리를 냈다. 나머지들은 행인들에게 구걸을 하기 시작했다. 왜 그는 나와 함께 가고 싶어하는 걸까? 스텝 안으로 들어가면 내가 아는 사람은 아무도 없을 텐데, 그러면 어떻게 호의은행에 도움을 청하지? 비자는 카자흐스탄 대사관에서 받을 수 있을 것이다. 렌터카 사무실에서 자동차를 빌릴 수도 있을 테고, 알마티에 있는 프랑스 영사관에 가이드를 부탁할 수도 있겠지. 다른 것이 더 필요할까?

나는 이 무리를 쳐다보면서, 뭘 해야 좋을지 몰라 우두커니 서 있었다. 여행에 대해 상의하기엔 적당한 시간이 아니었다. 나에게는 일이 있고, 집에서 나를 기다리는 여자친구도 있다. 그런데 왜 나는 지금 자리를 뜨지 못하는 걸까?

나는 자유롭고, 지난 수년간 하지 않았던 일들을 하고 있고, 내 영혼 속에 새로운 경험을 위한 자리를 마련하고 있기 때문이다. 나는 내 삶에서 아코모다도르를 몰아내는 중이다. 나에게 큰 득이 되는 건 아니지만, 적어도 전과는 다른 일을 경험하고 있다.

보드카가 다 떨어졌다. 누군가가 빈 보드카 병을 치우고 대신 럼주를 가져다놓는다. 나는 럼주를 싫어하지만 그것밖에 없다면 상황에 적응해야 한다. 음악가 두 사람은 계속 악기를 연주한다.

누군가가 가까이 다가오면 여자들 중 한 명이 동전을 달라고 손을 내민다. 사람들 대부분은 가던 걸음을 재촉하지만, 젊은이들은 매번 "감사합니다, 좋은 밤 되세요"라고 말한다. 행인들 중 한 명은 자기가 해코지당하지 않고, 오히려 감사하다는 말을 들었다는 걸 깨닫고 다시 돌아와 푼돈을 꺼내준다.

이런 광경을 십 분 넘게 지켜봤지만 무리 중 누구도 나에게 말을 걸지는 않았다. 나는 근처 바에 가서 보드카 두 병을 사서 돌아왔다. 럼주 병은 길가의 도랑에 던져버렸다. 아나스타샤는 내 행동에 즐거워하는 것 같았다. 나는 대화를 시도했다.

"당신들이 피어싱을 한 이유를 좀 설명해주겠소?"

"사람들이 왜 액세서리를 달죠? 왜 굽 높은 구두를 신죠? 겨울인데도 목이 많이 파인 옷을 입는 이유는 뭐예요?"

"그건 답이 아니오."

"우리가 피어싱을 한 이유는 우리가 로마를 침략하는 새로운 야만인들이기 때문이에요. 우리는 제복을 입지 않기 때문에, 우리가 침략하는 부족이라는 것을 드러낼 뭔가가 필요해요."

그녀는 마치 자신들이 중요한 역사적 운동의 일부인 양 그렇게 말했다. 그러나 지금 집으로 돌아가고 있는 행인들의 눈에 비친 그들은 파리의 거리를 점령하고 있는, 잠잘 곳 하나 없이 무위도식하는 부랑자에 불과했다. 그들은 지역 경제에 크나큰 이익을 가져다주는 관광객들을 성가시게 할 뿐만 아니라, 자신이 낳긴

했지만 전혀 뜻대로 할 수 없다는 사실 때문에 부모를 반쯤 미치게 하는 존재로만 보일 것이다.

나도 예전에 이와 비슷한 삶을 살아본 적이 있다. 히피운동이 위세를 떨치던 시절이었다. 대규모 록 콘서트, 장발에 울긋불긋한 옷차림과 바이킹 표식, 집게손가락과 새끼손가락으로 그려 보이는 '사랑과 평화'를 상징하는 브이 자…… 하지만 그들은 결국—미하일이 말한 것처럼—또다른 상품이 되어버렸고, 자신들의 우상을 파괴하면서 사라져갔다.

한 남자가 다가왔다. 그는 혼자 길을 걷고 있었다. 가죽옷을 입고 옷핀을 단 청년이 그에게 다가가 손을 내밀어 돈을 달라고 했다. 그런데 그 남자는 발걸음을 재촉하거나 '돈 없어요' 같은 말을 중얼거리는 대신, 그 자리에 우뚝 멈춰 서서 무리를 똑바로 쳐다보았다. 그러고는 한껏 목청을 높여 말했다.

"나는 매일 아침 눈을 뜨는 순간부터 내 집과 유럽의 경제불황과 아내의 과소비로 인해 지게 된 십만 유로에 달하는 빚 걱정에 시달려! 한마디로, 나는 너희들만도 못하다. 훨씬 더 심각한 지경이지. 그러니 빚을 한 푼이라도 줄이게 나한테 동전 몇 닢 좀 주지?"

루크레티아—미하일은 그녀가 자기 여자친구라고 했다—가 50유로짜리 지폐를 꺼내 그에게 주었다.

"캐비아를 좀 사 드세요. 괴로운 인생사엔 작은 즐거움들이 필요하지요."

남자는 세상에서 가장 당연한 일인 양 태연하게 돈을 받더니 고맙다고 말하곤 가버렸다. 50유로! 그 조그만 이탈리아 처녀는 주머니 속에 50유로를 갖고 있으면서, 길에서 구걸을 하고 있었던 것이다.

"여기 너무 오래 있었어!"

가죽옷을 입은 청년이 말했다.

"어디 다른 데로 갈까?"

미하일이 묻는다.

"다른 애들과 만날 수 있는 곳으로 가자. 북쪽? 아니면 남쪽?"

아나스타샤는 서쪽을 선택했다. 숙고 끝에 내린 결정이었다. 아까 미하일이 말했던 것처럼, 그녀는 자신의 잠재력을 일깨우는 연습을 하고 있었다.

우리는 생자크 탑 앞을 지나갔다. 수세기 전에 산티아고 데 콤포스텔라를 향해 가려던 순례자들이 이곳에 모이곤 했었다. 우리는 노트르담 성당 앞을 지나갔다. 거기에도 '새로운 야만인들'이 몇 명 더 있었다. 또 보드카가 다 떨어졌다. 그들이 모두 만 열여덟 살이 넘었는지는 의심스러웠지만, 그래도 나는 두 병을 더 사러 갔다. 그들은 그게 당연한 일이라고 여기는지, 내게 고맙다는

아리아드네의 실 339

말조차 하지 않았다.

  나는 조금 취기를 느끼며, 방금 무리에 합류한 여자아이들 중 한 명을 유심히 바라보기 시작했다. 다들 큰 소리로 떠들어대고, 쓰레기통—괴상하게 생긴 그 금속 물체는 아래쪽에 비닐 주머니가 달려 있었다—들을 걷어차고, 시시껄렁한 얘기들을 주고받았다.

  센 강을 건너자 공사중임을 알리는 테이프가 갑자기 앞을 가로막았다. 우리는 우뚝 걸음을 멈췄다. 그 테이프를 지나가려면 보도에서 내려서서 차도를 따라 오 미터쯤 갔다가 다시 보도 위로 올라가야 했다.

  "이게 아직도 그대로 있네."

  새로 합류한 젊은이들 중 하나가 말했다.

  "뭐가 아직도 그대로라는 거지?"

  내가 물었다.

  "이 아저씨는 누구야?"

  그 청년이 나를 가리키며 물었다.

  "우리 친구야. 너도 이 작가가 쓴 책을 한 권은 읽었을걸."

  루크레티아가 대답했다.

  그는 내가 누구인지 알아보았지만 놀라거나 존경스러워하는 기색을 보이진 않았다. 오히려 그는 나더러 돈 좀 달라고 했다. 나는 그 자리에서 거절했다.

"저 테이프가 왜 여기 둘러져 있는지 알고 싶으면 1유로 내세요. 세상살이에는 다 그에 상응하는 값을 치러야 한다는 거, 아저씨도 잘 아시잖아요. 그리고 정보는 세상에서 가장 값진 상품 중 하나라고요."

무리 중 어느 누구도 나를 도와주려 하지 않았다. 결국 나는 그 답을 듣기 위해 1유로를 내야 했다.

"저 띠는 우리가 둘러놓은 거예요. 보시다시피 공사는 하고 있지 않아요. 바보 같은 보도를 막고 있는, 흰색과 빨간색으로 된 바보 같은 비닐 테이프가 있을 뿐이죠. 하지만 저게 저기서 하는 역할이 뭔지 아무도 묻지 않아요. 사람들은 그냥 보도 가장자리로 내려와 차도로 조금 가다가 다시 보도 위로 올라가죠. 그런데 아저씨가 사고를 당했다는 기사를 읽은 것 같은데, 사실이에요?"

"그랬지. 보도에서 내려왔다가 일을 당했지."

"걱정 마세요. 이렇게 테이프를 둘러놓으면 사람들이 두 배로 조심하니까요. 우리가 테이프를 둘러놓은 이유 중 하나가 바로 그런 거예요. 사람들이 주변에서 일어나고 있는 일에 좀더 주의를 기울이도록 하는 거."

"아니, 그게 아니었잖아."

내가 눈길을 주었던 아가씨가 말했다.

"그건 그냥 장난질이었어. 자기들이 뭘 따르는지도 모르면서 무조건 따르는 사람들을 놀리기 위한 장난. 다른 이유는 없어요.

아리아드네의 실 341

중요하지도 않고요. 그것 때문에 넘어지는 사람도 없을 거고요."

젊은이들의 수가 더 늘었다. 이제 사람 열한 명에 셰퍼드 두 마리다. 이들은 더이상 행인들에게 구걸하지 않았다. 자신들이 불러일으키는 두려움을 즐기는 듯 보이는 이 야만인 무리 쪽으로 아무도 다가오지 않았던 것이다. 술이 또 떨어졌다. 일행은 모두 나를 쳐다보았다. 그들을 계속 취한 상태로 유지시키는 게 내 의무라도 되는 양, 나더러 술을 더 사오라고 했다. 나는 그것이 긴 순례여행을 위한 '통행증'이라는 걸 알아차렸다. 나는 가게를 찾기 시작했다.

내가 호감을 가졌던 아가씨—그녀는 내 딸뻘은 되어 보였다—는 내가 자기를 쳐다봤다는 걸 알아채고 내게 말을 걸었다. 단지 나를 자극하기 위한 행동이라는 걸 알았지만, 나는 말을 받아주었다. 그녀는 개인적인 것들에 대해서는 아무 말도 하지 않았다. 대신 나에게 10달러짜리 지폐 뒷면에 몇 마리의 고양이와 몇 개의 기둥이 있는지 아느냐고 물었다.

"고양이와 기둥?"

"모르시는군요? 그럼 아저씨는 돈에 중요한 가치를 두지 않는 거예요. 알아두세요. 십 달러짜리 지폐 뒷면에는 고양이 네 마리와 기둥 열한 개가 있어요."

고양이 네 마리와 기둥 열한 개? 다음번에 십 달러짜리 지폐를 보게 되면 확인해봐야겠다고 생각했다.

"이중에 마약 하는 친구들도 있나?"

"몇몇은요. 하지만 주로 술을 많이 마시죠. 약을 하는 경우는 드물어요. 그건 우리 스타일이 아니거든요. 약물이라면 오히려 아저씨 세대가 많이 하지 않았나요? 우리 엄마는 가족을 위해 음식을 만들고 강박적으로 집안 청소를 하면서 약을 했어요. 나 때문에 고생스러워서, 아빠의 일이 잘 풀리지 않아서 엄마는 힘들어했죠. 믿어져요? 엄마가 힘들어했다고요! 나 때문에, 부부 사이의 문제 때문에, 오빠들 때문에, 모든 것 때문에 힘들어했죠. 난 행복한 것처럼 보이려고 무진장 노력해야 했고, 그래서 차라리 집을 나가고 싶었어요."

좋다, 이건 개인적인 이야기였다.

"아저씨의 부인처럼요."

한쪽 눈썹에 피어싱을 한 금발 청년이 말했다.

"그분도 집을 나갔죠. 그분도 항상 행복한 척해야 했었나요?"

그랬다! 그녀도 이곳에 왔었던 거다. 그녀는 이 젊은이들 중 누군가에게도 피 묻은 천 조각을 주었을까?

"그분도 힘들어했어요. 하지만 우리가 아는 한, 그분은 이제 힘들어하지 않아요. 용기란 바로 그런 거죠!"

루크레티아가 웃으며 말했다.

"내 아내가 여기서 무슨 일을 했소?"

"그녀는 저 몽골 청년과 같이 왔죠. 그분은 사랑에 대해 아주 남다른 생각을 갖고 있었어요. 우리는 지금에서야 그 생각들이 이해가 되려고 해요. 그녀는 여러 가지 질문을 던지고, 자기 이야기도 들려주었지요. 그러던 어느 화창한 날이었어요. 그녀는 질문하고 이야기하는 걸 그만뒀어요. 불평하는 데 지쳤다고 했어요. 그럼 모든 걸 버리고 우리와 함께 가자고 제안했죠. 우리는 북아프리카로 여행을 떠날 계획을 짜고 있었거든요. 그녀는 고맙지만 자기는 다른 계획이 있다고, 반대쪽으로 여행을 떠날 거라고 했어요."

"너, 이 아저씨가 쓴 새 책 안 읽어봤어?"

아나스타샤가 물었다.

"그 책은 너무 낭만적이라고 사람들이 얘기하던걸. 난 그런 것엔 흥미없어. 그런데 그 빌어먹을 술은 대체 언제 사러 갈 거예요?"

사람들은 우리가 지나가도록 길을 비켜주었다. 우리는 마치 마을로 들어서는 사무라이나 서부개척 시대의 외진 마을에 들이닥친 강도떼, 혹은 로마에 입성한 야만인들이라도 된 것 같았다. 무리 중 누구도 공격적인 행동을 하지는 않았다. 하지만 이들이 입은 옷과 피어싱, 왁자지껄 떠드는 목소리, 남들과 다른 점들 자체가 공격성을 드러내고 있었다. 우리는 마침내 술을 살 수 있는 작은 상점을 찾아냈다. 그런데 너무나 당황스럽게도, 그들은 한꺼

번에 우르르 가게 안으로 몰려 들어가 닥치는 대로 선반들을 뒤지기 시작했다.

이들 중에 내가 아는 사람이라곤 미하일뿐이다. 게다가 미하일이 자신에 대해 한 말이 사실인지 아닌지도 모른다. 만약 이들이 뭘 훔치기라도 하면? 누가 무기를 소지하고 있다면? 나는 이들과 일행이고 제일 연장자니까 책임이 나에게 돌아오지 않을까?

계산대 앞의 남자는 상점 천장에 붙여놓은 거울에서 눈을 떼지 못하고 있었다. 그가 불안해한다는 걸 눈치 챈 무리는 서로에게 신호를 보내고는 사방으로 흩어졌다. 긴장감이 고조되었다. 나는 상황을 수습하기 위해 재빨리 보드카 세 병을 집어 계산대 쪽으로 빠르게 걸어갔다.

담배를 사고 계산을 하던 여자 손님이 자기가 젊었을 때는 파리에 보헤미안도 있고 예술가들도 있었지만, 사람들을 위협하는 이런 노숙자 패거리들은 없었다고 말했다. 그러더니 그녀는 주인에게 경찰을 부르는 게 좋겠다고 했다.

"십중팔구 몇 분 내에 안 좋은 일이 터질 것 같아요."

그녀가 낮게 소곤거렸다.

계산대에 있는 남자는 그만의 작은 세상이 불시에 침입을 당해 겁을 집어먹고 있었다. 이곳은 그의 수년간의 노동과 많은 은행 빚의 결실이리라. 아마도 아침에는 그의 아들이, 오후에는 그의 아내가, 그리고 밤에는 그가 일을 해서 가게를 꾸려나가겠지. 그는 여자에게 눈짓을 해 보였다. 벌써 경찰을 불렀던 것이다.

나와 상관없는 일에 엮이고 싶진 않았다. 하지만 비겁해지는 것도 싫었다. 비겁한 일을 했을 때마다 나는 수치심 때문에 일 주일 정도는 거울을 보기가 힘들었다.

나는 계산대에 있는 주인과 물건값을 치르고 있던 여자에게 말했다.

"걱정하지 마세요……"

하지만 너무 늦었다.

경찰 두 명이 벌써 가게 안으로 들어오고 있었다. 주인이 몸짓으로 그들을 가리켰다. 하지만 자신들이 무슨 외계인이라도 되는 듯, 무리는 경찰의 출현에도 전혀 주의를 기울이지 않았다. 기성 질서의 상징에 대한 일종의 반항이었다. 전에도 이와 비슷한 일을 여러 번 겪은 듯했다. 유행—오트 쿠튀르*의 다음 시즌이 되면 금세 바뀌어버리는—을 거스르는 옷차림을 했다는 것 말고는 아무 죄도 짓지 않았다는 걸 이들은 알고 있었다. 그들도 분명 겁이 났으리라. 하지만 이들은 전혀 내색하지 않고 계속 큰 소리로 떠들었다.

"전에 어떤 코미디언이 이렇게 말하는 걸 들었어. '얼간이들은 모두 신분증에 얼간이라고 써가지고 다녀야 합니다.' 그래야 다

---

* 파리의 고급 의상실 혹은 그 의상실에서 만드는 맞춤복.

른 사람들이 자신이 누구와 말하고 있는지 알 수 있다나."

아나스타샤가 누구에게랄 것도 없이 내뱉었다.

"맞아. 얼간이들은 사회에 정말 위험한 존재니까."

흡혈귀 복장을 한 천사 같은 얼굴의 아가씨가 대꾸했다. 좀전에 나에게 십 달러짜리 지폐에 그려져 있다는 기둥과 고양이에 대해 얘기한 아가씨였다.

"그 사람들은 일 년에 한 번씩 시험을 봐서 밖에 나다닐 수 있는 허가증을 받도록 해야 해. 자동차 운전자들이 운전면허를 따야 하는 것처럼."

무리의 젊은이들과 나이차가 얼마 되지 않아 보이는 경찰들은 아무 말도 하지 않고 가만히 있었다.

"너희들, 내가 하고 싶은 일이 뭔지 알아?"

미하일의 목소리였다. 하지만 진열대에 가려 내 눈에는 그의 모습이 보이지 않았다.

"이 가게 안에 있는 물건들의 라벨을 모두 바꾸는 거야. 그러면 사람들은 무지 헷갈리겠지. 어떤 음식을 데워 먹어야 할지 차게 해서 먹어야 할지, 구워 먹어야 할지 튀겨 먹어야 할지 모르겠지. 조리법을 읽지 않으면 자기들이 먹을 음식을 어떻게 요리해야 하는지도 모르는 사람들이니까. 그들은 본능을 잃어버렸어."

그때까지 말했던 젊은이들은 모두 완벽한 파리 식 프랑스어를 구사했다. 그러나 미하일의 말에는 외국인의 억양이 있었다.

"여권을 좀 보여주시겠습니까?"

경찰 한 명이 미하일에게 다가가 말했다.

"그는 내 동행입니다."

나도 모르게 말이 튀어나왔다. 이런 말을 하면 새로운 스캔들이 터질 수도 있다는 걸 알고 있으면서도…… 경찰이 나를 쳐다보았다.

"선생에게 드린 말씀은 아닙니다만, 선생께서 개입하셨으니까, 또 이들과 동행이시니 신분증을 좀 보여주셔야 되겠습니다. 그리고 선생이 선생 나이의 반밖에 안 되는 젊은이들에 둘러싸여 보드카를 사고 계신 이유도 설명해주시지요."

나는 신분증 제시를 거부할 수도 있었다. 프랑스 법에 따르면, 신분증을 늘 지니고 다닐 의무는 없었다. 하지만 나는 미하일을 생각했다. 지금 경찰 중 한 명이 미하일 가까이에 있다. 미하일은 정말 프랑스 체류증을 갖고 있을까? 그가 환영을 보고 간질을 앓는다는 것 말고 그에 대해 내가 아는 게 뭔가? 게다가 이 순간 그가 긴장해서 발작이라도 일으킨다면?

나는 주머니에서 운전면허증을 꺼냈다.

"아, 그러고 보니 선생은……"

"그렇소."

"알아보고 있었습니다. 저도 선생 책을 한 권 읽었습니다. 하지만 그렇다고 선생께서 법을 위반해도 되는 건 아닙니다."

그가 내 독자라는 사실에 나는 완전히 당황했다. 이 청년은 머리를 짧게 깎고 제복을 입고서 여기 있다. 물론 그의 제복은 이 '무리'들이 다른 사람들과 달라 보이려고 입은 제복과는 전혀 다르다. 하지만 그도 한때는 남들과 다를 자유, 다르게 행동할 자유, 범법 행위는 아니더라도 간접적인 방식으로 권위에 도전하는 자유를 꿈꾸었을지 모른다. 그런데 그의 아버지는 선택의 여지를 주지 않는 엄격한 분이었거나, 혹은 그에게 부양해야 할 가족이 있었겠지. 아니면 그저 익숙한 세계 너머로 가는 것이 내심 두려웠을지도 모른다.

나는 깍듯이 대답했다.

"나는 법을 어긴 일이 없습니다. 사실 이곳에 범법 행위를 저지른 사람은 아무도 없어요. 계산대에 있는 주인분이나 담배를 사신 이 숙녀분께서 특별히 불만이 있으시다면 모를까……"

그렇게 말하며 나는 뒤를 돌아보았다. 하지만 옛 시절 파리의 예술가와 보헤미안들을 들먹이고 안 좋은 일이 터질 거라고 예언한, 그 진실과 미풍양속의 수호자는 벌써 가버리고 없었다. 내일이 되면 그녀는 분명 이웃들에게 어젯밤 가게에서 자기가 순발력을 발휘해 폭도들의 습격을 막아냈다고 떠벌릴 것이다.

"네, 저도 딱히 불만은 없습니다. 큰 소리로 떠들어서 걱정이 됐을 뿐, 나쁜 짓을 하진 않았습니다."

계산대의 남자가 말했다.

"보드카는 선생께서 드시려고 사신 겁니까?"

나는 고개를 끄덕였다. 경찰은 우리가 전부 취했다는 걸 알았다. 하지만 그리 위험해 보이지 않는데 굳이 일을 크게 만들고 싶지는 않은 듯했다.

"얼간이 없는 세상, 그건 혼돈 그 자체일 거야!"

가죽옷을 입고 체인을 감은 청년의 목소리였다.

"지금처럼 사방에 실직자들이 넘쳐나지도 않을 테고, 일거리는 지나치게 많아질 거야. 그래서 일할 사람이 부족해질걸!"

"그만 하시오!" 내가 소리쳤다. "이제 아무도, 한 마디도 하지 마!"

내 목소리는 단호하고 근엄했다.

놀랍게도 정말로 조용해졌다. 나는 속으로는 펄펄 끓고 있으면서도, 마치 내가 세상에서 가장 침착한 사람인 양 경찰들과 계속 이야기를 나눴다.

"이 젊은이들이 정말로 위험스럽다면 이런 식으로 떠들지도 않을 겁니다."

그러자 경찰 한 명이 계산대에 있는 남자에게 몸을 돌리며 말했다.

"우리는 근처를 순찰하고 있을 테니, 필요하시면 바로 부르세요."

가게를 떠나기 전에 그 경찰은 자기 동료에게 눈길을 한 번 던지고는 가게 전체에 울리도록 큰 소리로 말했다.

"나는 얼간이들이 좋아. 그들이 없다면 우린 지금쯤 진짜 권총 강도를 상대하고 있겠지."

"자네 말이 맞아. 위험하지 않은 얼간이들 덕분에 얼마나 즐거운지 몰라."

그의 동료가 맞장구쳤다.

그들은 의례적인 경례를 붙이고는 가버렸다.

가게를 나오면서 머릿속에 떠오른 생각은 당장 보드카 병을 깨버려야 한다는 것이었다. 하지만 나는 한 병을 남겨두었고 그것은 빠르게 무리의 입에서 입으로 전달되었다. 그들이 술을 마시는 모습을 보며 나는 그들이 나만큼이나 겁에 질려 있었음을 깨달았다. 차이점이 있다면 그들은 위협에 대해 공세를 취했다는 점이다.

"기분이 좋지 않아. 그만 가자."

미하일이 말했다.

어디로 가자는 말인지는 알 수 없었다. 각자의 집으로? 아니면 시내의 자기네 구역으로? 다리 밑으로? 나도 함께 가겠느냐고는 아무도 묻지 않았다. 일단 그들을 계속 따라갔다. '기분이 좋지 않다'는 미하일의 말에 신경이 쓰였다. 그건 그날 밤 우리가 더이상 중앙아시아로 떠나는 문제에 대해 의논할 기회가 없다는 뜻이다.

여기서 그만 돌아가야 할까? 아니면 끝까지 따라가서 '그만 가자'라는 말의 뜻을 알아낼까? 어쨌거나 나는 내가 이 상황을 꽤 즐기고 있으며, 흡혈귀 옷을 입은 아가씨를 유혹해보고 싶어한다는 걸 느꼈다.

그렇다면 같이 가자.

조금이라도 위험해 보이면 언제든 떠나면 된다.

어딘지는 알 수 없으나 다들 어딘가로 향하고 있었다. 머릿속에서 이런저런 생각이 오갔다. 하나의 부족. 유랑을 하며, 무리를 이루어 스스로를 보호하고, 사소한 일들로 생존이 결정되던 시대로의 상징적인 귀환. 사회라고 불리는 적대적인 다른 부족 한가운데 와 있는 어떤 부족. 그들은 사회라는 들판을 건너면서 끊임없이 도전을 받고, 스스로를 지키기 위해 남들에게 두려움을 불러일으킨다. 그들은 이상적인 공동체를 이루기 위해 모였다. 나는 그들이 피어싱을 했으며 어떤 옷을 입고 다니는지 말고는 이 무리에 대해 아무것도 모른다. 이들의 가치관은 뭘까? 삶에 대해 어떤 생각을 갖고 있을까? 어떻게 돈을 마련할까? 이들에게도 꿈이 있을까? 아니면 세상을 마음대로 떠돌아다니는 것으로 만족할까? 이 모든 것은 내가 다음날 참석해야 하는 저녁식사 자리, 어떻게 흘러갈지 뻔히 아는 그 모임보다 훨씬 더 흥미롭게 느껴졌다. 이런 생각이 드는 것은 보드카 때문이라고 나는 확신했다. 어쨌든 나는 한결 자유로웠고, 나의 개인적인 역사는 점점 더 멀어져가고 있었다. 오직 현재만이, 본능만이 남아 있을 뿐이다. 자히르는 사라져버렸다……

자히르?

그렇다. 자히르가 사라졌다. 이제 나는 자히르가 어떤 대상에 사로잡히는 것 이상임을 이해한다. 보르헤스의 소설에서처럼 그것은 코르도바 회교사원의 천이백 개 기둥들 중 하나일 수도 있고, 지난 이 년간 내가 겪은 고통스러운 경험들이 말해주듯 중앙아시아에 있는 한 여자일 수도 있다. 자히르, 그것은 세대에서 세대로 전해 내려온 모든 것 위에 고착된 것이다. 그것은 어떤 질문도 답변 없이 놓아두지 않고, 모든 공간을 점령해버리고, 우리로 하여금 만물의 변화 가능성을 생각하지 못하도록 만든다.

전능한 자히르는 한 사람 한 사람의 탄생과 함께 태어나고, 그가 아이일 동안에 평생 지켜야 할 규칙들을 세움으로써 온전한 힘을 차지하는 듯했다. 그 규칙들은 이렇다.

―나와 다른 사람들은 모두 위험하다. 그들은 다른 종족에 속하며, 우리의 땅과 우리의 여자들을 원한다.
―우리는 결혼하고, 아이를 낳고, 인간 종을 번식시켜야 한다.
―사랑은 작아서, 그 안에는 한 사람만 들어갈 수 있다. 마음은 사랑 그 자체보다 커서 여러 사람을 위한 자리가 있다고들 하는데, 그건 헛소리다.

―결혼을 하면 우리는 다른 사람의 육체와 영혼을 소유할 권한을 갖게 된다.

―우리는 싫어하는 일도 해야 한다. 조직사회의 일원이기 때문이다. 만약 모든 사람이 자기가 좋아하는 일만 한다면 세상은 제대로 돌아가지 않을 것이다.

―우리는 우리가 같은 집단에 속한다는 걸 드러내줄 장신구를 착용해야 한다. 피어싱 역시 동족을 알아보게 해주는 징표다.

―우리는 늘 유쾌해야 하고, 자기 감정을 솔직하게 드러내는 사람들을 냉소해야 한다. 집단의 구성원 중 누군가가 자신의 느낌을 표현하도록 내버려두는 건 집단 전체에 위험하다.

―'아니오'라고 말하는 것은 최대한 피해야 한다. 사람들은 '예'라고 말하는 사람을 좋아한다. 그리고 그래야만 우리는 이 호전적인 땅에서 살아남을 수 있다.

―다른 사람들이 어떻게 생각하느냐는 우리가 어떻게 느끼는가보다 더 중요하다.

―공연히 소란을 떨지 마라. 그랬다간 적들의 주목을 끌 수도 있다.

―만약 다르게 행동한다면, 너는 무리에서 추방될 것이다. 왜냐하면 네가 다른 사람들을 감염시키고, 그토록 힘들여 조직해낸 것들을 와해시킬지도 모르기 때문이다.

―우리가 기거할 동굴을 어떻게 꾸밀지 늘 고민해야 한다. 잘 모르겠다 싶으면 실내장식가라도 불러야 한다. 그는 우리가 훌륭한 취향을 가졌음을 다른 사람들에게 보여주기 위해 최선을 다할 것이다.

―배가 고프지 않더라도 하루에 세 번 식사해야 한다. 반대로 현재 일반적으로 받아들여지는 이상적인 미의 기준에 맞지 않으면 배가 고프더라도 굶어야 한다.

―유행에 따라 옷을 입고, 하고 싶든 아니든 섹스를 해야 한다. 국경을 빌미로 전쟁을 벌여야 하고, 어서 빨리 시간이 흘러서 은퇴하기를 바라야 한다. 정치가들을 뽑아야 하고, 물가 인상에 대해 불평해야 하고, 머리 모양을 바꿔야 하고, 우리와 다른 사람들을 비판해야 한다. 각 종교에 따라서 일요일, 토요일, 또는 금요일마다 예배에 참석해야 하고, 우리의 죄를 용서받고, 우리가 진리를 알고 잡신을 섬기는 다른 종족을 경멸하는 것에 대해 자부심을 느껴야 한다.

―어린 사람들은 우리를 본받아야 한다. 우리가 나이가 더 많고 세상 물정을 알기 때문이다.

―대학 졸업장을 따야 한다. 설령 남들의 강요에 의해 전공을 선택할 수밖에 없고, 일자리를 구하는 데 전혀 도움이 되지 않더라도 졸업장은 필요하다.

―쓸모없는 것들, 하지만 알아두면 좋다고 누군가가 말한

것들, 예를 들어 대수학, 삼각법, 함무라비 법전을 공부하라.

―부모님을 슬프게 해선 안 된다. 비록 네 마음에 드는 것을 모두 포기하게 될지라도.

―음악은 작은 소리로 듣고, 조용조용 말하고, 남들 앞에서 울지 마라.

나는 전능한 자히르이니, 게임의 규칙들, 평행으로 달리는 두 선로 사이의 거리, 성공의 의미, 사랑하는 방식, 보답의 중요성을 정한 자이다.

우리는 부유층들이 사는 구역의 제법 근사한 건물 앞에 멈춰 섰다. 누군가가 비밀번호를 눌러 현관문을 열었다. 우리는 삼층으로 올라갔다. 나는 아들을 근처에 두고 지켜보기 위해 아들의 친구들을 너그럽게 참아주는 이해심 많은 가족을 만나게 되나보다 짐작했다. 그러나 루크레티아가 문을 열었을 때 실내는 캄캄했다. 창문으로 흘러드는 어슴푸레한 거리의 빛에 서서히 적응되자, 텅 비어 있는 커다란 홀의 모습이 눈에 들어왔다. 실내에는 수년간 사용하지 않은 것이 틀림없는 벽난로 말고는 아무것도 없었다.

2미터 남짓한 키에, 수 인디언 같은 머리 모양에 치렁치렁한 레인코트를 입은 금발 청년이 부엌으로 가더니 양초 몇 개에 불을 밝혀가지고 돌아왔다. 그들은 다함께 바닥에 둥그렇게 둘러앉았다. 그때 나는 처음으로 무시무시한 기분을 느꼈다. 마치 공포

영화에서 본 듯한 사탄의 의식이 시작되려는 찰나 같았다. 그 의식의 희생제물은 분명 멋모르고 그들과 동행한 이방인일 것이다.

미하일의 안색은 창백했고 눈동자는 계속 불규칙하게 흔들렸다. 그걸 보자 나의 불안은 더욱 증폭되었다. 금방이라도 그가 발작을 일으킬 것만 같았다. 이들은 그런 경우에 어떻게 대처해야 하는지 알고 있을까? 이 불길한 의식이 더 진행되기 전에 지금이라도 떠나는 게 낫지 않을까?

영성에 관한 글을 쓰는 유명작가로서 본보기를 보이기 위해서라도 그것이 내가 취할 수 있는 가장 현명하고 이성적인 태도일 터였다. 물론, 내가 이성적인 인간이라면, 나는 루크레티아에게 남자친구가 발작을 일으키면 혀가 말려들어가 질식사하지 않도록 입에 뭔가를 물려주어야 한다고 말해야 했다. 당연히 그녀도 그것을 알고 있을 테지만, 사회적 자히르를 추종하는 자들의 세계에서는 그 무엇도 우연에 맡겨두지 않는다. 우리는 늘 정신을 바짝 차리고 평정을 유지해야 한다.

사고를 당하기 전의 나라면 그렇게 행동했을 것이다. 그러나 이제 내 개인적 역사는 중요하지 않았다. 삶은 축적된 경험의 역사이기를 멈추고, 다시 한번 자신의 내면으로 떠나는 동시에 자기 자신으로부터 벗어나는 여행이 되었다. 그것은 전설과 모험으로 가득한 탐사의 길이었다. 어느덧 나는 주위의 사물들이 계속해서 바뀌어가는 시간 속으로 접어들어 있었고, 이것이 내 생애의 마지막 날까지 이어지기를 희망한다(나는 묘비에 써넣겠다고 했던 문장, '그는 살아서 죽었다'를 기억해냈다). 지금껏 나는 내 과거의 경험들을 지고 다녔었다. 그것들 덕분에 빠르고 예민하게 반응할 수는 있었지만, 그것으로부터 얻은 교훈들을 늘 떠올리며 살 수는 없었다. 상상해보라. 한창 전투중에 있는 전사가 다음에 어떤 동작을 취할지 생각하려고 동작을 멈춘다면 어떻게 되겠는가. 필경 그는 눈 깜박할 사이에 죽을 것이다.

내 안의 그 전사는 직관과 노련함으로 계속 머무르기로 결정한다. 밤이 깊었고, 많이 취했고 피곤한데다, 마리가 걱정하느라 혹은 화가 나서 잠 못 이루고 기다리고 있을지언정, 오늘 밤의 이 경험을 끝까지 계속하기로 한다. 나는 미하일이 경련을 일으킬 경우 신속히 대처할 수 있도록 그의 옆에 가서 앉았다.

그런데 그가 발작을 다스리고 있었다! 그는 점차로 평온해졌고, 아르메니아 식당 단상 위에 흰옷을 입고 서 있을 때처럼 강렬한 눈빛을 되찾았다.

"항상 하는 기도로 시작합시다."

그가 말했다.

그러자 그때까지 공격적이고 술에 취해 있던 반항아들이 모두 눈을 감고는 손에 손을 잡고 커다란 원을 만들었다. 한구석에 엎드려 있는 셰퍼드들조차 더 조용해진 것 같았다.

"여주인이시여, 제가 자동차들과 진열창들을 바라볼 때, 다른 이들에겐 전혀 관심 없는 사람들을 볼 때, 빌딩들과 기념물들을 볼 때, 저는 그것들 안에 당신이 부재하심을 압니다. 우리에게 당신을 돌아오게 할 능력을 주시옵소서."

무리는 한목소리로 계속 기도했다.

"여주인이시여, 우리가 시련을 겪고 있을 때, 당신께서 함께하심을 압니다. 우리가 포기하지 않도록 도우소서. 우리가 당신을 사랑하고 있음을 받아들이기 힘든 순간에도, 조용히 믿음을 지키며 당신을 생각할 수 있도록 도우소서."

나는 그들이 입고 있는 옷 어느 구석엔가 모두 다 똑같은 모양의 심벌이 있는 걸 발견했다.

브로치 형태도 있었고, 금속 배지 형태도 있었고, 수를 놓거나 심지어 옷자락에다 펜으로 그린 것도 있었다.

"나는 이 밤을 내 오른쪽에 앉은 분께 바치고 싶습니다. 그는 나를 보호하기 위해 내 옆에 앉아 있습니다."

미하일이 말했다.

아리아드네의 실 359

그가 어떻게 그걸 알았지?

"이분은 선한 분입니다. 그는 사랑이 변한다는 것을 이해하고, 사랑으로 자기 자신이 변하도록 허락했습니다. 그는 아직도 영혼 속에 개인적 역사를 많이 지고 다니시지만 끊임없이 거기서 놓여나기 위해 애씁니다. 그것이 오늘 밤 그가 우리와 함께 여기 있는 이유입니다. 그는 우리가 모두 알고 있는 여인의 남편입니다. 그녀는 나에게 우정의 증거로, 또 부적으로 기념물을 주었습니다."

미하일은 피 묻은 천 조각을 꺼내 자기 앞에 놓았다.

"이것은 어느 이름 모를 군인의 셔츠 조각입니다. 죽기 전에 그는 그녀에게 이렇게 말했다고 합니다. '내 옷을 찢어서, 죽음을 믿고 또 그렇기 때문에 오늘이 지상에서 보내는 마지막 날인 것처럼 살아가는 사람들과 나눠가지세요. 그들에게 내가 방금 신의 얼굴을 보았다고 말해주세요. 두려워하지 말라고, 하지만 안심하지도 말라고 전해주세요. 그리고 사랑이라는 유일한 진실을 찾으라고, 그 진실의 원칙에 따라 조화롭게 살라고 말해주세요.'"

다들 경외하는 눈빛으로 그 천 조각을 바라보았다.

"우리는 격변의 시대에 태어났습니다. 우리는 모든 열정을 쏟아 붓고, 우리의 생명과 젊음을 바치고, 위험을 무릅씁니다. 그런데 별안간 두려워집니다. 처음 느꼈던 환희는 진정한 도전, 피로함과 단조로움, 그리고 우리 자신의 능력에 대한 의심 등등에 그 자리를 내줍니다. 머지않아 친구들 중에 포기하는 사람이 생겨남니다. 우리는 고독과 인생에 등장하는 급커브길에 적응하려고 애씁니다. 그리고 곁에 도와줄 사람 하나 없이 생의 쓰디쓴 좌절을 몇 차례 겪고 나면, 그 모든 것이 그토록 수고할 가치가 있는지 스스로에게 묻게 됩니다."

미하일은 거기서 잠시 말을 멈췄다가 다시 이어나갔다.

"그것은 가치 있는 일이며, 우리는 계속할 것입니다. 우리는 우리 영혼이 영원하다는 것을 알지만, 동시에 지금 이 순간 시간이라는 그물에, 시간이 주는 기회와 한계에 갇혀 있다는 것도 알고 있습니다. 우리는 이 그물에서 가능한 한 멀리 벗어나려고 노력할 겁니다. 그리고 그것이 더는 불가능해서 다른 사람들이 우리에게 해준 이야기로 돌아가게 되더라도, 우리는 우리의 전투를 기억할 것이며, 상황이 좋아지면 다시 투쟁할 것입니다. 아멘."

"아멘."

모두 함께 되뇌었다.

"난 여주인님과 이야기를 좀 하고 싶어."

수 인디언 머리 모양을 한 금발 청년이 말했다.

"오늘은 안 되겠어. 난 피곤해."

미하일이 대답했다.

실망해서 수군거리는 소리들이 들려왔다. 아르메니아 식당에서와는 달리, 이곳 사람들은 미하일의 사연과 그가 곁에서 느끼는 '존재'에 대해 알고 있었다. 미하일이 물을 마시려고 부엌으로 갔다. 나는 그를 따라갔다.

나는 미하일에게 이들이 어떻게 이 아파트를 찾아냈는지 물었다. 그는 프랑스에서는 소유주가 사용하지 않는 건물은 일반 시민이 쓸 수 있도록 법으로 허용하고 있다고 했다. 그러니까 한마디로, 무단침입이었다.

마리가 나를 기다리고 있다는 생각에 마음이 불편해지기 시작했다. 미하일이 내 팔을 잡았다.

"아까 스텝으로 떠날 거라고 하셨죠? 한 번 더 부탁드리겠습니다. 저를 데려가주세요. 단 며칠이라도 좋아요. 고향에 가봐야 합니다. 하지만 돈이 없어요. 내 동포들, 어머니, 친구들이 그립습니다. 나는 '선생이 나를 필요로 할 거라고 목소리가 말합니다'라고 둘러댈 수도 있지만, 그건 사실이 아닙니다. 선생은 아무런 도움 없이도 에스테르를 찾을 수 있습니다. 하지만 나는 내 고향으로부터 에너지를 취해야 합니다."

"왕복 비행기 표를 살 돈을 줄 수는 있소."

"압니다. 하지만 저는 선생과 함께 가고 싶습니다. 당신과 함께 그녀가 살고 있는 마을까지 걸어가고, 내 얼굴 위로 불어오는 바람을 느끼고, 당신을 사랑하는 여인에게 인도해줄 그 길을 동행하고 싶습니다. 그녀는 저에게 아주 중요한 분이었고, 지금도 그렇습니다. 그녀의 변화와 결단을 통해서 저는 많은 것을 배웠고, 좀더 배우고 싶습니다. 지난번에 제가 말씀드린 '끊어진 이야기'

를 기억하십니까? 저는 에스테르가 머물고 있는 그 집이 우리 앞에 나타날 때까지 선생 곁에 있고 싶습니다. 그렇게 저는 선생의 삶이자 제 삶이기도 한 이 기간을 끝까지 살아내고 싶은 겁니다. 그 집이 나타나면, 그땐 선생을 혼자 있게 해드리겠습니다."

무슨 말을 해야 할지 알 수 없었다. 나는 화제를 바꾸려고 홀에 있는 사람들은 누구냐고 물었다.

"세상을 바꾸고자 꿈꾸었지만 결국 '현실'로 돌아가버린 선생의 세대처럼, 이 모든 것이 끝나버릴까봐 두려워하는 사람들이죠. 우리는 강한 척합니다. 실은 한없이 약하니까요. 우리의 수는 아직 적습니다. 아주 적지요. 그래도 저는 이것이 그저 겪고 지나가는 하나의 과정이라고 생각합니다. 사람은 자신을 영원히 속일 수는 없어요. 자, 이제 제 말에 대답해주세요."

"미하일, 당신은 내가 내 개인적 역사로부터 벗어나기 위해 얼마나 노력하고 있는지 잘 알잖소. 얼마 전이었다면 나는 그 지역 지리와 관습과 돌발적인 위험 요소들에 익숙한 당신과 함께 여행하는 것이 훨씬 안전하고 편할 거라고 생각했겠지. 하지만 지금 나는 혼자서 아리아드네의 실을 풀어야 한다고 생각해. 내가 들어갔던 미궁에서 스스로 빠져나오고 싶소. 내 삶은 바뀌었소. 지금 나는 십 년, 아니 이십 년은 젊어진 것 같은 기분이오. 모험을 찾아 떠나는 데는 그걸로 충분하지."

"언제 떠나십니까?"

아리아드네의 실 363

"비자가 나오면 바로. 아마 이삼 일 후가 될 거요."

"여주인께서 선생과 함께하십니다. 목소리도 지금이 바로 그때라고 말합니다. 혹시라도 생각이 바뀌면 제게 알려주십시오."

나는 바닥에 누워 잠잘 준비를 하고 있는 젊은이들을 넘어서 그곳을 나왔다. 집으로 돌아가는 동안, 내 나이에 이르면 삶이 그러리라 예상했던 것보다 훨씬 더 즐거워진다는 생각이 들었다. 다시 젊어지고 미친 짓을 하는 것이 언제든 가능했던 것이다. 나는 현재의 이 순간에 너무나도 집중한 나머지, 사람들이 내가 지나가도 길을 비켜주거나 겁나서 눈을 내리깔지 않는 걸 보고 의아했다. 나를 쳐다보는 사람조차 없었지만, 그게 맘에 들었다. 불현듯 앙리 4세 시절의 파리로 돌아와 있는 것 같은 기분이 되었다. 신교를 배반하고 가톨릭을 믿는 여인과 결혼했다는 이유로 비난받았던 앙리 4세는 이렇게 말했었다. "파리는 미사를 드릴 만한 가치가 있는 도시다."

파리는 그보다 훨씬 가치 있는 곳이었다. 내 눈 속에서 1600년대의 파리가 되살아나고 있었다. 나는 종교전쟁으로 인한 대학살, 피로 물든 제의, 왕과 여왕들, 박물관들, 성城들, 고통받는 화가들, 흠뻑 취한 작가들, 자살한 철학자들, 세계 정복을 위해 음모를 꾸미는 군인들, 단 한 방으로 왕조를 전복시킨 배덕자들, 한때 망각 속으로 사라졌다 다시 되살아나고 있는 이야기들을 보았다.

집으로 돌아와서 누군가에게서 메일이 오지 않았는지, 지체 않고 답해줘야 하는 메시지가 와 있지 않은지 확인하려고 컴퓨터를 켜지 않은 것은 실로 오랜만의 일이었다. 절대로 연기할 수 없는 일이란 세상에 없었다. 마리가 자고 있는지 확인하려고 침실에 가보지도 않았다. 그녀가 자는 척하고 있다는 걸 나는 알았다.

심야 뉴스를 보려고 텔레비전을 켜지도 않았다. 뉴스는 어렸을 때부터 보아왔지만 달라진 것이라곤 하나도 없었다. 어떤 나라가 다른 나라를 위협하고 있고, 누가 누구를 배반했고, 경제상황이 악화되었고, 사랑과 열정에서 비롯된 어떤 스캔들이 막을 내렸고, 이스라엘과 팔레스타인은 오십 년이 지났지만 여전히 협상에 실패했고, 어디선가는 또 폭탄이 터졌고, 태풍은 수천 명의 이재민을 냈겠지.

나는 그날 아침 주요 방송사들이 이렇다 할 테러 행위가 없자 아이티에서 있었던 반란을 오늘의 주요 뉴스로 보도했다는 것을 떠올렸다. 아이티의 무엇이 나와 관계 있을까? 그것은 내 삶에, 내 아내의 삶에, 파리의 빵 값에, 혹은 미하일의 '부족'에게 어떤 변화를 가져다줄까? 폭도들과 대통령에 관한 보도를 보면서, 끊임없이 되풀이되는 길거리의 시위 장면들을 보면서, 이 모든 것이 마치 인류에게 대단한 사건이라도 되는 양—아이티의 반란이!—지켜보느라 내 삶의 귀중한 오 분을 허비했단 말인가? 게다가 그걸 진지하게 끝까지 봤다니! 나 같은 얼간이에겐 정말 고유의 신분증을 줘야 한다. 얼간이들이야말로 집단적인 어리석음을 유지하고 보존하는 자들이다.

　창문을 열었다. 차가운 밤공기가 실내로 흘러들어왔다. 옷을 벗었다. 나는 스스로를 제어할 수 있다고, 추위에 저항할 수 있다고 중얼거렸다. 그리고 아무것도 생각하지 않고 거기 그렇게 있었다. 다만 바닥을 딛고 있는 내 다리와, 에펠 탑을 바라보는 내 눈과, 개 짖는 소리와 사이렌 소리, 그리고 내용을 알 수 없는 대화의 편린들을 듣고 있는 내 귀를 느끼면서.

　나는 내가 아니었다. 나는 아무도 아니었다. 그리고 그것이 내겐 멋지고 경이로운 일로 다가왔다.

"당신 이상해."

"어떻게 이상한데요?"

"슬퍼 보여."

"난 슬프지 않은데요. 오히려 기분 좋아요."

"알고 있소? 당신 목소리가 억지로 꾸민 듯이 들려. 나 때문에 슬픈데도 아무 말 않고 있는 거지."

"내가 왜 슬프죠?"

"어젯밤에 내가 술에 취해서 늦게 들어왔으니까. 당신은 내가 어딜 갔다 왔는지도 묻지 않았어."

"관심이 없으니까요."

"왜 관심이 없지, 내가 미하일과 함께 외출할 거라고 말했는데도?"

"그래서 그렇게 했나요?"

"그랬지."

"내가 당신에게 뭘 묻기를 원해요?"

"당신의 애인이 밤늦게 돌아왔고 당신이 그를 사랑한다면, 적어도 무슨 일이 있었는지 알려고 해야 하는 것 아니오?"

"무슨 일이 있었어요?"

"아무 일도 없었소. 미하일과 그의 친구들 몇이랑 좀 돌아다니다 왔지."

"그럼 됐네요."

"당신, 내 말을 믿소?"

"그럼요."

"당신은 이제 나를 사랑하지 않아. 당신은 질투하지 않고 무관심해. 내가 새벽 두시에 들어오는 게 정상이오?"

"당신은 자유로운 인간이라고 당신 입으로 말했잖아요."

"물론 나는 자유로워."

"그렇다면 당신이 새벽 두시에 집에 들어오는 건 정상이에요. 당신이 하고 싶은 대로 행동하는 것도 정상이고. 내가 당신 어머니라면 걱정하겠죠. 하지만 당신은 성인이에요, 그렇지 않나요? 남자들은 여자가 자신을 어린애 다루듯 해줬으면 하는 것처럼 보여선 안 돼요."

"그런 종류의 걱정을 해달라는 게 아니야. 난 질투에 대해 말하고 있소."

"내가 오늘 아침 식탁에서 당신과 한바탕 언쟁이라도 벌이면 좋겠어요?"

"아니, 그러지 말아요. 이웃 사람들이 다 듣겠소."

"그런 건 신경쓰지 않아요. 그러지 않는 건 다만 내가 언쟁을 벌이고 싶은 마음이 조금도 없기 때문이에요. 나한테도 쉽진 않았어요. 그래도 당신이 자그레브에서 내게 한 말을 받아들였어요. 그리고 그 생각에 익숙해지려고 노력중이에요. 하지만 당신이 원한다면 질투하고, 속상해하고, 미칠 지경이 된 것처럼 행동할 수도 있어요."

"아까도 말했지만 당신 이상해. 당신 삶에서 내가 전혀 중요하지 않다는 생각이 들기 시작하는군."

"당신, 거실에서 기자가 당신을 기다리고 있다는 걸 잊었나보네요. 우리가 하는 얘기를 다 듣고 있을지도 몰라요."

아, 기자! 자동 조종장치를 작동시켜야 하는 시간이다. 그가 어떤 질문들을 할지 이미 다 알고 있으니까. 나는 인터뷰가 어떤 식으로 시작될지 안다("선생님 소설에 대해 이야기해보죠. 이번 작품의 주된 메시지가 뭡니까?"). 그리고 내가 뭐라고 대답할지도 안다("만약 내가 어떤 메시지를 전하고자 했다면, 책이 아니라 한 줄의 문장을 썼을 겁니다").

일반적으로 내 작품에 대해 매우 혹독한 평을 하는 평론가들에 대해 내가 어떻게 생각하는지 물으리라는 것도, 그리고 그가 이렇게 말하며 인터뷰를 마치리라는 것도 알고 있다. "벌써 새 책 집필에 들어가셨나요? 선생님의 다음 계획을 알려주시겠습니까?" 그러면 나는 이렇게 대답할 것이다. "그건 비밀입니다."

인터뷰는 예상대로 시작된다.

"선생님 소설에 대해 이야기해보죠. 이번 작품의 주된 메시지가 뭡니까?"

"만약 내가 어떤 메시지를 전하고자 했다면, 책이 아니라 한 줄의 문장을 썼을 겁니다."

"선생님은 왜 글을 쓰십니까?"

"내가 느끼는 것들을 다른 사람들과 나눌 수 있는 방법이니까요."

역시 자동 조종장치에 따른 답변이다. 하지만 나는 기계의 작동을 멈추고 말을 고친다.

"하지만 그 이야기를 다른 방식으로 전할 수도 있겠지요."

"다른 방식이라고요? 그렇다면 선생은 『찢어버릴 시간, 꿰맬 시간』에 만족하지 않으신다는 말씀이십니까?"

"아닙니다. 나는 아주 만족합니다. 하지만 방금 당신에게 한 내 답변은 마음에 들지 않는군요. 내가 왜 쓰냐고요? 진짜 대답은 이렇습니다. 나는 사랑받기 위해서 씁니다."

기자는 대관절 이 사람이 무슨 말을 하고 싶은 건가 하는 표정으로 나를 바라본다.

"나는 소년 시절에 축구를 잘하지 못해서, 내게 자동차가 없어서, 용돈이 많지 않아서, 근육질 몸매가 아니어서 글을 썼습니다."

나는 말을 계속 이어가기 위해 엄청난 노력을 기울였다. 마리와 대화하면서 이제 더이상 의미 없는 내 과거가 떠올랐었다. 나는 내 진짜 개인사를 이야기해야 했다. 그것으로부터 나 자신을 해방시켜야 했다. 나는 계속해서 말했다.

"나는 최신 유행의 옷도 입어본 적이 없습니다. 그런데 우리 반 여자애들은 오로지 유행에만 관심이 있었습니다. 그러니 당연히 나에겐 관심이 없었습니다. 내 친구들이 자기 여자친구와 함께 있을 시간에, 나는 나만의 행복한 세상을 상상하며 저녁 시간을 보냈습니다. 작가들과 그들의 책이 나의 벗이 되어주었지요. 어느 화창한 날, 나는 우리 동네에 사는 소녀를 위해 시를 한 편 썼습니다. 한 친구가 내 방에 왔다가 그것을 보고는 가져갔습니다. 그리고 친구들이 모여 있는 자리에서 그걸 꺼내 보였습니다. 다들 웃었습니다. 그게 우스꽝스럽다고 생각한 거죠. 나는 사랑에 빠져 있었던 겁니다!

하지만 내가 시를 바쳤던 그 소녀는 웃지 않았습니다. 그 다음날 오후에 우리 반 전체가 다 같이 극장에 갔는데, 그녀는 일부러 내 옆에 와서 앉더니 내 손을 잡았습니다. 우리는 팔짱을 끼고 극장을 나왔습니다. 못생기고 작고 허약한데다, 최신 유행의 옷도 입지 않은 내가 우리 반에서 제일 인기 있는 소녀와 함께 말입니다."

나는 잠시 말을 쉬었다. 마치 과거로, 그녀의 손이 내 손에 닿아 내 삶을 바꿔놓은 그 순간으로 돌아간 것만 같았다.

"모든 게 오로지 그 시 한 편 덕분이었습니다."

나는 다시 말을 이었다.

"시 한 편이 깨닫게 해주었던 것입니다. 내가 글을 써서 겉으로 드러나지 않는 내 세계를 보여줌으로써, 내 친구들이 가진 보이는 세계, 신체적인 힘, 최신 유행의 옷차림, 자동차, 운동을 잘하는 것 등과 대등하게 경쟁할 수 있다는 것을 말입니다."

기자는 상당히 놀라워했다. 그러나 그보다 훨씬 놀란 사람은 바로 나였다. 기자가 침착하게 다른 질문을 던졌다.

"평론가들이 선생의 작품에 대해 그토록 혹독한 이유가 뭐라고 생각하십니까?"

그 순간 자동 조종에 따랐다면 이렇게 대답했을 것이다.

'그에 대한 대답은 옛 고전 작가들의 전기를 읽는 것만으로 충분합니다. 평론가들은 그 대가들에게도 인정사정없었거든요. 하지만 오해하지는 마십시오. 내가 대가라고 말하는 건 아닙니다. 평론가들이 내게 냉혹한 이유는 간단합니다. 그들은 그 무엇에도 확신이 없기 때문입니다. 그들은 뭐가 뭔지 잘 모릅니다. 정치 얘기가 나오면 민주주의자가 되지만, 문화 얘기가 나오면 독재자로 변합니다. 대중들이 통치자를 선택할 능력은 있지만, 영화나 책, 음악을 선택할 능력은 없다고 생각합니다.'

그러나 일은 이미 벌어졌다. 나는 자동 조종 상태에서 완전히 벗어났고, 기자가 이 인터뷰 내용을 기사화하지 않으리라는 것을 알았다. 나는 기자에게 대답 대신 이렇게 물었다.

"혹시 얀트 법이라고 들어보셨습니까?"

"아니오, 들어본 적 없습니다."

그가 대답했다.

"그것은 인류 문명이 시작된 이래로 계속 존재해왔지만, 공식적으로 기록되고 알려진 것은 1933년 한 덴마크 작가에 의해서였습니다. 얀트라는 작은 마을의 시의원들이 사람들의 실천 윤리를 위한 십계명을 만들었답니다. 그리고 사실 그것은 얀트에서뿐만 아니라 이 세상 어디에서나 효력을 가지는 규범이었습니다. 그 계명들을 한 문장으로 요약하자면 이렇습니다. '평범과 익명성이 최선의 선택이다. 만약 네가 그 원칙에 따라 행동한다면, 너는 살아가면서 큰 어려움을 겪지 않을 것이다. 그러나 네가 다르게 행동하려 한다면······'"

"얀트의 계명들을 구체적으로 알고 싶습니다."

기자가 내 말을 자르며 끼어들었다. 정말로 관심이 있는 모양이었다.

"지금 전문全文을 갖고 있지는 않습니다. 하지만 그 내용을 요약해줄 수는 있어요."

나는 컴퓨터로 가서 간략히 내용을 추린 얀트 법을 프린트해 왔다.

너는 아무도 아니다. 네가 우리보다 더 많이 안다고 생각하지 마라. 너는 전혀 중요하지 않다. 너는 어떤 일도 제대로 해낼 수 없다. 네가 하는 일은 무의미하다. 우리에게 도전하지 마라. 그러면 행복하게 살 수 있다. 우리가 말하는 것을 늘 명심하라. 그리고 절대로 우리의 말을 비웃지 마라.

기자는 프린트된 종이를 접어서 주머니 속에 넣었다.

"선생 말씀이 맞습니다. 만약 선생께서 아무도 아니라면, 선생의 작업도 아무런 영향력을 가지지 못할 테고, 그러면 선생은 칭송을 받겠지요. 하지만 선생께서 평범에서 벗어나 기어코 성공에 이르면, 그 법에 도전했으므로 처벌을 받게 되는 거로군요."

그가 혼자서 이런 결론에 다다른 게 기분 좋았다.

"평론가들만이 아닙니다. 당신이 생각하는 것보다 훨씬 더 많은 사람들이 그렇게 생각하지요."

내가 덧붙였다.

오후 무렵, 나는 미하일의 휴대전화로 전화를 걸었다.

"나와 함께 갑시다."

그는 전혀 놀라지 않았다. 그냥 감사하다는 말을 하고는, 왜 마음이 바뀌었는지 물었다.

"지난 이 년 동안 내 삶은 자히르에 사로잡혀 있었소. 당신을 만난 뒤로 나는 잊고 있었던 길을, 잡초가 무성한 채 버려졌던 철길을 따라 걸었지. 기차는 여전히 그 위로 지나다닐 수 있었소. 나는 아직 종착역에 도착하지 못했고, 길을 도중에서 멈출 수는 없소."

그는 내게 벌써 비자를 받았는지 물어보았다. 나는 호의은행이 잘 작동되었다고 대답했다. 내 러시아인 친구 하나가 카자흐스탄의 한 신문사 국장으로 있는 자기 애인에게 전화를 걸어주었고, 그녀가 다시 파리에 있는 카자흐스탄 대사에게 전화를 걸어주었다. 오늘 오후가 지나기 전에 모든 준비가 끝날 터였다.

"우린 언제 떠납니까?"

"내일이오. 비행기 표를 사려면 당신의 진짜 이름만 알려주면 되오. 지금 다른 전화로 여행사 직원이 연결되어 있소."

"전화를 끊기 전에 말씀드리고 싶은 게 하나 있습니다. 기차 선로 사이의 거리에 관한 선생의 비유가 무척 마음에 들어요. 버려진 철길을 예로 든 것도 좋았어요. 하지만 그게 저를 데려가기로 결정한 이유라는 생각은 들지 않습니다. 저는 그게 선생이 전에 쓴 어떤 글 때문일 거라고 생각합니다. 저는 그걸 외우고 있어요. 에스테르가 즐겨 인용했거든요. 그건 선생의 소위 호의은행이라는 말보다는 훨씬 낭만적입니다."

빛의 전사는 결코 은혜를 잊지 않는다.
그가 싸울 때 천사들이 그의 곁을 지켜주었다. 천국의 군대는 각각의 사물을 제자리에 있게 해주고, 그에게 최선의 것을 허락했다. 그리하여 그는 해질녘이면 무릎을 꿇고서 자신을 둘러싸고 있는 '보호하는 외투'에 감사를 드린다.
그의 전우들은 이렇게 말한다. '그는 정말 운이 좋아!' 하지만 그는 '운'이란 곧 자기 주변을 둘러보고 전우들이 어디 있는지 아는 것임을 잘 안다. 그는 전우들이 하는 말을 통해서 천사들의 목소리를 듣기 때문이다.

"난 내가 쓴 걸 전부 다 기억하지는 못하오. 하지만 기분은 좋군. 이제 여행사 직원에게 알려줄 당신 본명을 말해주시오."

콜택시 사무실과 연결되기까지는 이십 분이 걸렸다. 수화기 너머에서 성마른 목소리가 족히 삼십 분은 더 기다려야 한다고 말한다. 근사하고 관능적인 검은 드레스를 입은 마리는 기분이 좋아 보인다. 아르메니아 식당에서 다른 남자들이 자기 아내에게 욕정을 품고 있다는 사실을 아는 것이 자신을 흥분시켰노라고 이야기한 남자를 떠올린다. 오늘 저녁 파티에 참석하는 여자들은 전부 가슴과 몸의 곡선에 남자들의 시선이 집중되도록 차려입고 올 것이다. 그리고 그녀의 남편이나 애인은 그녀가 다른 남자들의 욕정의 대상이 되고 있음을 알고 이렇게 생각할 것이다. '그래, 멀찍이서 눈요기나 하라고. 그녀는 나와 함께이고, 나만이 마음대로 할 수 있다는 걸 잊지 마. 나는 최고야. 너희들이 갖고 싶어 하는 걸 이미 가졌으니까.'

오늘 파티에서 나는 공적으로 할 일은 없다. 계약서에 사인을 하거나 인터뷰를 하는 것도 아니다. 그저 행사에 참석해서, 호의 은행의 내 계좌에 맡겨진 '예금'을 갚아주려는 것뿐이다. 나는 아마도 책을 쓰는 데 필요한 영감을 어떻게 얻느냐는 따위의 질문을 던지는 지루한 사람 옆에서 식사를 하게 될 것이다. 다른 쪽 옆으로는 젖가슴을 거의 드러낸 여자가 앉을지도 모른다. 아마 내 친구들 중 한 사람의 아내겠지. 그리고 나는 그녀에게 눈길을 주지 않기 위해 저녁 내내 자신을 통제해야 할 것이다. 만약 내가 잠시라도 눈길을 주면 그녀는 자기 남편에게 내가 추파를 던졌다고 말할 테니까. 마리와 함께 택시를 기다리는 동안, 나는 머릿속으로 오늘 저녁 행사 참석자들이 나누게 될 화제 목록을 떠올려보았다.

1. 외모에 대한 논평. "아주 우아하십니다." "드레스 정말 예쁘네요." "얼굴 참 좋아 보이세요." 그러고는 집에 돌아가면 사람들 옷차림이 전부 다 형편없었고 낯빛도 환자처럼 창백했다고 떠들겠지.

2. 최근에 다녀온 휴가. "아루바에 꼭 가보셔야 해요. 정말 환상적인 곳이에요." "여름날 저녁에 칸쿤의 바닷가에 앉아 마티니를 마시면 정말 끝내줘요." 사실 어느 누구도 그렇게 즐거운 휴가를 다녀오지 못했다. 그들은 다만 며칠 동안 자유롭다는 느낌을 가졌을 뿐이다. 하지만 그곳에서 그 많은 돈을 썼으니 그걸 즐긴 척 애써야 한다.

3. 역시 여행 이야기(이번엔 잔뜩 불평을 늘어놓는 경우). "리우데자네이루에 다녀왔는데, 그 도시에 얼마나 폭력이 난무하는지 당신들은 상상도 못 할 거예요." "캘커타 거리의 빈곤은 정말이지 끔찍하더군요." 사실 그들은 거기 있는 동안엔 스스로가 힘을 가졌다고 느끼기 위해, 그리고 자신들의 보잘것없는 현실로 돌아왔을 때는 특권의식을 누리기 위해 그곳에 다녀온 것이다. 적어도 자신들의 현실엔 비참함이나 폭력은 없다고 위안하며 말이다.

4. 새로운 민간요법 소개. "일 주일 동안 밀싹 즙을 복용하면 머릿결이 정말 부드러워져요." "나는 비아리츠에 있는 스파에서

이틀을 보냈어요. 그곳 물은 모공을 열어주고 체내 독소를 제거해준답니다." 다음주에 그들은 밀싹엔 어떤 효능도 없고 어디의 물이건 간에 더운물은 다 모공을 열어주고 독소를 제거해준다는 것을 알게 되리라.

5. 남 얘기. "아무개 씨를 못 본 지 오래됐네요. 요즘 어떻게 지내신대요?" "아무개 여사가 사정이 어려워서 아파트를 팔았다는 소식이 들리더군요." 사람들은 파티에 초대받지 않은 문제의 그 사람들에 대해 이야기한다. 그들은 마음놓고 험담을 한다. 그리고 끄트머리에 가서는 순진무구하고 동정심 가득한 표정으로 이렇게 말한다. "그래도 그 사람, 꽤 괜찮은 사람인데."

6. 테이블에 활기를 불어넣기 위한 개인적인 사소한 바람이나 걱정들. "내 삶에 뭔가 새로운 일이 일어났으면 좋겠어요." "애들 때문에 정말 걱정이랍니다. 요즘 아이들은 음악 같지도 않은 음악을 듣고, 문학 작품은 읽지도 않아요." 그들은 같은 문제를 안고 있는 사람들의 논평을 기다린다. 그러고는 자기 혼자만 그렇게 느끼고 사는 게 아니라는 것을 깨닫고 기분이 좋아져서 돌아가는 것이다.

7. 오늘처럼 지적인 저녁 모임이라면 중동전쟁, 이슬람 문제, 새로운 전시회, 요즘 유행하는 철학, 아무도 들어보지 못한 환상적인 책, 더이상 예전 같지 않은 음악 등에 대해 토론한다. 우리는 우리가 진심으로 생각하는 것과는 정반대되는, 총명하고 분별 있

는 의견들을 제시할 것이다. 겨우 이런 종류의 저녁 모임에 어울릴 화젯거리를 갖기 위해 전시회에 가고, 지겨운 책을 읽고, 따분한 영화를 보는 것이 얼마나 고생스러운지 우리는 알고 있다.

택시가 도착했다. 연회 장소로 가는 동안 나는 내 화제 목록에 매우 개인적인 항목 하나를 추가했다. 마리에게 저녁식사 모임들이 싫다고 말하는 것. 나는 그렇게 했다. 그러나 그녀는 내가 언제나 결국엔 그것들을 즐기고 좋아했다고 지적했다. 그건 사실이었다.

우리는 파리의 가장 우아한 식당들 중 한 곳으로 들어가 행사를 위해 예약된 홀로 향했다. 한 문학상 시상식이었는데, 나는 심사위원 자격으로 참석했다. 사람들이 둘러서서 담소를 나누고 있었다. 어떤 사람들은 나에게 인사했고, 다른 사람들은 그저 나를 바라보더니 자기들끼리 계속 이야기했다. 시상식 주최자가 내 쪽으로 다가와 늘 그렇듯 내 신경을 건드리는 말로 사람들에게 나를 소개했다. "이분이 누구신지는 다 아시죠?" 어떤 사람들은 나를 알아보고 미소를 지어 보인다. 또 어떤 사람들은 미소를 짓기는 하지만 내가 누구인지는 모른다. 그래도 그들은 아는 척한다. 무지를 드러내는 것은 그들이 살고 있는 세계가 더이상 존재하지 않는다는 것, 그리고 그들이 현재 일어나고 있는 중요한 일들에 정통하지 못하다는 것을 인정하는 셈이 되기 때문이다.

나는 간밤에 함께 있었던 '부족'을 떠올리며 속으로 생각했다. '얼간이들을 모두 모아 배 한 척에 태워 난바다로 보내야 해. 몇 달 동안 계속 밤마다 파티에 참석시키고, 서로서로 자기소개를 하게 해야 해. 누가 누구인지 알아볼 수 있을 때까지 말이야.'

나는 오늘 저녁과 같은 행사에 빈번히 나타나는 사람들의 목록도 작성했다. 그들 중 10퍼센트는 '회원'들이다. 그들은 결정권을 가지고 있으며, 호의은행에 지고 있는 빚 때문에 이 자리에 참석했다. 그들은 대가를 지불하거나 투자를 해야 하는, 그들에게 득이 될 수 있는 모든 사항에 주의를 기울인다. 그들은 그 행사가 자기에게 유익한지 아닌지를 대번에 알아내고, 늘 파티장을 먼저 빠져나간다. 그들은 결코 시간을 허비하지 않는다.

2퍼센트는 '인재'들이다. 진실로 장래가 촉망되는 사람들이다. 그들은 강 몇 개를 건너는 데 이미 성공했으며, 호의은행이 존재한다는 것을 알았다. 모두가 호의은행의 잠재적인 고객이다. 그들은 중요한 일들을 처리할 수는 있지만, 아직 결정을 내릴 만한 지위에는 오르지 못했다. 그들은 자기가 이야기를 나누고 있는 사람이 누군지 잘 모르기 때문에 모든 사람들과 기분 좋게 교유한다. 그들은 '회원'들보다 훨씬 열려 있다. 그들에게는 모든 길이 어디론가 통할 수 있기 때문이다.

3퍼센트는 우루과이의 옛 게릴라 조직에 경의를 표하여 붙인 명칭인 '투파마로'들이다. 그들은 특권층 안으로 슬그머니 침투해 들어오는 법을 안다. 인맥을 쌓기 위해 할 수 있는 모든 것을 할 태세가 되어 있다. 하지만 그들은 자기들이 여기 머물러야 할지, 아니면 같은 시간 열리고 있는 다른 파티장으로 가야 할지 계산하느라 바쁘다. 그들은 안절부절못하며, 자신에게 재능이 있음을 보여주려고 애쓴다. 그러나 사실 그들은 초대받지 않았고, 아직 첫번째 산도 넘지 못했다. 다른 사람들은 그들의 정체를 알아채는 즉시 그들에 대한 관심을 거둬들인다.

마지막으로, 나머지 85퍼센트는 '쟁반'들이다. 나는 그들에게 이 이름을 붙여주었다. 집기 없는 파티는 없듯이 그들 없이는 행사도 없다. '쟁반'들은 어떤 일이 일어나고 있는지 정확히 알지 못한다. 하지만 그 자리에 있는 것이 중요하다는 것을 알고 있다. 그들은 그날 행사의 성공이 참석자의 숫자에도 달려 있기 때문에 초청자 명단에 올랐다. 예전에 중요했던 인물들, 전직 은행가, 전직 영화감독, 유명한 여자의 전남편, 오늘날 요직을 맡고 있는 남자의 전처들이다. 더이상 군주제가 실시되지 않는 나라의 백작들, 궁전을 세놓아 먹고사는 공주나 후작부인들도 여기 포함된다. 그들은 한 파티에서 다른 파티로, 이 저녁 모임에서 다른 저녁 모임으로 옮겨다닌다. 나로서는 다만, 그들은 그게 물리지도 않는지가 궁금할 뿐이다.

최근에 나는 마리에게 이런 얘기를 꺼냈었는데, 그때 마리는 일 중독자들이 있는 것처럼 유흥 중독자들도 있다고 했다. 뭔가를 잃는다는 점에선 양쪽 다 불행한 이들이지만 그들은 자신들이 중독된 대상을 포기하지는 못한다.

영화 및 문학 협회의 주최자 한 사람과 얘기를 하고 있는데 젊고 예쁜 금발 여자가 다가왔다. 그녀는 『찢어버릴 시간, 꿰맬 시간』을 무척 감명 깊게 읽었다고 말하며, 자신이 발트 해 연안 국가에서 왔고 영화계에서 일한다고 말했다. 나와 함께 있던 사람들은 즉각 그녀가 투파마라*임을 눈치 챘다. 그녀가 말은 나에게 걸었지만, 정작 관심이 있는 건 내 옆(협회 주최자들이 있는 쪽)에서 일어나는 일이었기 때문이다. 거의 용서받을 수 없는 이런 실수를 저질렀음에도 불구하고, 그녀가 미숙한 '인재'로 대접받을 기회는 아직 있었다. 협회 주최자 중 한 사람이 그녀에게 '영화계에서 일한다'고 한 말이 무슨 뜻이냐고 물었다. 그러자 그녀는 자신이 신문에 평론을 쓰는 평론가고, 책도 한 권 펴냈다고 설명했다(영화에 대한? 천만에. 짧고 흥미로울 것 없는 그녀의 인생에 대한 책일 거라고 나는 짐작했다).

과오 중의 과오는 그녀가 너무 성급하다는 점이었다. 그녀는 자신이 '올해의 행사'에 초대받을 수 있는지 물었던 것이다. 파티 주최자는 그녀와 같은 나라에서 온, 영향력 있고 일 잘하는(게다가 내가 보기에 미모도 훨씬 출중한) 내 출판 편집인이 이미 초

---

* '투파마로'의 여성형.

아리아드네의 실 383

대를 받았노라고 말해주었다. 그들은 나와 다시 이야기를 나누기 시작했고, 투파마라는 어찌할 바를 모른 채 잠시 그곳에 머무르다가 자리를 옮겨갔다.

오늘 행사가 문학상 시상식 자리여서인지, 초대받은 사람들은 대부분 예술계에 속하는 투파마로, 인재, 그리고 쟁반들이었다. 한편 회원들은 박물관, 클래식 콘서트, 그리고 촉망받는 예술가들을 지원해주는 재단 관계자와 후원자들이었다. 수상 후보자들 가운데 누가 오늘 저녁의 상을 타내기 위해 가장 많은 압력을 행사했는가를 두고 이런저런 이야기가 오간 뒤, 사회자가 무대 위로 올라갔다. 그는 모든 참석자들에게 자기 이름이 표시된 테이블로 가서 앉으라고 부탁하고(우리는 시키는 대로 모두 앉았다), 몇 마디 농담을 하고는(그것은 의식의 일부였다. 우리는 그가 의도한 대로 웃었다), 전채요리와 첫번째 주요리 사이에 수상자 이름을 발표한다고 알렸다.

나는 주빈석으로 가 앉은 덕분에 '쟁반'들로부터 멀리 떨어져 있을 수 있었다. 하지만 바로 그래서 열광적이고 흥미로운 '인재'들과도 교유하지 못하게 되었다. 내 자리는 그 파티를 후원하는 어느 자동차 회사 여자 중역과 예술계에 투자하기로 결정한 여상속인 사이였다. 그런데 놀랍게도 두 여자 모두 목선이 많이 파인 도발적인 옷을 입지 않고 있었다. 우리 테이블에는 그 외에도 향수 회사 남자 중역, 아랍의 왕자(그는 잠시 파리에 들렀다가 이 행사의 이름을 드높이고 싶었던 주최측에게 붙들려 여기 참석했으리라), 14세기 문헌을 수집하는 이스라엘 은행가, 오늘 저녁 행사의 주최자, 모나코 주재 프랑스 영사, 그리고 어떻게 이 자리에 왔는지 짐작할 수 없는(주최자의 숨겨둔 애인이 아닐까 싶은) 금발 여인이 있었다.

나는 매번 안경을 꺼내 쓰고, 나와 같은 테이블에 앉은 사람들의 이름을 슬쩍슬쩍 확인했다(참석자들의 이름을 모두 외우려면 내가 상상한 바로 그 얼간이들의 배에 갇혀서 십수 차례 똑같은 파티에 참석해야 할 것이다). 관례에 따라 마리는 다른 테이블에 앉았다. 역사의 어느 시점에서 공식적인 연회에서는 커플들이 따로 떨어져 앉아야 한다는 규칙을 누군가가 고안해냈다. 그건 우리가 옆자리에 앉은 사람이 결혼했는지, 독신인지, 혹은 결혼했지만 마음대로 할 수 있는 사람인지를 두고 마음껏 공상에 빠져들 수 있도록 배려한 것일까? 아니면 커플들이 함께 앉으면 자기들끼리만 이야기를 나눌 거라고 생각해서였을까? 하지만 그럴 거면 애당초 같이 나가서 택시를 잡아타고 파티장에 갈 이유도 없을 텐데 말이다.

파티에서 오가는 대화는 역시 내가 예상한 대로, 문화와 관련한 이야기로 시작했다. 그 전시회 정말 대단했어요. 평론가 아무개 씨는 얼마나 지적인지! 나는 전채요리로 나온 연어와 달걀을 곁들인 캐비아에 집중하고 싶지만, 내 새 책은 어떻게 되어가는

지, 어떻게 영감을 이끌어내는지, 새로운 구상을 하고 있는지 따위의 빤한 질문들 때문에 끊임없이 방해받는다. 그들은 매우 교양 있는 모습을 보여주고, 모두가 (우연인 척하며) 어느 유명인사를 들먹이는데, 다들 자기가 그와 가까운 사이라고 말한다. 그들은 최근의 정치 상황이나 문화계의 당면 문제들에 대해 놀라울 정도의 장광설을 늘어놓는다.

"우리 다른 얘기를 해보면 어떨까요?"

내 입에서 느닷없는 말이 튀어나왔다. 좌중은 갑자기 조용해진다. 요컨대 다른 사람들의 말을 중간에 자른데다 자신에게 주의를 집중하도록 바라는 것은 대단히 고상하지 못한 태도였다. 어제 부랑자들과 함께 파리의 밤거리를 배회한 것이 나에게 회복할 길 없는 정신적 타격을 입힌 것 같았다. 아무튼 이런 종류의 대화를 더는 견딜 수가 없었다.

"아코모다도르에 대해 얘기해볼까요. 삶에서 앞으로 나아가길 포기하고 우리가 가진 것에 순응하게 되는 어떤 순간 말입니다."

아무도 내 말에 별달리 관심을 보이지 않았다. 나는 화제를 바꾸기로 결심했다.

"사람들이 우리에게 해준 이야기를 잊어버리고 다른 삶을 살아보려는 시도가 얼마나 중요한지 한번 생각해볼까요. 날마다 다른 행동을 하는 것, 예를 들면 식당에서 옆자리에 앉은 사람에게 말을 걸고, 자선시설을 방문하고, 물웅덩이 속에 들어가 첨벙거리고, 다른 사람이 하는 말에 귀기울이고, 사랑의 에너지를 항아리에 담아 한쪽 구석에 놓아두려는 대신 그것이 자유롭게 흐르도록 하는 것 말입니다."

"불륜 얘기를 하시는 겁니까?"

향수 회사 중역이 물었다.

"아닙니다. 사랑의 주인이 되려 하지 말고 사랑의 도구가 되자는 말입니다. 관습에 따라서가 아니라 진정으로 원해서 사랑하는 사람과 함께 있자는 거지요."

모나코 주재 프랑스 영사가 아주 예의 바르게, 하지만 빈정대는 투로 이 테이블에 있는 사람들은 그럴 권리와 자유를 이미 실행하고 있다고 말했다. 그러자 다들 그렇다고 나섰다. 비록 아무도 진심으로 그렇게 생각하진 않으면서도.

"섹스!"

그날 밤 그녀의 역할이 뭔지 전혀 알 수 없는 그 금발 여인이 외쳤다.

"섹스에 대해서 얘기해보는 건 어떨까요? 그게 훨씬 더 재미있고 덜 복잡하잖아요!"

그녀의 논평은 꾸밈이 없다는 장점이 있었다. 내 바로 옆에 앉은 여자가 비웃는 듯한 미소를 지었다. 하지만 나는 박수를 쳤다.

"사실 섹스가 더 흥미롭습니다. 하지만 나는 그것이 사랑과 별개의 문제라고는 생각하지 않습니다. 게다가 섹스에 대해 이야기하는 것은 더이상 금기도 아니지요."

"천박한 취미죠."

다른 여자가 한마디했다.

"그럼 금기는 뭡니까?"

행사 주최자가 질문했다. 그는 심기가 다소 불편한 듯 보였다.

"가령, 돈은 금기입니다. 여기 모인 모든 사람들, 우리는 돈이 있거나 있는 척합니다. 우리는 분명 부유하고 유명하고 영향력이 있기 때문에 이 자리에 초대받았을 겁니다. 그런데 여러분은 이런 자리에서 우리 각자가 얼마나 버는지 알아보려고 한 적 있으십니까? 우리가 스스로에 대해 그토록 자신 있고, 우리가 중요한 인물이라는 사실이 그토록 자명하다면, 우리는 왜 있는 그대로의 우리 세계를 보려 하지 않을까요?"

"그래서, 하고 싶은 말이 뭐예요?"

자동차 회사 여자 중역이 물었다.

"말하자면 이야기가 깁니다. 도쿄의 한 바에 앉아 있는 한스와 프리츠에 대한 이야기에서 시작해서, 진정한 자기 자신을 찾기 위해서는 우리가 자신이라고 믿고 있는 것들을 버려야 한다고 말한 몽골의 어떤 유목민 이야기까지 해야 하니까요."

"무슨 말인지 하나도 모르겠어요."

"나도 더는 잘 설명 못 하겠습니다. 어쨌든 핵심은 이겁니다. 나는 여러분들이 얼마나 버는지 알고 싶습니다. 여러분은 그야말로 돈 덕분에 이곳 홀의 주빈석에 앉아 계시니까요."

잠깐 침묵이 흘렀다. 내가 제안한 게임은 계속 진행되지 못할 것 같았다. 사람들은 놀란 표정으로 나를 쳐다보았다. 개인의 재정 상황은 섹스보다도, 배신이나 부정행위, 의회의 음모에 관한 문제보다도 더 큰 금기였다.

그런데 아랍 왕자가 나서서 대화를 계속 이어나갔다. 아마 알맹이 없는 대화들만 계속되는 이런 연회나 파티에 염증이 났거나, 주치의가 바로 오늘 저녁 그에게 살 날이 얼마 남지 않았다고 알려줬는지도 모르고, 물론 전혀 다른 이유 때문일 수도 있다.

"나는 우리나라 국회의 승인에 따라 이만 유로가량의 월급을 받아요. 하지만 내가 실제로 쓰는 돈은 '판공비'에서 나오는데, 그건 무제한입니다. 나는 대사관에서 내준 기사가 딸린 자동차를 타고 여기 왔습니다. 내가 입고 있는 옷은 국가 소유입니다. 내일은 전용 제트기 편으로 유럽의 다른 나라로 갈 겁니다. 조종사 수당, 연료비, 공항세는 모두 판공비로 처리됩니다."

그는 "눈에 보이는 현실이 정확한 사실은 아니죠" 하고 말을 맺었다.

위계질서로 따져볼 때 이 테이블의 좌장인 왕자가 이토록 정직하게 말한 이상, 다른 사람들이 그를 난처하게 만들 수는 없는 노릇이었다. 그들도 그 곤란한 질문에 응답함으로써 게임에 동참해야 했다.

아리아드네의 실

"저는 제가 얼마나 버는지 정확하게는 모릅니다."

호의은행의 권위 있는 대표자이자, '로비스트'로 알려진 행사 주최자가 입을 열었다.

"아마 한 달에 만 유로쯤 될 거예요. 하지만 저 역시 제가 회장을 맡고 있는 조직들의 판공 예산을 마음대로 사용합니다. 전 모든 것을 공제받습니다. 저녁식사, 점심식사, 호텔 숙박비, 비행기표, 이따금은 의상비까지도요. 물론 전용 제트기는 없습니다만."

포도주가 다 떨어졌다. 그가 신호를 보내자 웨이터가 와서 잔들을 다시 채워주었다. 이제 자동차 회사의 여자 중역 차례였다. 그녀는 처음엔 이 화제를 싫어했지만 이제는 즐기기 시작하는 듯 보였다.

"저도 그 정도 버는 것 같아요. 역시 판공비를 무제한으로 쓰고요."

사람들은 차례로 자신들이 버는 돈의 액수를 밝혔다. 은행가가 일 년에 천만 유로로 가장 부자였다. 게다가 그의 은행 주가는 꾸준히 상승하고 있었다.

자신이 누군지 소개하지 않았던 금발 여인 차례가 되었을 때, 그녀는 주저했다.

"그건 내가 공개하고 싶지 않은 비밀 정원 같은 거예요. 다른 분들하곤 상관없는 내 일이라고요."

"물론 그렇소. 이건 그냥 게임일 뿐이오."

행사 주최자가 말했다.

금발 여인은 참여하기를 거부했다. 그리고 그녀는 거부권을 행사함으로써 우리 테이블에서 비밀을 가진 유일한 사람이 되었고, 이렇게 우위를 차지함으로써 그녀는 경멸의 대상이 되었다. 쥐꼬리만 한 월급 때문에 수치심을 느끼지 않으려고 신비로운 여인의 역할을 하는 사이 그녀는 다른 모든 사람들을 모욕한 것이다. 그 자리에 있는 대부분의 사람들이 하룻밤 사이에 사라져버릴 수도 있는 판공 예산에 매달려 파산 직전의 상태로 살고 있다는 것을 그녀는 모를 것이다.

예상대로, 마지막 차례는 나였다.

"경우에 따라 다릅니다. 새 책을 발표했을 때는 일 년에 오백만 달러 정도입니다. 책을 발표하지 않으면, 이미 출판된 책들에 대한 인세로 이백만 달러 정도 법니다."

"선생께선 자기가 얼마나 버는지 말하고 싶어서 이 질문을 하신 거로군요. 하지만 그다지 인상적이진 않아요."

'비밀 정원'의 여인이 말했다. 그녀는 자신이 아까 실수했음을 깨닫고는, 이제 적극적으로 대응함으로써 상황을 만회하려 하고 있었다.

"정반대입니다." 왕자가 끼어들었다. "나는 당신 같은 베스트셀러 작가는 훨씬 더 부자일 거라고 생각했어요."

내 손을 들어준 답변이었다. 이제 금발 여인은 남은 저녁 시간 내내 입을 열지 않을 터였다.

 돈이 가장 큰 금기인지라, 돈에 관한 얘기가 나오자 다른 금기들도 깨져버렸다. 웨이터가 더 자주 오가기 시작했다. 포도주 병들이 믿을 수 없이 빠른 속도로 비워졌고, 사회를 맡았던 주최자는 상당히 흥분한 채로 단상 위에 올라가 수상자의 이름을 발표하고 상을 수여한 다음, 대화에 다시 참여하기 위해 금방 되돌아왔다. 제대로 교육받은 사람이라면 누군가가 말하고 있을 때 입을 다물어야 했지만, 그는 말을 멈추지 않았다. 우리는 돈을 가지고 하는 일들에 대해 이야기를 나눴다. 대부분의 경우 여행을 하거나 스포츠를 즐기기 위해 '여가'를 샀다.

 나는 화제를 바꾸어 사람들이 자신의 장례식을 어떻게 치르고 싶은지 들어볼까 생각했다. 죽음은 돈만큼이나 큰 금기였다. 하지만 분위기가 너무 즐겁고 대화가 너무 잘 통하고 있어서, 그 주제에 관해서는 입을 다무는 편이 나을 것 같았다.

 "당신은 돈에 대해 이야기하지만 정작 돈이 무엇인지는 알지 못합니다." 은행가가 말했다. "사람들이 그림이 그려진 종이쪼가리, 플라스틱 카드, 또는 오등급짜리 금속으로 만들어진 동전에 가치가 있다고 믿는 이유는 뭡니까? 더 고약한 건 이겁니다. 여러분은 여러분의 돈, 여러분의 백만 달러가 실은 그저 은행 전산 시스템 상의 숫자에 불과하다는 걸 아십니까?"

 물론 다들 알고 있었다.

"부라는 것은 처음엔 여기 이 숙녀분들께서 착용하고 계신 물건들이었습니다." 그는 계속 이야기했다. "희귀하고, 가지고 다니기 편하며, 셀 수도, 나눠가질 수도 있는 장식품들 말입니다. 진주, 금붙이, 보석 같은 것들이었죠. 모든 사람들이 이렇게 눈에 띄게 자기 재산을 몸에 지니고 다녔습니다.

시간이 지나자 그들은 그것을 가축 혹은 곡식과 교환했습니다. 하지만 짐승들을 데리고 다니거나 밀이 든 자루를 짊어지고 바깥을 나다닐 수는 없었죠. 재미있는 건 오늘날의 사람들이 처음에 말한 원시부족처럼 행동하고 있다는 겁니다. 바로 자신들이 어느 정도로 부자인지 보여주기 위해 장식품을 달고 다니는 거죠. 물론 실제 재산보다 장식품이 더 많은 경우도 왕왕 있지만요."

"그건 부족의 표시이기도 합니다."

내가 말했다.

"우리 세대의 젊은이들은 장발을 했습니다. 요즘 젊은이들은 피어싱을 하죠. 그것은 같은 생각을 가진 사람들을 알아보는 데 도움이 됩니다. 비록 그것이 다른 어디에도 소용되지 않는다 해도 말입니다.

우리가 소유하고 있는 그 '전산 시스템 상의 숫자'로 시간을 살 수 있습니까? 아닙니다. 이미 죽은 소중한 사람들을 다시 돌아오게 할 수 있습니까? 아닙니다. 사랑을 살 수 있습니까?"

"사랑은 살 수 있어요."

자동차 회사 여자 중역이 농담조로 말했다. 그녀의 눈은 깊은 슬픔을 띠고 있었다. 나는 에스테르를 생각하고, 오늘 아침에 인터뷰에서 내가 기자에게 했던 답변을 생각했다. 우리는 부와 권력과 지성을 갖추려 애썼지만, 사실 이 모든 장식품들과 신용카드는 오직 사랑과 애정을 얻기 위한 것임을, 사랑하는 누군가와 함께 있기 위한 것이었음을 알고 있다.

"항상 그런 것은 아니지요."

향수 회사 중역이 나를 의미심장하게 바라보며 말했다.

"당신 말이 맞아요. 항상 그런 것은 아닙니다. 내가 부자인데도 내 아내가 나를 떠났다는 말을 하고 싶으시겠죠. 하지만 거의 항상 그렇다는 말은 맞습니다. 이건 여담인데, 이 테이블에 계신 분들 중에서 십 달러짜리 지폐 뒷면에 고양이와 기둥이 몇 개나 있는지 아시는 분 있습니까?"

그에 대해 아는 사람은 한 명도 없었고 관심 있는 사람도 없었다. 사랑에 관한 성찰은 연회의 즐거운 분위기를 완전히 망쳐버렸다. 그래서 우리는 문학상, 미술관의 전시회들, 막 개봉된 영화, 사람들이 기대했던 것보다 더 큰 성공을 거둔 연극 작품들에 대한 이야기로 화제를 돌렸다.

"당신이 앉은 테이블은 어땠소?"

"그저 그랬어요. 언제나처럼."

"나는 돈에 관한 흥미로운 토론을 이끌어내는 데 성공했소. 하지만 유쾌하게 마무리짓지는 못했지."

"당신 내일 몇시에 출발해요?"

"아침 일곱시 반에 떠나. 당신은 베를린으로 가지? 같이 택시를 타면 되겠군."

"어디로 가요?"

"당신도 알잖소. 나에게 물어보진 않았지만…… 당신은 이미 알고 있소."

"그래요, 알아요."

"그리고 당신은 우리가 지금 이 순간 서로에게 작별을 고하는 중이라는 것도 알고 있고."

"우리는 처음 만난 그때로 돌아갈 수도 있겠죠. 그때 당신은 떠나버린 아내 때문에 마음이 갈가리 찢긴 남자였어요. 나는 이웃에 사는 남자와 미친 듯이 사랑에 빠진 여자였고요. 나는 그때 내가 당신에게 한 말, 끝까지 투쟁할 거라는 말을 또 할 수도 있을 거예요. 나는 투쟁했어요. 그리고 졌어요. 이젠 내 상처를 어루만지며 다른 투쟁을 위해 떠나고 싶어요."

"나 역시 투쟁했소. 그리고 나 역시 졌소. 나는 더이상 찢어진 것을 꿰매려고 애쓰고 싶지 않아요. 그저 끝까지 가보고 싶을 뿐이야."

"내가 매일 고통스러워했다는 걸 알고 있었나요? 당신을 얼마나 사랑하는지, 당신이 내 곁에 있는 게 얼마나 중요한지 보여주려고 애쓰면서 수개월 동안 괴로웠어요. 지금도 여전히 고통스럽지만, 이것으로 충분하다고 결정했어요. 다 끝났어요. 난 지쳤어요. 자그레브에서 당신과 함께한 그 밤 이후로 나는 경계를 풀었고 스스로에게 말했어요. '한방 날릴 테면 날려보라지. 그게 나를 쓰러뜨리고 케이오시킨다 해도, 언젠가는 다시 정신을 차리게 되겠지.'"

"당신은 누군가를 또 만날 거요."

"물론 그럴 거예요. 나는 젊고, 예쁘고, 영리하고, 매력적이니까요. 하지만 내가 당신과 함께 겪은 그 모든 것을 다시 겪을 수는 없을 거예요."

"대신 다른 감정들을 알게 될 거요. 그리고 믿지 않을지도 모르겠지만, 우리가 함께한 동안 나는 당신을 사랑했소."

"믿어요. 하지만 그 말이 지금 내가 느끼는 고통을 덜어주진 않네요. 우리, 내일 각자 택시를 타도록 해요. 나는 이별이 싫어요. 특히 공항이나 기차역에서 하는 이별은."

이타카로 돌아가는 길

"오늘은 여기서 자고 내일 말을 타고 출발합니다. 내 차로는 스텝의 모래밭을 당해낼 수 없어요."

우리는 제2차 세계대전의 유물인 듯 보이는 일종의 '벙커' 안에 있었다. 한 남자가 자신의 아내와 손녀와 함께 우리를 친절히 맞아들이고는 방을 보여주었다. 소박하지만 먼지 하나 없이 정갈한 방이었다.

도스가 내게 말했다.

"새 이름 짓는 거 잊지 마세요."

"꼭 그럴 필요는 없어."

미하일이 끼어들었다.

"아니야, 그렇지 않아. 난 최근까지 이분의 아내와 함께 있었어. 이분이 무슨 생각을 하는지, 무얼 깨달았는지, 또 무얼 기대하고 있는지 난 알 수 있다고."

도스의 목소리는 깍듯했지만 단호했다.

그렇다면 좋다, 나를 위한 이름을 하나 짓겠다. 그가 제안하는 바를 그대로 따르고, 나 개인의 과거사일랑은 한쪽으로 제쳐두고, 그저 일상의 따분함으로부터 벗어나기 위해서라도 내 전설 속으로 걸어 들어가야겠다.

나는 완전히 녹초가 되었다. 간밤엔 두 시간밖에 못 잔데다 아직 시차 적응도 하지 못한 상태였다. 알마티에 도착한 건 현지 시각으로 밤 열한시경이었다. 프랑스 시각으로는 저녁 여섯시였다. 미하일이 나를 호텔까지 데려다주었다. 나는 깜빡 선잠이 들었다가 새벽에 깨어나, 창밖으로 보이는 불빛들을 내려다보았다. 파리에 있었다면 저녁식사를 하러 밖으로 나갈 시간이었다. 허기가 느껴졌다. 호텔 프런트에 전화를 걸어 룸서비스로 먹을 걸 좀 올려 보내줄 수 있는지 물었다.

"물론입니다, 손님. 하지만 주무시도록 노력하셔야 해요. 그러지 않으면 생체리듬이 계속 유럽 시각에 머물러 있게 되거든요."

내게 최악의 고문이란 억지로 잠을 청하는 것이다. 나는 샌드위치 한 개를 먹고, 밖에 나가 좀 걷기로 했다. 나는 프런트에 내려가 물어보았다.

"이 시간에 밖에 나가면 위험한가요?"

프런트 직원은 그렇지 않다고 대답했다. 나는 밖으로 나가 텅 빈 거리와 좁은 골목길과 넓은 대로들을 거닐었다. 다른 어느 도시와도 다를 바 없는 풍경이었다. 네온사인이 반짝였고, 이따금 경찰차가 지나갔고, 이쪽에는 거지가, 저쪽에는 창녀가 눈에 띄었다. 나는 커다란 소리로 연거푸 외쳤다. "나는 카자흐스탄에 있다!" 그러지 않으면 내가 지금 파리의 한 낯선 구역에 있다는 생각이 들 것 같았다.

"나는 카자흐스탄에 있다!"

인적 없는 도시 한복판에서 그렇게 중얼거리고 있는데, 어떤 목소리가 내 말에 화답했다.

"그래요, 당신은 분명히 카자흐스탄에 있습니다."

나는 소스라치게 놀랐다. 이렇게 밤늦은 시각, 길가 벤치에 남자 하나가 배낭을 옆에 놓은 채 앉아 있었다. 그는 자리에서 일어나며, 네덜란드에서 온 얀이라고 자신을 소개했다. 그리고 내뱉듯 말했다.

"당신이 왜 여기 왔는지 전 알고 있습니다."

미하일의 친구인가? 아니면 나를 미행한 비밀경찰인가?

"내가 왜 여기 왔는지 안다고요?"

"나와 같은 이유로 온 것 아닌가요? 터키의 이스탄불에서 출발해 실크로드를 횡단하기 위해서 말입니다."

안도의 한숨이 새어나왔다. 그와 대화를 나눠보기로 했다.

"걸어서요? 내가 제대로 알아들은 거라면 아시아 대륙을 도보로 횡단하겠다는 말 같은데."

"난 그래야만 해요. 인생에 만족하지 못하고 있거든요. 난 돈도 있고, 아내와 자식들도 있습니다. 로테르담에서 양말 공장도 운영하고 있고요. 한동안은 내가 뭘 위해 투쟁해야 하는지 알고 있었죠. 가족의 안정된 생활을 위해서였습니다. 그런데 이젠 뭘 위해 투쟁해야 할지 모르겠습니다. 예전에 나를 만족시켰던 모든 것이 지겹고 짜증스럽기만 합니다. 그래서 아내와 더 잘 지내기 위해, 아이들을 좀더 사랑하기 위해, 좀더 열정적으로 일하기 위해 나 자신에게 두 달간 휴가를 주기로 했습니다. 거리를 두고 인생을 다시 바라보려고요. 효과가 있더군요."

"나 역시 지난 몇 달간 당신과 같은 경험을 했죠. 그런데 당신 같은 순례자들이 많던가요?"

"많습니다. 많은 정도가 아니던데요. 하지만 안전문제도 만만치 않아요. 몇몇 나라들은 정치 상황이 무척 위태롭고, 서양인을 싫어하는 사람들도 제법 있으니까요. 하지만 언제나 요령껏 고비를 넘기면 됩니다. 스파이가 아니라는 것만 증명할 수 있다면 순례자로 극진하게 대접받을 수 있을 거예요. 하지만 내가 보기에 당신은 나와는 다른 이유로 이곳에 온 것 같은데요. 알마티엔 무슨 일로 오셨습니까?"

"당신과 같은 이유입니다. 어떤 특별한 길의 끝까지 가보고자 여기 왔지요. 그런데 당신도 잠이 안 와서 여기 나와 있는 거요?"

"아뇨, 난 이제 막 일어났습니다. 일찍 출발할수록 다음 목적지까지 걸리는 시간을 절약할 수 있으니까요. 안 그러면 쉬지 않고 바람이 불어대는 스텝에서 덜덜 떨며 밤을 지새워야 하거든요."

"그렇군요. 즐거운 여행하시길 바랍니다."

"잠깐만 더 있다 가시죠. 누군가와 대화하고, 내 경험을 나누고 싶어요. 대부분의 순례자들은 영어를 못 해서요."

그는 자기 인생 역정을 이야기했다. 그가 이야기하는 동안 나는 실크로드에 대해 내가 알고 있는 것들을 기억해내려고 애썼다. 유럽과 아시아를 연결해주는 고대의 교역로. 가장 유서 깊은 길은 베이루트에서 시작하여 안티오크를 지나 중국의 황하 유역까지 이어지는 길이다. 그러나 중앙아시아에 이르면 길은 거미줄처럼 복잡해진다. 길은 사방으로 뻗어나가면서 각지에 교역소들이 건설되었다. 먼 훗날 그 교역소들은 도시로 발전했다. 그러나 도시들은 경쟁 부족들 간의 전투로 파괴되고, 주민들에 의해 재건되었다. 그리고 다시 파괴와 복구가 수없이 반복되었다. 금金, 열대지방의 동물들, 상아, 곡물, 정치사상, 내란으로 생겨난 난민들, 무장한 산적들, 대상隊商들을 보호하는 사병私兵 등등 온갖 것이 그 길 위로 지나갔지만, 가장 진귀하고 많은 이들이 탐낸 상품은 역시 비단이었다. 불교가 인도에서 중국으로 전파될 수 있었던 것도 여기서 뻗어나간 여러 갈래 길들 중 하나를 통해서였다.

"나는 달랑 이백 달러를 갖고 안티오크에서 출발했습니다."

네덜란드인은 자신이 본 산과 풍광과 이국적인 부족들, 각국의 순찰대와 경찰들 때문에 끊임없이 겪어야 했던 곤경들에 대해 이야기하고는 이렇게 말했다.

"나는 다시 나 자신으로 돌아올 수 있을지 알아보아야 했던 겁니다. 내가 말하고자 하는 바를 이해하시는지 모르겠군요."

"당신이 짐작하는 것보다 더 잘 이해하고 있습니다."

"구걸도 해봤어요. 놀랍게도 사람들은 내 상상보다 훨씬 더 후하더군요."

구걸? 혹시 미하일과 함께 다니는 '부족'의 상징을 발견할 수 있을까 해서 그의 배낭과 옷을 유심히 관찰했지만 눈에 띄지 않았다.

"파리에 있는 아르메니아 식당에 가본 적 있습니까?"

"아르메니아 식당이라면 여러 번 가봤습니다만, 파리에서는 못 가봤네요."

"혹시 미하일이라는 남자를 아시오?"

"이 지역에서는 아주 흔한 이름인걸요. 만약 그런 이름의 누군가를 만났다 해도 기억할 수 없을 겁니다. 안타깝지만 도와드리지 못하겠네요."

"아니, 도움이 필요한 게 아닙니다. 그저 어떤 우연의 일치 때문에 놀랐을 뿐이죠. 많은 사람들이 세계 각지에서 같은 문제들을 의식하고, 아주 비슷한 방식으로 행동하는 것 같아서요."

"이런 여행을 떠나면 처음엔 결코 목적지에 도달할 수 없을 것만 같습니다. 확신이 사라지고, 세상에서 버림받은 것만 같죠. 포기해버릴까 밤낮으로 고민합니다. 하지만 일 주일만 버티면 결국은 목적지에 다다르게 됩니다."

"내가 지금까지 배회한 곳은 하나의 도시 안의 수많은 거리들이었어요. 그리고 어제 비로소 다른 도시에 도착한 겁니다. 당신을 축복해드려도 되겠소?"

그는 어리둥절한 표정으로 나를 바라보더니 말했다.

"저는 종교적인 이유로 여행하는 건 아닙니다. 혹시 성직자이신가요?"

"아니오, 하지만 당신을 축복해드려야겠다고 느꼈습니다. 아시다시피, 논리적으로 설명할 수 없는 일들이 있지 않습니까."

다시 만날 일이 없을, 얀이라는 네덜란드인은 고개를 숙이고 눈을 감았다. 나는 그의 양 어깨에 손을 얹고 기도를 올렸다. 내 모국어로 하는 기도라 그는 한 마디도 알아들을 수 없었겠지만, 나는 그가 안전하게 목적지에 도달하도록, 실크로드 위에 그의 슬픔과 삶의 공허감을 내려놓도록, 그리고 그의 영혼이 맑게 씻겨 반짝이는 눈으로 가족에게 돌아가도록 기원했다.

그는 감사의 뜻을 표한 뒤 배낭을 짊어지고 중국을 향해 떠났다. 다시 자신의 길을 가기 시작한 것이었다. 나는 호텔로 돌아오며 생각했다. 인생을 통틀어 지금까지 단 한 번도 누군가를 축복한 적이 없었다고. 그러나 오늘 그러고 싶은 충동을 느낀 것이었다. 그리고 그 충동은 옳았다. 내 기도는 이루어지리라.

다음날, 미하일이 친구 한 명을 데리고 왔다. 도스라는 이름의 남자였는데, 우리 여행의 길잡이라고 했다. 도스는 자동차를 가져왔다. 그는 내 아내와 아는 사이이며, 스텝에 대해서도 잘 안다고 했다. 그는 에스테르가 있는 마을까지 나와 동행하고 싶어했다.

나는 한마디 하고 싶었다. 이미 미하일이 있는데 그 친구까지 합세한다니, 이런 식이라면 목적지에 도착할 즈음이면 한 떼의 사람들이 내 뒤를 따르고 있겠다 싶었다. 나를 기다리고 있는 상황에 따라 박수를 치거나 눈물을 흘리겠지. 그러나 뭐라고 말하기에는 너무 피곤했다. 어쨌든 미하일과 약속한 그 순간이 되면 나는 어떤 증인도 세우지 않겠다는 결심을 지킬 것이다.

우리는 자동차에 올라타 한동안 실크로드를 따라 달렸다. 그들은 나에게 이 길이 어떤 길인지 아느냐고 물었다. 나는 간밤에 순례자 한 사람을 만나 실크로드에 대한 이야기를 나눴다고 대답했다. 그러자 그들은 그런 종류의 여행을 떠나는 이들이 점점 더 많아지고 있으며, 머지않아 그 여행자들 덕분에 이 나라의 관광산업이 크게 발달하고 돈도 많이 벌게 될 거라고 했다.

두 시간 후, 간선도로에서 벗어나 샛길로 접어들었다. 그리고 지금 우리는 이 '벙커' 앞에 차를 세우고 스텝에 불어오는 부드러운 바람 소리를 들으며 생선을 먹고 있다.

"에스테르는 제게 매우 중요한 사람이었죠."

도스가 사진첩에서 사진 한 장을 꺼내 보여주면서 말했다. 피 묻은 천 조각을 그린 자신의 작품을 찍은 사진이었다.

"전 이곳을 떠나기를 꿈꾸었습니다. 올레크처럼요……"

"미하일이라고 불러. 그러지 않으면 이분이 헷갈릴 테니까."

"전 떠나기를 꿈꾸었습니다. 제 또래의 많은 젊은이들처럼요. 어느 날 올레크, 아니, 미하일이 전화를 걸어왔어요. 자기의 은인 한 분이 스텝에 잠시 머무르게 되었다며 제가 그분을 도와줬으면 한다는 것이었습니다. 전 이게 좋은 기회가 될 수도 있겠다고, 저도 미하일과 같은 '호의'를 얻게 될지도 모른다고 생각했어요. 비자와 비행기 표를 얻고, 프랑스에 가서 일하게 될지도 모른다고 말입니다. 그래서 미하일의 부탁을 들어주기로 했습니다. 에스테르는 아주 외딴 곳에 있는 한 오지 마을에 가고 싶다고 말했습니다. 예전에 이곳을 방문했을 때 알게 된 곳이라고 하더군요.

전 이유도 묻지 않고 그저 시키는 대로 했습니다. 가는 도중 그녀는 한 유목민의 집에 들렀다 가자고 했습니다. 몇 년 전에 만나

이야기를 나눈 적이 있는 분의 집이라면서요. 전 깜짝 놀랐습니다. 그녀가 만나고 싶어하는 사람이 제 할아버지였거든요. 이 넓기만 한 대지에 사는 이들로부터 에스테르는 극진한 대접을 받았습니다. 할아버지께서는 말씀하셨어요. 그녀는 자신이 슬프다고 믿고 있지만 사실 그녀의 영혼은 행복하고 자유롭다고, 그녀가 가지고 있는 사랑의 에너지가 다시 순환하기 시작했다고요. 할아버지는 그 에너지가 그녀의 남편을 포함한 전 세계에 커다란 영향을 미칠 거라고 힘주어 말씀하셨습니다. 할아버지는 그녀에게 스텝의 문화에 관해 많은 것을 가르쳐주셨고, 나머지 것들은 저더러 알려주라고 맡기셨습니다. 그리고 이곳의 전통에 어긋나긴 하지만 그녀가 에스테르라는 이름을 계속 써도 좋다고도 하셨어요.

그녀가 할아버지에게 가르침을 받는 동안, 저는 그녀에게 가르침을 받았습니다. 그러고는 깨닫게 되었지요. 제가 미하일처럼 긴 여행을 떠날 필요가 없다는 것을. 제 사명은 스텝이라는 무한한 빈 공간 속에 있으면서 그 색채들을 이해하고, 그림으로 형상화하는 것이었습니다."

"아내가 어떤 가르침을 받았다는 이야기가 나로서는 잘 이해되지 않는군요. 당신 할아버지는 우리가 모든 걸 잊어야 한다고 말씀하신 걸로 알고 있는데."

내가 의문을 표시했다.

"그건 내일 보여드리죠."

도스가 대답했다.

다음날, 그는 나에게 보여주었다. 아무 말도 필요 없었다. 나는 끝없이 펼쳐진 스텝을 바라보았다. 언뜻 보면 사막과 비슷하지만, 덤불로 이루어진 초지에는 들끓는 생명이 숨어 있었다. 나는 끝 간 데 없이 뻗어 있는 지평선을, 무한한 빈 공간을 보았다. 그리고 말발굽 소리와, 고요한 바람 소리를 들었다. 우리 주위에는 아무것도, 절대적으로 아무것도 없었다. 그곳은 세상이 자신의 광활함을, 단순함과 복잡성을 동시에 펼쳐 보이기 위해 선택한 장소였다. 우리가 스텝처럼 텅 비고 무한한 동시에 생명으로 가득 찰 수 있다고, 그래야만 한다고 말하기 위해.

나는 푸른 하늘을 올려다보았다. 그리고 선글라스를 벗었다. 나는 이 광명 속에, 아무 곳에도 존재하지 않는 동시에 도처에 존재한다는 느낌 안에 푹 잠겨들었다. 우리는 침묵 속에서 말을 달렸다. 이곳 지리를 속속들이 아는 사람만이 찾아낼 수 있는 시내에서 말에게 물을 먹이기 위해 잠시 멈춘 것 말고는 쉬지 않고 달렸다. 이따금 멀리 평원과 하늘 사이로 말 탄 사람들이나 양떼를 모는 양치기들이 홀연 모습을 드러냈다 사라졌다.

나는 어디로 가는가? 알 수 없었다. 중요하지도 않았다. 내가 찾고 있는 여자는 이 무한한 공간 어딘가에 존재했다. 나는 곧 그녀의 영혼을 만지고, 그녀가 양탄자를 짜면서 부르는 노래를 들으리라. 그녀가 왜 이곳으로 왔는지 이해할 수 있었다. 이곳엔 주의를 흩뜨리는 것이 하나도 없었다. 그녀가 그토록 찾아 헤맸던 완벽한 공허함, 고통을 조금씩 쓸어가버리는 바람만이 있을 뿐. 과연 그녀는 상상했을까? 언젠가 내가 이곳으로 그녀를 찾아오리라고, 말을 타고 그녀를 만나러 오리라고……

그때, 하늘에서 천국이 내려왔다. 그리고 나는 지금 이 순간 내가 잊을 수 없는 생의 한순간을 살고 있음을 느꼈다. 마법 같은 순간이 스쳐 지나갈 때 얻는, 그런 깨달음이었다. 나는 온전히 그곳에 존재하고 있었다. 과거도 미래도 없이, 말발굽이 내는 힘찬 음악 소리, 내 몸을 어루만지는 부드러운 바람, 하늘과 땅과 사람들을 조용히 응시할 수 있는 뜻밖의 은총을 누리며…… 나는 이 아침의 한순간에 온전히 집중했다. 그리고 살아 있음에 감사하며 숭배와 황홀감 속으로 빠져들었다. 나는 낮은 목소리로 기도를 올렸고, 자연의 목소리를 들었다. 그리고 보이지 않는 세계는 언제나 보이는 세계 속에 그 모습을 드러내 보인다는 것을 깨달았다.

하늘을 우러러보며, 나는 어린 시절 어머니에게 했던 질문들을 던졌다.

우리는 왜 어떤 이들은 좋아하지만 어떤 이들은 싫어하나요?
죽고 나면 우리는 어디로 가요?
결국 죽을 텐데 왜 태어나는 건가요?

신의 뜻은 도대체 무엇인가요?

스텝은 끝없이 불어오는 바람 소리로 답해주었다. 삶에 대한 근원적인 질문에는 결코 답이 없다고. 하지만 그럼에도 불구하고 우리는 앞으로 나아갈 수 있다고. 그걸 아는 걸로 충분하다고.

지평선으로 산들이 어렴풋이 그 모습을 드러내자, 도스가 그만 멈추자고 했다. 가까운 곳에 시냇물이 흐르고 있었다.
"여기서 야영하도록 하죠."
우리는 말에서 배낭을 끌어내리고 텐트를 세웠다. 미하일은 구덩이를 파기 시작했다.
"유목민들은 이렇게 합니다. 구덩이를 파고, 그 속에 돌을 채우지요. 구덩이 가장자리를 빙 둘러가며 돌을 놓습니다. 바람이 불어도 불이 꺼지지 않도록 공간을 만드는 거죠."
남쪽 방향에서 산들과 우리 야영지 사이로 먼지구름이 피어올랐다. 한 떼의 말들이 전력으로 질주해 우리 쪽으로 오고 있었다. 미하일과 도스에게 알려주자 두 사람은 자리에서 벌떡 일어섰다. 매우 긴장한 눈치였다. 그러나 러시아어로 빠르게 몇 마디를 주고받더니 이내 긴장을 풀었다. 도스는 텐트를 마저 세우기 위해 돌아갔고, 미하일은 다시 불을 지피기 시작했다.
"무슨 일이 일어나고 있는 건지 설명해주겠소?"

"우리 주변은 아무것도 없는 텅 빈 공간처럼 보이지요. 하지만 아시다시피 여정 내내 우리는 양치기들과 강물과 거북이와 여우와 말 탄 사람들을 지나쳤어요. 선생은 자신이 주변의 모든 것을 놓치지 않고 보고 있다고 생각했겠지요. 하지만 그 사람들은 대관절 어디서 왔을까요? 그들의 집은 어디에 있을까요? 어디서 가축들을 보살피겠습니까?

이곳이 텅 비어 있다는 생각은 착각입니다. 우리는 끊임없이 관찰하고 관찰당합니다. 스텝의 표지를 읽을 줄 모르는 이방인에게는 모든 것이 조용하고 평온해 보이겠죠. 그는 고작해야 말과 말 탄 사람들만을 식별할 뿐이지요.

하지만 여기서 나고 자란 우리 눈에는 풍경에 섞여 있는 원뿔형 유르트*가 보입니다. 우리는 말 탄 사람들의 움직임과 그들이 가는 방향을 관찰함으로써 무슨 일이 일어나고 있는지 읽어낼 수 있습니다. 옛날에는 부족의 생존이 이런 능력에 달려 있었습니다. 언제나 적과 침략자와 밀수입자들에 둘러싸여 살았으니까요.

나쁜 소식이 하나 있습니다. 우리가 이 산 근처에 있는 한 마을로 가는 중이라는 걸 저들이 눈치챘습니다. 그래서 평화롭게 지내는 이방 여인을 혼란에 빠뜨리러 오는 남자와 소녀의 환영을

---

* 중앙아시아의 투르크 족들이 사용하는 천막. '유르타'라고도 한다. 대나무를 얽어 만든 원통형 외벽 위에다 막대기로 세운 원뿔형 지붕을 얹고 전체를 천으로 씌운 형태다.

보는 마법사를 죽이기 위해 사람들을 보낸다는군요."

의아해하는 내 표정을 보고 그는 웃음을 터뜨렸다.

"기다려봐요. 곧 알게 될 겁니다."

말 탄 사람들이 점점 더 가까이 오고 있었다.

"내가 보기엔 예삿일은 아닌 것 같소. 말 탄 남자가 여자 뒤를 쫓고 있어요."

"예삿일은 아니죠. 하지만 우리 생활의 일부입니다."

말 탄 여자가 긴 채찍을 휘두르며 우리 옆을 지나갔다. 그녀는 외마디소리를 지르고는 도스를 향해 미소지었다. 환영의 인사 같았다. 그러더니 그녀는 야영지 주위로 원을 그리며 전속력으로 달리기 시작했다. 여자를 쫓아온 남자는 땀에 흠뻑 젖어 있었지만 웃고 있었다. 그 역시 우리에게 재빨리 인사를 건네고는 여자 뒤를 계속해서 따라 달렸다.

"니나는 좀 얌전해져야겠어. 저럴 필요까진 없잖아."

미하일이 말했다.

"저럴 필요까진 없기 때문에 더더욱 얌전히 굴지 않는 거야. 니나는 늘 아름다워야 하고 훌륭한 말을 가져야 만족할 테니까."

도스가 대답했다.

"하지만 모든 남자들에게 저런 식이잖아."

"내가 한 번 떨어뜨렸어."

도스가 자랑스러운 표정으로 말했다.

"당신들이 영어로 말하는 건 내가 알아듣기를 바란다는 뜻이겠지?"

여자가 미소를 지으며 점점 더 빠르게 말을 달렸다. 그녀의 웃음소리에 스텝은 기쁨으로 가득 찼다.

"저건 유혹의 한 방식입니다. '키즈 쿠'라는 건데, '말 탄 아가씨 끌어내리기'라는 뜻입니다. 어렸을 때나 청년 시절에 한 번씩은 다들 해보지요."

뒤쫓던 남자와 여자 사이의 거리가 점점 더 좁혀졌다. 하지만 남자가 탄 말은 이제 한계에 다다른 것 같았다.

"나중에 스텝의 전통인 텡그리에 대해 좀더 이야기해드리죠." 도스가 말했다. "하지만 기왕에 이 장면을 보셨으니, 중요한 것 하나만 우선 설명해드리겠습니다. 이 나라에서는 여자가 모든 것을 관장합니다. 뭐든 여자가 우선이죠. 여자들은 자기 쪽에서 이혼을 원하더라도 지참금의 절반을 돌려받습니다. 하얀 머릿수건을 쓰고 있는 여자가 있다면, 그녀는 자식을 가진 어머니라는 뜻입니다. 그 앞에서 남자는 존경의 표시로 가슴에 손을 얹고 고개를 숙여야 하죠."

"그게 '키즈 쿠'와 무슨 관계가 있소?"

"저 산기슭에 있는 마을에 말을 탄 한 무리의 청년들이 저 아가씨 주변에 모였을 겁니다. 저 아가씨 이름은 니나인데, 근방에서 가장 인기가 좋죠. 그래서 그 젊은이들이 '키즈 쿠' 놀이를 시작한 겁니다. '키즈 쿠'는 우리 선조대에 만들어졌습니다. 아마조네스로 알려진 스텝의 여인들이 전사로 활약하던 시대였죠.

그때는 결혼하기 위해 가족의 허락을 구할 필요가 없었습니다. 구혼자들과 아가씨는 말을 타고 정해진 장소에서 만났습니다. 아가씨는 남자들 주변을 천천히 돌며 웃고, 그들을 자극하며 채찍을 휘두릅니다. 그러면 가장 용감한 남자가 그녀를 뒤쫓지요. 만약 아가씨가 얼마간 남자로부터 달아나는 데 성공하면, 남자는 대지의 신에게 자신을 덮어서 영원히 드러내 보이지 말아달라고 빌어야 합니다. 이때부터 그는 무능한 기수로 간주되며, 그것이야말로 전사에게는 최대의 수치니까요.

만약 남자가 여자가 휘두르는 채찍에 맞서며 다가가 그녀를 땅에 거꾸러뜨리면, 그는 진정한 남자입니다. 그녀에게 입을 맞추고 그녀와 결혼할 수 있게 되는 거죠. 물론, 아가씨들은 누구에게서 도망을 치고 누구에게 잡힐 것인지 마음속에 미리 정해두고 있습니다."

니나는 그저 즐기고 싶어하는 듯했다. 그녀는 청년으로부터 멀어져 다시 마을 쪽으로 향했다.

"저 아가씨는 그저 과시하기 위해 여기 온 거예요. 우리가 도착했다는 걸 알았으니, 이제 그 소식을 마을에 가서 전할 겁니다."

"궁금한 것이 두 가지 있소. 첫번째 질문은 좀 바보같이 들릴 수도 있을 거요. 이곳 여자들은 아직도 저런 방식으로 결혼 상대를 선택하나요?"

도스는 요즘에는 단지 놀이로 행해질 뿐이라고 대답했다.

"서양 사람들이 일정한 방식으로 옷을 입고 클럽이나 유행하는 장소에 가는 것과 마찬가지죠. 스텝에서는 '키즈 쿠'가 곧 유혹의 게임입니다. 니나는 이미 많은 청년들에게 창피를 주었고, 몇몇 청년들에겐 자기를 말에서 끌어내리도록 허락하기도 했습니다. 전 세계의 디스코텍들에서 일어나는 일과 똑같죠."

"두번째 질문 역시 당신에겐 어리석게 들릴 거요. 산기슭에 있는 저 마을에 내 아내가 있소?"

도스는 그렇다는 뜻으로 고개를 끄덕였다.

"저 마을이 여기서 두 시간 거리밖에 안 되는데 왜 마을에 가서 묵지 않는 거요? 어두워지려면 아직 멀었는데 말이오."

"그렇습니다. 마을까진 겨우 두 시간 거리입니다. 하지만 저곳에 가지 않고 여기서 하룻밤 묵는 데는 두 가지 이유가 있습니다. 첫째는 니나가 여기에 오지 않았다 해도 누군가가 우리를 보고 에스테르에게 우리의 도착을 알려줄 거라는 점입니다. 그러면 그녀는 우리를 만날지 아니면 며칠 동안 다른 마을로 떠나 있을지 생각하고 양단간 결정을 내리겠지요. 그녀가 떠나 있기로 마음먹으면, 우리는 그녀를 쫓아갈 수 없습니다."

내 심장이 오그라들었다.

"여기까지 오기 위해 내가 그토록 많은 일을 겪었는데도 말이오?"

"그런 말은 다시는 하지 마십시오. 그렇게 말한다면 선생은 아무것도 이해하지 못한 겁니다. 왜 선생의 수고가 사랑하는 사람의 복종과 감사, 혹은 인정으로 보상받아야 한다고 생각하시죠? 선생께서 이곳에 온 것은 아내의 사랑을 사기 위해서가 아니라, 이것이 선생의 길이기 때문입니다."

불공평하게 느껴지기는 했지만 그의 말이 옳았다. 그렇다면 두 번째 이유는 뭐냐고 물었다.

"선생은 아직 이름을 짓지 않았습니다."

"그건 중요하지 않아. 이분은 이해 못 할 거야. 우리 문화권 사람이 아니잖아."

미하일이 나섰다.

"내겐 중요한 문제야."

도스가 응수했다.

"할아버지는 그 이방 여인이 나를 보호하고 도와준 것처럼 나 역시 그녀를 보호하고 도와줘야 한다고 하셨어. 나는 그녀에게 내 두 눈 속에 깃든 평화를 빚지고 있어. 나는 그녀의 눈에도 평화가 깃들길 원해.

이분도 이름을 선택해야 해. 힘들고 고통스러웠던 기억은 영원히 잊어버리고, 이제 막 다시 태어난 새사람이 되었음을, 그리고 앞으로도 매일 새롭게 태어날 것임을 받아들여야 해. 그러지 않고 두 사람이 그냥 전처럼 다시 살게 된다면, 이분은 그녀 때문에 겪은 모든 것에 대해 보상받으려 할 거야."

"이미 간밤에 이름을 골라놓았소."

내가 대답했다.

"그럼 해가 질 때까지 기다렸다가 제게 말해주십시오."

해가 지평선에 가까워지자, 우리는 사막에 가까운 지역으로 향했다. 거대한 모래언덕이 있는 곳이었다. 거기서는 뭔가 다른 소리, 무엇이 공명하는 혹은 격렬하게 진동하는 소리가 들려왔다. 미하일의 설명에 따르면, 그곳은 사구砂丘가 노래하는 곳이었다. 전 세계에서 몇 안 되는 곳이라고 했다.

"파리에 있을 때 이곳에 대해 이야기를 한 적이 있어요. 어떤 미국인이 북아프리카에서 그런 곳을 본 적이 있다고 하니까 그제야 사람들이 제 말을 믿어주더군요. 이런 곳은 전 세계를 통틀어 서른 군데뿐이지요. 현대 과학자들은 뭐든 설명할 수 있지요. 그들은 특이한 형성 구조 때문에 바람이 모래알갱이들 속으로 침투해 들어가 이런 소리를 내는 거라고 설명합니다. 하지만 우리 조상들에게 이곳은 스텝 속에 숨겨진 마법 같은 장소였습니다. 도스가 이곳에서 선생의 새 이름을 공표하라고 한 것은 영예로운 일이에요."

우리는 사구를 기어올라가기 시작했다. 앞으로 나아감에 따라 그 소리는 점점 더 커졌고, 바람도 더욱 거세졌다. 꼭대기에 도달하자, 남쪽 산들과 우리 주변을 둘러싼 거대한 평원을 한눈에 볼 수 있었다.

"포난트* 쪽으로 몸을 돌리고 옷을 벗으세요."

도스가 말했다.

나는 아무것도 묻지 않고 시키는 대로 했다. 추위가 느껴졌다. 하지만 도스와 미하일은 내 육신의 안녕 따윈 걱정하지 않는 듯했다. 미하일이 무릎을 꿇었다. 기도하는 듯한 자세였다. 도스는 먼저 하늘을, 그 다음에는 땅을, 그리고 나를 바라보았다. 그러고는 내 양 어깨에 손을 얹었다. 내가 이유도 모르면서 네덜란드인에게 그렇게 했던 것처럼.

"여주인의 이름으로, 나는 당신을 바칩니다. 여주인이신 대지에 당신을 바칩니다. 말馬의 이름으로, 나는 당신을 바칩니다. 세상에 당신을 바칩니다. 그리고 나는 당신이 가는 길을 도와달라고 세상에 기도드립니다. 무한무궁인 스텝의 이름으로, 나는 당신을 바칩니다. 한없는 지혜에 당신을 바칩니다. 그리고 당신의 지평선이 당신이 보는 것보다 언제나 더 넓기를 기도합니다. 당신이 이름을 선택했으니, 이제 그 이름을 처음으로 부르십시오."

---

* 동부 지중해 및 그 연안 제국을 일컫는 레반트(levant)에 대하여 서쪽인 대서양 연안의 나라들을 일컫는 말.

"무한무궁인 스텝의 이름으로, 나는 내 이름을 선택했습니다."

나는 의식에 제대로 따르고 있는지 묻지도 않은 채 이렇게 대답했다. 사구에서 울리는 바람 소리가 내가 그렇게 하도록 이끈 것이었다.

"여러 세기 전에 한 시인이 오디세우스라는 남자의 방랑에 관한 긴 시를 썼습니다. 오디세우스는 그를 사랑하는 여인이 기다리고 있는 이타카라는 섬으로 돌아가는 중이었습니다. 그는 수많은 위험과 폭풍우, 그리고 안락함이라는 유혹에 맞서 싸웁니다. 그러던 중 한 동굴에서 이마에 눈 하나만 달린 괴물을 만납니다.

괴물이 그에게 이름을 묻습니다. 오디세우스는 자신의 이름이 '아무도 아니다'라고 대답합니다. 둘은 싸움을 벌입니다. 오디세우스는 불에 달군 기다란 막대기로 괴물의 외눈을 찌르는 데 성공하고, 큰 바윗덩어리로 동굴 입구를 막아버립니다. 괴물의 비명 소리를 듣고 괴물의 친구들이 도와주려고 달려옵니다. 동굴 입구가 바위로 막혀 있는 것을 보고 그들은 누구와 함께 있느냐고 묻습니다. '아무도 아니다! 아무도 아니다!' 괴물이 대답합니다. 그 말을 들은 괴물 친구들은 아무 일도 아니라는 말인 줄 알고 그냥 돌아가버립니다. 그래서 오디세우스는 자기를 기다리고 있는 여인을 향해 계속 갈 수 있었습니다."

"그럼 당신의 이름은 오디세우스입니까?"

"내 이름은 '아무도 아니다'입니다."

온 몸이 부들부들 떨려왔다. 수백 개의 바늘에 찔리는 것만 같았다.

"떨지 않을 때까지 추위에 집중하십시오. 추위가 당신의 모든 생각을 지배하게 하십시오. 다른 생각을 위한 공간이 하나도 남지 않을 때까지, 추위가 당신의 동료가 되고 친구가 될 때까지 집중하세요. 추위를 통제하려 들지 마십시오. 태양을 생각하지 마십시오. 그러지 않으면 더 힘들어집니다. 좀더 기다리면 당신은 다른 것, 즉 열기熱氣가 존재한다는 걸 알게 될 겁니다. 그러면 추위는 당신이 자기를 원하지도, 환영하지도 않는다는 것을 느끼게 될 겁니다."

몸의 근육들이 체온을 유지해 신체기관의 생명력을 보존하려고 수축과 팽창을 맹렬히 반복했다. 하지만 나는 도스가 시키는 대로 했다. 그를 믿기 때문이었다. 그의 평정과 호의와 권위를 믿었다. 바늘들이 내 살갗을 찌르도록, 근육들이 몸부림치고 이가 딱딱거리며 부딪치도록 내버려두었다. 나는 마음속으로 계속 되뇌었다. '싸우지 말자. 추위는 내 친구다.' 그러나 근육들은 순종하지 않았다. 그렇게 십오 분 가까이 흘렀다. 이윽고 나는 완전히 탈진했고, 몸의 떨림도 멈추었다. 나는 일종의 마비 상태에 접어들었다. 주저앉고 싶었지만, 미하일이 나를 붙잡아 계속 서 있게 했다. 그러는 동안 도스는 나에게 이야기했다. 그가 하는 말들은 아주 멀리서, 스텝과 하늘이 맞닿아 있는 어딘가에서 들려오는

이타카로 돌아가는 길 421

것만 같았다.

"환영합니다. 스텝을 건너는 유목민이여, 환영합니다. 하늘이 잿빛일 때도 언제나 푸르다고 말하는 이곳에 오신 것을 환영합니다. 구름 너머는 푸른빛이라는 것을 우리는 알고 있습니다. 텡그리의 땅에 오신 것을 환영합니다. 제 곁에 오신 것을 환영합니다. 나는 당신을 맞이하기 위해, 당신의 탐험에 영광을 돌리려고 여기 이렇게 와 있습니다."

미하일이 바닥에 앉았다. 그가 내게 무언가를 마시게 하자 곧 몸에 온기가 돌았다. 도스는 내가 옷 입는 걸 도와주었다. 저희끼리 두런두런 이야기를 나누는 사구를 등뒤로 하고, 우리는 다시 언덕을 내려가 말을 타고 임시 야영지로 돌아왔다. 나는 미하일과 도스가 식사 준비를 마치기도 전에 깊은 잠에 빠져들었다.

"무슨 일이오? 아직도 날이 밝지 않았나?"

"날은 밝은 지는 이미 오래되었습니다. 모래 폭풍이 지나가는 겁니다. 걱정 마시고, 눈을 보호하려면 선글라스를 끼세요."

"도스는 어딨소?"

"알마티로 돌아갔습니다. 어제의 의식에 아주 감동했나봐요. 사실 그렇게까지 할 필요는 없었는데. 어제의 의식은 선생에겐 분명 시간 낭비였을 거고, 자칫하면 폐렴에 걸릴 수도 있었어요. 하지만 그 의식이 이곳에서 선생을 얼마나 환영하는지 보여주는 그만의 방식이라는 걸 이해해주셨으면 합니다. 자, 이 기름을 좀 받으세요."

"잠을 너무 많이 잔 것 같소."

"마을까지는 말을 타고 두 시간만 가면 됩니다. 해가 중천에 뜨기 전에 그곳에 도착할 수 있을 거예요."

"목욕 좀 해야겠소. 옷도 좀 갈아입고."

"그건 불가능합니다. 여긴 스텝 한가운데예요. 프라이팬 속에 기름을 부으세요. 붓기 전에 여주인께 봉헌하는 걸 잊지 마시고요. 기름은 소금 다음으로 귀중한 산물이거든요."

"텡그리가 뭐요?"

"'하늘 경배'란 뜻입니다. 종교 아닌 종교죠. 불교, 힌두교, 가톨릭교, 이슬람교, 그 밖의 다양한 분파들, 신앙들과 미신들이 이곳을 거쳐 갔습니다. 그때마다 유목민들은 탄압을 피하기 위해 개종했지만, 신성은 언제나 편재한다는 믿음을 계속 지켜왔고, 지금도 후손들에게 그렇게 가르치고 있습니다. 자연으로부터 신성을 빼내서 책 속이나 사방이 벽으로 둘러쳐진 곳에 가두어둘 수는 없습니다. 이 땅에 발을 디딘 후로 제 상태는 매우 좋아졌습니다. 정말로 이곳이라는 자양분이 필요했던 것 같아요. 데려와주셔서 감사합니다."

"날 도스에게 소개해줘서 고맙소. 어제 그가 나를 대지에 봉헌하는 동안 그가 특별한 사람이라는 걸 느꼈소."

"도스는 그의 할아버지에게서 그걸 배웠죠. 그의 할아버지는 그 아버지에게서 배웠고, 그 아버지는 또 그의 아버지에게서 배웠습니다. 그렇게 대대로 전해 내려온 겁니다. 십구세기 말까지

문자를 사용하지 않았기에 유목민들은 '아킨'이라는 전통을 발달시킬 수밖에 없었습니다. 아킨이란 모든 것을 기억하고 이야기를 전달하는 사람을 가리키는 말이죠. 도스는 아킨입니다.

하지만 '배운다'는 표현을 '지식을 쌓는다'는 뜻으로 이해하지는 마세요. 아킨이 전하는 이야기는 날짜나 이름, 실제로 일어난 사건들이 아닙니다. 그것은 남녀 영웅들과 동물, 전투, 인간 본질에 대한 상징을 담은 일종의 전설입니다. 정복자나 피정복자들의 행적이 아니라, 세상을 두루 돌아다니며 스텝에 대해 명상하고 사랑의 에너지가 스스로를 감싸도록 하는 사람들의 이야기지요. 기름을 좀더 천천히 따르세요. 그러지 않으면 사방으로 튀거든요."

"내가 축복을 받았다고 느껴지네."

"저도 그렇게 느끼고 싶습니다. 어제는 알마티에 계신 어머니를 뵈러 갔었어요. 어머니는 제가 잘 지냈는지, 돈을 많이 벌었는지 물으셨습니다. 전 거짓말을 했습니다. 그 동안 무척 잘 지냈다고, 공연을 하는데 파리에서 큰 성황을 이루고 있다고요. 오늘 전 제 고향 사람들을 다시 만납니다. 바로 어제 고향을 떠나온 것만 같아요. 외국에 가 있는 시간 내내 중요한 일은 하나도 하지 못한 것 같아요. 전 걸인들과 대화를 나눴고, 부족들과 함께 거리를 걸었지요. 식당에서 만남도 가졌고요. 하지만 그 모든 것으로부터 제가 얻은 건 무엇일까요? 아무것도 없어요. 전 도스와는 달라요.

도스는 할아버지로부터 가르침을 받았죠. 제게는 절 인도하는 그 존재밖에는 없습니다. 때론 그 존재가 정말 환각일지도 모른다는 생각이 들기도 해요. 어쩌면 전 정말로 간질환자인지도 모릅니다. 그 이상도 이하도 아닐지도……"

"조금 전에 당신은 내게 여기로 데려다줘서 고맙다고 했소. 그런데 지금은 그래서 당신이 불행하다고 말하는 것처럼 들리는군. 어느 쪽이 진심이오?"

"양쪽 다 제 진심입니다. 하지만 굳이 둘 중 하나로 정할 필요는 없겠지요. 저는 상반되는 감정들 사이를, 그 모순들 사이를 오갈 수 있거든요."

"할 말이 있네, 미하일. 나 역시 당신을 알게 된 후로 상반되는 많은 감정들 사이를 오갔소. 처음에는 당신이 미웠지. 하지만 시간이 지나자 당신을 받아들이게 됐소. 그리고 당신을 따르게 되자, 존경의 감정이 생겼소. 당신은 아직 젊고, 당신이 느끼는 그 무력함은 지극히 자연스러운 거요. 당신의 작업이 지금까지 얼마나 많은 사람을 변화시켰는지는 잘 모르겠소. 하지만 한 가지는 확실하게 말할 수 있소. 당신은 내 삶을 변화시켰소."

"선생은 오직 아내를 찾는 데만 관심이 있지 않으신가요."

"지금도 그렇소. 하지만 그래서 내가 카자흐스탄의 스텝을 가로질러 여행하는 것만은 아니오. 나는 아내를 찾으면서 내 과거를 통째로 여행하게 되었어. 나는 내가 어디서 잘못했는지 어디서 멈추었는지를 알게 되었고, 에스테르를 잃은 순간이 언제인지도 알게 되었소. 바로 멕시코 인디오들이 '아코모다도르'라고 부르는 바로 그 순간에 그녀를 잃었던 거지. 나는 내 나이에 겪게 되리라고는 상상할 수 없었던 것들을 경험하게 되었소. 그 모든 것은 당신이 옆에서 나를 이끌어주었기 때문에 가능했던 거요. 당신 자신은 의식하지 못했을지라도 말이오. 알고 있소, 당신이 목소리를 듣는다고 내가 믿는다는 걸? 당신이 어렸을 때 그 소녀를 정말로 보았다는 걸 나는 믿소. 나는 늘 많은 것을 믿는 사람이었지만, 지금은 더 많은 것을 믿게 됐소."

"이제 선생은 예전에 제가 알던 그 사람이 아니군요."

"그래요. 그리고 이 사실이 에스테르의 마음에도 들었으면 좋겠소."

"선생 마음에는 듭니까?"

"물론이오."

"그렇다면 그걸로 족합니다. 뭘 좀 먹도록 하죠. 그리고 모래 폭풍이 잠잠해지기를 기다렸다가 길을 떠나도록 해요."

"폭풍을 뚫고 가봅시다."

"좋습니다. 바라시는 대로 하죠. 그러나 모래 폭풍이 어떤 표지는 아닙니다. 그저 아랄 해海가 황폐화된 결과일 뿐이죠."

이타카로 돌아가는 길 427

사나운 바람도 잠잠해지고, 말들도 좀더 재게 다리를 놀리는 듯했다. 협곡 같은 곳으로 들어가자 풍경이 완전히 달라졌다. 무한한 지평선은 초목 없는 바위산에 자리를 내주었다. 오른편으로 리본들이 잔뜩 매달린 나무덤불들이 보였다.

"이곳이로군! 저게 바로 당신이 말한……"

"아닙니다. 제 덤불숲은 파헤쳐졌습니다."

"그럼 저건 뭐요?"

"중요한 사건이 일어났던 장소일 겁니다."

그는 말에서 내리더니 자기 배낭을 열고는, 작은 칼 하나를 꺼내 입고 있던 셔츠의 소맷부리를 잘라내어 나뭇가지에 매달았다. 그의 눈빛이 달라졌다. 아마도 그 존재가 그의 옆에 있는 듯했다. 하지만 나는 아무것도 묻지 않기로 했다.

나도 그가 하는 대로 따라 하며 도움과 보호를 간구했다. 나 역시 내 옆에 한 존재가 있음을 느꼈다. 그 존재는 나의 꿈, 사랑하는 여자를 찾아가는 내 오랜 여정이었다.

우리는 다시 말에 올랐다. 그는 무슨 소원을 빌었는지 말하지 않았고, 나 역시 내 기도에 대해 아무 말도 하지 않았다. 오 분 동안 그렇게 말을 타고 가니, 하얀 집들이 모여 있는 작은 마을이 나타났다. 한 남자가 우리를 기다리고 있었다. 그는 미하일에게 다가와 러시아어로 뭐라고 말했다. 잠시 이야기를 나누더니 남자는 가버렸다.

"무슨 말을 한 거요?"

"자기 집에 와서 딸을 좀 치료해달랍니다. 오늘 제가 도착할 거라고 니나가 말한 모양이에요. 연세 지긋하신 분들은 제가 본 존재와 그 능력을 아직 기억하고 있거든요."

그는 망설이는 듯했다. 주변엔 아무도 없었다. 모두 일하는 중이거나 식사중인 듯했다. 우리는 정원으로 둘러싸인 하얀 집으로 이어지는 큰 길을 따라 걸었다.

"미하일, 오늘 아침 내가 한 말을 기억하시오? 당신은 정말로 그저 간질환자인지도 모르오. 진단 결과를 받아들이기를 거부하는 마음에서 무의식적으로 그 모든 이야기를 꾸며냈을 수도 있어요. 하지만 당신에겐 이 땅에서 완수해야 할 고귀한 사명이 정말로 있는 것 같소. 사람들이 그들 개인의 과거사를 잊도록, 그리고 순수하고 성스러운 사랑의 에너지에 활짝 마음을 열도록 가르치는 것이 그 사명이겠지."

"정말 모를 일이로군요. 우리가 서로 알고 지낸 지난 몇 달 동안 선생은 에스테르를 만나는 일 말고는 아무 관심이 없었습니다. 그런데 오늘 아침부터 갑자기 다른 무엇보다도 저를 더 염려하는 것 같군요. 어젯저녁 도스와 치렀던 의식이 뭔가 영향을 끼친 걸까요?"

"확실히 그런 것 같소."

나는 차라리 이렇게 말하고 싶은지도 몰랐다. "나는 두렵소. 앞으로 몇 분 후에 일어날 일이 아닌 다른 뭔가를 생각하고 싶소. 오늘 나는 이 세상에서 가장 호기로운 사람이오. 지금 나는 목표에 다가가고 있고, 날 기다리고 있는 그 일이 몹시 두려워요. 그래서 나는 타인에게 도움이 되려고, 내가 선한 사람임을, 내가 그토록 열심히 빌어온 축복을 받을 만한 사람임을 신께 보여드리려고 애쓰고 있는 거요."

미하일이 말에서 내리며 나도 내리라고 말했다.

"전 딸이 아프다는 남자의 집으로 가겠습니다. 선생이 에스테르와 이야기를 나눌 동안 선생 말은 제가 돌보죠."

그는 나무 사이로 보이는 작고 하얀 집을 손으로 가리켰다.

"저기입니다."

나는 통제력을 잃지 않기 위해 안간힘을 썼다.

"그녀는 무얼 하고 있소?"

"전에 말씀드린 대로 에스테르는 양탄자 짜는 법을 배우고, 그 대가로 프랑스어를 가르치고 있습니다. 양탄자 짜는 일은 겉보기엔 쉬워 보이지만 사실은 매우 복잡합니다. 마치 스텝과도 같죠. 먼저 식물에서 염료를 추출하는데, 때를 잘 맞춰야 합니다. 식물을 제때에 채집하지 않으면 본래의 색깔을 맞출 수가 없게 됩니다. 그런 다음 양털을 바닥에 펼쳐놓고 그 위에 뜨거운 물을 붓습니다. 양털이 젖어 있는 동안에 실을 잣습니다. 그리고 며칠 뒤에

햇볕에 바짝 말린 실로 양탄자를 짜기 시작하는 겁니다.

마지막 단계인 장식은 아이들이 합니다. 어른들의 손은 미세하고 섬세한 자수 작업을 하기 너무 투박하거든요."

그는 잠시 말을 멈추었다.

"애들이 한다고 해서 우습게 생각은 마십시오. 오히려 귀하게 여겨야 마땅한 전통이지요."

"에스테르는 잘 지내오?"

"저는 잘 모르겠습니다. 육 개월 전부터 그녀와 연락을 주고받지 못했거든요."

"미하일, 표지가 하나 더 있소. 바로 양탄자요."

"양탄자라니요?"

"어제 도스가 내게 이름을 말하라고 한 순간, 내가 한 얘기 기억나시오? 사랑하는 여자를 찾으러 고향 섬으로 돌아가는 전사의 이야기 말이오. 그 섬은 이타카이고, 그 여자는 페넬로페였소. 오디세우스가 전쟁터로 떠난 다음부터 페넬로페가 한 일이 뭐였겠소? 그녀는 베를 짰소! 구혼자들을 물리칠 핑계로, 시아버지 라에르테스에게 드릴 수의壽衣를 짠 거지. 그녀는 수의가 완성된 후에야 재혼을 하겠다고 했소. 하지만 오디세우스의 귀향이 예상보다 훨씬 더 지체되었기 때문에 매일 밤 옷감을 풀어내고 다음날 아침 처음부터 다시 짰지요.

뭇사내들이 그녀에게 구혼했지만, 그녀는 사랑하는 남자가 돌

고민했던가! "이 순간을 너무나도 오래 기다려왔어"라고 해야 하나, 아니면 "내가 틀렸다는 걸 이제야 깨달았어"라고 해야 하나, "사랑한다는 말을 하기 위해 여기까지 왔어"라고 할까, "당신은 지금 그 어느 때보다 아름답소"라고 할까.

나는 그냥 "안녕!"이라고 말하기로 한다. 마치 그녀가 떠난 적이 없었던 것처럼. 이 년하고도 아홉 달 열하루 그리고 열한 시간이 아닌, 단 하루가 지난 것처럼.

나보다 앞서 그녀가 지나간, 그전까지 나는 알지도 못했고 관심도 없었던, 그 모든 길들을 따라 걷는 동안 내가 많이 변했다는 걸 그녀가 알아야 한다. 나는 한 걸인의 손에서, 거리에서 만난 젊은이들의 손에서, 파리의 식당에서 공연하는 남자들의 손에서, 한 화가의 손에서, 내 주치의의 손에서, 환영을 보고 목소리를 듣는다고 말하는 청년의 손에서 피 묻은 천 조각을 보았다. 그녀의 흔적을 따라오는 동안, 나는 나와 결혼한 여자를 진심으로 이해해했고, 내 삶의 의미에 다시 눈뜨게 되었다. 내 삶의 의미는 크게 변했으며, 지금 다시 한번 변하고 있었다.

그렇게 오랫동안 결혼생활을 해왔음에도 나는 내 아내를 진정으로 이해하지 못했다. 나는 영화에서 보고, 책과 잡지에서 읽고, 텔레비전 방송에서 본 것과 비슷한 '사랑 이야기'를 만들어냈었다. 내 이야기 속에서 '사랑'이란, 점점 자라나 일정한 수준에 이르면 그때부터는 알아서 생명을 유지하는 그런 것이었다. 가끔

물을 주고 마른 이파리만 잘라주면 되는 식물처럼. '사랑'은 애정, 안전, 명성, 편안함, 성공의 동의어였다. '사랑'은 미소나, "사랑해" 혹은 "당신이 집에 돌아와 얼마나 행복한지 몰라" 같은 말과 다르지 않았다.

하지만 사태는 내 생각보다 훨씬 더 복잡했다. 분명 길을 건너기 전, 나는 에스테르를 미친 듯이 사랑했다. 그런데 건너편 보도에 다다르자 나는 덫에 걸린 사람처럼, 누군가에게 구속되어 있다고 비참해하며, 모험을 찾아 다시 떠나기를 간절히 원하게 되었다. 그러면서 생각했다. '난 그녀를 더이상 사랑하지 않아.' 그리고 예전과 같은 강렬한 사랑의 감정이 되살아났는데도 그것을 의심하며 이렇게 중얼거린 것이었다. "그 동안 너무 익숙해진 거야."

아마 에스테르도 같은 생각을 하며 중얼거렸으리라. "바보 같은 생각이야. 우리는 행복해. 남은 날들도 지금처럼 보낼 수 있어." 요컨대 그녀도 같은 이야기를 읽었고, 같은 영화와 텔레비전 시리즈를 본 것이었다. 물론 그 어디에도 사랑에는 행복한 결말 이상의 뭔가가 있다는 말은 없었다. 사랑 때문에 스스로를 못살게 굴 이유가 뭐란 말인가? 만약 그녀가 매일 아침 자신의 인생에 만족한다고 반복해서 말했다면, 그녀는 스스로 그렇다고 믿을 뿐 아니라 주변 사람들 모두 그녀가 행복하다고 믿도록 만들었을 것이다.

한데 그녀는 그렇게 생각하지 않았다. 그래서 다르게 행동하고, 내게 보여주려고 애썼다. 그러나 나는 보지 않았다. 나는 잃어버린 무언가를 다시 찾은 것이야말로 가장 달콤한 꿀맛이라는 걸 깨닫기 위해 그녀를 잃어야만 했다. 그리고 이제 나는 여기에 있다. 아직 잠들어 있는 어느 작은 마을의 추운 길을 걷고 있다. 그녀 때문에 다시 어떤 길을 따라 여행하는 것은 이번이 두번째였다. 나를 이끌어주던 첫번째이자 가장 중요한 실마리—'모든 사랑 이야기는 서로 닮아 있다'는 말—는 오토바이에 치였을 때 끊어져버렸다.

병원에 있을 때 사랑은 내게 말했다. "나는 모든 것이자 아무것도 아니다. 바람이 그러하듯 나는 닫힌 창이나 문으로는 들어갈 수 없다."

나는 사랑에게 대답했다. "하지만 나는 당신을 향해 열려 있어요!" 그러자 사랑이 말했다. "바람은 공기로 이루어져 있다. 네 집 안에도 공기는 있다. 하지만 사방이 닫혀 있지. 곧 가구들은 먼지로 뒤덮일 것이고, 그림들은 습기에 망가지고 벽에는 얼룩이 질 것이다. 네가 계속 숨쉬는 한 너는 내 일부를 알게 되리라. 하지만 나는 부분이 아니다. 나는 '모든 것'이다. 너는 결코 이것을 이해하지 못할 것이다."

과연 가구들은 먼지에 덮여갔고, 액자들은 습기 때문에 썩어가고 있었다. 창문과 문을 여는 것 말고는 다른 해결책이 없었다. 문을 열자 바람이 들어와 모조리 쓸어가버렸다. 나는 추억들을 간직하고 싶었고, 많은 노력을 기울여 얻은 것들을 지키고 싶었다. 그러나 전부 사라져버렸고, 나는 스텝처럼 텅 비워졌다.

나는 에스테르가 왜 이곳에 오기로 결심했는지 이해할 수 있었다. 스텝처럼 텅 비기 위해서였다.

나 자신을 비우자, 바람이 들어와 전에는 들어본 적 없는 소리와, 한 번도 대화를 나눠본 적 없는 사람들을 보내주었다. 나 개인의 과거사로부터 해방되자, 예전의 열정이 되돌아왔다. 아코모다도르를 파괴하자, 동료를 축복하는 스텝의 유목민이나 주술사처럼 다른 사람들을 축복할 줄 아는 한 남자의 모습이 내 안에서 발견되었다. 나는 내가 훨씬 더 잘 해내리라는 것을, 생각했던 것보다 더 많은 능력이 내게 있음을 깨달았다. 세월은 오직 혼자서 앞으로 나아갈 용기가 없는 자들의 발목만을 잡을 뿐이다.

언젠가 나는 한 여자 때문에, 나의 꿈을 찾기 위해 긴 순례길에 올랐었다. 그리고 여러 해가 지난 뒤, 그 여자가 내게 다시 길을 떠나라고 재촉했다. 이번에는 길을 잃은 한 남자를 만나기 위해서였다.

지금 나는 조금도 중요하지 않은 자질구레한 데에만 신경쓰고 있다. 마음속으로 노래를 부르며, 왜 이곳엔 자동차가 한 대도 보이지 않는 걸까 생각한다. 신발 때문에 발이 아프다고, 손목시계가 아직도 유럽 표준시에 맞춰져 있다고 생각한다.

한 여자, 내 아내, 내 인도자, 그리고 내 생애의 사랑이 몇 발짝 앞에 있기 때문이다. 지금 이 순간, 그토록 찾아 헤맸는데도 이처럼 마주하기 두려운 현실로부터 달아날 방법은 과연 무엇일까?

나는 현관 앞에 주저앉는다. 그리고 담배를 한 대 피워문다. 프랑스로 돌아가고 싶다. 목적지까지 다 왔는데, 왜 더 가야 하나?

나는 일어선다. 다리가 떨려온다. 길을 되짚어 돌아가는 대신, 나는 옷과 얼굴에 잔뜩 붙은 모래를 할 수 있는 한 깨끗이 털어낸다. 현관문 손잡이에 손을 올려놓는다. 그리고 안으로 들어간다.

아오기만을 꿈꾸었소. 그리고 마침내 기다림에 지친 그녀가 베짜기를 그만두고 옷을 짓겠다고 결심했을 때 오디세우스가 돌아온 거요."

"하지만 이 마을은 이타카가 아니고 그녀는 페넬로페가 아닙니다."

미하일은 내 이야기를 이해하지 못했다. 단지 예를 든 것뿐이라고 애써 설명할 필요는 없었다. 나는 말고삐를 그에게 넘겨주었다. 그리고 한때 내 아내였으며 자히르가 된 여인, 전쟁터나 일터에서 돌아오는 모든 사내들이 만나길 꿈꾸는 더욱 사랑스러운 여인이 된 그녀와 나 사이에 가로놓인 백 미터 남짓한 길을 걷기 시작했다.

내 몰골은 엉망이었다. 얼굴과 옷은 모래투성이였고, 꽤 쌀쌀한데도 온몸은 땀으로 흠뻑 젖어 있었다.

나는 지금 세상에서 가장 천박한 것, 바로 겉모습을 걱정하고 있다. 이타카로 돌아가기 위한 그 오랜 여정이 오로지 새 옷을 보여주기 위해서인 양. 남아 있는 백 미터를 걷는 동안 나는 그녀가 떠나 있는 동안(아니, 내가 떠나 있었던 동안인가?) 일어난 중요한 사건들을 모두 기억해내려 애써야 한다.

그녀를 만나면 무슨 말부터 해야 하나? 얼마나 자주 이 문제를

"사랑하는 여인을 영영 잃을 수도 있다는 걸 알지만, 그래도 신이 오늘 내게 베푼 은총을 모두 살아내기 위해 노력해야 한다. 은총은 쓰지 않고 보관해둘 수 있는 것이 아니다. 마음이 더 평화로울 때 쓰자 한들 은총을 맡길 은행 같은 건 존재하지 않는다. 이 축복들을 지금 온전히 쓰지 못하면 그것을 영영 잃게 될 것이다.

신은 우리 모두가 삶의 예술가들임을 아신다. 어느 날, 그분은 우리에게 조각을 하라고 망치를 주셨다. 또 어느 날에는 그림을 그리라고 붓 몇 자루와 물감을 주시고, 글을 쓰라고 종이와 펜도 주셨다. 하지만 망치로 캔버스 위에 그림을 그릴 수는 없으며, 붓으로 조각을 할 수도 없는 노릇이다. 내가 이렇게 고통받고 있는데 날씨는 화창하고, 태양은 환하게 빛나고, 아이들은 길에서 노래를 부른다. 그 모습이 내겐 저주와도 같을 수 있다. 그러나 아무리 힘들어도 오늘의 작은 축복들을 받아들여야만 한다. 그것만이 고통에서 벗어나 삶을 다시 세울 수 있는 유일한 길이기 때문이다."

실내는 온통 빛으로 가득했다. 내가 들어서자 에스테르가 눈을 들더니 미소를 지어 보였다. 그러고는 형형색색의 천 조각에 둘러싸인 채 바닥에 앉아 있는 여자들과 아이들에게『찢어버릴 시간, 꿰맬 시간』의 구절을 계속해서 읽어주었다. 그녀가 한 번씩 멈출 때마다 사람들은 하고 있던 일에서 눈을 떼지 않은 채 문장을 따라 읊었다.

목구멍으로 뭔가가 울컥 치밀어 올랐다. 그러나 나는 울지 않으려고 애썼다. 그러자 이내 아무것도 느껴지지 않았다. 색채, 빛, 그리고 자신의 일에 온전히 몰두하고 있는 사람들 사이에 서서 나는 그녀의 입술을 통해 흘러나오는 나의 말들을 듣고 있었다.

"그리하여 지혜로운 페르시아 현자의 말대로, 사랑은 아무도 벗어나고 싶어하지 않는 질병이다. 그 병에 걸린 사람은 나으려고 애쓰지 않으며, 사랑으로 고통받는 사람은 치유되기를 바라지 않는다."

에스테르가 책을 덮었다. 여인들과 아이들이 눈을 들어 나를 쳐다보았다.

"방금 여기 도착한 내 친구와 산책 좀 할게요. 오늘 수업은 이걸로 마치도록 하죠."

그녀가 말했다.

모두 웃으며 내게 인사를 건넸다. 에스테르가 다가와 내 팔을 잡더니 뺨에 입을 맞추었다. 우리는 밖으로 나왔다.

"안녕."

내가 말했다.

"당신을 기다리고 있었어."

그녀가 대답했다.

나는 그녀를 품에 꼭 끌어안았다. 그리고 그녀의 어깨에 머리를 기댔다. 울음이 터져나왔다. 그녀가 내 머리칼을 쓰다듬어주었다. 나를 어루만지는 그녀의 몸짓에서 나는 이해하고 싶지 않았던 것을 이해하기 시작했고, 받아들이고 싶지 않았던 것을 받아들이기 시작했다.

"수많은 방식으로 당신을 기다렸어."

내 눈물이 잦아들자 그녀가 말문을 열었다.

"남편에게 조금도 이해받지 못한다는 것을, 그가 결코 돌아오지 않으리라는 것을. 그래서 비행기를 탔다가 돌아오고, 다음번 위기가 닥치면 다시 떠났다가 돌아오고 떠나고 또 돌아오고…… 그것 말고는 선택의 여지가 없는 절망한 아내처럼 당신을 기다렸어."

바람이 잠잠해졌다. 나무들은 그녀가 하는 말에 가만히 귀기울이고 있었다.

"나는 오디세우스를 기다리는 페넬로페처럼 기다렸어. 로미오를 기다리는 줄리엣처럼, 단테를 기다리는 베아트리체처럼. 텅 빈 스텝은 당신과, 우리가 함께한 순간들과, 우리가 함께 가본 나라들과, 우리의 기쁨과 다툼에 대한 기억으로 가득했어. 나는 내 발걸음이 흔적을 남긴 오솔길을 뒤돌아보았어. 하지만 당신은 보이지 않았지.

너무나도 고통스러웠어. 이제 돌아갈 수 없는 길을 떠나왔음을 깨달았지. 하지만 한번 들어서면 더 멀리 나아가는 길 말고는 없었어. 그래서 전에 만난 적이 있는 유목민을 찾아갔어. 그리고 내 개인사는 모두 잊고 도처에 편재하는 사랑에 나 자신을 열려면 어떻게 해야 하는지 가르쳐달라고 부탁했어. 나는 그에게 텡그리 전통을 배우기 시작했지. 그러던 어느 날 고개를 돌리자, 누군가의 눈동자 속에 바로 그 사랑이 보였어. 도스라는 화가의 눈이었어."

나는 아무 말도 하지 않았다.

"너무 깊이 상처 입었기에 나는 누군가를 다시 사랑할 수 있으리라고는 믿을 수 없었어. 그는 과묵한 사람이었어. 내게 러시아어를 가르쳐주었지. 그리고 스텝에서는 하늘이 잿빛일 때도 '푸르다'고 한다고 말했어. 구름 너머에는 언제나 파란색이 숨어 있으니까. 그가 내 손을 잡고 그 구름들을 통과해 지나갈 수 있도록 도와주었어. 그는 내가 그를 사랑하기 전에 먼저 나 자신을 사랑하는 법부터 가르쳐주었어. 그리고 내게 보여주었지. 내 마음이 다른 누군가가 아닌 나 자신을 위해서, 신을 위해서 존재한다는 것을.

언제나 과거가 나와 함께하겠지만, 이미 일어난 일들에서 벗어나 내 감정에 집중하면 사랑과 생명의 기쁨으로 가득 채울 수 있는 스텝만큼 넓은 공간이 현재에 존재한다는 걸 깨닫게 된다고 했지.

마지막으로 그는 말했어. 내가 상상하는 방식으로 다른 사람들이 날 사랑해주기를 원할 때, 사랑이 통제당하지 않고 스스로의 힘으로 자유롭게 날 이끌어가도록 두지 않을 때 고통이 자라나는 거라고."

나는 고개를 들어 그녀를 바라보았다.

"그를 사랑해?"

"사랑했어."

"지금도?"

"무슨 생각을 하는 거야? 다른 남자를 사랑하는데 당신이 온다는 걸 알면서도 계속 여기 있었을 거라고 생각해?"

"아니, 저 문이 열리는 순간만을 기다리면서 아침나절을 다 보냈을 거라고 믿어."

"그런데 왜 그런 바보 같은 질문을 해?"

확신이 없기 때문이겠지, 나는 속으로 생각했다. 하지만 그녀가 다시 사랑을 찾으려 노력했다는 것은 경이로운 일이었다.

"나, 아이를 가졌어."

일순, 세상이 무너져내리는 것만 같았다. 하지만 그 느낌은 아주 잠깐이었다.

"도스의 아이?"

"아니, 잠시 왔다가 곧 떠나버린 어떤 사람의 아이야."

심장이 찢기는 것 같았지만 나는 미소를 지었다.

"여기처럼 구석진 오지에서는 할 일이 그리 많지 않았을 거야."

내가 말했다.

"여기는 오지가 아니야."

에스테르도 웃으며 대답했다.

"아무튼 이제 파리로 돌아가야 할 시간이야. 사람들이 당신 일로 전화를 걸어와 당신이 어디 있는지 물었어. 나토NATO의 아프가니스탄 정찰에 대한 르포기사를 청탁하려고 하던데. 당신, 못 하겠다고 대답해야 해."

"왜?"

"임신중이잖아! 아기가 벌써부터 전쟁의 부정적인 에너지에 노출되길 바라는 건 아니겠지."

"아기? 아기 때문에 일을 그만둘 거라고 생각하는 건 아니지? 그리고 왜 당신이 걱정을 해? 아기 생기는 데 보태준 일이라곤 하나도 없으면서!"

"보태준 게 없다고? 당신이 여기 온 게 다 내 덕분 아닌가? 그게 아무것도 아니라고 생각해?"

그녀는 입고 있는 흰 원피스 주머니에서 피 묻은 천 조각 하나를 꺼내 나에게 건넸다. 그녀의 두 눈엔 눈물이 가득 고여 있었다.

"이거, 당신 거야. 우리의 말다툼이 그리웠어."

그리고 잠시 말을 멈추었다가 덧붙였다.

"미하일에게 말을 한 필 더 준비해달라고 부탁하자."

나는 그녀의 어깨를 감싸안고 내가 축복받았던 것처럼 그녀를 축복해주었다.

작가의 말

나는 2004년 1월부터 6월까지 세계 곳곳을 두루 여행하며 『오자히르』를 썼다. 이 책은 파리와 생마르탱(프랑스), 마드리드와 바르셀로나(스페인), 암스테르담(네덜란드), 어느 도로 위(벨기에), 그리고 알마티와 스텝(카자흐스탄)에서 조금씩 씌어졌다.

내 책의 프랑스어판 편집인인 안과 알랭 카리에르에게 감사하고 싶다. 그들은 책 속에 인용된 프랑스 법률에 관한 모든 내용을 책임지고 확인해주었다.

나는 톰 울프의 소설 『허영의 모닥불』에서 '호의은행'이라는 단어를 처음 발견했다. 본문에서 에스테르가 언급하는 '도쿄의 프리츠와 한스' 이야기는 대니얼 킨의 『이스마엘』에 나온다. 우리가 언제나 주의를 게을리 해선 안 된다고 말하며 마리가 인용한 신비주의자는 케넌 리파이이다. 파리에서 '부족'들이 나누는 대화는 실제로 그와 비슷한 그룹에 속한 젊은이들이 내게 들려준 이야기에서 따왔다. 인터넷에서 좋은 글을 찾아 알려준 분도 여럿 있었는데, 그 글들의 필자를 알아내기란 불가능했다.

작품 속의 '나'가 병원에 입원해 있을 때 떠올리는, 어릴 때 배운 시구("불청객이 찾아오면……")는 브라질 시인 마누엘 반데이라의 시 「콘소아다」의 일부다. 또 영화배우를 마중하러 기차역에 가는 장면 직후에 등장하는 마리의 대사들은 스웨덴 여배우 아그네타 스호딘과 나눈 대화로부터 탄생했다. 개인적 역사의 망각이라는 개념은 많은 비밀결사들의 입회 의식에서 전통적으로 발견되는데, 카를로스 카스타네다의 『익스틀란으로 가는 여행』속에 상세히 소개되어 있다. 그리고 얀트 법은 덴마크 작가 악셀 산데모세의 소설 『항로를 가로지른 피난자』에서 찾아볼 수 있다.

카자흐스탄 방문을 위해 필요한 모든 절차들을 도와준 두 사람, 드미트리 보스코보이니코프와 에브게니아 도추크, 그들이 보여준 우정에 감사한다.

알마티에서 나는 해박한 지역문화 전문가이자 『대 스텝의 켄타우로스들』이라는 책의 저자인 이망갈리 타스마감베토프를 만날 수 있었는데, 그는 나에게 카자흐스탄의 과거와 현재, 정치, 문화 상황에 관해 중요한 사실들을 많이 알려주었다. 또한 나는 카자흐스탄 공화국 대통령 누르술탄 나자르바에프가 베풀어준 환대에 감사한다. 핵실험에 필요한 모든 기술을 보유하고 있으면서도 실험을 중단하고, 모든 원자력 무기들을 없애기로 한 그의 결정에 이 자리를 빌려 박수를 보내고 싶다.

끝으로 감사의 말을 전할 사람들이 있다. 카이자르 알림쿨로프, 위대한 재능을 가진 화가 도스(도스볼 카지모프, 그는 나에게 많은 영감을 주었으며, 책의 마지막 장에서 같은 이름으로 등장한다), 그리고 마리 니미로프스카야(마리는 처음엔 그저 내 통역사였지만 곧 나의 친구가 되었다). 내가 스텝에서 마법적인 순간들을 경험할 수 있었던 것은 나와 동행하며 대단한 인내심을 보여준 이들 세 사람 덕분이다.

파울로 코엘료

지은이 **파울로 코엘료**
전 세계 170여 개국 88개 언어로 번역되어 3억 2천만 부가 넘는 판매를 기록한 우리 시대 가장 사랑받는 작가. 1986년 첫 작품 『순례자』를 썼고, 이듬해 자아의 연금술을 신비롭게 그려낸 『연금술사』로 세계적 작가의 반열에 올랐다. 이후 『베로니카, 죽기로 결심하다』 『11분』 『흐르는 강물처럼』 『브리다』 『알레프』 『아크라 문서』 『불륜』 『스파이』 『히피』 『다섯번째 산』 등 발표하는 작품마다 세계적으로 엄청난 반향을 불러일으켰다.

옮긴이 **최정수**
연세대 불어불문학과와 동 대학원을 졸업하고 전문번역가로 활동하고 있다. 파울로 코엘료의 『연금술사』 『오 자히르』 『마크툽』을 비롯해, 『단순한 열정』 『오를라』 『기드 모파상: 비곗덩어리 외 62편』 『한 달 후, 일 년 후』 『어떤 미소』 『아버지 죽이기』 『모스크바에서의 오해』 『브뤼셀의 두 남자』 『지하철에서 책 읽는 여자』 『네 남자의 몽블랑』 등을 우리말로 옮겼다.

문학동네 세계문학
오 자히르

1판 1쇄 2005년 7월 11일 | 1판 25쇄 2022년 8월 8일

지은이 파울로 코엘료 | 옮긴이 최정수
책임편집 이수은 김지연 박여영 김미정 이연정
디자인 이승욱 이원경 | 저작권 박지영 형소진 이영은 김하림
마케팅 정민호 이숙재 박치우 한민아 이민경 박지영 안남영 김수현 정경주
브랜딩 함유지 함근아 김희숙 박민재 박진희 정승민
제작 강신은 김동욱 임현식 | 제작처 한영문화사(인쇄) 경일제책사(제본)

펴낸곳 (주)문학동네 | 펴낸이 김소영
출판등록 1993년 10월 22일 제2003-000045호
주소 10881 경기도 파주시 회동길 210
전자우편 editor@munhak.com | 대표전화 031) 955-8888 | 팩스 031) 955-8855
문의전화 031) 955-3578(마케팅) 031) 955-2646(편집)
문학동네카페 http://cafe.naver.com/mhdn
인스타그램 @munhakdongne | 트위터 @munhakdongne
북클럽문학동네 http://bookclubmunhak.com

ISBN 89-8281-999-1 03890

잘못된 책은 구입하신 서점에서 교환해드립니다.
기타 교환 문의 031) 955-2661, 3580

www.munhak.com

"세상은 경이로움으로 가득 차 있고,
인생은 매순간 그 경이로움을 만나는 모험여행이다."

연금술사

연주여행을 가기 위해 비행기에서 긴 시간을 보낼 때면 이 책을 거듭 손에 잡게 된다. 성악가로서 세계를 떠돌다보니 왜 난 이렇게 집시처럼 떠돌아다녀야 하는지 생각을 많이 했다. 그런데 『연금술사』를 읽고 나서 인생은 자아를 발견하기 위한 영원한 여행이라는 생각에 위안을 얻게 됐다. 내가 찾아 헤매던 답을 찾아준 책이라고나 할까. **조수미** (성악가)

인생에서 진정 찾고자 하는 것은 무엇인지 차분히 생각해볼 기회를 주는 책. 주인공 산티아고의 여정을 통해 그동안 잊고 지내던 인생을 살아가는 진리를 다시 한번 되새기게 된다. **한완상** (전 대한적십자사 총재)

코엘료의 책을 잔뜩 쌓아두고 읽고 싶다. **빌 클린턴** (전 미국 대통령)

학창시절, 비겁했던 나의 여고시절에 이 책을 접했더라면 얼마나 좋았을까. **추상미** (영화배우)

『연금술사』를 읽으면 자기 앞에 놓인 빈 공간을 새로운 색깔들로 채워나가고 싶은 마음이 든다. **최윤영** (아나운서)

기막히게 멋진 영혼의 모험이다. **폴 진멜** (퓰리처상 수상작가)

아름다운 문체, 결 고운 이야기, 마음을 움직이는 감동… 코엘료는 혼탁한 생의 현실 속에서도 참 자아를 지켜갈 수 있는 힘을 보여준다. **정진홍** (서울대 종교학과 명예교수)